Helene Winter

Ein Haus voller Hoffnung

HELENE WINTER

# Ein Haus voller Hoffnung

ROMAN

PIPER

*Mehr über unsere Autorinnen, Autoren und Bücher:*
*www.piper.de*

Wenn Ihnen dieser Roman gefallen hat, schreiben Sie uns unter Nennung des Titels »Ein Haus voller Hoffnung« an *empfehlungen@piper.de*, und wir empfehlen Ihnen gerne vergleichbare Bücher.

Dieser Roman ist eine fiktive Geschichte, eingewoben in die Kulisse des historischen Hamburgs 1839. Auch die Worte und Taten der hier dargestellten realen Persönlichkeiten sind fiktiv, wobei größte Sorgfalt und aufwändige Recherche angewandt wurde, um den realen Personen in dieser fiktiven Darstellung gerecht zu werden. Bei der Darstellung des »Rauhen Hauses« wurde neben gängiger Fachliteratur zu Johann Hinrich Wichern auf die damaligen, von ihm selbst verfassten Jahresberichte (Quelle: Archiv, Das Rauhe Haus) zurückgegriffen. Die hier erzählte Verbindung der Romanheldin Henriette zum »Rauhen Hauses« ist jedoch rein fiktiv sowie auch die Ereignisse rund um die Geburt des dritten Kindes von Amanda Wichern.

Von Helene Winter liegen im Piper Verlag vor:
Das Weiße Haus am Rhein
Ein Haus voller Hoffnung



Unser Versprechen für mehr Nachhaltigkeit
• Klimaneutrales Produkt
• FSC®-zertifiziertes Papier
• Hergestellt in Europa

FSC www.fsc.org MIX Papier | Fördert gute Waldnutzung FSC® C083411

ISBN 978-3-492-06404-0

Redaktion: Carla Felgentreff
Satz: Uhl + Masopust, Aalen
Gesetzt aus der Adobe Devanagari
Druck und Bindung: CPI Books GmbH, Leck
Printed in the EU

Für Astrid
Künstler-Kollegin und Wegbegleiterin
aber vor allem:
großherzige und kluge Freundin

Königswinter, 05. Juli 1839

Meine liebe Henriette,
noch immer hast Du mir nicht geantwortet!
Ich hoffe sehr, das liegt nur daran, dass Du Dich inzwischen gut in Hamburg eingelebt hast und Dir zum Schreiben die Muße fehlt.
Bei uns herrscht Hochbetrieb, nicht zuletzt dank Dir202F – der Biergarten läuft immer besser. Genau wie Du es vorausgesagt hast. Extragäste, für die ich nur die Getränke vorhalten muss, ohne dass sie uns die feine Kundschaft vertreiben. Ganz im Gegenteil, ich glaube ja, dass sich manche von denen jetzt noch feiner fühlen, auf der vornehm eingedeckten Terrasse, mit all dem Schönzeugs, was Du so angeschafft hast, während die einfachen Biergartenbesucher nebendran an nackerten Tischen hocken. Dein Vater kann sich glücklich schätzen, Dich nun an seiner Seite zu haben, Du hast für eine Frau schon ein außerordentliches Gespür für ein gutes Geschäft.

Gestern Abend speisten übrigens der Geheimrat Oberhofer und seine Gemahlin bei uns, und stell Dir vor, was passierte: Ihre Enkelin wollte unbedingt eine Deiner Puppen haben, sodass sie darauf bestanden, sie mir abzukaufen!
Das wollte ich Dir kurz erzählen, nun muss ich Schluss machen, eine Hochzeitsgesellschaft ist angekündigt, und sosehr die Gundel sich bemüht, in Deine Fußstapfen zu treten (Du hast sie ja gründlich eingearbeitet), es gelingt ihr ganz und gar nicht. Wollen wir also verhindern, dass ich Dir in meinem nächsten Brief eine Schreckensgeschichte erzähle, muss ich ihr schnellstens zur Hand gehen.
Mit lieben Grüßen
Dein Franz

PS: Eigentlich hoffe ich, dass Du Dich in Hamburg nicht gut eingelebt hast. Du fehlst hier. Willst Du nicht noch einmal in Dich gehen? Das ist nun schon mein vierter Brief, nicht eine Antwort hast Du zurückgeschickt. Du bist mir böse, und Dein Stolz ist gekränkt, aber Du weißt so gut wie ich, dass Du nicht in diese piefige Stadtvilla gehörst, zu den großkopferten Senatoren und langweiligen Herrn Advokaten und deren einfältigen Gattinnen. Du gehörst hierher, zu mir, in unsere Gaststube. Das ist Dein Zuhause. Komm zurück, Henni, komm nach Haus.

# Hamburg, Juli 1839

1 Der gemütliche Gastraum aus ihrem Traum verschwand, kaum dass Henriette die Augen öffnete. Enttäuscht spürte sie die weiche Matratze unter sich, nahm die Konturen des Frisiertisches und des Lesesessels in dem abgedunkelten Zimmer wahr. Das Klappern der Bierkrüge war nur das Klopfen an der Tür gewesen, sie war nicht in Königswinter bei ihrem trotz allem noch schmerzlich geliebten Mann, sondern in Hamburg, nach fünfzehn Jahren Ehe zurück im Hause ihres strengen Vaters, und sie überwachte nicht das Spülen der Krüge, sondern lag nutzlos in ihrem viel zu großen Bett.

Sie hörte das zaghafte Öffnen der Tür, noch zaghaftere Schritte, spürte Stines Nähe, roch die Wäscheseife, mit der sie ihre immer tadellos gehaltene Schürze reinigte.

»Gnädige Frau«, flüsterte Stine und legte ihre Hand auf Henriettes Arm. »Verzeihen Sie, aber …«

»Ach du meine Güte!«, schallte in dem Moment die Stimme ihrer seit Schulzeiten besten Freundin Rosa durchs Zimmer. »Stine! Mach um Himmels willen die Vorhänge auf! Und die Fenster gleich dazu! Das ist ja die reinste Grabkammer!«

Bevor Stine reagieren konnte, öffnete Rosa bereits mit einem Ratsch die schweren Vorhänge. Gleißend fuhr das Licht ins Zimmer. Im nächsten Moment knarzte das Fenster, der Klang von eisenbereiften Kutschenrädern auf Kopfsteinpflaster drang an Henriettes Ohr, begleitet von Pferdegetrappel, dem Schnalzen einer Peitsche, dem donnernden »Brrr!« eines Kutschers.

»Aber, gnädige Frau«, rief Stine, »die Herrschaft wünscht Ruhe!«

»Papperlapapp!«, sagte Rosa so resolut, dass Henriette, ohne hinzusehen, die dazugehörige Wischbewegung vor Augen hatte. »Deine Herrschaft braucht eine Kanne Schwarztee.« Rosas voluminöses Kleid rauschte Richtung Bett. »Wir nehmen ihn im Boudoir ein.«

Die Tür wurde sanft geschlossen, dann ließ Rosa sich auf der Bettkante nieder. Henriette hörte das leise Knirschen und Knacken der Fischbeinreifen des Reifrocks. »Weißt du eigentlich, wie spät es ist? Bald Mittag! Hoch mit dir! Sonst hole ich einen nassen Waschlappen. Wirkt Wunder bei meinen Söhnen.«

»Das wagst du nicht«, murmelte Henriette, wusste jedoch, dass Rosa sie keinen Deut zarter behandeln würde als ihre vier Söhne, die sie resolut wie ein General umherscheuchte. Henriette blinzelte in die ungewohnte Helligkeit.

»Wenn du glaubst, es sei hilfreich, dich hier zu verstecken, dann liegst du falsch. Die Gerüchteküche brodelt wie Hühnersuppe, und je länger du dich nicht blicken lässt, desto aberwitziger werden die Geschichten.« Rosa seufzte. »Es ist nicht zu ertragen, was man sich alles so erzählt… Als wäre halb Hamburg in deiner Ehe dabei gewesen.«

Zornig setzte Henriette sich im Bett auf. »Dann weißt du auch, warum ich dieses Zimmer auf keinen Fall verlassen werde«, zischte sie.

»Wirst du doch.« Rosa lächelte wissend. »Du wirst mich auf ein Benefizkonzert begleiten. Für Kriegswitwen und -waisen. Heute Nachmittag.«

»Auf keinen Fall!«, rief Henriette. »Ich werde nirgendwo hingehen, wo Menschen mich mit ihrem dummen Gerede in Rage bringen.«

»Falls du auf den Vorfall bei dem Souper von Senator Mönckeberg anspielst«, sagte Rosa und erhob sich, »das war wirklich äußerst ungeschickt von dir. Nun fragen sich alle, was dein Mann sich so Schreckliches hat zuschulden kommen lassen. Abgesehen davon, dass er nur ein Gastwirt und damit per se ein manierenloser Rüpel ist.«

»Rosa!«, fuhr Henriette ihre Freundin an. »Du weißt, dass ich es nicht mag, wenn du so über Franz sprichst.«

»Und ich mag es nicht, wenn du dich tagelang im Bett verkriechst. Als ob es davon besser würde.« Rosa nahm den Morgenrock von Henriettes Betthocker und warf ihn ihr zu. »Außerdem habe ich nach Hamburger Maßstäben auch keine Manieren. Was herrlich befreiend ist. Und nun raus aus den Federn! Ich warte im Boudoir.«

Sie verschwand im Nebenzimmer, wo Stine bereits mit dem Teegeschirr klapperte.

Seufzend schälte Henriette sich aus der Decke. Wenn Rosa sich etwas in den Kopf gesetzt hatte, gab sie keine Ruhe. Sie würde also mit ihr Tee trinken und Kekse essen. Aber auf das Benefizkonzert würde sie sich auf keinen Fall von Rosa zerren lassen. Sie würde nirgendwo hingehen, bis die Neugier über ihre plötzliche Rückkehr nach Hamburg sich gelegt hatte und die Klatschmäuler sich der nächsten bedauernswerten Person zuwandten.

Einen Moment blieb sie am Bettrand sitzen und atmete die frische Luft ein. Tatsächlich war das offene Fenster keine allzu schlechte Idee von Rosa gewesen. Aber auch keine allzu gute. Erinnerte sie die Hamburger Luft doch daran, wie viel besser die in Königswinter am Rhein war.

Mit einem Ruck stand sie auf, spürte den kalten Boden unter ihren Füßen.

»Kommst du?« Rosa steckte den Kopf zur Tür hinein. »Wie lange kann es dauern, die paar Schritte von deinem Bett ins Boudoir zu gehen? Du bist siebenunddreißig und nicht siebenundsechzig! Kann es sein, dass dein Franz dich die letzten fünfzehn Jahre viel zu sehr verwöhnt hat?«

Henriette schlüpfte in Pantoffeln und Morgenrock. »Würdest du diesen Namen bitte nicht mehr erwähnen?«

»Natürlich, wenn du mich auf das Konzert begleitest.« Rosa winkte sie durch die Tür. Im Boudoir hatte Stine bereits den Tee eingeschenkt. Mit einem Grummeln erinnerte Henriettes Magen sie daran, dass sie hungrig war.

Sie setzte sich und griff nach einem Keks. Er zerging ihr auf der Zunge, sie schmeckte den Zucker und die Butter, fühlte ihren Geist erwachen. »Für wen soll das Konzert Gelder sammeln?«

»Kriegswitwen und -waisen.«

»Der Krieg ist seit fast fünfundzwanzig Jahren vorbei«, sagte Henriette verwundert. »Selbst die jüngste Kriegswaise ist heute volljährig.«

»Stimmt. Waren es die Witwen und Waisen der Cholera?« Ratlos stellte Rosa ihre Teetasse ab. »Waren es überhaupt Witwen und Waisen?«

Henriette zuckte die Schultern. Letztlich war es ohnehin

egal, für wen man spendete, solange man sich öffentlich für einen barmherzigen Zweck einsetzte, wie es der gute Ton in Hamburg erforderte. Stumm nippte sie an ihrem Tee. Heiß und stark, eines der wenigen Dinge, die sie in Königswinter vermisst hatte.

Rosa kramte in ihrem Täschchen. Legte es zur Seite. »Ich muss die Einladung zu Hause liegen gelassen haben. Dabei hat ein wirklich hübscher Herr sie mir überreicht.«

»Rosa!« Henriette sah von ihrem Tee auf. »Wenn dein Mann dich hören würde ...«

»Ein Mann der Kirche, meine Liebe, und ebenso glücklich verheiratet wie ich.« Sie hielt inne. »Mein Georg hält große Stücke auf ihn, er meint, er habe ein besonderes Talent, die richtigen Leute für sich und seine außergewöhnliche Sache einzunehmen.«

»Aber was das für eine außergewöhnliche Sache ist, das weißt du nicht mehr?«

»Ich weiß noch, dass seine Locke perfekt onduliert, sein Vatermörder ordentlich gestärkt und die Schleife etwas zu groß für sein schmales Gesicht war.« Sie zwinkerte Henriette zu. »Da musst du wohl mitkommen und selbst herausfinden, um welchen guten Zweck es sich handelt.«

»Muss ich wohl.« Henriette seufzte und stopfte sich noch einen Keks in den Mund. Vielleicht hatte Rosa ja recht, und es würde ihr guttun, das Haus zu verlassen. Schlimmer als der Skandal bei Senator Mönckeberg konnte es kaum werden.

# 2

Jule verharrte vor Helge Lauermanns Bude. Sie strich die von der Arbeit am Waschtrog noch feuchte Schürze glatt und sah an der Fassade hoch. Lauermanns Bude war windschief zusammengestückelt aus dunklem und hellem Holz, aber es war die einzige Bude in diesem Hof am Brauerknechtsgraben, die nicht mit einem Saal aufgestockt worden war, der sich nur über eine wackelige Außentreppe erreichen ließ und der, wenn man Pech hatte wie ihre Eltern, auf einen einstürzen konnte. Jule senkte den Kopf, sah auf ihre vom Schmutz der Straße dreckigen Füße. Wären ihre Eltern nur damals nicht in ihrer Bude gewesen. Dann müsste sie jetzt nicht hier stehen, ohne Schuhe und mit einem dutzendfach geflickten Rock, und Lauermann um Hilfe bitten.

Wenn sie wenigstens hineinspähen könnte, in Lauermanns dunkle Bude, sehen, ob er allein oder seine Frau bei ihm war. Dann hätte sie keine Scheu zu klopfen. Doch die Vorhänge waren zugezogen, sie konnte nicht erkennen, wer sich dahinter aufhielt.

Was, wenn er sie wieder zwang, sich zu ihm zu setzen, auch wenn sie das gar nicht wollte, seine Hand nach ihr ausstreckte, damit sie näher an ihn heranrückte? Was, wenn seine Frau diesmal nicht hereinstürmte und auf ihn losging, weil er das Wochengeld im Wirtshaus gelassen hatte, bevor sie die offenen Posten begleichen konnte? Sie senkte den Arm. Vor Männern wie Lauermann mussten junge Mädchen wie sie sich hüten, hatte Witwe Strauss ihr eingebläut. Jule hatte ihr schwören müssen, dass sie nie wieder allein in seine Bude ginge. Sie drehte sich um und bemerkte die Köpfe an den Fenstern, die, weit geöffnet, die warme Juliluft hinein und den Lärm der Gänge hinaus in den Hof ließen. Sie lauschte dem Klappern der Töpfe und Weinen der Säuglinge, dem Rufen der Kinder und Schimpfen der Mütter. Sie spürte die neugierigen Blicke, darin die stumme Frage, was ein junges Mädchen wie sie zu Helge Lauermann führte. Wusste doch jeder, dass sein Geld nicht den Mühen ehrlicher Arbeit entstammte.

Eine Gruppe zerlumpter Jungen trat in den Hof. Sie trugen einen Stoß neuer, heller Holzlatten, wie Vater sie damals verwendet hatte, um einen zweiten Saal aufzustocken. Die Jungen stoppten, sahen sich um, diskutierten leise miteinander. Ob sie das Holz geklaut hatten? Sehr wahrscheinlich, nur hatten sie sich nicht erwischen lassen – anders als Frieder. Wegen dem Jule nun hier stand und Helge Lauermann erneut darum bitten musste, ihn bei der Wache auszulösen. Damit man ihn nicht wegen Überfüllung der Strafklasse direkt nach Fuhlsbüttel in die Strafanstalt überstellte, wie der Büttel es das letzte Mal angedroht hatte. Obwohl Frieder erst elf Jahre alt war, viel zu jung für eine Strafanstalt. Das hatte auch Witwe Strauss angemerkt und Frieder eine schauerliche Zukunft vorhergesagt. Die sich prompt eingestellt hatte, nachdem er vor Schreck ihren Wasserkrug hatte fallen lassen. In tausend Scherben war er zersprungen, und Frieder war davongerannt, in heller Panik vor Witwe Strauss' gerechtem Zorn, und hatte sie damit um ihren letzten bezahlbaren Schlafplatz gebracht.

Die Burschen verschwanden durch den niedrigen Torgang in den nächsten Hof. Die Bretter würden sicher für den Bau einer neuen Bude verwendet werden. Oder für eine Bettstatt, eine mit reichlich Stroh und einem echten Laken.

Jule wich einem torkelnden Mann aus.

Er sah sie begehrlich an und streckte seine Hände nach ihr. »Na, min Deern, ganz allein?«

Sie spürte das Holz von Lauermanns Tür an ihrem Rücken.

»Oh, gehörst zum Lauermann... dann...« Der Mann schwankte davon, Jule atmete auf. Die Angst vor Lauermann kam zurück. Und wenn sie nicht klopfte? Lauermann nicht um Hilfe bat, es diesmal allein versuchte?

Sie schüttelte den Kopf. Wer hörte schon einer Zwölfjährigen zu? Der Büttel würde sie fortscheuchen, noch bevor sie Frieders Namen auch nur ausgesprochen hatte. Oder, noch schlimmer, nach ihren Eltern fragen und herausfinden, dass diese gestorben waren, schon vor zwei Jahren, in dem Unglück in der langen Gasse, als der Saal über ihnen eingestürzt war. Wo eben noch die Decke gewesen war, nur noch Holz und Stein von jetzt auf gleich, und Mutter und Vater und Willem und Dorrit darunter begraben. Dann würde er sie zurück ins Armenhaus bringen. Und dort, hatte sie Frieder versprochen, würden sie nie wieder hinmüssen.

Nie wieder.

Sie hatte es versprochen.

Sie hob den Arm, klopfte.

»Herein«, brummte es.

Zaghaft stieß sie die Tür auf. In der Luft hing der Geruch

von Schweiß und Bier und Harz. Am Tisch saß Helge Lauermann und schabte verharzte Holzflocken als Zunder von einem Kienspan.

»Jule Trabbert«, sagte er, den Blick auf die Tür hinter ihr gerichtet, als erwartete er einen weiteren Besucher. Dann grinste er. »Lass mich raten, der kleine Feuerteufel ist wieder in Schwierigkeiten.«

Jule trat in die Bude. Die Tür fiel hinter ihr zu und schloss das extra Tageslicht aus, das kurz den Raum erhellt hatte.

»Er ist…«, begann Jule und merkte, wie sie nervös ihre Hände knetete. »Er wollte nur…«

»Ja, das wollen die meisten.« Lauermann legte das Schnitzmesser und das Holz auf den Tisch. »Dumm nur, wenn man sich dabei erwischen lässt.«

Jule presste ihre Finger fest ineinander. »Er ist nicht dumm, nur der Kleinste.«

»Ist das Resultat nicht dasselbe?« Lauermann klopfte auf die Bank. »Setz dich zu mir.«

»Ich…« Jule strich ihre Schürze glatt. »Es ist schon bald Dienstschluss für den Büttel, der Frieder mitgenommen hat. Können wir Frieder nicht jetzt gleich holen?«

»Warum sollte ich dem Lümmel helfen?« Er nahm das Messer wieder in die Hand und schnitzte weiter Späne vom Kienholz. »Glaub nur nicht, dass ich mich für euch verantwortlich fühle, nur weil deine Mutter früher mit meiner Else gewaschen hat.«

»Wer sonst soll mir helfen?«, fragte Jule so leise, dass sie ihre Stimme selbst kaum hörte.

»Nicht meine Schuld, wenn Frieder seine Lektion nicht lernt. Was hat er diesmal ausgefressen?«

Jule zuckte die Schultern. Wenn sie das nur selber wüsste. Wenn Frieder wütend wurde, war ihm alles zuzutrauen. Manchmal war er so zornig mit der Welt, dass er sie am liebsten anzünden wollte.

Lauermann hieb auf das Holz ein. »Ohne seinen Anteil am Losgeld gibt ihn der Büttel nicht raus.«

»Ich habe etwas angespart«, presste Jule hervor.

Lauermann zog überrascht die Brauen hoch. »Du hast Geld?«

Jule nickte, während es ihr heiß über den Rücken lief. Acht Schilling und neun Pfennige hatte sie in ihrer Rocktasche. Ihre gesamten Ersparnisse. Das musste einfach reichen für den Anteil des Büttels am Losgeld der Verhaftung. Sie griff in die Tasche und kramte die Geldstücke hervor. Legte die Schillinge auf den Tisch und steckte die Pfennige wieder in die Tasche zurück. Du darfst nie dein gesamtes Geld weggeben, hatte Witwe Strauss immer gesagt.

»Acht Schilling?«, Lauermann hielt ihr die geöffnete Hand hin. »Das reicht gerade für den Büttel. Wo ist die Belohnung für meine Mühe? Ich will noch einmal das Gleiche.«

»Ich …« Verzweifelt sah Jule, wie Lauermann die Münzen in seine Tasche steckte. »Ich kann extra Stunden arbeiten in der Wäscherei, und jetzt im Sommer, wenn es lange hell ist, kann ich für den Abend Näharbeiten annehmen, und ich kann mit Frieder Reisig sammeln … Ich werde das Geld abbezahlen.«

»Und ob du das wirst«, sagte Lauermann und legte Messer und Holz auf dem Tisch ab. Er stand auf und stellte sich vor Jule. Grob packte er ihr Kinn, hob es an und zwang sie, in seine Augen zu blicken. »Ich persönlich werde dafür sorgen.«

Jules Körper versteifte sich. Sie roch das Bier in Lauermanns

Atem, spürte die rauen Finger in ihrem Gesicht. Sie hörte die Drohung in seinen Worten und versuchte zu begreifen, was er damit meinte, wie genau er persönlich dafür sorgen wollte.

Da ließ er ihr Kinn abrupt los. »Dann seh ich mal, was ich für die kleine Kanaille tun kann.« Er nahm seine Jacke vom Haken und schlüpfte hinein, während Jule zur Tür floh. Hastig trat sie ins Freie, froh, nicht mehr allein mit Lauermann in einem Raum sein zu müssen. Sie wartete, bis er an ihr vorbeitrat, dann folgte sie ihm, immer vier Schritte Abstand, wie er es schon beim letzten Mal verlangt hatte. Vier Schritte mindestens, damit ja niemand auf die Idee käme, sie sei sein Mündel.

Sie verließen das Labyrinth der Höfe, verließen die südliche Neustadt, liefen immer weiter, entlang der Elbe, Richtung St. Pauli. Ungebremst blies der Wind unter Jules Kleid, ein angenehmer Luftzug in der Schwüle, ließ die Schürze tanzen, zerzauste die aus dem Zopf gelösten Haare. Wieder und wieder schwappte übler Geruch in ihre Nase, fauliger Fisch, Tierkadaver, Kloake. Sie war froh, als Lauermann vom Uferweg abbog und einer belebten Straße folgte. Sehnsüchtig blickte sie den Droschken nach, die sie überholten und ihr entgegenkamen. Wie es sich anfühlen mochte, auf einer Bank zu sitzen und ohne müde Beine und schmerzende Füße in Windeseile von einem Pferd an den Ort gebracht zu werden, den man aufsuchen musste?

Schließlich kam die Wache in Sichtweite.

»Warte hier«, sagte Lauermann.

Jule beobachtete, wie er in dem Backsteinbau mit dem hellen Sandsteinportal verschwand. Sie starrte auf das Portal, zählte dann die Bäume an der Straße. Die Büsche am Wegrand. Die Pflastersteine von der einen Straßenseite zur nächsten. Warum dauerte das so lange? Was, wenn Lauermann Frieder nicht auslösen konnte? Wenn sie ihn diesmal wirklich in die Strafanstalt schickten? Dort war es noch schlimmer als im Armenhaus!

Die Pforte schwang auf. Jule reckte sich, doch es waren nur zwei Männer, die die Stufen der Wache hinab-, die Straße entlang- und auf sie zuwankten. Da öffnete sich die Pforte erneut. Diesmal rannte Frieder die Treppen hinab, sah sich kurz um. Jule winkte, lief ihm entgegen, umarmte ihn.

»Es tut mir so leid«, schluchzte er, die Arme fest um sie geschlungen.

Alle Wut und Sorge, sogar die Schelte, die sie ihm an den Kopf hatte werfen wollen, waren plötzlich wie weggeblasen.

Frieder war bei ihr.

Nur das zählte.

# 3

»Und dann …«, flötete Ottilie, die deutlich ältere und bestens verheiratete Verhölst-Tochter mit verschwörerischem Blick zu ihrer jüngeren Schwester Thekla, »… hat er ihr einen Strauß Nelken überreicht.«

Henriette warf einen unauffälligen Blick zu Thekla, deren vor Aufregung rote Wangen davon erzählten, wie sehr sie sich mit ihren sechsundzwanzig Jahren danach verzehrte, endlich auch unter die Haube zu kommen.

»Nelken?«, fragte Clara Behrmann überrascht, die ihrerseits ebenfalls bestens verheiratet war und dies gerne mit ihrer üppigen Garderobe zur Schau stellte. »Bist du dir ganz sicher?«

»Aber natürlich!«, rief Ottilie aus. »Ich habe sie doch selbst bewundert! Warum sollte er Thekla denn keine Nelken schenken?«

»Sie sind wunderhübsch«, seufzte Thekla.

Henriette schloss gerade rechtzeitig die Lider, um ihr Augenrollen zu verstecken. Wenn sie nur endlich von diesem Sofa aufstehen könnte. Sie hätte nach dem Benefizkonzert darauf bestehen sollen, direkt wieder nach Hause zu fahren, anstatt sich dieses endlose Geplänkel bei Tee und Gebäck anzutun.

»Aber, bitte, liebe Ottilie«, rief Clara Behrmann. »Die Nelke! Verzeih, Thekla, aber es gibt wohl kaum eine unpassendere Blume, um bei einer Dame der Gesellschaft vorzusprechen.«

»Nun, mir würde ad hoc das Vergissmeinnicht einfallen«, sagte eine auffallend ruhige Stimme, die Henriette keiner Dame aus ihrer kleinen Teerunde zuordnen konnte. »Ich hörte, dass besonders Männer, deren Ansinnen wenig Aussicht auf Erfolg hat, sich gerne dieser Blumenbotschaft bedienen.«

Henriette öffnete die Augen. Eine zierliche Frau in einem schwarzen Kleid hatte sich neben Ottilies Stuhl gestellt. Henriette schätzte sie auf Anfang bis Mitte vierzig, ihr Gesicht wirkte unter der mit Rüschen reich verzierten Haube schmal, die Stirn hoch. Ihre Augen waren warm und klug, und gerade glaubte Henriette einen gewissen Schalk darin zu sehen.

»Aber was bedeutet denn nun die Nelke?«, fragte Thekla verzweifelt.

»Nelken stehen für …«, begann Clara, als Ottilie ihr aufgeregt ins Wort fiel.

»Nein! Sprich es nicht aus! Wenn es etwas Unziemliches ist, würde es Thekla das Herz brechen!«

»Warum sollte das Wahrzeichen der Französischen Revolution einer Frau das Herz brechen?«, entfuhr es Henriette. Zu spät bemerkte sie, wie Thekla und Ottilie erbleichten, Ottilie verschluckte sich gar an ihrem Tee. »Zumal«, fuhr Henriette schnell fort, »dem guten Mann die Bedeutung wahrscheinlich ebenso wenig bewusst ist wie der Beschenkten. Er hat ihr einfach Blumen gekauft.«

»Der …« Thekla sah geradewegs durch Henriette hindurch zu Clara. »… Revolution?«

»Meinen Glückwunsch«, sagte die Frau mit den klugen

Augen. »Ist das nicht ein wunderbares Versprechen für den Neuanfang, den der junge Herr mit Ihnen wagen möchte? Ich störe nur ungern, aber Frau Senator Behrmann bat mich, den Damen mitzuteilen, dass sie sich verabschieden möchte.«

Ottilie, Thekla und Clara erhoben sich, bedankten sich höflich für den Hinweis und gingen, ohne Henriette auch nur eines weiteren Blickes zu würdigen.

»Da nun all der Platz hier frei ist, würde es Sie stören, wenn ich mich auf einen Moment zu Ihnen setze?« Die Frau streckte ihr freundlich die Hand zum Gruß hin. »Amalie Sieveking.«

Nun war es Henriette, die ihre Augen aufriss. Diese zierliche Frau war die berühmte Amalie Sieveking? Sie hatte sich die Heldin der letzten Choleraepidemie als mächtige Matrone vorgestellt, die mit fester Hand ihr Regiment an Helfersleuten befehligte. Wenn jemandem in diesem Raum ein Strauß Nelken gebührte, dann war es diese Frau.

»Henriette Kirchberger. Sehr erfreut«, fügte sie unbeholfen hinzu, mit einem Mal um Worte verlegen. Worüber sollte sie nur reden, das in Fräulein Sievekings Ohren nicht ebenso trivial klang wie das seichte Geplätscher der Verhölst-Schwestern? Immerhin handelte es sich hier um eine Frau, die während einer tödlichen Epidemie freiwillig den Pflegedienst im Armenhaus angetreten und dort schon bald das gesamte Pflegepersonal, sogar die Männer, befehligt hatte.

»Ganz meinerseits«, sagte Amalie Sieveking und setzte sich auf den Stuhl, den vor Kurzem noch Ottilie besetzt hatte.

»Ich bin eine große Bewunderin Ihres Mutes«, sagte Henriette zaghaft. »Es muss sehr herausfordernd gewesen sein, sich jeden Tag aufs Neue den Schrecken der Epidemie zu stellen.«

»Es war ein Gebot der Barmherzigkeit.« Amalie Sieveking

strich ihren schwarzen Rock glatt. »Ich bin sicher, hätten Sie gesehen, was ich gesehen habe, Sie hätten Ihre Augen ebenso wenig vor dem Elend der Menschen verschlossen.«

»Meinen Sie?«, fragte Henriette erstaunt.

»Oh, ich bin sogar davon überzeugt, deshalb hatte ich gehofft, Sie hier anzutreffen.«

»Mich?« Henriette legte erstaunt die Hand an ihr Dekolleté.

»Ich habe von Ihren …« Amalie Sieveking lächelte hintergründig, »… nennen wir es … eigenwilligen Ansichten bezüglich der gesellschaftlichen Rolle der Frau gehört. Sie haben damit wohl bei Senator Mönckebergs Souper für etwas Aufregung gesorgt.«

Henriette spürte, wie sie errötete. »Ich …«

Amalie Sieveking lachte. »Vor mir müssen Sie sich nicht rechtfertigen. Ich bin ganz Ihrer Meinung: Die Erfüllung einer Frau kann, muss aber keineswegs in ihrer Rolle als Mutter und Ehefrau liegen. Nicht zu heiraten war eine Entscheidung, die ich nie bereut habe. Bei Ihnen jedoch ist die Sachlage diffiziler, nicht wahr?«

»Weil ich meinen Mann verlassen habe?«

»Weil Sie, so munkelt man, nach Hamburg zurückgekehrt sind, da Ihr Mann vor dem Ruin steht und Sie den wohligen Wohlstand Ihres Vaters einer Ehe in Armut vorziehen.« Amalie Sieveking zuckte entschuldigend die Schultern. »Verzeihen Sie bitte, wenn ich Ihnen damit zu nahe getreten bin, ich bin allerdings der Auffassung, dass es hilfreicher ist, die Gerüchte zu kennen, die hinter einem die Luft erhitzen.« Sie hob die Hand, ergatterte in Sekundenschnelle die Aufmerksamkeit eines Dienstmädchens und zeigte lächelnd auf die Teekanne. Das Dienstmädchen eilte davon.

Das also erzählte man sich in Hamburgs Gesellschaft über Henriette. Sie war die Egoistin, die ihren Mann in der Bredouille zurückgelassen hatte, um in Hamburg sorglos unter Vaters Schutz zu leben. Dabei war es so anders! Und Rosa, die Einzige, die wusste, warum sie Franz wirklich verlassen hatte, konnte sie nicht verteidigen, da sie hatte schwören müssen, Henriettes Geheimnis zu wahren. Allerdings verstand sie nun, warum Rosa wollte, dass sie sich den Gerüchten stellte. Es musste unerträglich für ihre Freundin sein, sich nicht dazu äußern zu dürfen. Nachdenklich nahm Henriette einen Schluck Tee, verzog den Mund und stellte die Tasse ab. Kalter Tee schmeckte auch an einem lauen Julitag nicht. Genauso wenig wie Gerüchte.

»Wie Sie bereits erwähnt haben«, sagte Henriette schließlich, »es ist diffizil. Wobei mir egal ist, was man über mich munkelt, aber das Gasthaus in Königswinter läuft bestens.«

»Ach, liebe Frau Kirchberger, seien Sie gewiss, ich sitze nicht hier, um Sie auszuhorchen.« Amalie Sieveking zupfte an ihrer Haube und lächelte. »Vielmehr war ich neugierig, wer diese Frau ist, die den Wohlstand einer von Steudnitz hinter sich gelassen hat, um am Rhein in einer Gaststätte mit Hand anzulegen. Rosa Habermanns hat in den prächtigsten Tönen von Ihnen geschwärmt. Als kompetent und tüchtig, klug und gütig und mit einem starken Willen. Es schien geradezu, als wollte Frau Habermanns mir nahelegen, Sie für mein Herzensanliegen zu gewinnen.«

»Ihr Herzensanliegen?«, fragte Henriette. »Sie meinen Ihren Verein?«

»Den Weiblichen Verein für Armen- und Krankenpflege«, präzisierte Amalie Sieveking. »Seit ich ihn mit elf wackeren

Begleiterinnen vor sieben Jahren gegründet habe, sind wir einen weiten Weg gegangen, sind gewachsen, haben viel dazugelernt. Und wir sind immer auf der Suche nach Helferinnen. Kompetent und tüchtig, wie Sie es wohl sind. Barmherzige Frauen, die sich unserer Sache anschließen wollen.«

»Ich habe davon gehört. Sie sollen bereits viele unbemittelte Familien unterstützt haben.«

»O ja, aber bei Weitem nicht genug.« Amalie Sieveking wartete, während das Dienstmädchen erst ihr, dann Henriette eine frisch gebraute Tasse Tee eingoss.

Henriette versuchte, sich Rosas Berichte über Amalie Sieveking in Erinnerung zu rufen. Sie waren voller Begeisterung über den Mut dieser Frau gewesen, die während der Epidemie in der Zeitung eine Anzeige geschaltet hatte, um Freiwillige zum Dienst an den Kranken und Armen zu finden, und, als sich niemand gemeldet hatte, selbst angetreten war. Und seitdem nie wieder aufgehört hatte, sich um die Notleidenden Hamburgs zu kümmern, inzwischen mit einer ganzen Armada an Helferinnen.

Amalie Sieveking nahm einen kleinen Schluck des heißen Tees und stellte die Tasse zurück auf die Untertasse, die sie mit ihrer linken Hand in der Luft balancierte. »Sehen Sie, liebe Frau Kirchberger«, nahm sie den Faden wieder auf, »sowie wir Rotherbaum und Harvestehude, meinetwegen noch Uhlenhorst und Höhenfelde und das nördliche St. Georg hinter uns lassen, stoßen wir auf bitterste Armut. Zustände, die selbst mit drastischsten Worten nicht zu beschreiben sind. Sie müssen die verpestete Luft riechen, den Unrat sehen, die beengten, dunklen Wohnverhältnisse erleben, um das Ausmaß der Misere zu verstehen. Wir sitzen hier in dem Salon einer Senatorsgattin und lassen halbe Tassen feinsten Ceylontees einfach stehen, weil er uns erkaltet nicht mehr mundet, während keine Stunde Fußmarsch von hier Abertausende Menschen in Buden hausen, in denen sie nicht einmal ein Feuer machen können, um das Wasser abzukochen, das sie in ihre armseligen Behausungen schleppen.«

Betroffen sah Henriette zu ihrer halb vollen, kalten Tasse Tee.

»Verzeihen Sie«, sagte Amalie Sieveking, »ich wollte Sie nicht beschämen. Unsere Welt ist ungerecht, dies zu ändern liegt nicht in unserer Macht. Gleichwohl können wir barmherzig sein und damit für einzelne Menschen die Welt ein klein wenig erträglicher machen.«

»Ich … In Königswinter habe ich bei der Armenspeisung geholfen«, sagte Henriette zögerlich, darauf bedacht, es nicht wie eine Rechtfertigung klingen zu lassen. »Aber ich habe die Armen nie zu Hause besucht.«

»Und doch habe ich größtes Vertrauen, dass Sie, sollten Sie Bedürftige in ihren Wohnstätten besuchen, sie mit dem Respekt behandeln würden, der jedem Menschen zusteht. Denken Sie darüber nach. Ich werde in den nächsten Tagen ohnehin bei Ihrem Vater vorsprechen, Herr von Steudnitz unterstützt unseren Verein jedes Jahr mit einer großzügigen Zuwendung. Vielleicht möchten Sie mich ja einmal auf meinem Weg zu einer betreuten Familie begleiten.« Sie erhob sich und neigte lächelnd ihren Kopf zum Abschied. »Es war mir eine Freude.«

Henriette stand ebenfalls auf. »Ganz meinerseits.«

Sie sah Amalie Sieveking nach, schüttelte den Kopf über sich selbst. Seit wann war sie so verlegen um Worte?

»Ich sehe, du hast Amalie Sieveking bereits kennengelernt.« Rosa tauchte neben ihr auf. »Sie ist …«

»… erfrischend ungewöhnlich.« Henriette hakte sich bei Rosa unter und ging mit ihr hinaus in den Garten. »Jetzt fühle ich mich schlecht, weil ich mich seit Wochen in Satinlaken gehüllt selbst bemitleide, völlig ignorant gegenüber dem Elend um mich herum. Und gleichzeitig fühle ich mich so gut wie lange nicht. Ich glaube, ich habe gerade eine neue Aufgabe gefunden. Ich werde mich Amalie Sievekings Verein anschließen. Schon bald wird sie mich das erste Mal mitnehmen.«

Rosa stoppte abrupt. »Du meinst … du willst Amalie in diese elenden Viertel begleiten?«

Henriette nickte.

»Das wird dein Vater niemals gestatten. Du weißt, dass er sie Seuchenviertel nennt.«

Wieder nickte Henriette. »Weil dort die Cholera am schlimmsten gewütet hat.«

»Weil dort alles am schlimmsten wütet!«

»Ich bin erwachsen, Rosa, ich brauche dazu nicht die Erlaubnis meines Vaters.«

»Aber du brauchst seine Apanage!« Rosa umschloss Henriettes Hände mit den ihren. »Liebste Freundin, ich wäre überglücklich, wenn dich das wieder froh machen würde. Aber könntest du ihr nicht anders behilflich sein? Spendenaufrufe und Benefizkonzerte organisieren, Güter zusammenstellen, du kannst das doch alles so gut wie keine Zweite! Aber du selbst als Helferin im Seuchenviertel – ich glaube nicht, dass das dein Weg ist.«

»Mein Weg hätte in Königswinter enden sollen.« Henriette löste ihre Hände aus Rosas. Die Leichtigkeit war plötzlich verflogen.

Sie wollte einfach nur nach Hause.

Zu Franz.

Der ihr seit ihrer Abreise aus Königswinter nicht eine Zeile geschrieben hatte.

Der sie einfach ausgemustert hatte wie ein altes Möbel.

Dessen Haus nie wieder das ihre sein würde.

4 Die ersten Sonnenstrahlen weckten Jule aus ihrem unruhigen Schlaf. Gähnend streckte sie sich, spürte die rauen Planken des kaputten Ruderboots, das sie für die Nacht unter das überhängende Dornengeflecht der Böschung gezogen hatten. Noch müde setzte sie sich auf, pikste sich an einem Dorn. Blut quoll aus der Haut. Sie spuckte auf die winzige Wunde und verrieb den Speichel mit dem Blut. Abgesehen von den Dornen war es ein guter Schlafplatz, wie Frieder versprochen hatte. Vom Uferweg konnte man die Einbuchtung nicht sehen, vom Wasser aus war das Risiko, nachts überfallen zu werden, verschwindend gering. Trotzdem hatte sie jedem Geräusch ängstlich nachgelauscht, versucht, es Tier oder Mensch zuzuordnen, sich in den Schutz einer Unterkunft gewünscht. Wie dreckig und voll es auch sein mochte, dort wären sie wenigstens geschützt vor Tieren und Räubern und Regen.

Sie krabbelte aus der Bootsruine und hockte sich ans Wasser. Der Fluss strömte in trügerischer Ruhe dahin. Doch sie wusste, wie tückisch er sein konnte. Stand man gerade noch hüfthoch im Wasser, brauchte es nur einen kleinen Schritt oder eine heftige Bugwelle, um den Boden unter den Füßen zu verlieren, von der Strömung mitgerissen und von den Strudeln unter Wasser gezogen zu werden. Sie streckte die Hand ins Wasser. Kühl floss es durch ihre Finger, sie schöpfte zwei Handvoll heraus und benetzte damit ihr Gesicht.

»Ich arbeite heute am Hafen.« Frieder hockte sich neben sie. »Sie suchen Helfer auf den Schuten.«

»Du bist zu jung.«

»Ich bin klein. Wenn sich was verkeilt, komme ich viel besser dran.«

»Es ist zu gefährlich.«

»Alles ist gefährlich.« Frieder setzte sich auf die Steine und streckte seine Füße in den Fluss. »Gestern habe ich den ganzen Tag Holz gestapelt, und dann hat der Holzhändler gesagt, er bezahlt mich nicht, weil es nicht ordentlich ist.«

»Und dann?«, fragte Jule.

»Habe ich einen Stapel umgeworfen. Und vielleicht hat der Holzhändler dabei ein Scheit abbekommen. Und dann hat er den Büttel geholt.«

Jule stieß hörbar die Luft aus. Sie konnte sich genau vorstellen, wie Frieder getobt hatte. »Mensch! Frieder! Wann kapierst du es endlich? Dein Jähzorn bringt nur Ärger!«

»Er hat meine Arbeit nicht bezahlt!«, brauste Frieder auf.

»Hat er sie dir bezahlt, nachdem du herumgetobt hast wie ein Teufel?«

Anstelle einer Antwort schmetterte Frieder einen Kiesel ins Wasser. »Der Sohn vom Holzhändler kam aus der Schule und hat sich über mich lustig gemacht. Er hat gesagt, dass er noch nie so schmutzige Füße gesehen hat. Und dann hat er mit seinen neuen Lederschuhen geprahlt.«

»Er scheint ein ziemlich dummer Junge zu sein.«

»Er musste nicht einmal helfen! Seine Mutter hat ihm

Kuchen und Limonade gebracht. Dabei hat er den Kuchen gar nicht gewollt.« Frieder pfefferte fünf Kiesel in kurzen Abständen nacheinander ins Wasser. »Ich wollte ihn. Ich hatte Hunger. Aber ich musste Holz stapeln. Und das habe ich gemacht, bis zum letzten Scheit.«

»Du bist sehr fleißig«, lobte Jule. »Und es war falsch, dir keinen Lohn zu geben.« Sie streckte ebenfalls ihre Füße ins Wasser und versuchte, das Gefühl der Frische für später am Tag aufzubewahren. Wenn es heiß und die Füße vom vielen Stehen am Waschtrog müde waren.

»Der Büttel hat mir überhaupt nicht zugehört. Er hat mich am Ohr gepackt und vom Hof gezerrt.« Die nächsten Kiesel flogen platschend ins Wasser. »Und dann hat er gesagt, ich bin ein Taugenichts und Herumtreiber und faul und schmutzig. Ich bin nicht faul! Ich habe Holz gestapelt!«

»Bist du nicht«, sagte Jule besänftigend. »Es war nicht recht, das zu dir zu sagen.«

Er zog die Füße aus dem Wasser. »Ich habe Hunger. Ich habe seit dem Stück Kuchen gestern nichts mehr gegessen.«

»Welchem Kuchen?«, fragte Jule alarmiert.

»Dem vom Holzhändlerjungen natürlich.«

»Du hast seinen Kuchen geklaut?« Sie sah Frieder streng an.

»Er hat ihn ja nicht einmal gewollt! Und außerdem habe ich mir den Kuchen verdient, jeden Brösel!«

»Nein, Frieder, zum hundertsten Mal! So funktioniert die Welt nicht!« Jule schüttelte verzweifelt den Kopf. »Ich musste dem Büttel all unsere Ersparnisse geben, um dich auszulösen. Ich hätte dir die ganze Woche Kuchen kaufen können, und es wäre immer noch was übrig!«

»Alles? Weg?« Frieder sah sie mit großen Augen an.

»Schlimmer«, brach es aus Jule heraus. »Wir schulden Lauermann acht Schilling.«

»Dann haben wir gar nichts mehr?« Frieders Stimme zitterte. »Kein Geld für etwas Brot?«

»Ein paar Pfennig habe ich für Brot zurückbehalten. Aber zuerst sammeln wir Reisig für Bäcker Möricke.« Jule erhob sich, ging zu dem kaputten Boot und schüttelte ihr sorgfältig zusammengelegtes Oberkleid aus, bevor sie hineinschlüpfte. Dann breitete sie ihr Tuch für das Reisig aus.

Bald darauf liefen sie schwer beladen zur südlichen Neustadt. Frieder trug das Reisig, Jule hatte die Arme voll mit Treibholz, das sie an der Böschung gefunden hatten. Vorsichtig ging sie den unebenen Weg entlang. Ihre Arme schmerzten vom Gewicht des Treibholzes, das Frieder so hoch auf ihre Arme gestapelt hatte, dass sie den Boden vor ihren Füßen nicht sehen konnte. Erleichtert spürte sie endlich die von der Nacht noch kühlen Pflastersteine unter ihren Füßen. Es war früh, die Straßen noch verschlafen, nur wenige Händler waren bereits mit den Vorbereitungen für den Tag beschäftigt. Je näher sie der Bäckerei kamen, desto mehr knurrte ihr leerer Magen. Hoffentlich gab ihnen der Bäcker etwas Extrabrot für das Holz, sodass sie nur ein paar Pfennige für das Tagesbrot verwenden musste. Vielleicht würde er sich darauf einlassen, dass sie ihm die kommenden Wochen jeden Tag etwas Holz gegen Brot brachten. Lauermann würde nicht zu lange auf die Bezahlung ihrer Schulden warten. Sie könnte mehr Wäsche annehmen, schneller und länger arbeiten, um noch etwas dazuzuverdienen. Persönlich wollte er dafür sorgen, dass sie ihre Schulden bezahlte, hatte er gesagt. Sie schauderte. Wie er dabei gegrinst hatte. Wo er doch genau wusste, wie schwer es für sie war, so viel Geld zur Seite zu legen. Acht Schilling!

»Wir können heute Nacht wieder draußen schlafen«, sagte Frieder. »Dann sparen wir uns das Nachtgeld.«

»Und wenn es regnet?«, fragte Jule.

»Wir bauen einen Regenschutz«, sagte Frieder eifrig. »Und ich weiß auch schon, wie.«

Jule lächelte. Natürlich hatte Frieder schon eine Lösung für ihr Problem. Niemand sonst hatte so schnell Lösungen parat. Frieders mochten nicht immer hilfreich sein, aber wenigstens gab er nie auf. Abgesehen davon schlief er ohnehin lieber im Freien als in einem der feuchten, übervollen Keller, in denen sie unterkamen, seit Witwe Strauss Frieder vor die Tür gesetzt hatte. Ach, wenn Witwe Strauss nur endlich die unselige Geschichte mit der Kanne vergessen und sie wieder in ihrem Saal schlafen lassen würde! Es war sauber und trocken bei ihr, und meist waren sie sogar die einzigen Schlafgäste gewesen. Immerhin hatte sie ihr versprochen, auf ihre wenigen Habseligkeiten aufzupassen, bis Jule eine neue feste Unterkunft gefunden hatte.

Vor Bäcker Möricke blieben sie stehen. Jule betrat den Laden zuerst und ging schnurstracks zur Bäckersfrau, die gerade frisch gebackene Brote in die Körbe legte.

»Guten Morgen«, sagte Jule freundlich, aber bestimmt, wie sie es von Witwe Strauss gelernt hatte. »Ich habe Reisig und Treibholz. Was bekommen wir dafür?«

»Da wart ihr ja schon fleißig.« Die Bäckersfrau wählte einen zwei Handteller großen Laib und legte ihn auf den Tresen. »Drei Pfennig bekomm ich noch.«

Jule legte die Pfennige auf den Tresen.

Gierig nahm Frieder seine Hälfte und brach sich sogleich ein Stück herunter. »Ich mach mich auf die Socken«, sagte er mit vollem Mund. »Sonst sind die Plätze auf den Schuten weg.«

Jule musterte ihn kurz, fuhr ihm einmal glättend durch die zerzausten Haare. »Wir sehen uns nach Feierabend am Brunnen.«

Er trottete davon.

»Und halte dich von Ärger fern, hörst du?«, rief sie ihm nach. Wenn er nur endlich begriffe, dass sie immer den Kürzeren zogen, egal ob sie im Recht oder im Unrecht waren. Sie waren nun einmal machtlos, und sie hatten niemand, der sich für sie starkmachte.

Verlieren taten am Ende immer sie.

# 5

»Wie erfreulich, dich um diese Stunde bereits auf zu sehen.« Vater hielt die Zeitung zur Seite, um an ihr vorbei Henriette zufrieden zuzunicken. »Ich hörte, dein gestriger Ausgang mit Rosa Habermanns verlief ohne Zwischenfälle.«

Henriette wedelte die Serviette auf und legte sie auf ihren Schoß. Sogleich eilte Matje, der Hausdiener, herbei und schenkte ihr eine Tasse Tee ein. »Gänzlich skandalfrei, Vater. Guten Morgen!«

»Nun, hoffen wir, dass dies so bleiben wird. Auch wenn du nicht mehr so heißt, du bist eine geborene von Steudnitz, das verpflichtet.« Mit einer schnellen Handbewegung schlug er die Zeitungsecke zurück und vertiefte sich erneut in seine Lektüre.

Henriette nahm sich eine von Matje frisch aufgeschnittene Scheibe Brot und bestrich sie dünn mit Marmelade, schnitt sie in einen schmalen Streifen und acht Dreiecke und drapierte die Brotstücke zu einer Blume. Sie trank einen Schluck Tee, die Augen auf das essbare Kunstwerk vor ihr gerichtet. Farbe fehlte. Dunkles Pflaumenmus für den Stiel, dann würden die Brotblüten mit der Erdbeermarmelade ganz anders wirken.

Die Zeitung raschelte, Vater sah indigniert auf Henriettes

Teller. »Ich würde es vorziehen, wenn du dich der Kunst mit Pinsel und Leinwand widmest. Die Verhölst-Schwestern …«

»… haben keine Ahnung von Speisenarrangements«, vollendete Henriette den Satz ihres Vaters.

»Was sicherlich nicht zu ihrem Nachteil ist, denn für solche Unsinnigkeiten hat man schließlich Personal.«

Henriette steckte zwei Brot-Blütenblätter auf einmal in den Mund, um zu ersticken, was ihr auf der Zunge lag. Wie sie es hasste, wenn Vater abfällig über ihre Arbeit als Gastronomin redete. Es waren genau diese liebevollen, spielerischen Details, die Franz' Haus das Renommee eingebracht hatten, das es zu einer der beliebtesten Gaststätten am Rhein aufsteigen ließ. Und das, obwohl er als Bayer und sie als Hanseatin am Anfang einiges an Argwohn hatten erdulden müssen, was sie nur darin bestärkt hatte, alles besonders exquisit zu gestalten. Das Geschirr abgestimmt auf die verschiedenen Gasträume, die perfekte Dekoration für jeden Anlass, das Essen immer kunstvoll angerichtet, selbst die Tagessuppe wurde mit passenden Kräutern verziert.

»Für diese Unsinnigkeiten zahlen Gäste gutes Geld, und zwar deutlich mehr, als es uns kostet, sie anzurichten«, sagte sie betont ruhig. »Ich habe mich als gute Geschäftsfrau bewiesen. Dass wir die Einnahmen verdreifacht haben, lag nicht zuletzt an meinen Ideen und meinem Verhandlungsgeschick.«

»Und doch bist du jetzt hier. Nach über fünfzehn Jahren deiner Mitarbeit hat dein Mann beschlossen, dass er auf dein Geschick verzichten kann.« Vaters Kopf verschwand wieder hinter der Zeitung.

Henriette erstach mit einem hellen Klonk ihre Brotblume bis

aufs feine Porzellan. »Sie wissen, warum ich hier bin, Vater«, sagte sie tonlos. »Es hat nichts mit meiner Arbeit zu tun!«

»Ich weiß, dass dein Mann dich nicht mit dem Respekt behandelt hat, der einer von Steudnitz gebührt.« Vater legte die Zeitung abrupt zur Seite. »Er hat seine Frau arbeiten lassen wie eine Proletarierin und dann weggeworfen wie einen alten Lumpen!«

»Vater!«, rief Henriette. »Es war mein Wunsch, bei Franz mitzuarbeiten, und es war meine Entscheidung, ihn zu verlassen. Aber im Gegensatz zu Ihnen hat er mich ernst genommen. Warum nehmen Sie mich nicht mit ins Kontor?«

»Das kommt überhaupt nicht infrage.« Vaters Mund wurde spitz. »Und das weißt du.«

Henriette schob den Teller von sich. Sie musste sich zusammenreißen, um ruhig sitzen zu bleiben.

»Das ist das Problem mit dir, Henriette«, sagte Vater. »Du kennst deinen Platz nicht.«

»Ich dachte, mein Platz wäre nun an Ihrer Seite. In dem Kontor, das Sie nach dem Krieg mit so viel Mühe wieder aufgebaut haben.«

»Dein Platz wäre weiterhin an der Seite des Mannes gewesen, den du trotz meiner Bedenken geheiratet hast. Ich hatte dir gesagt, dass ein Gastwirt mit seinen Holterdiepolter-Manieren kurzfristig amüsant sein mag, aber auf die Dauer unerträglich wäre.«

Henriette atmete tief durch. »Es geht hier nicht um Franz«, sagte sie schließlich. »Ich möchte mich nützlich machen. Ich habe nach dem Krieg so oft im Kontor gesessen und Ihnen zugehört, wie Sie Handelsvereinbarungen geschlossen, Kosten und Erträge berechnet, Lieferanten und Kunden umgarnt und

Transportwege verkürzt haben. Ich könnte Ihnen eine gute Hilfe sein.«

»Ich habe alle Hilfe, die ich brauche, vielen Dank!« Vater nahm die Zeitung wieder auf, sein Gesicht verschwand hinter Papier und schwarzer Druckertinte.

Henriette starrte auf die Rückseite der Zeitung. Es war so ermüdend. »Ich bin eine gute Geschäftsfrau.«

Seufzend senkte Vater die Zeitung. »Allein der Begriff Geschäftsfrau ist ein Widerspruch in sich. Frauen führen keine Geschäfte. Besuch Konzerte, geh zum Fünf-Uhr-Tee, halte dich an die Verhölst-Schwestern, sie wissen, wie man sich in Hamburgs Gesellschaft zu bewegen hat. Oder wenn dir das alles nicht zusagt, tritt dem Frauen- und Jungfrauenverein bei oder fertige meinetwegen deine seltsamen Puppen, aber hör auf, mich mit diesem albernen Geschwätz über Geschäftsfrauen zu enervieren.«

»Nun gut«, blaffte Henriette. »Wenn das so ist, dann kann ich meine Zeit ja ganz und gar Amalie Sievekings Weiblichem Verein für Armen- und Krankenpflege widmen.«

»Sieveking?« Vater runzelte die Stirn. »Du willst mit dieser verwirrten Frau in die Seuchenviertel? Und mir dann die Siechen und das Ungeziefer ins Haus einschleppen? Das kommt nicht infrage! Eine von Steudnitz hat dort nichts verloren.«

»Aber …« Nun runzelte Henriette verwirrt die Stirn. »Sie unterstützen Frau Sieveking doch auch!«

»Selbstverständlich. Schließlich hat sie beste Verbindungen in die Politik. Ihr Vater, Gott hab ihn selig, war ein guter Mann im Senat. Ganz hervorragend in seinen Ansichten.«

»Dann geht es Ihnen nicht um die Sache?«

»Hast du nicht eben noch behauptet, eine gute Geschäftsfrau zu sein?«, fragte Vater süffisant. »Es geht immer nur um das Geschäft. Das lebt von den richtigen Beziehungen. Und Fräulein Sieveking hat die besten.«

»Dann kann es ja nicht schaden, sich mit ihr gut zu stellen«, gab Henriette zurück.

»Du wirst keinen Fuß in die Seuchenviertel setzen. Das ist mein letztes Wort.« Vater sah sie streng an. »Wenn du dich so unbedingt im Kontor nützlich machen möchtest, dann kümmere dich um die Festivitäten zum fünfundzwanzigsten Jubiläum des Endes der napoleonischen Besatzung.«

»Ich soll ein Fest organisieren?«

Vater faltete die Zeitung und erhob sich. »Betrachte es als großzügiges Entgegenkommen.«

***

Henriette rückte den Stuhl näher ans Fenster. Im direkten Sonnenlicht sah sie den weißen Faden viel deutlicher.

»Ich weiß nicht, wie du das Stunde um Stunde machen kannst.« Rosa stöhnte und ließ ihre halb fertige Puppe in den Schoß sinken. »Mein Rücken schmerzt, und mein Finger ist schon ganz zerstochen, und …«

»Du musst nur den Fingerhut richtig benutzen und dich gerade hinsetzen.« Henriette hob den Puppenkorpus und nähte den Kopf an. »Denk einfach daran, dass du einem armen Kind damit eine Freude machst.«

»Da tut es ein Schilling auch.«

»Bitte, Rosa!« Henriette schüttelte missbilligend den Kopf. »Das hätte jetzt auch von Vater stammen können.«

»Und er hat recht!«, trumpfte Rosa auf. »Du solltest dich

freuen, dass er dir die Organisation des großen Festes aufgetragen hat. Du wirst dabei aufblühen, das garantiere ich dir. Das Fest wird deine Eintrittskarte zurück in die Gesellschaft, vorbei an den Verhölst-Schwestern, gleich in die wirklich wichtigen Kreise. Und wer weiß, vielleicht ist ja auch der eine oder andere gut situierte Herr dabei, der dich interessieren könnte …«

Schweigend nähte Henriette den hellen Kopf weiter an. Die Ablenkung täte ihr sicherlich gut. Und eine Veranstaltung zu organisieren würde ihr Spaß machen: Einladungen gestalten, Gästelisten erstellen, Deko, Menüvorschläge … Tausend Dinge waren zu erledigen, und sie hätte das erste Mal seit ihrer Ankunft in Hamburg wieder das Gefühl, gebraucht zu werden.

»Ich freue mich ja«, räumte sie ein. »Aber ich ärgere mich, dass ich nun Fräulein Sieveking absagen muss, sollte sie mich einladen, sie zu begleiten.«

»Hast du wirklich geglaubt, dein Vater würde das gutheißen?«

»Wohltätigkeit ist auch für seinen Ruf wichtig«, sagte Henriette. »Er spendet jedes Jahr für ihren Verein.«

»Was etwas anderes ist, als selbst dorthin zu gehen.« Rosa drückte mit aller Gewalt die Nadel in den Puppenkorpus. »Deine Mutter und dein Bruder sind an der Cholera gestorben, und im Gängeviertel ist die Seuche immer besonders schlimm.«

»Wir haben derzeit keine Seuche, die die Luft verpestet.«

»Wer weiß schon, wann die nächste ausbricht?« Rosa ließ entnervt das Nähzeug in den Schoß sinken. »Wie kommt es nur, dass das bei dir so einfach aussieht und ich es nicht einmal schaffe, die Nadel durch die erste Schicht zu stechen?«

»Gib her.« Henriette streckte die Hand nach Rosas Puppe aus und nähte den Kopf fertig an. War es möglich, dass es Vater bei der Arbeit mit Amalie Sieveking wirklich weniger um seinen ewigen Standesdünkel als um Angst vor Ansteckung ging? Sie hatte nicht vorgehabt, sich an sein Verbot zu halten, wenigstens einmal wollte sie Amalie Sieveking begleiten, sich selbst ein Bild machen, bevor andere darüber entschieden, was gut für sie war. Aber nun … Sie konnte Vaters Angst verstehen. Sie mochte irrational und unverhältnismäßig erscheinen, aber genauso war es auch ihr nach der Besatzung und Mutters Tod gegangen, als sie, gerade mal zwölf Jahre alt, darauf bestanden hatte, Vater Tag für Tag ins Kontor zu begleiten. Er hatte ihr gestattet, irrational und verängstigt zu sein. Er hatte Gehorsam und absolute Ruhe verlangt, aber er hatte sie überallhin mitgenommen, so ungewöhnlich es seinen Geschäftspartnern auch erschienen sein mochte.

Sie vernähte den Faden und schnipste ihn mit einer Schere ab.

Schuldete sie es Vater, sein Verbot zu respektieren?

# 6

»So!« Frieder stemmte stolz die Arme in die Seite und begutachtete sein Bauwerk. »Standhaft wie eine Bude.«

Jule tippte skeptisch gegen die eng verwobenen Zweige und Blätter, die Frieder in das Gestrüpp über dem kaputten Ruderboot eingeflochten hatte. Das Dach würde sie gegen Sonne und leichten Niesel schützen, aber ein forscher Wind oder harter Regen würde das Geäst in kürzester Zeit zerstören.

»Ich weiß nicht…« Sie verstummte. Warum sollte sie ihm die Freude nehmen? Er hatte seit Sonnenaufgang weiter daran gearbeitet, um es noch dichter und standhafter zu machen. Nun lag ein harter Tag auf der Schute vor ihm. Sollte sie ihm die Laune vermiesen, wenn das nächste Unwetter ihn ohnehin lehrte, was er ihr nicht glauben würde?

Frieder ritzte mit einem spitzen Kiesel den Strich für den heutigen Tag auf die oberste Seitenplanke des Ruderboots. Zwölf Tage schliefen sie nun schon in dem kaputten Boot, und jeden Abend war sie erneut verwundert, dass noch niemand sie von dort vertrieben hatte. Frieder hatte sogar Stroh aufgetrieben und eine Decke, die sie ausgiebig gewaschen und getrocknet hatte. Die Löcher würde sie flicken, sobald sie sich etwas Garn kaufen konnte. Aber das würde sie sich erst gönnen, wenn sie die acht Schilling zusammenhatten, und das wiederum würde noch eine Weile dauern. Sobald der Herbst kam, würden sie wieder eine Unterkunft bezahlen müssen und gebrauchte Schuhe und für Frieder eine warme Jacke. Da konnten sie kein Geld sparen. Sie umschloss die Münzen in ihrer Rocktasche. Schon dreieinhalb Schilling hatten sie zusammen. Dank des kostenlosen Schlafplatzes und der vielen Arbeit, die Frieder gerade am Hafen bekam. So viel Geld hatte sie noch nie in so kurzer Zeit zurücklegen können.

»So«, sagte Frieder erneut und betrachtete den zwölften Strich seiner geraden Reihe exakt gleich langer und dicker Striche. »Heute Abend baue ich weiter. Vielleicht bekomme ich ein paar Bretter.«

»Bretter?«, fragte Jule nach. »Woher?«

»Vom Hafen.«

»Frieder«, sagte Jule streng.

»Ich pass schon auf.« Er wandte sich zum Gehen. »Kommst du?«

Die Frage nach den Brettern brannte Jule auf der Zunge, doch sie kannte Frieder gut genug. Solange er diesen trotzigen Zug um seinen Mund hatte, würde sie nichts erfahren. Und selbst wenn sie ihn zum Reden brachte, wäre es höchstens eine Lüge. Bei Vater hätte Frieder sich das nie getraut. Er hätte unter Vaters strengem Blick den Kopf gesenkt und seine Verfehlungen zugegeben. Aber sie konnte so streng gucken, wie sie wollte, es beeindruckte Frieder nicht im Geringsten. Wie sehr sie sich wünschte, Vater wäre noch bei ihnen. Immer hatte er einen Ausweg aus einer misslichen Lage gewusst, selbst wenn sie noch so hoffnungslos schien.

An der Abzweigung zur Südstadt drehte Frieder sich kurz um. »Wir sehen uns heute Abend beim Brunnen.«

»Keinen Ärger, ja?«, rief Jule ihm nach.

Frieder winkte ab. Er schien es eilig zu haben, dabei waren sie früh dran. Sie hatte sogar Zeit für einen schnellen Abstecher zu Witwe Strauss, um nachzufragen, ob sie ihre Sachen noch ein wenig länger dort lagern durfte. Sie erreichte die Judengasse, durchschritt die Gänge, links, rechts, bis sie den vertrauten Hof erreichte, in dem Witwe Strauss' Saal lag. Flink stieg sie die verwitterten Holzstufen nach oben und klopfte.

»Ja?«

Jule trat ein. Witwe Strauss saß wie immer an ihrem Tisch, darauf ein neuer Krug mit Wasser.

»Jule Trabbert. Dass du dich mal sehen lässt«, brummte sie.

»Entschuldigen Sie, Witwe Strauss«, sagte Jule und blieb vor dem Tisch stehen. »Ich musste schrecklich viel arbeiten.«

»Habe ich gehört. Und dass du in Lauermanns Schuld stehst, weil er den Frieder beim Büttel ausgelöst hat. Komm, Kind, setz dich.« Sie klopfte auf den Hocker zu ihrer Linken.

Gehorsam setzte Jule sich.

»Was ist nur in dich gefahren?« Witwe Strauss seufzte. »Dich ausgerechnet auf den Lauermann einzulassen! Wo ich doch nur ein paar Gassen weiter wohne!«

»Ich …« Jule starrte auf den neuen Krug. Sie konnte doch nicht sagen, dass sie gedacht hatte, Witwe Strauss würde Frieder wegen des kaputten Kruges nicht helfen wollen.

»Ausgerechnet der Lauermann. Der hat so früh angefangen wie der Frieder. Immer die Hände in den Taschen der anderen. Seine Mutter hat er vor Gram ins Grab gebracht.«

Witwe Strauss nickte langsam, als erinnerte sie sich gerade erst an den gramvollen Tod von Lauermanns Mutter.

»Der Frieder ist nicht…«, begann Jule.

»Das hat Mutter Lauermann auch immer gesagt. Hat nicht sehen wollen, dass ihr Sohn auf den unrechten Weg geraten ist. Immer wieder hat sie ihm die Kohlen aus dem Feuer geholt, schon als noch die Dänen hier das Sagen hatten, 1804 ist das gewesen, da war Lauermann noch keine zehn Jahre alt, dann bei den Franzosen, einmal, da hätten sie ihn fast gehängt. Da hatte er dann eine Zeit lang Respekt vor der Obrigkeit, vor allem, als die Kosaken am Ruder waren.«

»Aber…«, begann Jule erneut.

»Das wird keinen guten Ausgang haben mit dem Frieder«, fiel Witwe Strauss ihr ins Wort. »Egal wie sehr du dir das wünschst und dich bemühst. Du wirst ihn nicht bändigen, das sehe ich in seinen Augen.«

»Aber dann… wollten Sie mir doch gar nicht helfen«, sagte Jule.

»Ach, Kind, manchmal ist die beste Hilfe die, die man nicht bekommt.« Sie schob einen Becher zu Jule und schenkte ihr ein Glas Wasser ein. »Wie soll der Frieder lernen, dass es nicht recht ist, was er tut, wenn er die Strafe nicht abbüßt?«

»Der Büttel hätte nicht den Frieder mitnehmen sollen«, protestierte Jule, »sondern den Mann, der ihn um seinen Lohn geprellt hat.«

»Und was hat der Frieder getan?« Witwe Strauss' Stimme war ganz sanft. »Die Tat eines anderen entschuldigt nie deine eigene.« Sie erhob sich und holte ein Stück Butterzopf aus dem Brottopf, schnitt eine dicke Scheibe ab und legte sie vor Jule auf den Tisch. Der Geruch der Hefe stieg in Jules Nase. Ihr wurde fast schwindlig vor Hunger, doch sie rührte die Köstlichkeit nicht an. Was wusste Witwe Strauss schon von ihrem Leben als Waisen. Nicht viel offenbar, sonst wäre ihr klar, dass sie Jule niemals davon überzeugen könnte, Frieder seinem Schicksal zu überlassen.

»Nun iss schon, ich sehe dir den Hunger doch an.« Witwe Strauss seufzte. »Ich weiß, dass du das mit dem Frieder nicht hören willst. Aber ich würde dir einen schlechten Dienst erweisen, wenn ich es nicht ausspräche.«

Zögerlich nahm Jule das Stück Butterzopf. Darauf zu verzichten würde Frieder auch nicht helfen. Sie biss hinein, schmeckte die Butter, die Hefe, konnte nicht anders, als den Bissen zu genießen, bis sie den letzten Krümel hinuntergeschluckt hatte. So etwas Köstliches hatte sie noch nie gegessen, jedenfalls konnte sie sich nicht daran erinnern. Sehnsüchtig blickte sie zu dem Zopf. Ob sie Witwe Strauss um ein zweites Stück bitten konnte?

Als hätte die Witwe Jules Gedanken gehört, schnitt sie eine dicke Scheibe ab und wickelte sie in ein Stück Leinen ein. Dann zog sie einen Brief aus ihrer Rocktasche und legte ihn zusammen mit dem eingewickelten Zopf vor Jule. »Du bekommst noch eine Scheibe, wenn du den Brief später bei Hedda Asmussen vorbeibringst.«

»Danke!« Jule nahm Gebäck und Brief und verstaute beides in ihrer Stofftasche. »Eigentlich wollte ich fragen, ob wir unsere Bündel noch eine kleine Weile hier stehen lassen dürfen.«

»Wenn es dir hilft, dem Lauermann aus dem Weg zu gehen«, sagte Witwe Strauss.

Jule nickte, verbiss sich jedoch das »Ja, Witwe Strauss«, das ihr auf der Zunge lag. Es wäre eine Lüge – sie konnte Lauermann nicht aus dem Weg gehen, selbst wenn sie wollte, er würde sie finden, solange sie ihre Schulden noch nicht beglichen hatte.

»Und dem Frieder, dem darfst du seine Machenschaften nicht mehr durchgehen lassen. Was Hänschen nicht lernt, dass lernt der Hans nimmermehr.« Witwe Strauss hob warnend den Finger. »Hör auf mich, bevor es zu spät ist. Zu große Milde hat noch keinem geholfen.«

»Ja, Witwe Strauss«, sagte Jule leise. Sie senkte den Kopf. Wie sollte sie das denn anstellen, wenn Frieder nicht auf sie hörte? Den ganzen Tag sah sie ihn nicht, und abends, wenn sie ihn sah und er ihr von seinem Tag erzählte, bemerkte sie in letzter Zeit immer öfter, dass er sich in Lügen verstrickte. Oder ihr Dinge erst verheimlichte und sich dann verplapperte, wie bei dem Kuchen, den er dem Holzhändler geklaut hatte.

»Du bist ein gutes Kind.« Witwe Strauss tätschelte Jules Hand. »Vertrau in Gott, er wird dir den rechten Weg schon weisen.«

Witwe Strauss' Worte hallten noch in ihr nach, als sie die Gänge lange verlassen hatte, und zügig durch St. Georg marschierte. Hatte sie nicht ihr Leben lang in Gott vertraut? Und was hatte es ihr beschert? Erschlagene Eltern und verschüttete Geschwister, die Wahl zwischen Hunger und Schlägen im Armenhaus oder dem täglichen Kampf um ein Dach über dem Kopf und ein wenig Brot. Womit hatte sie Gott erzürnt, dass er sie so strafte? War sie ihren Eltern keine gute Tochter gewesen? Hatte sie Gottes Wort nicht geehrt? Dabei hatte sie brav zugehört, damals, mit Dorrit und Willem in der Sonntagsschule bei Herrn Wichern. Manchmal hatte sie auch eine freundliche Dame unterrichtet. Dass Gott barmherzig sei, hatte sie ihnen versichert, und dass er alle seine Kinder liebe und die Hand über sie halte, auch über die, die ein wenig vom rechten Wege abgekommen waren. Dass man deshalb nicht über andere richten, sondern ihnen die Hand zurück auf den rechten Weg reichen sollte, hatte sie immer wieder betont. Wenn Witwe Strauss recht hatte und Frieder vom rechten Weg abgekommen war und diese Dame auch recht hatte und es Gottes Wille war, ihm die Hand zu reichen, wie konnte es dann falsch sein, ihm zu helfen?

Abrupt blieb sie stehen. Vor ihr erhob sich die Kirche, in der Herr Wichern sie sonntags unterrichtet hatte. Ihr Blick hing an dem schlichten Portal des Gotteshauses. Bilder ihrer Eltern schoben sich vor ihre Augen. Mutter, wie sie eilig Dorrits wilde Locken für den Kirchenbesuch in einem Zopf bändigte und ihr selbst die Haare mit kräftigen Strichen bürstete und die zu kurze Schürze richtete, Vater, der seine Melone vom Staub befreite und Willem ermahnte, ja keinen Fleck auf sein Sonntagshemd zu kleckern. Sie schloss die Augen, ließ die Bilder in ihrem Kopf lebendig werden, hörte Dorrits Jammern über Mutters erbarmungslosen Kamm, Mutters Befehl, doch endlich stillzuhalten, dann würde es auch nicht ziehen und ziepen.

Nass liefen ihr Tränen über die Wangen. Wie sehr sie Mutter und Dorrit vermisste.

Sie wischte mit dem Ärmel die Tränen von ihrem Gesicht, starrte auf das Portal, dann gab sie sich einen Ruck, lief die Stufen hoch und betrat die Kirche. Es war dunkel und kühl, nur wenige Menschen saßen in stillem Gebet auf den Bänken. Auf leisen Sohlen schlich sie durch den Mittelgang zu einer leeren Bank und setzte sich.

»Lieber Gott«, flüsterte sie und faltete ihre Hände zum Gebet, »bitte vergib mir meine Sünden. So lange war ich nicht mehr in der Kirche. Weil doch das letzte Mal die Frau den Büttel auf uns gehetzt hat. Jetzt hat der Frieder Angst, in die Kirche zu gehen. Weil er denkt, dass uns dann wieder jemand ins Armenhaus stecken will. Und da geht er nie mehr hin, hat er geschworen – aber was, wenn er dort davor geschützt wäre, vom rechten Weg abzukommen?« Sie hielt inne und sah zu dem Madonnenbildnis hoch, als erwartete sie ein Nicken oder Kopfschütteln. »Was, wenn Witwe Strauss recht hat?«

Ein plötzlicher Schmerz durchzuckte sie. Sie schrie auf, umklammerte die kräftige Hand, die sie erbarmungslos am Ohr nach oben zog.

»Hab ich dich erwischt!« Der Küster zog sie aus der Bank, durch den Mittelgang, hinaus aus der Kirche. Erst dort ließ er sie los. »Du hast hier nichts verloren, diebisches Gesindel!«

Jule rieb sich das schmerzende Ohr und drängte die aufsteigenden Tränen zurück. Seit wann durfte sie die Kirche nicht mehr betreten? Sie bemerkte, wie der Gesichtsausdruck des Küsters sich veränderte. Er runzelte die Stirn.

»Du bist doch Trine Wenckers?«, fragte er.

Jule schüttelte den Kopf. »Jule Trabbert«, sagte sie leise.

Der Küster musterte sie unschlüssig. »Was treibst du dich hier herum?« Er drehte suchend den Kopf, runzelte erneut die Stirn. »Wo sind deine Eltern?«

»Sie … Meine Mutter … Sie ist …« Sie trat erst einen, dann zwei Schritte zurück, drehte sich auf dem Absatz um und rannte die Stufen hinab, die Straße hinunter, den Weg zurück, den sie gekommen war. Sie rannte und rannte, wich einer Droschke aus, rempelte erst einen jungen Burschen an, dann eine Frau, hörte ihn fluchen, sie schimpfen, doch niemanden rufen, dass sie endlich stehen bleiben solle. Sie warf einen Blick zurück, verlangsamte ihren Schritt, hielt an. Ängstlich beobachtete sie die Straße, inzwischen war die Stadt erwacht, Läden öffneten ihre Türen, Arbeiter schleppten schwere Säcke, Frauen noch leere Körbe für die Besorgungen des Tages, eine Droschke hielt bei Schneider Pielmann und entließ zwei Damen in das gerade erst öffnende Geschäft.

Sie hätte auf Frieder hören sollen! Sie durften nicht mehr in die Kirche und riskieren, dass der Küster sie zurück ins Armenhaus brachte. Ob er noch nach ihr Ausschau hielt? Sie musste genau in die entgegengesetzte Richtung, wieder an der Kirche vorbei – oder einen großen Umweg einschlagen. Aus den Augenwinkeln nahm sie die Kontur eines Mannes wahr. Er kam aus einem Seitengang heraus direkt auf sie zu. Zu spät erkannte sie Lauermann unter der tief sitzenden Schirmmütze.

»Na, sieh einer an …« Lauermann packte sie grob am Arm. »Wen haben wir denn da?«

»I-Ich …«, stammelte Jule.

»Die brave Jule«, sagte er tadelnd, »heute früh erst habe ich mich gefragt, ob du mich wohl meidest, weil du mir mein Geld nicht zurückbezahlen möchtest?«

»Ich… ich habe es schon fast zusammen«, presste Jule heraus.

»Ach ja?« Lauermanns Finger bohrten sich in ihren Arm. »Acht Schilling? Wo du doch Tag für Tag mit meiner Frau zusammen wäschst. Und die hat in der gleichen Zeit nicht einmal einen Schilling zur Seite gelegt. Was meinst du – versteckt sie ihr Geld vor mir?«

»Nein!«, rief Jule schnell. »Ich arbeite Extraschichten. Und

Frieder auch. Am Hafen. Da gibt es gerade gutes Geld. Wegen den Vorbereitungen zum Jubiläum.«

Lauermann sah sie an. Jule konnte seinen Blick nicht deuten – war er wütend? Besorgt um sein Geld?

»Wir schlafen auf der Straße, um das Nachtgeld zu sparen.«

»Soso«, sagte er schließlich und ließ sie los. »Dann kannst du mir ja mein Geld morgen bringen.«

»Mo-Morgen?« Jules Kehle wurde eng. Niemals konnte sie bis morgen das fehlende Geld auftreiben. »Wir brauchen noch Zeit, ein paar Wochen, bitte!«

»Drei Tage«, sagte Lauermann. »Und keinen Tag länger.«

»Aber …« Jules Stimme brach. Wie sollten sie das denn schaffen?

»Wenn du es bis dahin nicht hast, arbeitest du es bei mir ab.« Er beugte sich zu ihr hinab, kam mit seinem Gesicht so nah, dass sie den üblen Atem roch. »Drüben in St. Pauli«, raunte er, »da wirst du mir gutes Geld bringen.«

Jule erstarrte. Drüben in St. Pauli? Wollte er etwa dass sie … Sie schüttelte unwillkürlich den Kopf. Nein, das konnte er nicht von ihr verlangen.

Sein Blick wanderte über ihren Körper, als stellte er sich genau vor, was sie unter ihrer Schürze verbarg. Jule wich zurück, Röte schoss in ihre Wangen.

Niemals würde sie diesen Weg gehen.

## 7

Henriette fuhr mit den Fingern über den vorgelegten Stoffballen und nickte dem Verkäufer zu.

»Eine ganz exquisite Wahl, gnädige Frau.« Trotz der fortgeschrittenen Stunde rollte der Verkäufer eifrig einen Schwung ab und drapierte ihn locker auf dem robusten Holztisch. Henriette nahm den Stoff zwischen Daumen und Zeigefinger und rieb prüfend darüber. Gebürstete Baumwolle. Die Webstruktur war etwas zu locker, aber das kräftige Rot würde sich hervorragend auf den weißen Tischdecken machen. Rot und Weiß, die Farben Hamburgs als Leitmotiv für die Dekoration des großen Banketts in Vaters Kontor. Vor ihrem Auge entstand die Anordnung der Tische, der Blumenschmuck – ebenfalls rot und weiß. Für die Tischkarten brauchte sie noch einen roten Farbklecks.

»Henriette!« Rosas Stimme schallte ungebührlich laut durch das Geschäft.

Henriette drehte ihren Kopf, reckte sich, um über die vor ihr aufgetürmten Stoffballen hinwegsehen zu können. Rosa rief erneut ihren Namen und winkte sie in den hinteren Teil des Ladens, zu den Hauben und Kragen, deren Qualität das Geschäft über die Grenzen Hamburgs hinaus bekannt gemacht hatte.

Henriette runzelte die Stirn. Wie ein Marktweib durch einen Laden zu rufen war selbst für Rosa ungewöhnlich. Was mochte sie dort hinten so Zeigenswertes gefunden haben? Eine besondere Haube? Einen Plisseekragen?

»Entschuldigen Sie mich bitte einen Augenblick.« Henriette öffnete die Börse, die an einem gewundenen Seidenband quer über ihre Schulter hing, und reichte dem Verkäufer die Liste mit den Maßen der Banketttische. »Ich bräuchte Bahnen von einem Fuß Breite über die gesamte Länge plus zwei Fuß Zugabe. Und packen Sie die Stoffreste mit ein, bitte.«

Zufrieden ging sie um den ausladenden Tisch herum, vorbei an den Regalwänden mit Stoffballen in allen nur erdenklichen Farben und Mustern, an Zwirnen und Garnen, Knöpfen und Bändern und Kordeln. Kurz blieb sie bei den Kordeln stehen, eine rote stach ihr ins Auge, hauchdünn gedreht, als wäre sie extra für ihre Tischkarten erschaffen worden.

»Henni!«, rief Rosa, etwas leiser diesmal.

Eilig ging Henriette weiter.

»Na endlich! Sieh nur, wen ich zufällig getroffen habe!« Rosa trat einen Schritt zur Seite und gab hinter ihrem ausladenden Rock den Blick auf eine schwarz gekleidete zierliche Dame frei, die auf einem ebenso zierlichen Hocker vor dem Spiegel saß und eine mit Spitze besetzte Haube anprobierte.

»Fräulein Sieveking«, flüsterte Henriette überrascht. So oft hatte sie in den letzten Tagen an Amalie Sievekings Worte gedacht, an die tiefe Wahrheit darin, dass die Erfüllung einer Frau in ihrer Verheiratung liegen konnte, aber keineswegs musste. War doch über den Vorbereitungen für Vaters Feier das erste Mal seit ihrer Rückkehr nach Hamburg der Kummer über die Trennung von Franz verblasst.

Amalie Sieveking lächelte Henriette aus dem Spiegel heraus freundlich an. »Welch erfreulicher Zufall, Sie hier anzutreffen. Ich hatte fest vor, die Tage bei Ihnen vorzusprechen.«

»Bei … mir?«, fragte Henriette überrascht.

»Sie haben auf meine Nachricht nicht geantwortet, und da ich Sie nicht als Person einschätze, die eine Einladung ignoriert, wollte ich mich persönlich vergewissern, dass Sie wohlauf sind.«

»Eine Nachricht?«, fragte Henriette perplex.

»Die versprochene Einladung, mich bei einem Besuch ins Gängeviertel zu begleiten.«

»Ich habe keine bekommen.« Sie schüttelte zur Bekräftigung den Kopf. Sie war sich absolut sicher, keine Karte von Amalie Sieveking in den Händen gehalten zu haben. Im Anschluss an ihr erstes Treffen hatte sie eine solche sogar erwartet und war schließlich insgeheim froh gewesen, dass Amalie Sieveking sie offenbar vergessen und ihr damit die Peinlichkeit eines Rückziehers erspart hatte. »Sie muss in all den Listen und Briefen für die große Feier meines Vaters untergegangen sein. Vielleicht ist sie zwischen zwei Depeschen gerutscht? Oder in die Mappe mit den Rückantworten der geladenen Gäste?«

Amalie Sievekings Blick ruhte einen kurzen Moment auf ihr, dann lächelte sie nachsichtig. »Nun hat uns der Zufall ja hier zusammengeführt.« Sie machte eine nachdenkliche Pause, musterte Henriette, nickte aufmunternd. »Ich bin so gut wie auf dem Weg zu einem Besuch dort. Wären Sie bereit, mich spontan zu begleiten?«

»Jetzt?«, fragte Rosa entgeistert und sah an sich hinab. Ihr Kleid entsprach dem neuesten Chic, grün karierter Stoff über einer üppigen Krinoline, links und rechts bestückt mit einer

Reihe handgroßer Schleifen aus dunkelgrünem Samt, Brüsseler Spitze am Dekolleté, raffinierte Puffärmel aus dem grünen Samt der Schleifen. Denkbar ungeeignet für einen Besuch im Armenviertel.

Henriette dagegen trug ihr schlichtes Tagkleid aus dunkelblauer Baumwolle. Keine Krinoline, nur die üblichen Lagen Unterröcke, keine Spitze, dafür von der Taille bis zum Hals eine edle Knopfreihe aus echtem Perlmutt.

»Wären Sie mir böse, liebe Rosa, wenn ich Ihnen Frau Kirchberger für eine Stunde entführe?«

»Sollte solch ein Besuch nicht sorgfältig geplant sein?«, fragte Rosa und warf Henriette einen warnenden Blick zu.

Henriette schüttelte kaum merklich den Kopf. Rosa musste sie nicht vor einem Besuch ins Gängeviertel beschützen. Sie war mehr als alt genug, um ihre eigenen Entscheidungen zu treffen – wenn es sein musste, auch gegen den Willen ihres Vaters.

Amalie Sieveking erhob sich energisch von dem grazilen Hocker. »Liebe Rosa, wenn Sie mit Planung taugliches Gewand und eine karitative Seele meinen, dann ja.« Sie wandte sich an Henriette. »Frau Kirchberger? Was meinen Sie?«

Henriette nickte. »Es wäre mir eine Ehre.«

***

Knapp eine halbe Stunde später spähte Henriette verstohlen aus Amalie Sievekings Droschke. Das Klappern der Hufe vermischte sich mit einer ihr unbekannten Melodie aus Hämmern und Klirren und Brüllen. So weit war sie noch nie in die berüchtigten Arbeiterviertel der Stadt vorgedrungen, selbst aus der Droschke heraus konnte sie das undurchdringbare Netz an engen Gassen und Höfen erahnen. Ein Haus reihte sich an das nächste, das Fachwerk rissig, die Fenster schmutzig, das Mauerwerk fleckig vom Ruß, die Aufschriften der Händler verblasst wie die Kleider der Menschen, die die Straße entlangliefen. Arbeiter und Tagelöhner, viele bepackt mit Körben und Krügen, Reisigbüscheln oder Säcken, von denen manche so schwer auf dem Rücken ihrer Träger lasteten, dass diese sich tief gebückt fortbewegten. Sie fuhren an Geschäften vorbei, Krämer und Korbmacher, Fleischer und Schuhmacher, sie hörte das kräftige Schlagen eines Schmieds, roch das Feuer und den über allem liegenden Gestank nach Abfall und Fäkalien aus der Wasserrinne, die sich am Rand der nun ungepflasterten Straße entlangwand. Vor einem überladenen Kurzwarengeschäft blieb die Droschke stehen.

»Ab hier geht es zu Fuß weiter«, sagte Amalie Sieveking, als der Kutscher schon die Tür der Droschke öffnete und ihr die Hand reichte. Henriette raffte ihren Rock und ließ sich ebenfalls aus der Kutsche helfen. Der Griff des Kutschers war so kräftig wie seine Statur, sein Gesichtsausdruck starr.

»Es ist nicht sehr weit«, sagte Amalie Sieveking und nahm vom Kutscher einen Korb in Empfang. Sie reichte ihn weiter an Henriette und hängte sich selbst einen zweiten an den Arm.

Zügig ging Amalie Sieveking voran, Henriette folgte ihr auf dem Fuße, vorbei an schäbigen Häusern mit schiefen Dächern und bröckelnden Fassaden, deren notdürftige, oft abenteuerliche Reparaturen von dem kümmerlichen Dasein der hier ansässigen Menschen zeugten. Sie bogen mal links ab, mal rechts, die verwinkelten Gassen wurden schmaler und düsterer, die Häuser krummer und schäbiger. Menschen drängten sich dicht an dicht, und die Luft war schwer von den Gerüchen, die aus den vollgepfropften Häusern und schmutzigen Höfen entwichen. Amalie Sieveking hatte sie gewarnt, die hygienischen Verhältnisse seien katastrophal, die Wege zum Brunnen weit, die Abwässer ein ständiger Begleiter durch die Gassen. Dabei hatte sie den vor sich hin rottenden Müll, der die Gassen säumte, noch nicht einmal erwähnt.

Henriette bemerkte die Gesichter an den Fenstern, vor allem Kinder, aber auch alte Frauen, deren neugierige Blicke an Amalie Sieveking und ihr klebten. Nur gut, dass ihr Kleid nicht so auffällig war wie Rosas – wie ein Pfau würde sie mit dem aufgebauschten Rock und den riesigen Puffärmeln hier durch die Menschen stolzieren, während sie mit jedem Wippen der Krinoline mehr Dreck darunter kehrte. Selbst ihr schlichtes Kleid hob sich sichtbar von den einfachen Gewändern der Frauen ab, die ihr begegneten. Eine Tür ging auf, zwei Männer traten in die Gasse. Der eine trug eine fleckige Schürze über seiner braunen Leinenhose, der andere steckte in einer zu engen Jacke, deren Tasche auf einer Seite ausgerissen war. Henriette spürte ihre Blicke im Rücken, hörte sie etwas raunen, lachen. Hitze schoss in ihre Wangen. Die Männer lachten über sie, die feine Dame, deren Gesicht so deutlich den Ekel über den Geruch von Fäkalien und Abfall zeigte, während ihr Rocksaum den Dreck der Gasse aufsammelte. Was war nur in sie gefahren, dass sie sogar trotz Vaters Verbot meinte, Amalie Sieveking in die berüchtigten Seuchenviertel begleiten zu müssen?

An dem Durchgang zu einem Hof blieben sie stehen.

»Wir haben Glück, dass es trocken ist«, sagte Amalie Sieveking. »Dieser Hof ist bei Regen besonders herausfordernd.«

Henriette nickte. Sie mochte sich lieber nicht vorstellen, in welch ein Schlammloch sich dieser enge Hof verwandeln würde. Windschiefe Buden reihten sich aneinander, die Außentreppen hoch zu den Sälen waren so morsch, als könnten sie kaum ein Kind tragen. Mulmig beobachtete sie, wie ein Junge unter beängstigendem Knarzen die Treppe hinabstieg. Wenn sie nur nicht hoch in einen Saal mussten! Ein Schwall Faulgeruch wehte zu ihnen. Instinktiv legte sie die Hand über Mund und Nase, als sie Amalie Sievekings tadelnden Blick bemerkte. Beschämt nahm sie ihre Hand hinunter, versuchte, den Abscheu aus ihrem Gesichtsausdruck zu verbannen. Seit wann war sie so zimperlich? Sie reckte den Kopf, drückte den Korb an sich und zwang sich zu lächeln.

Vor der Tür einer Bude mit zugezogenen Vorhängen blieb Amalie Sieveking stehen. Sie drehte sich zu Henriette. »Herr Asmussen ist sehr krank, die Familie durch seine Krankheit mittellos, die Zustände hinter dieser Tür sind nichts für empfindliche Gemüter. Meinen Sie, Sie sind dem gewachsen?«

Henriette nickte, beschämt, dass sie Amalie Sieveking Anlass zu dieser Frage gegeben hatte. Sie benahm sich gerade so einfältig wie die Verhölst-Schwestern.

Amalie Sieveking klopfte, öffnete, ohne ein Herein abzuwarten, die Tür und trat ein. Henriette folgte ihr, hielt entsetzt den Atem an. Die Luft war geschwängert mit Krankheit und den Ausdünstungen von zu vielen Körpern auf zu wenig Raum. Wie viele Menschen sich in der kleinen Bude aufhielten, konnte sie in dem müden Licht, das sich durch die zugezogenen Vorhänge stahl, nicht sogleich erkennen. Aber sie spürte die neugierigen Blicke, die auf Amalie Sieveking und sie gerichtet waren. Schnell gewöhnten ihre Augen sich an das fehlende Sonnenlicht, der Raum bekam Konturen, eine Kochstelle, eine Bettstatt, ein Schrank, ein Tisch, an dem fünf Personen saßen, von denen eine, eine schmale Frau, sich eilig erhob und ihre Hände an der Schürze abwischte.

»Frau Asmussen, seien Sie gegrüßt«, sagte Amalie Sieveking und ging auf die Frau zu. »Wie geht es Ihrem lieben Mann?«

»Schlecht«, flüsterte Frau Asmussen.

»Das tut mir leid.« Amalie Sieveking drehte sich zu der Bettstatt. Erst jetzt nahm Henriette die dort liegende Person wahr. »Öffnen Sie doch bitte Vorhang und Fenster«, sagte Amalie Sieveking, »auch ein Kranker braucht Licht und Luft.«

Frau Asmussen eilte zum Fenster, zog die Vorhänge zurück und riss es auf. Das Sonnenlicht flutete den Raum und legte die ganze Erbärmlichkeit der Behausung frei: die von der Kochstelle verrußten Wände und den verdreckten Boden, die aus unterschiedlichen Stoffen zusammengeflickten Vorhänge und die einfachen Hocker, auf denen drei Kinder in zerlumpten Kleidern saßen, neben ihnen, auf dem einzigen Stuhl, eine junge Frau, mit unverkennbarer Ähnlichkeit zu Frau Asmussen, aber die dunkelbraunen Haare zu einem zerzausten Dutt hochgesteckt, das hellbraune Leibchen mit bedenklich tiefem Dekolleté, die Wangen unnatürlich rot. Ihre wachen braunen Augen musterten Henriette abschätzig.

Wie ertappt wandte Henriette schnell den Blick ab und drehte sich zu Amalie Sieveking, die bereits mit Frau Asmussen zu der Bettstatt getreten war.

Auf dem Lager lag ein Mann, er wirkte mehr tot als lebendig, die Augen in tiefen Höhlen, die Haut so bleich wie das Laken, unter dem sich die Umrisse seines ausgemergelten

Körpers abzeichneten. Er hustete, es klang heiser und viel zu schwach für das qualvolle Beben seines Körpers. Amalie Sieveking beugte sich zu ihm hinab. Geschickt stützte sie seinen Kopf und presste ein Tuch an seinen Mund. Kaum war der Anfall vorbei, flößte sie ihm ein paar Löffel Wasser ein, die er dankbar schluckte. Behutsam bettete Amalie Sieveking seinen Kopf zurück auf das Lager und tupfte ihm mit dem anderen Ende des nun mit roten Flecken besudelten Tuchs die Stirn ab.

Henriette starrte auf die hellen roten Flecken auf dem weißen Leinen. Rot auf Weiß. Es war keine Stunde her, dass sie in dem vornehmen Tuchgeschäft roten Stoff für ihre weiß-rote Tischdekoration gekauft hatte. Nicht eine Sekunde hatte sie über den Preis der Ware nachgedacht, oder was sie mit dem Stoff machen könnte, wenn der Festakt vorbei war und das Büfett und die Tische abgedeckt werden würden. Sie hatte dem Verkäufer einfach die geforderte Summe bezahlt, eine Summe, mit der diese Familie wahrscheinlich einen Monat oder länger ihren gesamten Lebensunterhalt bestritt.

Ein Klopfen lenkte ihre Aufmerksamkeit zur Tür. Zaghaft wurde diese geöffnet, herein trat ein junges Mädchen, vielleicht zwölf oder dreizehn Jahre alt, die blonden Haare zu zwei Zöpfen geflochten, die Schürze über dem blauen Kleid sauber, aber öfter geflickt als das Mädchen Jahre zählte, im Arm eine einfache Stofftasche.

»Moin, Jule«, sagte Frau Asmussen, offenbar überrascht über den Besuch des Mädchens.

»Guten Tag, Hedda«, sagte es schüchtern und trat auf Frau Asmussen zu, blieb dann wie angewurzelt stehen. Ihr Blick wanderte von Henriette zu Amalie Sieveking, weiter zu der

Bettstatt, zurück zu Frau Asmussen. »Entschuldigen Sie die Störung, ich hoffe, Ihrem Mann geht es schon besser. Ich soll Ihnen einen Brief von Witwe Strauss übergeben.«

Hedda Asmussen zuckte zusammen, ihr ohnehin bleiches Gesicht schien noch eine Nuance Farbe zu verlieren. Das Mädchen, Jule, hatte inzwischen ihre Stofftasche geöffnet und kramte einen Brief hervor. Sie hielt ihn Frau Asmussen hin, die ihn kurz anstarrte, als überlegte sie, was sie wohl damit machen solle, und ihn dann dem Mädchen so harsch aus der Hand riss, dass es erschrocken zurückzuckte.

»Witwe Strauss...«, tönte es ätzend vom Tisch.

Henriette drehte den Kopf und sah, wie die junge Frau mit dem tiefen Dekolleté und den unnatürlich roten Wangen sich vorlehnte, als wollte sie Jule näher betrachten. »Schickt jetzt schon Kinder, weil sie sich nicht selber in die Siechbude traut. Was hat sie dir denn gegeben, dass du Hedda die bösen Neuigkeiten bringst?«

»Bö-Böse Neu-igkeiten?«, stammelte Jule, ihre Wangen erröteten.

»Ich wette, das ist die Kündigung, weil ihr mit der Miete zurückliegt. Was sonst soll in einem Brief von Witwe Strauss stehen? Etwa Genesungswünsche?«, höhnte die Rotwangige.

»Lass gut sein«, zischte Hedda.

»Wie soll ich es gut sein lassen?«, schimpfte die Rotwangige weiter. »Schlimm genug, dass die Kinder nichts in den Bäuchen haben, jetzt soll ihnen noch das Dach über dem Kopf genommen werden?«

»Du weißt nicht, was in dem Brief steht«, gab Hedda zurück.

»Werde ich auch nie, wenn du ihn uns nicht vorliest.« Die Rotwangige schoss einen giftigen Blick in Richtung des blonden Mädchens. »Soll sie ruhig erfahren, für was sie sich hergegeben hat.«

»Schluss jetzt!«, zischte Hedda Asmussen, sichtlich bemüht, ruhig zu bleiben. Sie steckte den Brief demonstrativ in die Rocktasche unter ihrer Schürze. »Nur Tyrannen erschießen den Boten.«

Henriette sah, wie die Rotwangige sich ihre nächsten Sätze verkniff, wie Jule bestürzt von Hedda Asmussen zu den Kindern am Tisch blickte und dann hektisch ihre Stofftasche öffnete. Vorsichtig nahm sie etwas heraus, es war handgroß und in ein Tuch gewickelt. Sie schlug das Tuch auf, eine dicke Scheibe Butterzopf kam hervor. Sie teilte die Scheibe in drei Teile und legte je eines vor die Kinder. »Das soll ich den Kindern geben«, nuschelte sie dabei kaum verständlich und verstaute das Tuch hastig in ihrer Stofftasche.

Henriette beobachtete das Mädchen. Etwas in ihrem Blick verriet ihr, dass der Zopf keineswegs für die Kinder, sondern für sie selbst vorgesehen gewesen war und dass es sie große Anstrengung kostete, diesen mit einem Lächeln wegzugeben.

»Ich muss weiter«, sagte Jule und wandte sich an Hedda Asmussen. »Ich hoffe, der Brief bringt Sie nicht in Bedrängnis.«

»Sorg dich nicht um uns«, sagte Hedda Asmussen freundlich, »du hast wahrlich selber genug Sorgen. Witwe Strauss wird sich schon gedulden.«

Kaum war die Tür hinter dem Mädchen zugefallen, wandte sie sich an die Rotwangige. »Es war unnötig, Jule so anzugehen. Sie ist ein gutes Mädchen, arbeitet für zwei, vor allem seit sie beim Lauermann mit acht Schilling in der Schuld steht. Wegen ihrem Bruder, hat die Else Lauermann mir erzählt.«

»Beim Lauermann? Acht Schilling?«, fragte die Rotwangige gedehnt, dann wurden ihre Augen groß. »Herrje! Ist sie etwa die Jungfrau, die die acht Schilling nicht bezahlen kann?«

»Schschsch!«, machte Hedda Asmussen, doch die Rotwangige war nicht zu stoppen.

»Keine zwei Tage wird die in St. Pauli durchstehen«, plapperte sie weiter, die Stimme nun mitleidig. »Die werden sie zerfetzen. Hat selbst nichts zu beißen und schenkt ihren Butterzopf her.«

»Hättest du den Mund gehalten, würde er noch in ihrer Tasche stecken«, sagte Hedda Asmussen mit Blick auf die Kinder, die das unerwartete Geschenk gierig verschlangen.

»Ich mach's wieder wett«, versprach die Rotwangige, »wenn der Lauermann sie nach St. Pauli bringt. Er prahlt jetzt schon mit dem Frischfleisch, das er bald im Angebot hat.«

Frischfleisch? Plötzlich begriff Henriette, wovon die Rotwangige sprach. Schulden – St. Pauli – Frischfleisch – Angebot... Das blonde Mädchen sollte als Prostituierte für einen Mann namens Lauermann arbeiten! Wegen acht Schilling Schulden? Übelkeit stieg in ihr hoch. Dieses Mädchen? Es war doch höchstens dreizehn Jahre alt! Um Himmels willen! Das konnte sie auf keinen Fall zulassen!

»Entschuldigen Sie mich.« Sie raffte ihre Röcke und lief zur Tür, hinaus in den Hof, die Gasse hinunter, drehte sich nach links, nach rechts, sah gerade noch Jules Rock um die nächste Ecke biegen.

»Jule!«, rief sie. »Warte!« Sie lief, so schnell sie es mit all den Röcken und dem Korsett vermochte, erreichte die Ecke, um die Jule verschwunden war. Sie sah das Mädchen etwa dreißig Meter vor sich. »Jule!«, rief sie erneut. »Warte!«

Jule sah sich um, blieb stehen, zeigte erschrocken auf sich selbst.

Henriette nickte. »Warte!«, keuchte sie noch einmal und verlangsamte ihren Schritt zu einem zügigen Marsch. Sie sah, wie Jule sich mit dem Ärmel über die Augen wischte und begriff, dass sie geweint haben musste. Weil sie sich schuldig fühlte, Hedda Asmussen schlechte Nachrichten überbracht zu haben, oder weil sie ihren Butterzopf dort gelassen hatte?

Schließlich stand sie vor ihr, sah die Tränen, die noch in den Augen des Mädchens glitzerten, das Kinn, das kaum sichtbar bebte, die Angst in ihren Zügen.

»Haben Sie nach mir gerufen, gnädige Frau?«, fragte Jule, die Stimme zittrig.

»Ja ... du ...« Henriette keuchte heftiger, als die kurze Strecke sie außer Atem gebracht hatte. Sie brauchte Zeit zum Nachdenken! Was nur sollte sie dem Mädchen sagen? Dass es zu gut für die Welt war und ganz sicher zu gut, um in St. Pauli zu landen? Das Mädchen sah sie ängstlich an.

»Du ...«, begann Henriette von Neuem. »Du hast etwas verloren.« Hastig griff sie nach ihrer Börse, öffnete sie und nahm eine Münze heraus. Sie drückte sie dem Mädchen in die Hand, sah seinen ungläubigen Blick.

»A-aber ich habe keine ...«, stammelte Jule.

»Jetzt hast du eine, und sie gehört dir«, unterbrach Henriette das Mädchen. »Pass auf dich auf.« Sie wandte sich abrupt ab und lief die Gasse zurück.

Jules ungläubiges Staunen ließ sie den ganzen Weg bis zu Asmussens nicht mehr los. Wie das Mädchen zuerst auf das Geldstück, dann zu Henriette gesehen hatte. Als hätte sie mit allem gerechnet, nur nicht mit etwas Gutem. Das Leben in den

Gängen war hart, Henriette wusste das, sie war kein naives Dummchen, das glaubte, die Welt beschränke sich auf Mode und Einladungen zu begehrten Gesellschaften. Sie wusste, dass neben ihrem privilegierten Leben in Vaters herrschaftlichem Haus mit Garten und Bediensteten die Welt der Tagelöhner und Dienstboten existierte. Deren Tage von Plackerei und Sorgen geprägt waren, aber immer noch besser als die der Kranken oder Landstreicher, die sich von Tag zu Tag retteten.

Kaum hatte sie Asmussens Bude erreicht, öffnete sich die Tür, und Amalie Sieveking trat heraus.

»Frau Kirchberger, da sind Sie ja«, sagte sie freundlich. »Das erste Mal ist schwer verdaulich, ich weiß, aber ich bin mir sicher, Sie werden sich alsbald an die Erbärmlichkeit der Umstände gewöhnen.«

Henriette nickte, obschon sie sich sicher war, sich niemals daran zu gewöhnen. Nicht an den Gestank, nicht an den Schmutz und ganz besonders nicht an die hungrigen Blicke der Kinder.

Amalie Sieveking drückte ihr den zweiten Korb in die Hand und schritt zügig durch den Hof. »Wichtig ist, sich an zwei Grundsätze zu halten: Respekt und Akzeptanz.«

»Respekt und Akzeptanz?« Den sperrigen Korb am Arm bemühte Henriette sich, mit ihr Schritt zu halten.

»Respekt vor der Härte des Lebens, die unvermittelt zuschlagen kann. Sie hatten das Glück der Geburt in eine reiche Familie. Frau Asmussen hatte das nicht. Das macht sie nicht zu einem schlechteren, nur zu einem ärmeren Menschen.« Amalie Sieveking hielt am Torgang kurz inne, bog dann nach links ab. »Akzeptanz, dass Sie das Elend der Menschen in den Armenvierteln nicht verändern können. Verteilen Sie Geld, landet es in den wenigsten Fällen dort, wo es benötigt wird. Wir lindern das Leid der Kranken, soweit dies in unseren Möglichkeiten liegt, und versorgen die Ärmsten der Armen mit Kleidung und Nahrung.«

Wieder nickte Henriette. Dass sie schon bei ihrem ersten Besuch gegen diesen Grundsatz verstoßen und Jule eine Münze in die Hand gedrückt hatte, verriet sie nicht.

# 8

Jule starrte auf das Geldstück in ihrer Hand. Sie musste träumen. Sie hatte keine Münze verloren. Langsam schloss sie die Faust um die Münze, öffnete sie wieder, starrte erneut darauf. Noch nie hatte sie eine Mark in ihrer Hand gehalten. Ob sie echt war? Zögerlich steckte sie die Münze in den Mund, biss zu. Das Material war hart, der Geschmack metallisch. War das gut? Woher sollte sie wissen, wie man die Echtheit einer Münze prüfte! Andererseits, warum sollte die Dame ihr Falschgeld geben? Sie spürte Blicke auf sich, sah hoch. Ein Junge beobachtete sie neugierig aus einem Fenster auf der gegenüberliegenden Gassenseite. Hastig umschloss sie das Geld mit den Fingern und steckte die Faust in ihre Rocktasche.

Eine Mark!

Das waren sechzehn Schilling!

Sie begann zu laufen, ihr Herz mit jedem Schritt ein wenig leichter. Sie konnte Lauermann bezahlen! Und hätte dann mit dem Ersparten immer noch elfeinhalb Schilling. Genug für eine Unterkunft. Und ein warmes Mahl!

Das Geldstück in ihrer Faust fühlte sich warm an, ihre Hand darum feucht und schwitzig. Sie lief immer schneller, Unruhe überfiel sie, umhüllte ihre Freude wie ein dunkler Schatten. Was, wenn der Junge in dem Fenster gesehen hatte, welchen Schatz sie mit sich herumtrug, und ihn sich holen wollte? Wenn er seinen Freunden schon Bescheid gesagt hatte? Sie ihr am nächsten Eck auflauerten …

Ihre Schritte flogen durch die Gasse; so gut sie konnte, wich sie den Passanten aus, entschuldigte sich im Weiterlaufen, wenn sie trotzdem jemanden anrempelte. Erst als sie die südliche Neustadt hinter sich gelassen hatte, die Straßen sauberer, die Häuser ansehnlicher, die Droschken häufiger wurden, verlangsamte sie ihr Tempo, bis sie in einen gemächlichen Schlendergang fiel. Die Freude über den unfassbaren Glücksfall in ihrer Rocktasche kehrte zurück. Eine ganze Mark! Wie Frieder staunen würde! Er würde ihr nie glauben, wie sie zu der Mark gekommen war. Sie lachte laut auf, als sie an Frieder dachte, an sein Gesicht, wie er sie löchern würde. So wie sie ihn immer löcherte, wenn ihr seine Geschichten zu den Dingen, die er anschleppte, zweifelhaft erschienen. Im Gegensatz zu ihr würde Frieder sich aber schnell mit ihrer Erklärung zufriedengeben. Viel mehr würde er sich dafür interessieren, was sie mit dem Geld alles machen konnten. Er würde seinen Anteil von ihr fordern, und dann noch mehr und noch mehr, bis das Geld so schnell weg war, wie es zu ihr gekommen war. Sie spürte die Münze in ihrer Faust. Warm und schwitzig und hart. Frieder würde sie anbetteln, erst freundlich, dann fordernd, dann gemein, so lange, bis sie nachgab. Nein. Es war besser, sie erzählte ihm nichts davon. Sie würde ihre Schulden bei Lauermann bezahlen und den Rest für den Herbst aufbewahren. Damit sie eine ordentliche Unterkunft bekamen, wenn der Sommer zur Neige ging.

Entschlossen setzte sie ihren Weg fort, hinunter zum Brunnen, ihrem allabendlichen Treffpunkt. Sie war spät dran heute, der Botengang zu den Asmussens hatte sie mindestens eine halbe Stunde Umweg gekostet. Auch dafür schuldete sie Frieder eine Erklärung, und dann musste sie ihm auch sagen, dass sie bei Witwe Strauss gewesen war, was ihm die Laune für den Rest des Abends vermiesen würde. Er hasste Witwe Strauss. Schon bevor sie ihn hinausgeworfen hatte, waren die beiden sich nicht grün gewesen. Was nicht nur an Frieder gelegen hatte, Witwe Strauss hatte ihn von Anfang an auf dem Kieker gehabt.

Bei Wolters Krämerladen hielt sie inne. Es duftete köstlich nach Pastete. Ganz still schnupperte sie. Pastete… die letzte hatten sie gegessen, als Mutter und Vater noch gelebt hatten. Sie spürte das Geldstück in ihrer Hand. Sollte sie?

Das Wasser lief ihr im Mund zusammen. Der Duft von Speck und Pilzen und Teig umfing sie wie eine Umarmung, zog sie näher zur Tür des Geschäfts, die Stufen hinauf und hinein. Die Krämersfrau blickte auf, das Lächeln der Krämersleute im Gesicht, doch dann runzelte sie die Stirn, legte den Kopf schief und kniff schließlich die Augen zusammen, als prüfte sie die Qualität einer Ware.

»Bist du nicht Jule Trabbert?«, fragte sie, den Kopf noch immer schief.

Jule blieb stocksteif stehen. Wenn die Frau jetzt nur nicht fragte, wo sie und Frieder untergebracht waren!

Die Frau nickte, ohne Jules Antwort abzuwarten. »Der Mutter wie aus dem Gesicht geschnitten.« Sie beugte sich näher zu Jule. »Wie alt bist du inzwischen? Zwölf? Dreizehn? Bist du schon in Anstellung?«

»J…ja.« Jule nickte eifrig.

Die Krämersfrau lächelte zufrieden. »Hat immer gut von dir gesprochen, deine Mutter.« Sie schüttelte bekümmert den Kopf. »Tragisch ist das gewesen. Die armen Kinder, habe ich damals zu meinem Mann gesagt, was wird denn nun aus den armen Kindern… Und jetzt stehst du vor mir und bist schon ein richtiges junges Fräulein. Aber was rede ich… Du bist sicher nicht für mein Geschwätz gekommen.«

»Ich wollte eine Pastete kaufen.« Jules Hand klammerte sich um die Mark.

»Eine ganze Pastete?«, fragte die Krämersfrau erstaunt.

»Nur eine kleine.«

Die Krämersfrau wickelte eine kleine Pastete in Papier ein und reichte sie Jule. »Darf es noch etwas sein?«

Jule schüttelte den Kopf. Das Geldstück in ihrer Hand schien zu glühen. Wie gern hätte sie noch einen Apfel dazu gekauft. Und ein Fladenbrot. Doch wenn sie nun begann, das Geld ohne Sinn und Verstand auszugeben, wie konnte sie es dann Frieder verwehren? Sie reichte der Krämersfrau das Geldstück. Diese betrachtete es erstaunt. Zog die Brauen hoch.

»Da hat dir deine Herrschaft aber viel Geld anvertraut, um eine kleine Pastete zu kaufen«, sagte sie dann.

»Können Sie mir das Wechselgeld nicht herausgeben?«, fragte Jule erschrocken.

»Na, so viel Geld werden wir wohl in der Kasse haben!« Resolut öffnete die Krämersfrau ihre Kasse und zählte Jule fünfzehn Schilling und einen Sechsling hin. Jule schloss die Faust um die Münzen und steckte sie in die Rocktasche.

»Hast du keine Börse?«, fragte die Krämersfrau.

»Nein.«

»Warte.« Die Krämersfrau verschwand hinter einem dunklen Vorhang, kam kurz darauf mit einem Stoffsäckchen zurück. Sie öffnete das Zugband und hielt Jule das offene Säckchen hin. »Bitte sehr. Lose Pfennige gehen gern spazieren.«

»Danke«, sagte Jule erfreut. Das war nun das dritte unerwartete Geschenk an einem Tag! Erst der Butterzopf, dann die Mark und nun noch ein Geldbeutel. Was hatte sie heute nur für ein Glück!

Sie ließ die Münzen in den Beutel gleiten und verstaute ihn in der Rocktasche. »Danke noch mal«, sagte sie artig, nahm die Pastete und verließ den Laden, während die Krämersfrau sich bereits der nächsten Kundin zuwandte.

Freudestrahlend eilte sie die Straße hinab zum Brunnen. Was würde Frieder staunen, wenn er die Pastete sah!

Sie konnte es kaum erwarten, sie ihm zu zeigen, zügelte jedoch ihren Schritt, um ja nicht zu stolpern und am Ende die Pastete noch an den Dreck der Straße zu verlieren.

Sie bog um die Ecke, der Brunnen war nun schon in Sichtweite. Einige Menschen saßen wie üblich auf dem Rand, andere standen drum herum. Schon von Weitem erkannte sie die schlaksige Gestalt von Peer Liersen, dem Freund von Frieder, der ihm die Arbeit am Hafen verschafft hatte. Sie suchte den Brunnenrand nach Frieder ab. Sonst stach ihr Frieders auffällige Haltung und Haarschopf immer sofort ins Auge, lange bevor sie jemand anders erkannte. Heute aber schien Frieder vollkommen von anderen Menschen verdeckt zu sein.

Oder war er noch gar nicht da? Besorgt ließ sie ihren Blick wandern, der erneut bei Peer Liersen landete.

Nein, dachte sie beruhigt, wenn Peer hier war, konnte Frieder nicht weit sein. Was sonst würde Peer hierherführen?

Da lief Peer auf sie zu. Doch anstelle des Lächelns, das er sonst immer für sie bereithielt, hatte sein Blick heute etwas Gehetztes.

»Jule!«, rief er, noch Längen von ihr entfernt, und drehte sich schon Richtung Hafen. »Schnell! Du musst mit zur Groben Fleet! Es ist Frieder!«

Erschrocken lief Jule ihm nach, versuchte mit Peers langen Schritten mitzuhalten, holte keuchend auf.

»Was … was …«, fragte sie atemlos, »… ist mit Frieder?«

»Er ist abgerutscht«, rief Peer. »Sein Bein, es ist …« Peer keuchte. »Das Bein … es ist … Das Boot hat es gegen die Mauer gequetscht, es sieht … es …«

Jule lief schneller. Sie wusste, wie ein Bein aussah, das zwischen eine Kaimauer und eine Schute geriet. Sie wusste um das Gewicht einer voll beladenen Schute und die Wucht, mit der sie menschliche Gliedmaßen zermalmte, die zwischen ihr Holz und die Steine der Hafenmauer gerieten. Sie wusste, was mit den Männern geschah, die auf diese Art ein Bein oder einen Arm verloren, mitunter ihr Leben, wenn der Wundbrand einsetzte und die Verlorenen von innen aufzehrte.

Je näher sie dem Hafen kamen, desto mehr füllten sich die Straßen. Jule wich Hafenarbeitern aus, die noch einen Schoppen getrunken hatten und nun nach Hause torkelten oder sich ihr grinsend in den Weg stellten. Keuchend versuchte sie Peers Tempo zu halten, das Stechen in der Seite zu ignorieren, Luft in ihre brennenden Lungen zu pressen. Peer bog in eine Gasse mit graustichigen, hohen Speichern an einem schmalen, schwarz wässrigen Fleet.

Am Ende des Fleets sah Jule zwei Männer, hörte sie streiten, wütende Satzfetzen, die keinen Sinn ergaben. Und doch wusste sie instinktiv, dass es um Frieder ging. Mit letzter Kraft rannte sie weiter.

»… sowieso fast tot«, wehte die Stimme des einen zu ihr, »was soll er noch beim Bader? Bringt uns nur Ärger, und bezahlen kann das auch keiner.«

»Er ist ein Kind«, sagte der andere.

»Ein verdammter Dieb, der uns beklauen wollte.« Der Größere der beiden Männer bewegte sein Bein und gab den Blick auf die zusammengekrümmte Gestalt frei, die wie leblos am Boden lag.

»Frieder!«, wollte Jule schreien, doch ihre Stimme erstarb in ihrer nach Luft japsenden Kehle.

Der Mann stupste Frieder mit dem Fuß an, Frieders Körper rollte zur Seite und zurück. »Er ist mehr tot als lebendig. Ins Wasser mit ihm!«

»Nein!« Peer raste wie ein Berserker auf den Mann zu, stieß ihn zur Seite.

»Frieder«, rief Jule, diesmal laut. Sie stürzte neben seinem zusammengekrümmten Körper zu Boden, warf sich schluchzend über ihn.

»Ihr könnt ihm nicht mehr helfen.« Der größere Mann rappelte sich wieder auf und machte einen bedrohlichen Schritt auf sie zu.

»Lasst ihn in Ruhe!«, schrie Jule die Männer an und schützte Frieder mit ihrem Körper.

»Du hilfst ihm nicht mit deinem Geplärre«, schnauzte der Mann sie an. »Sieh dir sein Bein doch an!«

Jule hob ihren Kopf, sah nach rechts. Unterhalb des Knies stand das Bein in einem unnatürlichen Winkel ab, zersplitterte Knochen ragten aus der blutigen Wunde hervor. Der Fuß selbst war nur noch ein roter Fleischklumpen, dick wie ein fauliger Fischleib, die Haut wie abgezogen. Mühsam unterdrückte Jule ihren Brechreiz. Tränen schossen ihr in die Augen. Oh, Frieder! Welche Schmerzen musste er haben!

»Selbst wenn er es überleben sollte«, fuhr der Mann fort, die Stimme ein wenig milder, »wird er nie wieder richtig laufen können. Oder arbeiten. Er kommt ins Armenhaus. Sein Leben lang. Oder er bettelt sich durch, stellt sein verkrüppeltes Bein zur Schau. Ist es das, was du ihm wünschst? Falls er die nächsten Tage überlebt, wird er dich verfluchen, weil ihn die Schmerzen in den Wahnsinn treiben.«

Jule schüttelte schluchzend den Kopf.

»Er wird nicht einmal merken, wenn ihn das Wasser holt«, fuhr der Mann fort.

Jule spürte eine Hand an der Schulter. Sie drehte den Kopf, noch immer über Frieder gebeugt.

Peer neigte seinen Kopf zu ihr hinab. »Vielleicht hat der Mann recht. Du hast ihn nicht schreien hören. Seine Schmerzen müssen unerträglich gewesen sein.«

»Er hat gebrüllt wie ein aufgespießtes Schwein«, sagte der Mann. »Er hat uns angefleht, ihn zu töten. Wir mussten ihn auf den Kopf schlagen, damit er ohnmächtig wurde.«

Jule schüttelte den Kopf.

Nein, nein, nein! Sie würde Frieder nicht dem Wasser überlassen! Niemals! Wie könnte sie! Sie hörte seinen flachen Atem, hörte die Pein darin, die Angst vor den Schmerzen, dem Armenhaus, dem Leben als Krüppel.

»Jule?« Peers Stimme war sanft. »Manchmal ist es barmherziger loszulassen.«

Sie schüttelte den Kopf. Schluchzte.

Frieder!

Er war alles, was von ihrer Familie übrig war.

»Ist nicht mehr unsere Sache«, murrte der Mann und stupste seinen Kumpel an. »Machen wir, dass wir wegkommen. Soll das Gör doch sehen, was sie mit ihrem Starrsinn anrichtet.«

»Jule«, sagte Peer erneut, seine Stimme kaum noch ein Flüstern. »Wie willst du ihm seine Schmerzen nehmen, wenn er wieder erwacht? Sieh dir den Fuß doch an! Er wird schrecklich leiden.«

Jule grub ihre Hand in Frieders Arm. Sie würde nicht zulassen, dass man ihm etwas antat. Sie hatte Geld. Sie konnte einen Bader bezahlen. Sie konnte Frieder retten.

»Wir brauchen einen Karren«, sagte sie und hoffte inständig, dass Peer ihr helfen würde, Frieder zum Bader zu bringen.

***

Es war schon fast sieben Uhr, als sie beim Bader am Kreuzweg klopften. Selbst das Ruckeln und Holpern der von Peer besorgten Karre über die Pflastersteine und Kuhlen, in die das Wagenrad trotz aller Vorsicht das eine oder andere Mal hineingerumst war, hatte Frieder nicht aufwecken können. Jule hatte ihre Schürze unter das kaputte Bein gelegt, doch das bisschen Stoff konnte die Stöße kaum dämpfen, mit denen der unförmige Fleischklumpen, der am Morgen noch ein flinker Fuß gewesen war, bei jeder Unebenheit auf und ab geschleudert wurde.

Peer klopfte ein zweites und drittes Mal, hämmerte mit der Faust gegen die Tür.

»Bader!«, rief er die rußvergraute Fassade hoch. »Bader, es ist Not!«

Passanten blieben stehen, warfen neugierige Blicke in den Karren und eilten weiter, oft mit einem Schauder oder gar Ausruf des Ekels oder, bei den Gütigeren, einem mitleidigen Kopfschütteln.

»Bader!«, rief Peer erneut, trat diesmal sogar mit dem Fuß gegen die Tür.

Oben ging ein Fenster auf. »Kommt morgen wieder«, brummte eine tiefe Stimme.

»Morgen ist er vielleicht schon tot«, rief Peer.

»Bitte!«, bettelte Jule. »Ich kann Sie bezahlen.«

Ein Kopf erschien am Fenster, Jule erkannte das graubärtige Gesicht des Baders wieder, dabei hatte sie ihn nur einmal gesehen, in dem Jahr, als Großmutter gestorben war und sie für die Todkranke eine Tinktur hatte holen müssen.

»Um Himmels willen!«, rief da der Bader, das Fenster wurde geschlossen, und kurz darauf polterten Schritte die Treppe herunter und zur Tür. Sie wurde aufgerissen, auf der Schwelle stand der Bader und zeigte auf den Karren.

»Der Junge muss sofort hinein!« Er warf Peer ein Leintuch zu. »Wir müssen ihn darauf betten und hineintragen.«

Gemeinsam trugen sie Frieder in den dunklen Flur. Der Geruch von Kräutern und Salben, von Paraffin und duftenden Ölen wurde stärker, je tiefer sie in das Haus vordrangen. Der Bader führte sie in einen hell gestrichenen Raum, die Wände mit Kräutersträußchen in allen Größen und Blütenfarben behangen. Auf einem Tisch, der von einer Wand zur anderen reichte, reihten sich Dutzende von Tuben und Tiegel und Fläschchen nebeneinander, Öle und Essenzen, deren Duft wie ein wohliges Versprechen im Raum hing. An der Feuerstelle glomm unter einem Topf noch die Glut des Feuers, das sich im Kupfer einer mächtigen Badewanne spiegelte. In der Mitte des Raums stand eine Liege, hölzerne Füße, die Liegefläche mit fleckigem Leder überzogen. Peer und der Bader legten Frieder vorsichtig dort ab.

»Du hast Geld, sagst du?«, wandte der Bader sich an Jule.

»Achtzehn Schilling, einen Sechsling, einen Dreiling und vier Pfennige.«

»Ein Vermögen ist das nicht.« Der Bader trat von der ledernen Liege zurück.

Jule zog ihren neuen Geldbeutel hervor und hielt ihn dem Bader hin. »Ich flehe Sie an, machen Sie meinen Bruder heil.«

»Wo sind deine Eltern?«, fragte er, winkte im gleichen Moment die Frage beiseite. »Was frage ich, ihr seid verdammte Waisenkinder, nicht wahr?«

»Mein Bruder ist alles, was ich habe«, flüsterte Jule. Sie schmeckte das Salz der Tränen, die unablässig ihre Wangen hinabflossen. »Ich hätte besser auf ihn aufpassen müssen.«

»Wie denn?«, fragte Peer und trat aus dem Schatten des Raums in den flackernden Kerzenschein der runden Lampe über der Krankenliege. »Es war ein Unfall. Er ist abgerutscht. Das hätte jedem passieren können. Die Arbeit auf den Schuten ist gefährlich, das wusste Frieder.«

Jule schluchzte auf. »Ich hätte es ihm verbieten müssen!«

»Dann hätte er heimlich dort gearbeitet.« Peer strich behutsam über die Liege. »Frieder hat seinen eigenen Kopf. Wer weiß das besser als du?«

Der Bader räusperte sich. »Sind wir fertig mit den Gefühlsduseleien und können uns um den Verletzten kümmern?«

Jule nickte, versuchte ihr Schluchzen zu unterdrücken. Der Bader musste Frieder helfen! Keine Sekunde wollte sie ohne ihn weiterleben.

Der Bader trat neben die Liege, betrachtete eingehend den formlosen Klumpen Fleisch, der ehemals ein Fuß gewesen war, besah den Bruch des Beines, presste seine Finger auf Frieders Stirn, an seinen Hals, um sein Handgelenk. Er schüttelte unentschlossen den Kopf, legte sein Ohr auf Frieders Brust. Seufzte.

»Was?«, wisperte Jule angstvoll.

»Ich kann euch nicht helfen, selbst wenn ich wollte. Wenn du deinen Bruder retten willst, muss ich einen Arzt holen. Er wird den Fuß amputieren müssen.«

»Amputieren?« Jules Stimme war kaum hörbar, doch das Wort hallte in ihrem Kopf wie ein Donnerschlag. Frieder wäre auf ewig ein Krüppel, angewiesen auf die Almosen der anderen. Wie sollte er das aushalten?

»Danach müsste er eine Weile hierbleiben«, fuhr der Bader fort, »damit ich die Wunde versorgen kann. Das kostet mindestens sechzehn Schilling pro Tag, wie willst du das bezahlen?«

»Ich werde das Geld beschaffen.« Jule richtete sich kerzengerade auf. »Machen Sie Frieder gesund. Ich werde Sie bezahlen, ich schwöre bei der heiligen Muttergottes.«

Der Bader musterte sie. Lange und intensiv, seufzte erneut und wandte sich an Peer. »Lauf zum Doktor Heinckes am Kleinen Kirchenweg. Sag ihm, ich schicke dich. Er soll die Knochensäge mitbringen.«

Peer lief los, an der Tür drehte er sich noch einmal um, als wollte er sich vergewissern, dass er das wirklich tun sollte. Jule wusste, welche Frage ihm auf der Zunge lag. Es war die Frage, die auch ihr in der Seele brannte: Wie um alles in der Welt sollte sie das Geld für Frieders Behandlung aufbringen?

Und sie wusste darauf nur eine einzige Antwort: Sie würde sich tiefer in Lauermanns Schuld begeben müssen.

Meine liebe Henriette,
nun schreibe ich Dir schon so bald nach dem letzten Brief, der sicherlich noch auf Reisen ist. Aber etwas Ungeheuerliches hat sich hier zugetragen, das ich Dir schnellstmöglich mitteilen muss. Und diesmal hat es nichts mit der Trandusseligkeit von Gundel zu tun, sondern mit der Unverfrorenheit vom Fräulein – verzeih, dass ich den Namen nennen muss, ich weiß, Du wolltest ihn nie wieder hören – Erika Hauser.
Stell Dir nur vor, was sich diese unverfrorene Person nun geleistet hat! Nachdem sich ihre Behauptung, mein Kind auszutragen, als infame Lüge entpuppt hat (Du erinnerst dich – zu meiner großen Erleichterung, ich hatte Dir in meinem dritten Brief davon berichtet und natürlich gehofft, dass auch Dich das ein wenig freut), hat sie sich diesmal doch glatt erdreistet, in meinem Namen Verlobungsankündigungen zu verschicken.
Ich bin noch ganz außer mir!
Solch eine Dreistigkeit! Was bin ich nur für ein eitler Narr gewesen, auf das Fräulein Hauser hereinzufallen.
Erst die Lüge mit dem Kinderl, nun die Lüge bezüglich einer Verlobung, die gar nie nicht ausgesprochen wurde. Ich mag mir gar nicht vorstellen, was dieser Person als Nächstes einfallen mag. Und ich weiß nicht, was ich tun soll, denn ich weiß ja nicht einmal, wem alles diese Person diese falsche Verlobungsanzeige geschickt hat.

Liebe Henni, falls Du einen Rat übrig hast für mich, dann setze Dich schnell an Deinen Sekretär und schreibe mir eine Depesche!
Mit ratlosen Grüßen
Dein Dich von Herzen liebender Franz

PS: Vom Anton soll ich Dich noch herzlich grüßen, er fragt jeden Tag, ob Du schon geschrieben hast und wann Du endlich nach Hause kommst.
Komm nach Hause, Henni, ohne Dich fehlt unserem schönen Haus die Seele, die es erst zu unserem Heim gemacht hat.

# 9

Die Droschke hielt vor dem Kontor ihres Vaters. Henriette stieg die ausladenden Steinstufen zur zweiflügligen, mit aufwendigen Schnitzereien verzierten Eingangstür hoch. Wie sehr sich dieses Gebäude doch von den vergrauten und verfallenden Häusern des Gängeviertels unterschied. Wie so oft seit ihrem Besuch dort dachte sie an die mickrige Bude der Asmussens, die stickige Luft, wie sie in diesen riesigen Räumen mit den hohen Fenstern und Decken niemals auftreten würde. Sie betrat den mit Marmor ausgelegten Eingangsbereich, beleuchtet von einem prunkvollen Lüster, den Vater sich von einer Glasmanufaktur in Dresden hatte anfertigen lassen.

Sogleich eilte der Portier auf sie zu.

»Verehrtes Fräu…, gnädige Frau«, korrigierte er sich und verneigte sich mit einem devoten Kopfnicken. »Ihr Vater hatte angekündigt, dass Sie heute kommen würden. Ich weiß, es ist unangebracht, aber ich muss Ihnen unbedingt sagen, wie froh ich bin, dass Sie in die Heimat zurückgekehrt sind.«

»Danke, Tommes«, sagte Henriette und lächelte ihn an, »das ist keineswegs unangebracht, sondern sehr freundlich von Ihnen.« Sie sah ihm an, dass er sich ehrlich freute, sie zu sehen. Erinnerungen kamen in ihr hoch. So lange war es her, sie ein junges Mädchen, Tommes der Laufbursche, gegängelt von dem alten Portier, aber immer bereit, ihr zu helfen, wenn sie mal wieder ein paar Stunden dem strengen Regime der Gouvernante entkommen wollte.

»Ich soll Sie zu Ihrem Vater bringen.« Eilfertig schritt er ihr voraus, öffnete nach kurzem Klopfen die Türe zu Vaters Vorzimmer. Der dickliche Sekretär sah von seinen Büchern hoch, die aufgeschlagen fast die gesamte Breite seines Schreibtischs einnahmen. Hinter ihm waren die wandhohen Regale, auf denen sich die Kladden und Jahrbücher Meter um Meter aneinanderreihten, jedes einzelne sorgfältig gebunden und beschriftet.

Eilfertig erhob sich der Sekretär. »Frau Kirchberger, Ihr Vater erwartet Sie bereits. Wollen Sie doch bitte durchgehen.«

Henriette öffnete die Kassettentür und trat in Vaters Heiligtum.

Er saß an seinem Schreibtisch, der dunkel und wuchtig, mit geschnitzten Löwentatzen als Füßen, den Raum dominierte. Hinter dem Schreibtisch hing ein großes Gemälde oberhalb der aufwendig gearbeiteten Holzvertäfelung. Es war das Einzige, was Henriette in diesem Raum liebte. Ein Bildnis ihrer Mutter und ihres Bruders. Quicklebendig und lebensfroh sahen sie darauf aus, genauso wollte Henriette sie in Erinnerung behalten, nicht eingefallen und ausgemergelt vom Todesgriff der Cholera.

»Henriette …« Vater wies ihr mit einer Handbewegung den Ledersessel auf der gegenüberliegenden Seite seines Schreibtischs zu. »In wenigen Minuten wird Herr Wilhoven uns einen Besuch abstatten. Er wird den Wein für die Feierlichkeiten liefern, und ich wünsche, dass du ihm mit größter Zuvorkommenheit gegenübertrittst. Herr Wilhoven und ich werden in

Zukunft vermehrt Geschäfte miteinander tätigen, er soll sich willkommen fühlen.«

»Aber … Vater!«, sagte Henriette verwundert. »Warum glauben Sie, mir Maßregeln für den Umgang mit einem Geschäftspartner geben zu müssen?«

»Ich denke, ich kann dir ohne langes Nachdenken Beispiele aus der Vergangenheit nennen, wo dein Verhalten mehr als fragwürdig gewesen ist.«

»Das ist Jahrzehnte her!« Henriette winkte die Erinnerung daran fort. »Wie lange wollen Sie mir meinen kindlichen Übermut noch vorhalten?«

»So lange …«, er spitzte pikiert den Mund, »… du dich wie ein Kind benimmst und nicht an meine Anweisungen hältst.«

»Ich … Was meinen Sie?«

»Amalie Sieveking. Du warst mit ihr in den Gängen.«

Henriette zog schuldbewusst die Schultern hoch. »Ich habe sie zufällig getroffen, und es hat sich ergeben.«

»Wie kannst du meinen Respekt fordern und schon bei der ersten Zufallsbegegnung unsere Vereinbarungen missachten? Du behauptest, eine Geschäftsfrau zu sein, aber Geschäfte ergeben sich nicht, sie sind das Resultat harter Arbeit und kluger Verhandlungen.«

Henriette verkniff sich eine Replik. Es hatte keinen Zweck, Vater die Situation zu erklären. Er würde nicht verstehen, warum sie Amalie Sievekings Einladung, sie zu begleiten, nicht hatte ausschlagen können. Und er wäre entsetzt, wenn er wüsste, wie nachhaltig der Abstecher in die Gänge sie beeindruckt hatte. Jeden Tag dachte sie an das Mädchen – ob sie es geschafft hatte, sich den Klauen dieses Zuhälters zu entziehen. Ob das Geld ihr ein Segen gewesen war oder sie zu Leichtsinnigkeiten angestiftet hatte. Ob sie sich wenigstens ein frisches Stück Butterzopf gegönnt hatte. Jeden Tag überlegte sie, ob sie bei Amalie Sieveking anfragen sollte, wann sie das nächste Mal mit in die Gänge kommen konnte. Wegen eines Mädchens, das sie wahrscheinlich nie wiedersehen würde.

Jules sanfte blaue Augen schoben sich in Henriettes Erinnerung. Das Erstaunen darin, als Henriette ihr die Münze in die Hand gedrückt hatte. Wenn sie nur wüsste, wie es dem Mädchen weiter ergangen war!

»Sorge dafür, dass es bei diesem einen Mal bleibt«, sagte Vater scharf. »Halte dich an unsere Vereinbarungen und benimm dich wie eine erwachsene Frau deines Standes.«

Als ob sie das nicht täte! Seit Tagen entschied sie sich für die Vereinbarung mit ihrem Vater: Organisation der Feierlichkeiten anstelle eines Besuches in den Gängen.

»Ja, Vater«, sagte sie gepresst. »Aber ich möchte Spenden für Fräulein Sievekings wohltätige Zwecke sammeln. Das wird die Feierlichkeiten in ein wohltätiges Licht tauchen. Und davon werden auch Sie profitieren.«

Vater verzog die Mundwinkel, als hätte er körperliche Schmerzen. »Fräulein Sieveking hat fraglos einflussreiche Gönner. Ihr eine Spende zukommen zu lassen ist eine Sache, aber einen ganzen Festakt in den Dienst ihrer eigensinnigen Ideen zu …«

Ein Klopfen ließ Vater zur Tür blicken. Henriette drehte ihren Kopf.

Tommes trat ein. »Gnädiger Herr, Herr Wilhoven wäre da.«

»Bitte ihn herein«, sagte Vater, stand dann abrupt auf. »Oder, Tommes, nein, führe ihn direkt zum Festsaal.«

***

Egal wie oft Henriette den Festsaal betrat, sie fühlte sich jedes Mal klein und unwichtig. Die Decke war noch höher als die in Vaters Heiligtum, der Stuck mit kunstvollen Ornamenten verziert. Die Kronleuchter hatten Hunderte funkelnder Kristalle, in Perfektion geschliffen, sodass nicht nur das Sonnenlicht, sondern auch Kerzenschein sie wie Diamanten glitzern ließ. An den Wänden hingen abwechselnd kostbare Wandteppiche und aufwendig gerahmte Bilder, die die Geschichte des Handelshauses von Steudnitz mit all seinen Höhen und Tiefen darstellten.

Prüfend zählte sie die im Saal verteilten runden Tische. Die Dienstboten hatten sie bereits aufgestellt und wie von ihr angeordnet mit weißen Tischdecken versehen. Sie schloss einen Moment die Augen, stellte sich die Tische eingedeckt vor, mit dem edlen Meißner Geschirr und dem feinen Silberbesteck, den weiß-roten Blumengestecken und doppelarmigen Kerzenständern, den zu Blüten gefalteten Servietten und roten Tischläufern.

Jedem Tisch waren acht Stühle zugeordnet, die meisten Plätze reserviert für Ehepaare, an manchen würden unverheiratete Töchter oder Söhne mit am Tisch sitzen, die Handvoll Witwen und Witwer hatte sie geschickt aufgeteilt, ebenso die Unverheirateten. Nur sie fiel aus dem Rahmen, verheiratet und doch allein, der Mann ein Phantom, über das die Hamburger Gesellschaft genießerisch abenteuerliche Gerüchte streute. Sie wusste aus sicherer Quelle, was die feinen Damen sich zuraunten, wenn sie sich am Sonntag im Park trafen, am Arm ihrer Ehemänner, in deren Ansehen sie glänzten wie Schuhwichse.

War sie an Franz' Arm auch so herumstolziert? Glücklich, nicht mehr Henriette von Steudnitz, sondern Frau Franz

Kirchberger zu sein? Mit einem Mal war Franz ihr so präsent, dass sie glaubte, sein Eau de Cologne zu riechen. Ihr großer, schmucker Mann, das braun gelockte Haar noch dicht, das heitere Gemüt stets zu einem Scherz mit den Gästen bereit. Und zu mehr, wie Fräulein Hausers Zustand ihr deutlich bewiesen hatte. Henriettes Magen zog sich schmerzhaft zusammen. Niemals könnte sie ertragen, Franz mit dem Kind der anderen im Arm zu sehen. Allein der Gedanke an diese Frau, die wie eine Motte ums Licht um ihn herumscharwenzelt war und nun darauf gierte, dass er sich von Henriette scheiden ließ und sie zu seiner Frau nahm. Aber so dumm würde Franz nicht sein. Keine Ahnung hatte sie vom Geschäft! Würde Franz sie beauftragen, eine Hochzeitsgesellschaft zu planen, sie würde schon an der Anordnung der Tische scheitern. Nicht einmal das einfachste Muster könnte sie in eine Serviette falten, geschweige denn einen Tisch eindecken oder ein Menü zusammenstellen.

»... meine Tochter Henriette«, hörte sie da ihren Vater, in der Stimme schwang Verärgerung mit. War Herr Wilhoven etwa bereits in den Festsaal geführt worden, und sie hatte ihn in ihren Tagträumen nicht bemerkt?

Ertappt drehte sie sich um. Tatsächlich stand neben ihrem Vater ein elegant gekleideter Mann, sie schätzte ihn auf späte Vierziger, vielleicht Anfang fünfzig, das schwarze Haar an den Schläfen ergraut. Ein schmaler Schnauzbart zierte seine Oberlippe, die sich zu einem charmanten Lächeln verzog.

Sie streckte ihm die Hand hin.

Er neigte den Kopf und deutete einen Handkuss an. »Es ist mir eine Ehre, Ihre Bekanntschaft zu machen, Ihr werter Herr Vater hat mir schon viel Gutes über Sie erzählt.«

Überrascht erwiderte Henriette den Gruß. Was könnte ihr

allzeit kritischer Vater Gutes über sie erzählt haben? Erneut stieg ihr der Duft von Franz' Eau de Cologne in die Nase. Es war keine Einbildung gewesen! Herr Wilhoven benutzte offenbar das gleiche.

Er ließ ihre Hand los, sah sich im Saal um. »Hier also findet das große Ereignis statt. Ich muss schon sagen, Herr von Steudnitz, ein opulenter Raum. Überhaupt, ein insgesamt imposantes Kontor, Sie sehen mich äußerst beeindruckt.«

»Nur das Ergebnis harter Arbeit und kluger Entscheidungen. Die Basis des Wohlstands.« Vater streifte Henriette mit einem rügenden Blick. »Aber nun lasse ich Sie mit Henriette die Weinauswahl zum Menü besprechen. Nach so vielen Jahren in der Gastronomie hat sie in dieser Angelegenheit ausreichend Erfahrung.«

Vater reichte Wilhoven die Hand, nickte Henriette kurz zu, der Mund spitz, als wollte er sie an seine Mahnung bezüglich ihres Verhaltens Herrn Wilhoven gegenüber erinnern.

Kaum hatte sich die Tür hinter Vater geschlossen, richtete Wilhoven das Wort an sie. »Es ist mir eine besondere Ehre, gar ein großes Vergnügen, dieses Geschäft mit Ihnen besprechen zu dürfen.«

Henriette führte Wilhoven zum ersten Tisch. »Setzen wir uns. Sie haben doch sicher Ihre Weinlisten dabei. Vielleicht bereits ein Angebot? Ich bin nicht auf dem Laufenden, was Sie im Vorfeld mit Vater besprochen haben.«

Wilhoven wartete, bis Henriette sich gesetzt hatte, nahm dann in gebührendem Abstand zu ihrer rechten Seite Platz. Etwas umständlich öffnete er die Aktenmappe, die er bislang unter dem Arm eingeklemmt an seinen Körper gedrückt gehalten hatte, und entnahm ihr mehrere Listen. »Ihr Vater bat mich nur, eine Liste an Weinen mitzubringen, die der Gelegenheit angemessen wären.« Er legte die Listen vor ihr aus.

Henriette überflog die Namen der Weingüter, Lagen und Jahrgänge der Weine, die dazugehörigen Preise.

»Das sind üppige Preise, die Sie da aufrufen.« Henriette schob die Liste zu ihm zurück. »Aber das wissen Sie selbst. Ich muss meine Zeit gar nicht weiter mit der Lektüre der Liste verschwenden, ohne eine Zusage von mindestens zwanzig Prozent Nachlass.«

Wilhoven schluckte. »Mindestens? Auf alles?«

»Ausnahmslos.« Henriette zog die Liste erneut zu sich und tippte auf eine Zeile. »Den Klevener hier bekomme ich in jedem Weingeschäft günstiger. Mir scheint, Sie haben sich in der Liste geirrt und mir die Preise für Ihre Überseegeschäfte vorgelegt. Wenn Sie die Elblinge erst um die halbe Welt schicken, können Sie solche Preise aufrufen, aber nicht bei Ihrem zukünftigen Geschäftspartner in Droschkenrufnähe.«

Wilhoven erblasste ein wenig, die Mundwinkel zuckten, als wüsste er nicht, wie er darauf reagieren sollte. Dann rang er sich ein Lächeln ab. »Ich muss sagen, bei allem, was Ihr Vater mir bislang über Sie erzählt hat – dass Sie mir noch den letzten Pfennig meines Gewinns abringen wollen, hat er geschickt verschwiegen.«

Henriette verkniff sich die Antwort, die ihr dazu auf der Zunge lag: Wie sollte Vater dies erwähnen, wenn er sich weigerte, sie überhaupt als Geschäftsfrau anzuerkennen. Für Vater war diese Bestellung nicht mehr als ihr Besuch im Stoffgeschäft. Sie sollte etwas aussuchen, die Mengen bestimmen, den Preis wollte Vater sicher selbst verhandeln.

»Ich denke, zum Fisch hätte ein Deidesheimer Langenmorgen die rechte Frische«, wechselte Henriette das Thema.

»Hervorragende Wahl«, pflichtete Wilhoven ihr bei. »Was schwebt Ihnen für den Hauptgang vor? Darf ich fragen, was Ihr Menü bereithalten wird?«

»Lammkarrée in Rotwein-Schalottensauce mit sautierten Kartoffelbällchen und Rehrücken auf einem Preiselbeer-Trüffel-Bett. Ein runder Meckenheimer würde dazu bestens passen, und zum Käse dachte ich an einen schönen Château d'Yquem. Ich sehe, Sie halten hier ein paar gute Jahrgänge und Lagen vor.«

Wilhoven nickte eifrig. »Ich lege Ihnen für den krönenden Abschluss Ihres Menüs einen Château Margaux ans Herz. Die Finesse und Eleganz seines Geschmacks ist unübertroffen.«

Henriette tippte in der Liste auf den Wein, den Wilhoven gerade beschrieben hatte. »Fast so unübertroffen wie der dazugehörige Preis.«

»Muss Qualität nicht ihren Preis haben?«, fragte Wilhoven mit glattem Verkäuferlächeln.

»Ihren schon, aber nicht diesen«, merkte Henriette trocken an. Sie musste Wilhoven anders ködern. Mit einem Mehrwert, den er sich auf keinen Fall entgehen lassen konnte. »Wir rufen bei der Feier zu Spenden für Amalie Sievekings Weiblichen Verein für Armen- und Krankenpflege auf.«

»Amalie Sieveking?« Wilhoven wurde hellhörig.

»Als Tochter von Senator Sieveking bekommt sie aus besten Kreisen Unterstützung für ihr wohltätiges Wirken.« Henriette sah in Wilhovens Augen Interesse aufflackern. Sich mit guten Namen zu assoziieren war wichtig für die Geschäfte. Die richtigen Verbindungen zu haben, im rechten Moment als zuverlässiger Lieferant genannt zu werden, war mehr wert als jede Werbeanzeige. Allerdings hatte Vater ihrer Idee noch nicht zugestimmt. Was er nun musste, wollte er vor Wilhoven nicht das Gesicht verlieren.

»Ich mache Ihnen einen Vorschlag«, fuhr sie fort und wischte die Bedenken bezüglich ihres Vaters beiseite. »Sie gehen zuzüglich zur Mengenstaffel zwanzig Prozent mit dem Preis herunter und spenden die Einnahmen von drei Flaschen für Fräulein Sievekings wohltätigen Verein. Dafür verkünde ich Sie als großzügigen Wohltäter.«

»Ich erlaube mir einen Gegenvorschlag«, sagte Wilhoven. »Sie bekommen fünfzehn Prozent auf die Mengenstaffeln und zusätzlich sieben Flaschen Château Margaux, dessen Gegenwert Sie als Spende weitergeben. Dafür benennen Sie mich als Unterstützer und Wohltäter auf den Menükarten.«

Henriette streckte ihm die Hand hin. »Einverstanden.«

»Ich muss zugeben«, sagte Wilhoven und schlug ein, »ich weiß gerade nicht, ob ich Sie für Ihr Verhandlungsgeschick bewundern oder eher fürchten soll, was meine Söhne sagen, wenn sie die Preisnachlässe sehen.«

»Ich bin sicher, dass Ihre Söhne Sie für Ihren Geschäftssinn rühmen werden, wenn sich nach dem Festakt die Aufträge häufen«, erwiderte Henriette.

»Nun, tatsächlich wird der Ältere das schätzen, da er jedes Geschäft zur Unterstützung für seine Fahrt nach Übersee brauchen kann. Er möchte dort eine Dependance aufbauen. Stellen Sie sich vor, Sie sitzen in New York und genießen einen Klevener. Ein Stück Heimat am Gaumen.« Er lehnte sich in dem Stuhl zurück und sog mit einer grandiosen Geste übertrieben die Luft ein.

»Ist Amerika nicht fürchterlich weit weg?«, fragte Henriette. »Wann werden Sie Ihren Sohn wiedersehen?«

Er zuckte die Schultern. »Kinder sind wie Vögel; wenn sie flügge sind, muss man sie ziehen lassen.«

Nachdenklich schweifte Henriettes Blick über die in den Gemälden verewigte Familiengeschichte. Ihr Urgroßvater hatte Großvater ziehen lassen. Nach Hamburg, wo er den ersten Stein des erfolgreichen Kontors gesetzt hatte. Wenn Vater gedacht hätte wie seine Vorväter, anstatt ihr Hindernisse in den Weg zu legen, hätte das allen Beteiligten viel unnötigen Kummer erspart.

»Und außerdem bleiben mir ja noch meine zwei Jüngeren. Der Mittlere arbeitet fleißig mit im Geschäft, und der Jüngste, tja…« Wilhoven kräuselte missbilligend die Nase. »Jurist soll er werden. Doch anstatt zu lernen, verbringt er seine Zeit in der Schreinerwerkstatt eines Freundes und schnitzt Intarsien.«

»Wäre Schreinermeister denn so falsch? Es ist ein angesehenes Handwerk.«

»Es ist solide«, sagte Wilhoven, »aber einen Festsaal wie diesen würde er als Schreinermeister nur zum Arbeiten betreten.«

Henriette dachte an das gemütliche Gasthaus am Rhein, das sie über die Jahre zu einer angesehenen Adresse geformt hatte. Sie war auch ohne Festsaal glücklich gewesen. Und wäre es noch, hätte nicht Fräulein Hauser Franz den Kopf verdreht.

Wie ungerecht die Welt doch war.

Da saß sie in einem Saal, in dem jedes Gemälde mehr kostete, als ein einfacher Arbeiter in einem Jahr verdiente, und sehnte sich nach der Schlichtheit ihrer rheinischen Gaststube.

# 10

Jule tunkte den Schwamm in das handwarme Laugenwasser, wrang ihn aus und fuhr damit über Frieders Gesicht.

»Hör auf!«, beschwerte er sich und schlug ihr den Schwamm aus der Hand. »Ich hab gesagt, ich will nicht gewaschen werden.«

»Der Bader sagt…«

»Blabla! Das sagt der Bader. Mach dies, tu das, gleich tut es nicht mehr weh… Es tut aber weh. Es tut immer weh!« Tränen schimmerten in Frieders zornigen Augen. »Du hast mir das angetan! Ich hasse dich!«

Jule zuckte zurück. Die Wut stand Frieder ins Gesicht geschrieben. Tränen drängten hoch, sie versuchte sie wegzublinzeln, spürte, wie ihr Kinn zitterte.

Sie drehte sich weg. Frieder sollte ihre Tränen nicht sehen. Blinzelnd suchte sie sich einen Punkt an der weiß getünchten Wand. Das Bild einer ihr unbekannten Heilpflanze. Dunkle Blätter, ein zotteliger Blütenkopf, festgehalten in einer einfachen Zeichnung, sorgfältig koloriert und beschriftet, in säuberlichsten Buchstaben mit Linien, so fein, als hätte die Tinte das Papier nur gestreift. Feiner, als sie je in einem genächtigt hatten, war auch das Bett, in dem Frieder liegen durfte. Mit einer ordentlichen Matratze und sauberen Leintüchern, daneben sogar ein eigener Nachttisch mit einer Kerze darauf.

Ihre Tränen verschwanden, das Zittern des Kinns ließ nach. Sie schnaufte aus, den Blick auf den breiten Holzschrank gerichtet, in dem der Bader Handtücher und Bettwäsche aufbewahrte.

Langsam drehte sie sich wieder zu Frieder, der stumm vor sich hin starrte. Wie meistens, wenn sie neben ihm saß. Im Gegensatz zu ihren Tränen war seine Wut nicht verschwunden. Seine Fäuste auf der Bettdecke geballt, seine Augen schmal, die Nasenflügel gebläht.

Er hasste sie, weil sie die Männer davon abgehalten hatte, ihn ins Wasser zu schubsen.

Er hielt sie für egoistisch.

Aber wie hätte sie sich jemals verzeihen können, ihn nicht gerettet zu haben?

Sie wrang den Schwamm bis zum letzten Tropfen aus. Hatte er recht? War sie eine Egoistin, weil sie ohne Frieder nicht sein wollte?

Nun liefen die Tränen doch über ihre Wangen und tropften unablässig auf ihre Schürze.

Von der Treppe vernahm Jule die schweren Schritte des Baders. Er klopfte kurz, trat aber, ohne ihr Herein abzuwarten, ins Zimmer.

»Wie geht es dem Patienten heute?«, fragte er munter und sah fragend zu Jule.

»Er hat Schmerzen, aber kein Fieber.«

»Gut«, sagte der Bader und trat zum Bett. Er hob Frieders Hand.

»Wie kann es gut sein, wenn ich Schmerzen habe?«, entrüstete sich Frieder. »Ich will noch was von dem ekligen Saft, den ich gestern Nacht hatte.«

»Bekommst du heute Abend«, sagte der Bader, »aber nicht jetzt. Zu viel davon ist nicht gut für dich.«

»Natürlich ist er gut für mich! Er nimmt mir die Schmerzen! Warum glaubt ihr immer, zu wissen, was gut für mich ist?«

Der Bader ignorierte Frieders Gemecker. »Ein robuster Geselle, dein Bruder«, sagte er. »Wenn er sich weiterhin so gut erholt, kann er morgen in eure Bude zurück. Jeder Tag hier kostet vier weitere Schilling – und das ist fast geschenkt.«

Jule lächelte verkrampft. Was er fast geschenkt nannte, war ein Vermögen für sie. Aber normalerweise verlangte er sechzehn Schilling den Tag. Eine Mark! Pro Tag! Sie schuldete ihm bereits sechzehn Schilling, mit der nächsten Nacht wären es zwanzig, dazu kamen die acht Schilling für Lauermann und dreiundsechzig Schilling, die sie dem Arzt noch für die Amputation schuldete. Das waren insgesamt einundneunzig Schilling, die sie aufbringen musste, um ihre Schulden zu bezahlen. Einundneunzig Schilling! Fünf Mark und elf Schilling! Wie sollte sie das je verdienen? Ihre Kehle schnürte sich zu wie ein Korsett. Die Schulden bei Lauermann fühlten sich plötzlich lächerlich an. Was waren schon acht Schilling im Vergleich zu einundneunzig!

Sie spürte erneut die verhassten Tränen aufsteigen. Was hatte sie Gott nur angetan, dass er sie so strafte? Ihr erst die Eltern und ihr Zuhause nahm und nun den Bruder so schwer verletzte, dass er nie wieder arbeiten konnte, dass er sie hasste. Und als wäre das nicht genug, sie mit Schulden überhäufte, die sie ins Schuldengefängnis bringen würden, wenn nicht bald ein Wunder geschah.

Und was würde dann aus Frieder? Er käme wieder ins Armenhaus, obwohl es das letzte war, was er wollte.

»Sie bekommen Ihr Geld«, versprach sie und räusperte sich. »Und das für den Arzt. Ich werde jede Woche fünf Schilling abzahlen und jeden Sonntag die Wäsche machen wie ausgemacht.« Sie senkte die Augen. Was hatte sie nur zu dieser wahnsinnigen Versprechung getrieben? Niemals würde sie ohne Frieder jede Woche fünf Schilling sparen können! Selbst wenn sie Tag und Nacht arbeitete.

Schwerfällig stand sie auf. »Ich muss los. Wenn ich noch mal zu spät komme, verliere ich meine Arbeit.«

***

Jules Hände brannten von der kalten Lauge. Ohne Pause hatte sie durchgearbeitet, noch härter als sonst. Sie hatte alles gegeben, und in ihrem Beutel klingelten nun sechs Extrapfennige. Wenn sie das jeden Tag schaffte, wären das sechsunddreißig Pfennige die Woche, das wären drei Schilling. Drei! Sie brauchte fünf! Und sonntags musste sie beim Bader für die Stundung ihrer Schulden die Wäsche machen, bügeln und flicken.

»Na sieh einer an.« Wie aus dem Nichts umkrallte eine Hand ihren Oberarm.

Jule schrie erschrocken auf. Lauermann!

»Da ist ja das gnädige Fräulein. Wolltest dich vor den Schulden drücken, du kleines Luder, so verschlagen wie der Bruder.« Er riss sie so heftig mit sich, dass sie ihr Gleichgewicht verlor und um ein Haar gestürzt wäre, hätte Lauermann sie nicht festgehalten wie ein Schraubstock.

»Nein, nein«, verteidigte Jule sich. »Frieder hatte einen Unfall.«

»Natürlich. Frieder hat immer etwas. Ärger mit Witwe Strauss, Ärger mit dem Büttel, Ärger mit dem Meister, jetzt einen Unfall…« Er rückte so nah an sie heran, dass ihre Köpfe sich fast berührten. »Was hat der angebliche Unfall deines Bruders mit meinem Geld zu tun?«

»Ich… ich… habe es für… für den Wundarzt gebraucht«, stammelte Jule.

»Lüge!«, herrschte Lauermann sie an. »Das hätte sich herumgesprochen, wenn dein missratener Bruder einen Wundarzt gebraucht hätte! Einen Wundarzt! Oder willst du etwa behaupten, dass du einen Wundarzt bezahlen kannst, aber mir mein Geld schuldig bleibst? Glaubst wohl, ich bin weniger wert als so ein feiner Pinkel.«

»Frieder hat ein Bein verloren«, brach es aus ihr heraus. »Was hätte ich denn tun sollen?«

»Der Frieder? Ein Bein weg? Das hätte ich gewiss gehört. Glaubst du, ich erbarme mich und erlass dir die Schulden, weil du mir Schauermärchen erzählst? Schluss damit! Du wirst deine Schulden jetzt und hier abarbeiten.«

Er riss sie weiter mit sich, tiefer in die Gasse, durch eine enge Passage nach der anderen, bis sie in einem Hof zum Stehen kamen. Ängstlich sah Jule sich um. Obgleich es noch früher Abend und hell war, verirrte sich kaum ein Strahl des Tageslichts in den düsteren, von schiefen Gebäuden begrenzten Hof. Als traute selbst die Sonne sich nicht, ihre Strahlen auf die schmutzigen, baufälligen Fassaden mit dem bröckelnden Putz und verrottenden Holz zu richten. Der Boden war bedeckt von fauligem Müll und Tierkot, dessen Gestank in Schwaden zwischen den Häuserfluchten hing. In manchen Häusern standen Kerzen in den Fenstern, deren spärliches Licht jedoch kaum den Raum dahinter erhellte.

Jule erahnte die zwielichtigen Gestalten, die in den dunklen Schatten des Hofes herumlungerten, und auf gute Gelegenheiten und willige Opfer warteten. Unwillkürlich begann sie zu zittern.

Aus einem der Torwege kam eine Frau, alterslos, das Gesicht weich umrahmt von einzelnen Locken, die sich links und rechts aus den hochgesteckten Haaren gelöst hatten. Sie trat zu ihnen, die Bluse weit offen, der Busen vom Korsett nach oben gepresst, die Lippen purpurrot.

Jule wurde schlecht. Sie wusste, was Lauermann mit ihr vorhatte.

»Moin, was haste denn da für ein Schätzchen aufgegabelt?«, fragte die Frau und musterte sie von Füßen bis zum Scheitel.

»Das ist Jule. Du nimmst sie nachher mit zum Wirt.« Lauermann schubste Jule der Frau in die Arme. »Mach was aus ihr, soll uns was einbringen, heute Nacht.«

Die Frau zog Jule mit sich. »Hör auf, dich zu sträuben, Schätzchen, das macht es für keine von uns besser.« Sie schubste Jule durch eine halb zerschlagene Tür in eine dämmrige Bude und bugsierte sie zu einem fleckigen Hocker vor einen abgewetzten niedrigen Tisch mit allerlei Tuben und Tiegeln. Im Kerzenlicht erhaschte Jule einen Blick auf die spärliche Einrichtung. Einzig das Bett war groß und stabil gebaut, alle anderen Möbel wirkten morsch und krumm. Ein Stuhl, ein Waschtisch mit Schüssel und Krug, ein Nachttopf, ein Schrank, an dem eine Tür schief an nur einem Scharnier hing.

»'n halbes Kind«, murmelte die Frau, während sie Jules Zöpfe löste und mit so kräftigen Strichen das Haar bürstete, wie ihre Mutter am Sonntag zur Kirche. Die Bürste verfing sich, ziepte.

Mutter! Ein Schluchzer entfuhr ihr.

»Wo hat er dich nur aufgelesen?« Die Frau schüttelte den Kopf.

Tränen liefen über Jules Gesicht.

Wie von ferne spürte sie die Hände der Frau, die ihre Haare hochsteckte, ihre Wangen kniff, bis sie rot waren, ihre Lippen mit Rote Bete einrieb. Die ihre Schürze auszog und die Bluse bis zum Ende aufknöpfte, die Brüste nach oben drückte und mit einem Brustband fixierte. Jule sah ihr Spiegelbild in dem von blinden Flecken überzogenen Spiegel, und doch war es nicht ihr Spiegelbild. Es gehörte einer fremden Person. Die Jule hieß, aber nicht Jule war. Mit roten Apfelwangen und dunkelrosa Mund.

Schließlich war die Prozedur abgeschlossen, und die Frau betrachtete zufrieden das Ergebnis.

»Jetzt kannst du los, Schätzchen.« Sie packte Jules Kinn mit eisernem Griff und sah sie aufmunternd an. »Ist nur halb so schlimm, glaub mir, ich mache das schon länger, als du Lenze zählst.«

Mit jedem Schritt zur Tür packte Jule mehr Angst. Ohne zu wissen, was sie erwartete, wusste sie, dass es nichts Gutes sein würde. Etwas Sündhaftes, das auf immer ihren Traum einer besseren Zukunft zerschmettern würde. Lauermann würde sie zur Hure machen. Niemand nahm eine Hure in den Dienst.

Sie griff sich an die Brust, ihr Herz schlug bis in den Hals.

Der Hof erschien ihr dunkler, die Luft schaler. Kein Windhauch brachte frische Luft in diesen verdorbenen Winkel. Stattdessen hatte der nahende Abend mehr Menschen angelockt, Männer, die ihren Weg in die Kneipe am Ende des Hofes suchten oder mit einem Humpen in der Hand davor herumlungerten. Jule bemerkte die frischen Kerzen in den Fenstern eines Hauses, das aussah, als würde es nur noch von den rechts und links anschließenden Häusern aufrecht gehalten. Aus der bröckelnden Fassade trat eine Frau heraus. Sie musterte Jule misstrauisch. »He, du!«, blaffte sie. »Was willst du hier?«

»Scher dich um deine eigenen Angelegenheiten«, blaffte die Frau neben Jule zurück.

»Es sind meine Angelegenheiten, wenn du vor meiner Haustür mit Frischfleisch wedelst«, rief die andere Frau.

Da löste sich eine Gestalt aus einer dunklen Nische und schlenderte auf die Frau zu. Jule erkannte Lauermann an seinem Gang, noch bevor sie sein Gesicht erkennen konnte.

»Das Mädchen ist meine Angelegenheit, kapiert?«, sagte er barsch. »Also Schnauze!«

Er drehte ab und schlenderte weiter zu Jule und der Frau. Dort musterte er Jule von Kopf bis Fuß, nickte dann zufrieden. »Da steckt Geld in der Kleinen, das habe ich gleich gesehen.«

Jule blieb stocksteif stehen. In ihrem Kopf war vollkommene Leere.

»Steh nicht so dumm rum!«, ranzte Lauermann sie an. »Geh, such dir einen Freier! Sag, dass du Jungfrau bist, dann springt mehr raus.« Er stieß sie grob vorwärts, in Richtung Kneipe.

Aus den Augenwinkeln sah Jule, wie ein Mann auf die Frau

zuging, die sich eben über Jules Anwesenheit in ihrem Revier beschwert hatte. Der Mann sprach die Frau an, ein kurzes Geplänkel, dann verschwanden beide in dem schiefen Haus.

»Ich … ich weiß nicht … was ich … tun … soll«, stammelte Jule heiser.

»Hör dir das an!«, schnauzte Lauermann genervt. »Dumm wie Stockbrot, das Gör. Geh! Schau, wer am meisten springen lässt, setz dich auf seinen Schoß, zeig ihm deine Brüste, mach ihn gierig. Dann sag, du bist Jungfrau, das kostet das Doppelte. Und dann geh mit ihm in die Bude. Der Rest ergibt sich.«

Wie erstarrt verharrte Jule an ihrem Platz. Lauermann schubste sie erneut, noch grober. Sie stolperte vorwärts, blieb wieder stehen. Inzwischen hatten sie die Aufmerksamkeit der Männer geweckt, die mit ihren Humpen vor der Kneipe standen. Jules Atem setzte aus. Keinen Schritt konnte sie auf die Männer zu machen. Ungeduldig zerrte Lauermann sie über den Hof zu den Männern, von denen nun auch der Letzte mitbekommen haben musste, dass gerade etwas passierte.

»Eine echte Jungfrau«, pries Lauermann sie lautstark an. »Kommt, Männer, der Erste bekommt den Zuschlag! Frisch und unverbraucht! Gesund und sauber. Nur vier Schilling!«

»Nur?«, höhnte einer und stellte krachend seinen Humpen auf einer Tonne ab. »Ich zahle nie mehr als zwei.«

»Und bekommst die Syphilis gratis mit dazu«, gab Lauermann zurück. »Wann hast du's je mit einer Jungfrau getrieben? Du weißt ja nicht, was dir bisher entgangen ist.«

Jule senkte den Kopf. Ihre Wangen brannten vor Scham.

»Zwei Schilling«, sagte der Mann, »dann mach ich 'ne ordentliche Hure aus ihr. Schau sie dir doch an, die nässt sich doch gleich ein, deine Jungfrau, wo soll denn da der Spaß sein?«

Grölendes Gelächter brandete auf.

Lauermann drehte sich zu Jule und schlug ihr mit der flachen Hand auf den Hinterkopf. »Stell dich gerade hin, dumme Gans, wer soll dich denn wollen, wenn du dastehst wie ein nasser Sack Mehl.« Er schüttelte den Kopf. »Da ist doch Hopfen und Malz verloren.« Er schubste sie weiter zu den Männern. »Schau, dass du mir die acht Schilling verdienst. Bekomme ich die heute nicht, sind es morgen zehn. Zinsen, du verstehst?« Mit einem letzten Schubs trollte er sich davon.

Jule stand starr. Ihr Atem ging flach. Ihr war übel, sie würgte, doch in ihrem Magen war nichts, was sie erbrechen konnte.

Der Mann, der Lauermann eben noch zwei Schilling für sie geboten hatte, kam auf sie zu, mit ihm der Gestank von Bier und Schweiß und Pisse. »Ich geb dir 'nen halben Schilling«, sagte er und packte ihren Arm.

»Nimm deine dreckigen Griffel weg!« Wie aus dem Nichts stand eine braunhaarige Frau neben Jule und schlug die schmutzige Hand des Mannes von ihrem Arm. Jule riss die Augen auf. Scham brannte in ihr hoch. Sie kannte die Frau! Bei Hedda Asmussen hatte sie gesessen.

»Hörst du schlecht?«, schnauzte die Braunhaarige den stinkenden Mann an. »Vier Schilling hat der Lauermann gesagt. Also, Geld her oder troll dich.«

Der Mann trottete murrend davon. Erleichtert sah Jule ihm nach.

»Hör zu, Jule«, raunte ihr die Braunhaarige zu, »der Lauermann lässt dich nicht vom Haken, bis du deine Schulden gutgemacht hast. Also verkauf dich, so gut du kannst, und mach, dass das hier eine einmalige Angelegenheit bleibt.«

»Da-Danke«, flüsterte Jule.

»Schon gut«, sagte die Braunhaarige. »Wenn wir nicht aufeinander aufpassen, wer dann?« Sie zeigte auf einen Mann, der gerade aus der engen Passage in den Hof trat. »Schnapp dir den, schau seinen Gehrock an und den hohen Kragen, wer sich so kleidet, kann auch vier Schilling zahlen. Mit etwas Glück sogar acht oder gar zehn für eine Jungfrau, die ihm garantiert kein Gesiech anhängt. Ist für so einen feinen Pinkel doch keine Summe.«

»Aber wie denn?«, flüsterte Jule. »Ich kann doch nicht einfach zu ihm gehen.«

Die Braunhaarige seufzte, dann nahm sie Jules Hand und ging mit ihr auf den feinen Mann zu.

Was so einer überhaupt hier an diesem Ort zu suchen hatte? Es gab doch auch Huren in besseren Gegenden, sicherlich waren die etwas teurer, aber wer sich solch einen Gehrock leisten konnte und einen gesteiften Kragen und eine helle Hose aus feinem Stoff, der würde doch auch Geld für ein ordentliches Hurenhaus haben. Oder kam er hierher, weil er Dinge wollte, die er dort nicht bekam, widernatürliche Dinge, über die die Wäscherinnen nur hinter vorgehaltener Hand tuschelten und verstummten, wenn Jule sich näherte?

Die Braunhaarige trat dem feinen Mann unerschrocken in den Weg. »Werter Herr«, säuselte sie zuckersüß, »heute ist Ihr Glückstag, eine Jungfrau, gesund und sauber, und Sie können sie haben, für nur zwölf Schilling.«

Jule senkte den Kopf. Niemals würde sie den Mann ansehen können, während die Braunhaarige sie wie Sauerbier anpries.

»Danke, kein Interesse«, sagte der Mann knapp. »Ich suche nach …« Plötzlich spürte sie eine Hand an ihrem Kinn. Weiche Finger, als hätte die Hand noch nie die raue Seite des Lebens kennengelernt. Sanft schob er ihr Kinn nach oben, musterte sie eindringlich. »Ich kenne dich doch!«

Jule hob den Blick, und auch sie erkannte den Mann, der sie, ihr Kinn noch immer in seiner Hand, verwundert anstarrte.

# 11

»Nein«, rief Rosa und legte sich mitfühlend die Hand auf den Mund, »wie hat er es herausgefunden?« Sie hob die Finger zum Schwur. »Von mir hat niemand erfahren, dass du mit Amalie Sieveking in die Gänge bist, heiliges Ehrenwort!«

»Schsch!« Henriette presste den Finger an den Mund. Auch in ihrem eigenen Haus hatten die Wände Ohren. Ganz besonders hier im Salon, an dessen offener Tür die Bediensteten alle naselang vorbeihuschten. »Natürlich kam das nicht von dir«, flüsterte sie. »Ich schätze, ein Dienstbote hat mich gesehen und es weitergetratscht, du weißt, wie sie miteinander verstrickt sind. Und dann bei meinem Ruf …« Sie verdrehte die Augen und verstellte die Stimme. »Diese schreckliche von Steudnitz … Ihren armen Vater wird sie noch ins Grab bringen mit ihren Sperenzchen … Jedenfalls ist es Senator Verhölst zu Ohren gekommen, und der hat es brühwarm Vater gesteckt.«

»Verhölst hat es sicher von seinen Töchtern gehört, die warten doch nur darauf, dir eins auszuwischen, seit du Thekla ihren Nelken-Verehrer madig gemacht hast.« Rosa stellte die Teetasse ab und prüfte, dass diese ja keine Flecken auf dem reich verzierten Beistelltisch hinterließ. »Und? Wie hat dein Vater reagiert?«

»Er war nicht amüsiert.« Henriette nahm ihr Nähzeug wieder auf. Flink stach sie die Nadel in den leichten Baumwollstoff. »Ich bin gespannt, was er sagt, wenn ich ihm meine neueste Verfehlung mit dem Weinlieferanten beichte. Ich habe ihm erzählt, dass wir bei den Feierlichkeiten Spenden für Amalie Sieveking sammeln.«

»Henni!«, rief Rosa aus. »Warum tust du so was? Manchmal habe ich den Eindruck, du wartest nur darauf, dass dein Vater dich vor die Tür setzt.«

Henriette zog den roten Faden durch die Naht und verknotete ihn. Tat sie das? Vielleicht. Vielleicht war sie es aber auch nur einfach leid, nach über fünfzehn Ehejahren, in denen sie sich jeden Tag als kluge Gastwirtin bewiesen hatte, hier wieder wie ein kleines Mädchen behandelt zu werden, dem man vor dem Gespräch mit einem Lieferanten noch Verhaltensregeln auferlegen musste.

»Ich habe die Spendensache benutzt, um den Weinhändler herunterzuhandeln. So hat er was davon und Amalie Sieveking auch.«

»Und dein Vater?«

»Spart Geld beim Wein.« Henriette grinste. »Eine runde Sache. Wenn Vater das nicht einsieht, dann befolgt er seinen eigenen Rat nicht.«

»Und der wäre?«, fragte Rosa.

»Kluge Entscheidungen zu treffen.« Henriette nahm den nächsten Tischläufer und prüfte den abgesteckten Saum, bevor sie die Nadel in den Stoff stach. »Außerdem ist das mein Angebot an ihn, damit ich mich an sein Verbot halte. Keine Besuche in die Gänge mehr, dafür ein Spendenaufruf für Amalie Sieveking.«

»Ich glaube nicht, dass dein Vater sein Verbot als Einladung für eine Spendenveranstaltung auf seiner Feier sieht.«

Henriettes Nadel flog nur so über den halb fertigen Tischläufer. »Natürlich nicht. Solange er glaubt, mir nach Lust und Laune Dinge verbieten und erlauben zu können. Aber ich bin kein Kind mehr. Ich bin eine verheiratete Frau!«

Rosa sah sie an, die Brauen hochgezogen, das Kinn gesenkt, einen spöttischen Zug um den Mund. Sie brauchte nichts zu sagen, um Henriette auf die Nichtigkeit ihrer Forderung hinzuweisen. Ihr Vater musste nicht begreifen, dass sie eine erwachsene Frau war, denn sie war in seinen Haushalt zurückgekehrt und stand damit erneut unter seinem Zepter. Er hatte sie nie offiziell und förmlich als mündig freigegeben und würde es auch nie tun. Er hatte sie lediglich von seiner Aufsicht in die ihres Ehemannes gegeben. Nur dass Franz im Gegensatz zu Vater sie das nie hatte spüren lassen. Er hatte sie respektiert, als Ehefrau und als Geschäftsfrau. Er hatte sie ernst genommen und sie ihn dafür umso mehr geliebt.

Rosa beugte sich zu Henriette und legte die Hand auf ihren Arm. »Was ist es wirklich, das dich so aufbringt?«

Henriette ließ die Nadel sinken. »Es ist das Mädchen.«

»Mädchen?«, fragte Rosa nach. »Welches Mädchen?«

»Ich habe es bei einer der Familien gesehen, die Amalie Sieveking besucht hat.« Henriette dachte an das blonde Mädchen. Wie fassungslos es auf die Mark gestarrt hatte. »Ein Waisenkind. Sie war in großer Bedrängnis wegen ihres Bruders und musste sich bei einem Zuhälter verschulden. Ich habe ihr Geld gegeben, um ihr das Milieu zu ersparen.«

»Henni!«, rief Rosa wieder aus. »Du kennst doch die goldene Regel der Wohltätigkeit! Gibst du Geld, verschwindet es im nächsten Wirtshaus. Gibst du Essen und Kleidung, wärmt es Körper und Magen.«

»Ich bitte dich, Rosa! Das Mädchen ist doch kein Mann, der das Geld mit Bier und Wein durchbringt.«

Rosa zuckte die Schultern. »Wer weiß, was der Bruder damit macht.«

»Genau das frage ich mich auch. Mir geht das Mädchen nicht mehr aus dem Kopf«, sagte Henriette bedrückt. »Schon allein wegen ihr möchte ich zurück in die Gänge.«

»Henni!« Rosas Mund blieb offen stehen.

»Sie war noch ein Kind, Rosa. Ganz allein muss sie für sich sorgen, kein Dach über dem Kopf, kein Essen auf dem Teller, sie hat nicht einmal einen Teller, und das wenige Essen, das sie hatte, hat sie denen gegeben, die noch bedürftiger waren. Sie war gleichzeitig verletzlich und stark, gütig und trotzig. Sie hat etwas in mir angerührt, das ich verloren geglaubt hatte.«

»Ach, Henni …«, sagte Rosa sanft. »Trauerst du noch immer den Kindern nach, die dir nicht vergönnt waren?«

Henriette nahm die Näherei wieder auf. »Ich möchte einfach wissen, ob es ihr gut geht.«

Schritte näherten sich dem Salon. Die einen erkannte Henriette sofort, der forsche Gang des Vaters, die anderen allerdings konnte sie nicht zuordnen. Wen hatte Vater empfangen, den er nun zu ihr in den Salon brachte?

Da trat Vater bereits durch die offene Salontür, hinter sich, zu Henriettes Überraschung, Karl-Gustav Wilhoven.

»Oh«, sagte Vater, »Rosa, ich wusste nicht, dass Henriette Besuch hat.«

»Ich wollte gerade aufbrechen, Herr von Steudnitz«, sagte Rosa rasch, die es hasste, in Familienzwistigkeiten zu geraten.

»Ich hoffe nicht, weil wir ungefragt in Ihre Plauderei hineinplatzen«, sagte Wilhoven und verneigte sich höflich vor Rosa. »Wilhoven, Weinhändler aus Hamburg«, stellte er sich vor.

»Das ist Frau Habermanns, eine der ältesten Freundinnen meiner Tochter«, beeilte Vater sich zu sagen.

»Sehr erfreut«, sagte Rosa und wirkte plötzlich zwanzig Jahre jünger.

Henriette lächelte. So forsch Rosa beizeiten auftrat, vor Vater von Steudnitz hatte sie noch so gehörigen Respekt wie früher.

»Herr Wilhoven wird bei dem Festakt als Förderer von Fräulein Sievekings barmherziger Armenarbeit auftreten«, sagte Vater. »Die Details des Arrangements kannst du mit Herrn Wilhoven besprechen.«

»Eine ganz hervorragende Gelegenheit, um Wohltätigkeit und Geschäft unter einen Hut zu bringen«, schwärmte Wilhoven und strahlte Henriette an.

Henriette sah, wie ihr Vater Wilhoven mit Wohlwollen zunickte. Sie runzelte die Stirn. Was war mit den Einwänden von heute Vormittag, als sie den Vorschlag gemacht hatte? Und nun fand er ihn hervorragend. Weil Wilhoven ihn hervorragend fand. Wahrscheinlich hätte er den Vorschlag von Anfang an unterstützenswert gefunden, wenn er von jemand anderem als ihr gekommen wäre. Wut stieg in ihr auf, als sie Rosas Hand auf der ihren spürte und ihren warnenden Blick bemerkte.

»Herr Wilhoven wird zugunsten von Fräulein Sieveking eine Flasche Château Lafite aus dem Jahr 1814 versteigern.«

»Das würden Sie tun?«, entfuhr es Henriette. Ein Château Lafite aus dem Jahr 1814 war ein kleines Vermögen wert!

»Gäbe es einen passenderen Jahrgang als das Jahr der Befreiung?« Wilhoven streckte ihr seine Handflächen hin, als überreichte er ihr ein Geschenk.

»Eine wunderbare Idee«, rief Henriette dankbar.

»Es freut mich, dass sie Ihnen gefällt. Dann möchte ich Sie nicht weiter stören.« Er neigte den Kopf. »Meine Damen, ich wünsche noch einen angenehmen Abend.«

Kaum hatten Wilhoven und Vater den Salon verlassen, stupste Rosa Henriette an. Sie riss die Augen auf und presste die Lippen zusammen, als kostete es sie Mühe, nicht sogleich mit etwas herauszuplatzen. Erst als die Schritte der Männer im Flur verhallt waren, beugte sie sich zu Henriette.

»Hast du gesehen, wie er dich angeschmachtet hat?«, flüsterte sie.

»Unsinn!« Henriette zog die Brauen hoch. »Du bist so albern wie eh und je.«

»Angeschmachtet.« Rosa kicherte leise. »Der Lafite, den versteigert der doch nicht wegen Amalie. Wilhoven will dich beeindrucken, liebe Henni. Musst du mir ja nicht glauben. Aber ich habe recht. In solchen Dingen habe ich immer recht. Doch jetzt, meine Liebe, muss auch ich mich aufmachen.«

***

Hatte Rosa mit ihrer Vermutung wirklich recht?, fragte Henriette sich, als sie allein war. Hatte Wilhoven ein Auge auf sie geworfen?

Sie rümpfte die Nase. Sie war noch nicht einmal geschieden.

Nachdenklich stieg sie die Treppe nach oben.

Und sie? Interessierte Wilhoven sie?

Am Treppenabsatz blieb sie stehen und überblickte die herrschaftliche Freitreppe, die von der großen Halle in die oberen Stockwerke führte. Der Marmor, die Bilder, die fein gearbeiteten Holzarbeiten, überall das Edelste vom Edelsten. Wenn es um die Zurschaustellung seines Status ging, war Vater nichts zu teuer.

Wilhovens Worte kamen ihr in den Sinn: *Aber einen Festsaal wie diesen würde er als Schreinermeister nur zum Arbeiten betreten.*

Wilhoven strebte offenbar nach dem großen Saal, ihr dagegen fehlte die Gemütlichkeit ihrer rheinischen Wirtsstube. Die Genügsamkeit ihres Mannes. Franz. Er fehlte ihr.

So sehr. Noch immer.

Sie drehte sich abrupt um und ging über den Flur zu ihren Gemächern. Schlafzimmer, Boudoir, Studierzimmer, eine Zimmerflucht nur für sie, so üppig, dass sie einer Großfamilie Raum hätte bieten können. Nicht eine Sekunde würde sie zögern, um diesen Überfluss gegen ihr altes Leben mit Franz einzutauschen. Das Leben, bevor Fräulein Hauser ihm das Kind austrug, dessen bare Ankündigung ihre Wunde um die ausgebliebenen Kinder mit solcher Wucht aufgerissen hatte, dass sie daran zu ersticken glaubte. Nur dass sie sich diesmal nicht von Franz trösten lassen konnte. Nicht, solange die Verletzung durch seine Untreue so sehr schmerzte. Vielleicht würde der Schmerz nie aufhören, vielleicht würde es sogar noch schlimmer werden, wenn erst das Resultat der Untreue rosig und warm in Franz' Armen läge.

Henriette öffnete die Tür zu ihrem Studierzimmer. Zügig

ging sie zum Sekretär. Ein Brief lag auf dem polierten Nussbaumholz.

Sie nahm ihn hoch.

Ihr Herz klopfte schneller.

Aus Königswinter!

Franz!

Sie riss ihn auf. Erstarrte.

Eine Verlobungsanzeige.

Franz Kirchberger und Fräulein Erika Hauser.

Langsam ließ sie die Hand mit dem Büttenpapier sinken.

Noch nicht einmal geschieden waren sie.

Aber das hatte Franz wohl schon in die Wege geleitet. Sich von ihr scheiden zu lassen war kein Problem. Eine Frau, die keine Kinder gebären konnte, war keine vollwertige Ehefrau. So wie Erika Hauser es sein würde.

Sie sank zu Boden. Krümmte sich über dem Büttenpapier in ihrer Hand zusammen.

Warum nur hatte sie dieser Frau so sang- und klanglos ihren Platz überlassen? Warum hat sie nicht um ihren Mann gekämpft?

Zu stolz war sie gewesen. Eine von Steudnitz betrog man nicht mit einem Fräulein Hauser.

Und nun saß sie in Hamburg fest, auf immer unter der Fuchtel ihres Vaters, während Franz mit dieser grässlichen Person in ihrem schönen, gemütlichen Zuhause eine Familie gründete.

Ein Schluchzer schüttelte sie.

Es war vorbei.

Auf immer.

# 12

Jule starrte den Mann vor sich fassungslos an. Herr Wichern! Das letzte Mal hatte sie ihn in der Sonntagsschule gesehen, zwei Jahre war das her, wo er tugendhaftes Verhalten gepriesen hatte. Dass man den Verführungen des Lebens standhalten sollte, den rechten Weg nicht verlassen, denn dieser sei es, der am Ende zu einem besseren Leben führte.

Und nun traf sie ihn an diesem Ort!

Angepriesen als noch unbefleckte Hure!

Wenn nur der Boden sich unter ihr öffnen und sie verschlucken würde.

Doch der Boden öffnete sich nicht. Hastig zurrte sie ihre Bluse vor der Brust zusammen und hielt sie so krampfhaft fest, als könnte die Korrektur ihrer Bekleidung die Peinlichkeit des Moments lindern. Von allen Menschen auf dieser Welt musste sie ausgerechnet ihrem Lehrer hier in die Arme laufen! Was wollte Wichern überhaupt an diesem unwirtlichen Ort! Was für ein Geschäft könnte einen Mann wie ihn hierherführen, das ein tugendhaftes wäre?

»Hilf mir, mich zu erinnern, mein Kind.« Wichern musterte sie noch immer. »Wie heißt du?«

»Jule Trabbert«, murmelte Jule beschämt.

»Natürlich! Du bist Jule«, sagte er, und die Stirnfalten glätteten sich. »Ich weiß noch, wie ordentlich du deine Schreibarbeiten erledigt hast. Ganz aufmerksam bist du gewesen, im Gegensatz zu deiner Schwester. Dorrit, nicht wahr? Sie hat vor sich hin geträumt, und du hast ihr eingesagt, wenn ich sie aufrief. Was um Gottes willen führt dich an diesen grässlichen Ort?« Sein Blick wanderte zu ihrer Begleitung. Seine Brauen zogen sich zusammen, als versuchte er zu begreifen, warum seine artige Sonntagsschülerin nun mit geöffneter Bluse und gefärbten Lippen vor ihm stand. »Wissen deine Eltern, wo du dich des Abends herumtreibst?«

Anstelle einer Antwort brach Jule in Schluchzen aus.

»Bist du freiwillig hier?«, fragte Wichern.

Jule schüttelte heftig den Kopf.

»Sie ist dem Lauermann Geld schuldig«, sagte die Braunhaarige. »Acht Schilling. Sie soll es abarbeiten.«

»Und deine Eltern?«, fragte Wichern. »Wissen sie davon?«

»Sie … sind … tot«, schluchzte Jule.

»Oh«, sagte er betroffen. »Das tut mir leid.«

»Was tut Ihnen leid?«, polterte in dem Moment Lauermann. Unbemerkt war er hinter Jule getreten und packte sie grob am Arm.

»Lassen Sie das Kind los«, sagte Wichern ruhig.

»Warum sollte ich?«, höhnte Lauermann. »Wenn sie ihre Schulden bezahlt hat, kann sie gehen, wohin sie will.«

Wichern öffnete seine Börse und zählte Lauermann acht Schilling in die Hand. »Lassen Sie sie gehen.«

Gierig steckte Lauermann das Geld ein und ließ Jule los. »Wär eh nichts geworden mit der, kein bisschen Lust im Körper, das Gör.« Er wandte sich an die Braunhaarige. »Was glotzt du so? Geh arbeiten!«

Nun packte er sie am Arm und schubste sie auf das schiefe Haus zu.

»Jule?« Wicherns Stimme traf wie von ferne auf ihre Ohren. »Lass uns einen freundlicheren Ort aufsuchen. Dann kannst du mir erzählen, was dich in diese missliche Lage gebracht hat.«

Jule nickte. Wollte sich bedanken, doch ihrem Kopf fehlten die Worte.

»Hast du schon etwas gegessen?«

Jule schüttelte den Kopf, spürte mit einem Mal die Leere in ihrem Magen.

Er nahm ihre Hand. »Komm, ich weiß, wo du einen guten Teller Suppe bekommst.«

***

Wichern hatte nicht zu viel versprochen, die Suppe war köstlich gewesen. Warm und fettig, mit echtem Hühnerfleisch und so viel Brot dazu, wie sie essen konnte. Die Frau, die ihr die Suppe serviert hatte, war älter als Wichern, die weißen Haare zu einem ordentlichen Dutt geschlungen, das schwarze Kleid aus gutem, aber nicht edlem Stoff. Es war derselbe Stoff wie der des Kleides, das sie ihr gegeben hatte, damit sie sich ordentlich herrichten konnte, bevor sie sich zu Tisch setzte. Das Kleid war etwas groß, und der Kragen kratzte ein wenig, aber es war ein richtiges Kleid! Und sie durfte es behalten!

Die Küche, in der sie mit Wichern auf robusten Stühlen an einem kräftigen Holztisch saß, war größer als die Bude, in der sie mit ihrer Familie gewohnt hatte. Mit mehr Töpfen und Pfannen und Kellen und Schabern, als sie je an einem Ort versammelt gesehen hatte. Er hatte sie essen lassen, ohne eine weitere Frage zu stellen. Hatte geduldig neben ihr gesessen, ihr eine zweite Scheibe Brot heruntergeschnitten, als sie die erste aufgegessen hatte, und ihr Wasser nachgeschenkt, als sie ihren Becher in einem Zug leer getrunken hatte.

Erst als sie den Teller von sich schob und sich artig für das Essen bedankte, fragte er sie nach ihrer Geschichte. Und diesmal fand sie die Worte. Sie flossen nur so aus ihr heraus, angefangen beim Tod der Eltern und Geschwister über die schreckliche Zeit im Armenhaus, den Neuanfang und ihre Arbeit als Wäscherin und Flickerin, die Unterkunft bei Witwe Strauss und Frieders Eskapaden bis hin zu seinem Unfall.

Wichern hörte zu. Fragte ab und an nach, wer Witwe Strauss sei, wie viele Stunden sie am Tag arbeitete und was sie dafür bekam, wo sie kochten. Und sie sagte, wovon sie sich ernährten, wie hoch nun wirklich ihre Schulden seien und bei wem und wofür und schließlich, wo sie Frieder nach dem Aufenthalt beim Bader unterbringen wolle. Sie erzählte ihm von dem kaputten Ruderboot, in dem sie seit ein paar Wochen schliefen, um Geld zu sparen, und dass sie versuchen wolle, dort eine Bettstatt für Frieder einzurichten, aber dass der Regenschutz, den Frieder gebaut hatte, den ersten Herbststürmen kaum standhalten dürfte.

Wichern musterte sie nachdenklich, diesmal war der Blick jedoch nicht prüfend, sondern voll Sorge.

»Dass Frieder seinen Fuß verloren hat, ist meine Schuld«, flüsterte sie. »Er hat für meine Sünde bezahlt. Weil ich von der Frau das Geld genommen habe, das mir nicht zustand.«

»Nein, nein! Das eine hat nichts mit dem anderen zu tun. Du trägst keine Schuld an Frieders Unfall. Und… hast du nicht gesagt, die Frau habe es dir gegeben?«, fragte Wichern, die Stirn gerunzelt.

»Ja, schon, aber sie dachte doch, es gehöre mir, und es hat nicht mir gehört!«

»Hast du der Dame gesagt, dass es nicht dir gehört?«, fragte Wichern streng.

Jule nickte eifrig. »Ich habe ihr gleich gesagt, dass ich keine Münze verloren habe, also, ich wollte es sagen, aber die Dame hat mich nicht ausreden lassen, und dann habe ich getan, was sie gesagt hat.«

»Was hat die Dame denn gesagt?«, bohrte Wichern nach.

Jule legte den Kopf in den Nacken und sah zur Decke, als hing von dort die Antwort herab. Was *genau* hatte die Dame gesagt? Sie holte sich die Begegnung in Erinnerung. Ganz außer Atem war die Dame gewesen, die Wangen gerötet, eine Strähne des blonden Haares hatte sich aus ihrer hochgesteckten Frisur gelöst. An ihrem dunkelblauen Kleid hatte eine mit Perlen bestickte Börse gehangen, die zu der Knopfleiste aus Perlmutt gepasst hatte. »Sie hat gesagt: ›Jetzt hast du eine, und sie gehört dir‹«, murmelte Jule. Sie hörte die Stimme der Dame in ihrem Kopf, freundlich, aber in einem Ton, der keinen Widerspruch zugelassen hatte.

Wichern hob fragend die Brauen. »Jetzt hast du eine, und sie gehört dir?«, wiederholte er ungläubig. »Das war alles?«

»Ich soll auf mich aufpassen, hat sie gesagt, und dann ist sie die Gasse zurückgelaufen.«

»Eine ungewöhnliche Geschichte, fürwahr…« Wichern seufzte. »Kannst du mir die Dame beschreiben?«

»Sie war etwas älter als meine Mutter, aber genauso hübsch«, sagte Jule eifrig. »Sie hatte blonde Haare, aber nicht so hell wie meine, sie waren dunkler, und ihre Augen waren blau. Und als sie mich angelächelt hat, waren die Zähne gerade und weiß. Ihr Kleid war dunkelblau, die Ärmel mit Taft abgesetzt und vorne eine schmale Knopfreihe aus Perlmutt.«

»Das weißt du aber noch sehr genau.« Wichern beugte sich zu ihr vor und sah ihr in die Augen. »Die Begegnung war doch sehr kurz?«

Jule nahm den Zweifel in seinen Worten wahr. »Sie glauben mir nicht?«

»Es ist eine ungewöhnliche Geschichte, und eine Mark ist viel Geld.« Er hob beruhigend die Hand. »Ich sage nicht, dass ich dir nicht glaube, ich wünschte nur, du wüsstest, wie die Dame heißt.«

»Das hat sie nicht gesagt, aber ...«, Jules Zeigefinger schnellte aufgeregt nach oben, »... ich weiß, wer die Dame war, die mit ihr bei Hedda Asmussen gewesen ist. Fräulein Sieveking! Sie hat auch manchmal die Sonntagsschule gehalten.«

»Fräulein Sieveking«, wiederholte Wichern und nickte. »Sieh an. So klein ist die Welt.«

»Glauben Sie mir nun?«, fragte Jule schüchtern.

»Ich habe keinen Grund, dir nicht zu glauben«, sagte Wichern. »Trotzdem lehrt mich die Erfahrung, dass es gut ist, so viel wie möglich nachzufragen, um aus einer ungewöhnlichen Geschichte eine nachvollziehbare zu machen. Aber nun sollten wir dich zu deinem Bruder bringen, er macht sich sicher schon Sorgen, wo du bleibst.«

Traurig schüttelte Jule den Kopf. »Er hasst mich, weil ich nicht wollte, dass er stirbt.«

»Du hast richtig gehandelt.« Wichern erhob sich. »Und eines Tages wird auch Frieder das erkennen. Er hasst nicht dich, er ist zornig, weil er seinen Fuß verloren hat.«

Jule trank rasch ihren Becher Wasser aus und stand ebenfalls auf. Hoffentlich verriet Wichern dem Bader nicht, wo er sie aufgesammelt hatte. Sonst würde der Bader sicher sein Angebot zurückziehen, dass sie sonntags seine Wäsche machen durfte, um die Schuldenlast zu verringern. Oder gar Frieder. Wenn der Bruder wüsste, wozu sie sich gerade hatte hergeben wollen, würde er sie erst recht hassen. Nur änderte all das nichts an der Situation. Sie war noch immer bis über beide Ohren verschuldet, und nun sogar bei Wichern.

# 13

Henriette nippte an ihrem Rotwein. Wilhoven hatte nicht zu viel versprochen, der Wein war nicht nur hervorragend, weich und süffig, er passte auch in absoluter Perfektion zum Rehrücken. Sie lehnte sich zurück und sah sich im Festsaal um. Bis auf Senator Mönckeberg und seine Gattin waren alle gekommen. Und mindestens die Hälfte der Gäste hatte es sich nicht nehmen lassen, sie auf die gelungene Dekoration oder das exquisite Essen, die angenehme Begleitmusik oder die durchdachte Sitzordnung anzusprechen – die sie besondere Mühe gekostet hatte und die ihr ehrlicherweise ohne Rosas intime Kenntnisse der Hamburger Gesellschaft mit all ihren Animositäten und Verbindungen niemals so hervorragend gelungen wäre.

Nur ihren eigenen Tisch hatte sie ohne Rosas Einmischung bestückt: Links von ihr saß Wichern, daneben seine Frau Amanda, an deren anderer Seite Syndikus Sieveking, dessen Frau gerade außerhalb Hamburgs weilte, anschließend Rosas Gatte, ihm gegenüber Rosa, neben ihr Amalie Sieveking und schließlich, zwischen Amalie und Henriette, auf seinen ausdrücklichen Wunsch, Karl-Gustav Wilhoven. Selbst Vater würde zugeben müssen: Die Feier war ein großer Erfolg.

*Du sollst doch den Tag nicht vor dem Abend loben,* hörte sie Franz' Stimme in ihrem Ohr und schüttelte sie vehement ab. Franz hatte heute Abend nichts in ihrem Kopf verloren. Sollte er seine Erika heiraten, sobald sie geschieden waren. Nie wieder wollte sie von ihm hören. Oder den Kindern, die er mit dieser Person haben würde. Nie wieder.

Sie griff nach dem Glas und trank es in einem Zug aus. Sie würde sich in Hamburg ein neues Leben aufbauen, und heute Abend würde sie Vater beweisen, dass sie sehr wohl fähig war, Aufgaben in seinem Kontor zu übernehmen.

Ein Diener schenkte ihr nach. Sie spürte, wie ihr der Alkohol zu Kopf stieg. Wilhovens kräftige Stimme drang von der Bühne an ihr Ohr.

»... drei Taler und vierunddreißig Schilling«, rief er. »Wer bietet mehr für dieses unvergleichliche Tröpfchen? Meine Herren! Ein Jahrhundertwein, geerntet, als Hamburg sich seiner Besatzer entledigte. Seien Sie versichert, dieser Wein ist seine Investition wert und das in jedem Sinne, kommt doch jeder Pfennig des Erlöses dem Weiblichen Verein für Armen- und Krankenpflege von unserem verehrten Fräulein Amalie Sieveking ...«

»Meinen besten Dank, Frau Kirchberger.« Amalie Sieveking beugte sich über Wilhovens leeren Platz zu Henriette. »Das habe ich doch Ihnen zu verdanken, nicht wahr?«

»Die Versteigerung verdanken Sie Herrn Wilhoven, aber, ja, ohne mich rühmen zu wollen, den Anstoß dazu gab mein Ansinnen, mit der Feier Ihre Arbeit zu ehren.«

»Dabei hatte ich schon befürchtet, ich hätte Sie bei unserem gemeinsamen Abstecher überfordert.«

»Lassen Sie mich raten«, klinkte Wichern sich in die Unterhaltung ein. »Fräulein Sieveking hat Sie mit ins Armenhaus genommen.«

»Ins Gängeviertel, Herr Wichern. Es war eine sehr einprägsame Erfahrung. Und nein, verehrtes Fräulein Sieveking, Sie haben mich keinesfalls überfordert, ich war nur mit der Feier schrecklich eingebunden.«

Sie bemerkte, wie Wichern sie plötzlich neugierig betrachtete.

»Verzeihen Sie, werte Frau Kirchberger, darf ich fragen, wann ungefähr Sie die gute Amalie ins Gängeviertel begleitet haben?«

»Gut drei Wochen ist das nun her.«

»Haben Sie dabei die Bekanntschaft eines blonden Mädchens gemacht?«, fragte Wichern weiter. »Etwa zwölf Jahre alt.«

»In der Tat, das habe ich«, sagte Henriette überrascht.

Er beugte sich näher. »Kann es sein, dass Sie dem Mädchen etwas gegeben haben?«

Henriette wurde heiß. »Ich habe ihr Geld gegeben«, sagte sie. »Wie kommen Sie darauf?«

»Ich habe sie in einer berüchtigten Gegend gefunden, als ich nach einem meiner Schützlinge suchte.« Er senkte seine Stimme. »Ich kam gerade rechtzeitig, um ihre Unschuld zu bewahren, wenn Sie verstehen.«

»Dann …« Henriette warf einen verstohlenen Blick zu Amalie Sieveking. Hatte sie also recht gehabt, dass man mit Geld allein keine Veränderung bewirken konnte. »Die Münze sollte ihr das ersparen. Sie hätte damit ihre Schulden tilgen können«, sagte Henriette und hörte die Enttäuschung in ihrer Stimme.

»Sie hat damit die erste Rate einer Honorarnote des Wundarztes beglichen, der ihren Bruder behandelt hat«, erklärte Wichern. »Er hatte einen schweren Unfall. Nun hat das arme Mädchen das Zehnfache der ursprünglichen Schulden und einen verkrüppelten Bruder zum Versorgen.«

»Wie furchtbar!«, entfuhr es Henriette. »Was passiert nun mit dem armen Kind? Es muss doch nicht in ein Schuldgefängnis?«

Wichern hob abwehrend die Hände. »Das wollen wir tunlichst vermeiden. Ich habe sie und ihren Bruder vorübergehend bei einer lieben Freundin untergebracht. Dort kann der Bruder sich noch erholen. Und dann steht die Entscheidung an, ob die beiden in ein Armenhaus müssen oder ob ich sie in mein Rettungshaus aufnehmen kann.«

»Ihr … Rettungshaus?«, fragte Henriette nach.

»Draußen, in Horn. Das Rauhe Haus. Eigentlich ist es inzwischen schon eher ein Rettungsdorf. Haben Sie noch nie davon gehört?«

Henriette schüttelte den Kopf. »Horn … Das ist doch ein Dorf im Osten der Stadt.«

»Ganz genau. Unser guter Syndikus Sieveking hat mir als Mitglied des Verwaltungsrates zu sehr günstigen Konditionen ein weitläufiges Areal mit einer alten Kate darauf zur Verfügung gestellt. Inzwischen haben wir drei weitere Häuser auf dem Gelände errichtet, aber der ursprüngliche Name der alten Kate ist uns geblieben: das Rauhe Haus.«

»Dann betreiben Sie ein Waisenhaus?«, fragte Henriette nach.

»O nein! Unser Rettungsdorf geht weit darüber hinaus!«, ereiferte Wichern sich. »Wir geben den Kindern nicht nur Kleidung, Essen und ein Bett, wir geben ihnen Halt und eine sittliche Erziehung. Wenn Sie wüssten, wie viele Eltern unverheiratet zusammenleben, mit mehr Kindern, als sie ernähren, manchmal gar bekleiden können. In Buden, die zu klein sind für die vielen Menschen darin und durch die Überfüllung kaum sauber zu halten. Erbärmlichste Verhältnisse, ohne Hoffnung auf Besserung, und wenn dann die Väter noch dem Alkohol zu sehr zusprechen und zur Gewalt neigen, wo sollen die Kinder die notwendige Sittlichkeit und Gottvertrauen erlernen? Die Kinder, die ich zu mir ins Rauhe Haus nehme, erfahren dort oft das erste Mal in ihrem Leben Stabilität und Verlässlichkeit. Jeden Tag drei feste Mahlzeiten, Gebete, Unterricht, und die Älteren erlernen sogar ein Handwerk. Wir nähren nicht nur den Körper, sondern auch Geist und Seele.«

»Dann können Sie das Mädchen und ihren Bruder doch sicher dort unterbringen«, sagte Henriette erleichtert.

Wichern schüttelte bedauernd den Kopf. »Das kann ich keinesfalls guten Gewissens bejahen. Es gibt viel Not und wenig Plätze. Und dieses Geschwisterpaar entspricht nicht zur Gänze den Kriterien einer Aufnahme. Sosehr das Schicksal der Kinder mein Herz berührt, es ist die Entscheidung des Verwaltungsrates. Eine Abwägung des besten Einsatzes der sehr begrenzten Mittel im Sinne des Rettungsdorfs.«

»Nach welchen Kriterien wählen Sie denn aus?«, fragte Henriette.

»Lieber Johann«, brachte Wicherns Frau Amanda sich mit einem warmen Lächeln in die Unterhaltung ein, »lade doch Frau Kirchberger ein, uns in Horn zu besuchen. Dort könnte ich sie herumführen. Unsere Häuser und die Gemeinschaft zu sehen, einer deiner Bibelstunden beizuwohnen oder unserem Albert in der Werkstatt über die Schulter zu blicken, wenn er den Knaben den Hobel erklärt, wäre so viel lehrreicher als jedes Wort, mit dem wir unser Werk beschreiben könnten.«

»Welch exzellente Idee!«, gab Wichern zurück und wandte sich wieder an Henriette. »Es wäre mir eine große Freude, Sie im Rauhen Haus begrüßen zu dürfen. Meine liebe Frau steht dort wacker an meiner Seite, sie wäre Ihnen eine hervorragende Begleiterin. Es gibt nichts, was sie nicht zu erklären wüsste.«

In dem Moment setzte sich Wilhoven wieder zwischen sie und Amalie Sieveking.

»Herr Wilhoven«, sagte Amalie Sieveking, »haben Sie meinen besten Dank für diese mitreißende Versteigerung zugunsten meines Vereins.«

»Es war mir ein Vergnügen«, sagte Wilhoven mit einem zufriedenen Grinsen. »Warten Sie nur, bis Sie die Summe sehen, die der Abend Ihnen dank Frau Kirchberger erwirtschaften wird.«

»Und dank Ihnen«, sagte Henriette sogleich, was Wilhoven mit einem strahlenden Lächeln belohnte.

»Nun, verehrte Frau Kirchberger, ich hoffe doch sehr, dass dies nicht das letzte Mal sein wird, dass wir uns gemeinsam in den Dienst eines guten Zweckes stellen.« Wilhoven hob sein noch volles Rotweinglas und prostete erst ihr, dann Amalie Sieveking, dann dem ganzen Tisch zu. »Auf eine Zukunft voller gemeinsamer guter Taten!«

***

Henriette nahm den nächsten Brief vom Tablett. Die Dankesschreiben rissen selbst am dritten Tag nach der Feier nicht ab. Die Gäste überschlugen sich regelrecht mit ihren Lobeshymnen – angefangen von dem herrlichen Saal über das exquisite Essen bis hin zu den vergnüglichen Darbietungen, inklusive der ach so galant durchgeführten Versteigerung der edlen Weine.

»Du bist schon hier.« Ihr Vater betrat das Speisezimmer und nahm seinen Platz am Tischende ein. Energisch schüttelte er die Serviette auf, während Matje ihm das übliche Frühstück servierte. Zwei Scheiben Brot mit Konfitüre, ein Ei, eine Tasse Tee.

Henriette reichte ihm die Dankesschreiben, doch er winkte ab. »Bitte langweile mich nicht mit dem Geplänkel dieser Leute.«

»Dieses Geplänkel, wie Sie es nennen«, sagte sie gedehnt, »wurde mir als Anstand beigebracht.«

Vater zog indigniert die Brauen hoch.

»Nur Sie haben sich bisher in keiner Weise über den Erfolg der Feierlichkeit geäußert.« Henriette zerschnitt ihren Apfel, wartete auf eine Reaktion.

»Es war eine Feierlichkeit, kein Staatsgeschäft.« Vater biss in sein Konfitürenbrot und wischte sich sogleich über die Lippen.

Nun zog Henriette pikiert die Brauen hoch, in genau der gleichen Art wie zuvor ihr Vater. »Ich muss mich doch sehr wundern. Diese Feierlichkeit war Ihnen eine Stange Geld wert, damit die richtigen Personen einen guten Eindruck bekommen. Es war erfolgreich, und ich sollte mir damit verdient haben, mich auch in Ihrem Kontor an einer Aufgabe zu beweisen.«

Vater warf die Serviette, die er gerade zu seinem tadellos sauberen Mund führen wollte, verärgert auf den Tisch. »Musst du mir mit diesem unsäglichen Ansinnen schon wieder das

Frühstück verderben? Du bist und bleibst eine Frau, Henriette. Deinen Platz zu kennen und zu akzeptieren wäre der erste Schritt, dir meinen Respekt zu verschaffen.«

Henriette öffnete den Mund, schloss ihn wieder. Wut brodelte in ihr hoch wie Kartoffelwasser, sie musste ihre Emotionen unter Kontrolle bringen, bevor sie Vater eine Replik geben konnte. Sie nahm ihre Teetasse, bemerkte das Zittern ihrer Hand und stellte sie behutsam wieder ab. Sie würde sich auf keinen Fall die Blöße eines unkontrollierten Wutausbruchs oder gar von Tränen geben. Sie atmete zehn Atemzüge ein und aus, erst dann ergriff sie wieder das Wort. »Was genau müsste ich denn tun, um meinen Platz zu akzeptieren?«, fragte sie beherrscht.

»Liegt das nicht auf der Hand?« Vater nippte an dem heißen Tee. »Heirate nach deiner Scheidung einen Mann, der geeignet ist, beizeiten meine Geschäfte zu übernehmen.«

»Ich bin siebenunddreißig, Vater.«

»Du bist eine exzellente Partie, und Witwer, die eine neue Frau suchen, gibt es zuhauf.« Vater stellte mit Nachdruck die Tasse ab. »Auch in unseren Kreisen und deinem fortgeschrittenen Alter.«

Henriette schloss einen Moment die Augen. Für einen Witwer war sie eine exzellente Partie, für ihren Vater eine Last, die man so schnell wie möglich wieder unter die Haube bringen musste. Dass sie keine Absichten hegte, sich wieder zu verheiraten, spielte keine Rolle. Wer war sie schon, eigene Wünsche anzumelden. Schließlich hatte sie das letzte Mal den falschen geäußert: bei der Hochzeit, der nun eine Scheidung folgen würde, weil sie Franz überhastet und unnötigerweise verlassen hatte. Dass Franz sie betrogen hatte, spielte dabei für Vater keine Rolle. Schließlich war sie nicht die erste Frau, deren Mann neben der Ehe das eine oder andere uneheliche Balg in die Welt brachte, und nachdem sie in dieser Hinsicht versagt hatte, durfte sie ihm wohl kaum verübeln, dass er seine Fruchtbarkeit anderweitig ausprobierte.

»Ich bin vierundsechzig Jahre alt«, griff Vater den Faden wieder auf, »ich muss dafür sorgen, dass das Geschäft weitergeht, wenn ich nicht mehr da bin. Eine Ehe mit dem passenden Partner wird dafür sorgen, dass es eine auskömmliche Apanage für dich abwirft.«

»Und Sie haben sicherlich bereits einen Kandidaten im Auge«, sagte Henriette schnippisch.

»Ganz recht, das habe ich, und du hast ihn bereits kennengelernt. Karl-Gustav Wilhoven. Ein tadelloser Leumund und guter Geschäftsmann mit allerbesten Verknüpfungen beim Überseehandel. Eine Verschmelzung unserer Geschäftshäuser wäre für alle Parteien von Vorteil.«

Henriette starrte Vater mit offenem Mund an. Das konnte nicht sein Ernst sei! Sie hatte Wilhoven kaum viermal getroffen, alle Treffen waren rein geschäftlicher Natur gewesen, und Vater handelte sie bereits als seine zukünftige Gattin?

Wilhovens Worte ertönten in ihrem Kopf. *Auf eine Zukunft voller gemeinsamer guter Taten!*

Hatte er bereits Pläne? War sein Auftritt als Lieferant nur ein Vorwand gewesen, um sich mit ihr zu verbandeln?

Wütend riss sie den nächsten Brief auf. Von Amalie Sieveking. Worte des Dankes, für die Feier und vor allem für die großzügigen Spenden, die ihrem Verein dank der außerordentlich bemerkenswerten Bemühungen von Henriette und Wilhoven zugeflossen waren. Henriette las weiter. Legte den Brief lächelnd zur Seite.

»Dann wird es Sie sicherlich freuen, dass Herr Wilhoven und ich Ende August gemeinsam mit Fräulein Sieveking zu einem Besuchstag ins Rauhe Haus eingeladen wurden, um die Arbeit des werten Herrn Wichern zu begutachten.«

Vater verzog bei der Erwähnung von Fräulein Sieveking säuerlich das Gesicht, lächelte dann zurück. »Vielleicht möchte Herr Wilhoven ja deshalb heute vorsprechen.«

Henriettes Lächeln erstarb. Wie sollte sie ihm nach diesem Gespräch mit Vater begegnen?

# 14

Jule sog die frische Luft ein. Sie roch das Gras und die noch nasse Erde von dem Regen, der letzte Nacht wie göttlicher Zorn auf das Reetdach heruntergeprasselt war. Sie roch das Feuer, das den Ring des großen Herdes in der Küche im Mutterhaus erhitzte, auf dem Frau Ehmke morgens die Buchweizengrütze fürs erste Frühstück kochte. Sie roch die frische Milch, die sie gerade mit vorsichtigen Gänseschritten zu Frau Ehmke brachte, und sie roch die Schuhwichse, mit der sie heute früh als Allererstes das Leder ihrer neuen, wenn auch alten Schuhe eingefettet hatte. Sie zwickten noch, nach so langer Zeit ohne Schuhe fühlte es sich seltsam an, auf starren Sohlen zu laufen. Sie atmete aus und sog erneut die frische Luft mit all den ländlichen Gerüchen ein. Der Geruch des Stalls hinter ihr wurde mit jedem Schritt schwächer, dafür verstärkte sich der des Badeteichs, auf den sie geradewegs zuhielt.

Sie hatte Frieder von diesem Ort vorgeschwärmt, nachdem Wichern ihr davon erzählt hatte, und dabei maßlos übertrieben – das hatte sie jedenfalls gedacht, bis sie hier angekommen waren. Drei Wochen war das nun her, und noch immer war sie überwältigt von der Schönheit des Anwesens, der Sauberkeit des Hauses, der Freundlichkeit von Wichern und seiner Frau Amanda und von Frau Ehmke, der Hausmutter des gemütlichen alten Hauses, in dem sie mit den anderen Mädchen untergebracht war. Niemals hätte sie sich vorstellen können, an einem solchen Ort leben zu dürfen, sie hätte in ihrem Kopf nicht die Bilder und schon gar nicht die Worte gehabt, um es beschreiben zu können.

Ihr Haus war gleich das erste, wenn man von der Straße auf das Anwesen einbog, mit einem Reetdach über dem großen Schlafsaal für sie und die anderen Mädchen, vierzehn an der Zahl. Betrat man die alte Kate, stand man in einer geräumigen Diele, mit Regalen für ihre Schuhe und Haken für ihre Jacken und einer glatt gewetzten Bank neben dem schlanken Kanonenofen, dessen Hitze im Winter sicherlich in die Schlafräume unter dem Dach ausstrahlen würde. Von der Diele ging zur rechten Seite das große Zimmer ab, mit dem langen Tisch, an dem sie ihre Mahlzeiten einnahmen und ihre Näh- und Küchenarbeiten verrichteten. Zur anderen Seite der Diele befanden sich die schmalen Lagerräume, in denen ein Teil des Gemüses und der Kartoffeln und des Buchweizens gehortet wurden. Daneben lag Frau Ehmkes Zimmer, in das sie sich für ihre Schreibarbeiten zurückzog und wo Mädchen antreten mussten, wenn Frau Ehmke sie zu einer Unterredung unter vier Augen rief. Etwa, wenn die Arbeitsleistung nicht zufriedenstellend oder das Bett nicht ordentlich gemacht war oder eine andere Beschwerde vorlag. Am Ende der Diele befand sich das Badezimmer mit drei Waschtischen und einer Wanne, die sonnabends so oft gefüllt wurde, bis alle Mädchen gründlich gewaschen waren. Daneben ging die Treppe nach oben zu den zwei Schlafräumen, dem großen für die Mädchen und dem kleinen von Frau Ehmke. Vor der alten Kate stand eine wunderschöne mächtige Kastanie mit Ästen, die sich wie ein Dach über die Bank wölbten, die die Mädchen zum Verweilen einlud. Wozu sie allerdings selten kamen, gab es doch genug zu tun, für jede von ihnen. Wasserholen zum Beispiel, vom Brunnen gleich neben der alten Kate.

Frieder war im Schweizerhaus, auf der anderen Seite der Zufahrt, sie musste nur am Kartoffelacker vorbei, die gekieste Zufahrt queren, dann am Gemüsegarten mit den Rüben und Pastinaken entlang. Noch war Frieder auf der Krankenstation, die einzige in dem winzigen Rettungsdorf, wie Frau Ehmke den Zusammenschluss der insgesamt vier Häuser bezeichnete. Im Schweizerhaus waren zwei Knabenfamilien mit je gut einem Dutzend Zöglingen untergebracht, betreut von jeweils einem Bruder, so nannte Wichern die Männer, die mit den Jungen als Familie zusammenlebten. Um von der alten Kate zum dritten und größten Haus, dem Mutterhaus, zu gelangen, musste sie an den Heidelbeerbüschen vorbei, über den schmalen Fluss, an den Buchweizenfeldern und den Gemüsegärten mit den Kohlköpfen und Bohnen und anderen Staudengewächsen entlang. Dort war die große Küche untergebracht, wo Frau Ehmke auf die Milch wartete. Im Mutterhaus wohnte auch Wichern mit seiner Frau und den zwei Töchtern, Caroline und ihre kleine Schwester Elisabeth, die, wie Frau Ehmke gestern freudestrahlend verkündete, kurz davorstand, ihre ersten Schritte zu machen. Das Besondere am Mutterhaus war die riesige Diele mit genug Platz, dass sie alle sich dort versammeln und gemeinsam beten und singen konnten.

Ging man vom Mutterhaus weiter Richtung Norden, kam man zum vierten und letzten Haus auf dem Anwesen, dem Arbeitshaus. Schneider konnten die Knaben dort lernen und

Tischler und Pantoffelmacher und Spinner und Schuhmacher. Und im oberen Stockwerk wohnte eine weitere Knabenfamilie.

Westlich des Arbeitshauses befanden sich die Stallungen für die Schweine und Ziegen und Hühner und Kühe. Von dort wählte sie nie den oberen Weg, vorbei am Arbeitshaus mit den vielen Jungen, sondern immer den Weg am Badeteich vorbei zurück zum Mutterhaus und hoffte, die Entenfamilie beobachten zu können, die in Reih und Glied schwerelos über das Wasser glitt. So früh am Morgen noch ungestört von dem Klong der Hämmer, die unermüdlich Nägel ins Holz für den neuesten Bau des Dorfes trieben: das Turmhaus, gleich hinter dem Mutterhaus, direkt im Anschluss an den Innenhof, in dem sie die Wäsche machten.

Einen echten Turm sollte das Haus bekommen, und einen Betsaal, viel größer als die Diele im Mutterhaus, aus dem bereits Frau Ehmkes Stimme zu ihr drang.

»Wo bleibst du nur?« Frau Ehmke erschien in der Tür, ihre Haube wackelte missbilligend über den grauen Löckchen. Sie riss ihr die Kanne aus der Hand. »Mir brennt schon die Grütze an!«

»Entschuldigung«, sagte Jule beschämt, »das Melken … ich …«

»Gräm dich nicht«, sagte Frau Ehmke schon wieder viel freundlicher, »das wirst du noch lernen. Dafür bist du flink in der Wäscherei.« Eilig schöpfte sie den Rahm ab und rührte Milch in den zähen Brei, füllte eine große Schüssel und gab sie Jule. »Bring die ins Schweizerhaus. Und spute dich, die Knaben sind bereits hier gewesen, um sie zu holen.«

Wie geheißen trug Jule die dampfende Schüssel zum Schweizerhaus hinüber. Sie wog schwer in ihren Armen, und

Jule war froh, dass sie als Wäscherin an das Gewicht gewöhnt war. Der Geruch von Buchweizen, Zucker und Milch stieg ihr in die Nase. Ein Tag begann so viel besser mit diesem Brei im Magen, warm und sättigend und herrlich süß. Wenn nur Frieder das endlich auch so sähe!

Zwei Jungen kamen ihr entgegen, der eine, Richard, Novize wie Frieder und sie selbst, war groß gewachsen und erinnerte sie trotz seiner gleichmäßigen, fast schon hübsch anzusehenden Gesichtszüge unangenehm an Lauermann. Der andere, dessen Namen sie noch nicht kannte, war gut einen Kopf kleiner und schmächtiger als Richard. Seine Schultern waren hochgezogen, sein Kopf geduckt, als erwartete er jeden Moment Schläge auf seinen Hinterkopf.

»Eh! Neue!«, rief Richard ihr zu. »Wolltest du mit unserer Grütze durchbrennen, oder warum dauert das so lange?«

»Ich…« Jule errötete. Es wäre höchst unklug vor Richard zuzugeben, dass sie große Angst vor den Kühen hatte und es ihr, selbst wenn sie endlich mit Schemel und Eimer am rechten Platz saß, nicht so recht gelang, einen ordentlichen Strahl Milch aus dem armen Tier herauszuquetschen. Wäre Betje ihr nicht zu Hilfe gekommen, hätte sie jetzt noch verzweifelt an dem Euter gezogen, ohne dass sich ein Strahl warmer Milch in den Eimer ergoss.

Die Knaben blieben vor ihr stehen. Richard taxierte sie, lachte dann höhnisch. »Schau nur, wie rot sie ist! Haben wir dich erwischt! Wollte unser Essen stehlen, die Dreckswaise. Genauso unnütz wie ihr Krüppel-Bruder. Ersäufen sollte man euch Pack. Wär besser für alle.«

Jule senkte den Kopf. Krüppel-Bruder. Dreckswaise. Würde man je aufhören, sie so zu nennen?

»Was wartest du, Dummkopf? Nimm ihr die Schüssel ab, bevor die Kröte unser Essen noch fallen lässt.« Richard stieß den schmächtigen Jungen in die Rippen, der stolperte auf Jule zu und griff nach der Schüssel. In seinen Augen las sie, dass Richards Worte ihm leidtaten und er sie nicht für eine verhinderte Diebin seines Frühstücks hielt.

»Mach schon«, grunzte Richard, der plötzlich alles Interesse an Jule verloren hatte. »Kalt schmeckt die Grütze noch schlechter.« Er drehte sich um und marschierte zügig zum Schweizerhaus zurück. An der Tür wartete er auf den anderen Jungen, schlug ihm auf den Hinterkopf und nahm ihm dann die Schüssel ab. Der Junge öffnete die Tür und ließ Richard mit der Schüssel eintreten, bevor er ihm mit gesenktem Kopf folgte.

Die Tür schloss sich langsam hinter den beiden und … Frieder!, schoss es Jule durch den Kopf. Sie könnte kurz bei ihm vorbeisehen. Nur eine Minute, nun, da sie ohnehin schon fast vor seiner Tür stand, keine fünfzig Schritte von der Krankenstation entfernt. Zügig lief sie die Außentreppe hoch, öffnete vorsichtig die Tür, gerade genug, um hindurchzusehen, und vergewisserte sich, dass niemand da war. Erst dann schlüpfte sie hinein und huschte über den Flur zu dem Raum, den die Kranken sich mit den Novizen teilten, den neuen Knaben, die so lange dortblieben, bis sie einer Knabenfamilie zugewiesen wurden. Für die Mädchen gab es kein Noviziat, es gab ohnehin nur eine Familie. Sie lauschte, öffnete vorsichtig die Tür. Nur Frieders Bett war belegt, Richard war ja zum Glück unten beim Frühstück.

Frieder lag still, als schliefe er, aber sie wusste, dass er wach war, denn wie keine zweite Person kannte sie ihren Bruder, wenn er schlief.

»Frieder«, sagte sie leise und berührte sanft seinen Arm. »Frieder, ich bin's.«

Er rührte sich nicht.

»Ich weiß, dass du wach bist«, flüsterte sie. »Bitte, ich darf eigentlich gar nicht hier sein.«

»Warum bist du es dann?«, grunzte Frieder mit geschlossenen Lidern.

»Ich wollte sehen, wie es dir geht.«

»Schlecht«, jammerte Frieder. »Ich habe Schmerzen. Ich will weg von hier.«

»Warum?«, fragte Jule. »Du hast ein ordentliches Bett und zwei warme Mahlzeiten am Tag. Du kannst einen Beruf erlernen und …«

»Beruf?«, höhnte Frieder. »Welchen Beruf soll ein Krüppel schon erlernen?«

»Du hast zwei Hände. Damit kannst du als Pantoffelmacher arbeiten. Oder als Spinner. Oder in einem anderen Beruf, bei dem du viel sitzen kannst.«

»Du hast leicht reden!« Wütend schlug Frieder ihre Hand von seinem Arm. »Du hast noch beide Beine und kannst herumspringen wie ein Ziegenbock.«

»Bitte, Frieder.« Sie legte die Hand auf seinen Arm zurück. »Sei nicht gram mit mir. Ich möchte dir nur helfen.«

»Ich will deine Hilfe nicht!«, rief Frieder, nur noch wütender. »Ich brauche dich nicht. Und diesen schrecklichen Ort auch nicht! Sobald ich wieder aufstehen kann, gehe ich weg.«

»Wir bekommen hier zu essen«, sagte Jule drängend, »wir schlafen in richtigen Betten. Dass wir hier sein können, ist ein großes Glück. Wir können einen Beruf …«

»Vielleicht ist es ja dein Glück. Du kannst dich hier lieb

Kind machen, die brave, fleißige Jule … Ich bin doch nur der Dreckskrüppel. Der, den man lieber hätte ersäufen sollen.« Er schlug ihre Hand erneut weg.

»Das stimmt nicht!«, rief sie. »Niemand sagt so was!«

»Du hast doch keine Ahnung!«, schnauzte er sie an. Tränen schimmerten in seinen Augen. »Ich wollte sterben, und du hast mich nicht gelassen.«

Jule hörte Schritte auf dem Flur. Sie starrte zur Tür. Die Schritte kamen direkt darauf zu! Hektisch sah sie sich nach einem Versteck um. Hechtete zum Vorhang, stellte sich dahinter. Hoffentlich hatte man sie nicht gehört. Mit Schuhen waren ihre Füße so viel lauter!

Die Tür wurde geöffnet, aber hinter dem Vorhang konnte sie nicht sehen, wer das Zimmer betrat.

»Moin«, sagte die tiefe Stimme von Bruder Albert. Schritte näherten sich dem Bett. »Frieder, guck, was ich dir mitgebracht habe.«

Jule hörte das Bett knarzen.

»Was sagst du, Junge?«, fragte Bruder Albert. »Sieht sie nicht prächtig aus?«

Wieder knarzte das Bett. Hatte Frieder sich von seinem Hausvater weggedreht? Was sah prächtig aus? Warum antwortete er nicht? Er schaffte es noch, dass sie aus dem Rettungsdorf hinausgeworfen wurden!

Plötzlich klopfte es laut. *Tack! Tack! Tack!*

»Willst du sie nicht ausprobieren?« *Tack! Tack! Tack!* »Ich wette, du lernst in Windeseile, damit umzugehen. Und dann, wirst du schon sehen, kannst du mit uns am Tisch essen, und bevor der Monat um ist, wirst du dich fühlen, als wärst du schon immer Teil unserer kleinen Familie gewesen.« *Tack!*

*Tack! Tack!* »Was meinst du, Frieder? Wollen wir einen Versuch wagen? Deine ersten Schritte nach dem Unfall. Keine Angst, ich halte dich.«

Jule lugte hinter dem Vorhang hervor. Eine Krücke! Damit hatte Bruder Albert geklopft. Er stand mit dem Rücken zu ihr neben Frieders Bett und beugte sich zu ihm hinab. »Gib mir deine Hände, ich helfe dir hoch.«

Wieder knarzte das Bett. »Sehr gut«, lobte Bruder Albert. Kurz darauf saß Frieder auf der Bettkante, das Gesicht aschfahl. Die Beine baumelten herab, das eine sah aus wie immer, nur dass der Fuß nicht schmutzig war. Das andere endete eine Handbreit unterhalb des Knies, umwickelt mit dicken Lagen eines Verbands.

»Du musst keine Angst haben«, wiederholte Bruder Albert. »Das ist jetzt sehr anstrengend, weil du so lange gelegen hast. Da ist schon das Hinsetzen eine große Mühe. Bleib nur eine Zeit lang so sitzen, ich halte dich.«

In dem Moment näherten sich schnelle Schritte. Jule zog ihren Kopf hinter den Vorhang zurück. Die Tür wurde aufgerissen, die Schritte liefen in den Raum. Machten halt.

»War deine Schwester bei dir?«, fragte eine Knabenstimme.

»Was ist mit Frieders Schwester?«, fragte Bruder Albert besorgt.

»Sie ist nicht zum Mutterhaus zurückgekommen, nachdem sie uns die Grütze gebracht hat.« In der Stimme des Jungen schwang Neugier, aber auch die Gier nach Sensation, die Jule nur zu gut von der Zeit kannte, als ihre Eltern umgekommen waren. »Glaubst du, sie ist abgehauen und hat dich hier zurückgelassen?«

»Meine Schwester würde mich nirgendwo zurücklassen«,

sagte Frieder. Jules Herz machte einen Hüpfer. Frieder verteidigte sie! Dann begann er, ihr zu verzeihen! »Sie versteckt sich hinter dem Vorhang.«

Jule war noch starr vor Schreck, da wurde der Vorhang auch schon zurückgerissen, vor ihr stand Bruder Albert.

Er sah sie verwundert an. »Was um alles in der Welt machst du hinter dem Vorhang?«

»Ich … ich habe mich versteckt. Weil ich doch nicht hier sein darf.« Jule senkte unter Bruder Alberts strengem Blick den Kopf. »Aber ich musste Frieder sehen. Wir waren noch nie getrennt, und jetzt weiß ich nicht einmal, wie es ihm geht …«

»Ich werde mit Frau Ehmke reden«, versprach Bruder Albert. »Aber jetzt musst du schnell zurück ins Mutterhaus. Und in Zukunft fragst du mich, wenn du Frieder sehen willst.«

Jule nickte, den Kopf zwischen den Schultern eingeklemmt wie zuvor der Junge, der ihr gemeinsam mit Richard die Grütze abgenommen hatte.

Frau Ehmke hatte jemanden nach ihr geschickt. Dabei hatte sie sich von ihrer besten Seite zeigen wollen. Wichern beweisen, dass er die richtige Entscheidung getroffen hatte, sie in sein Rettungsdorf aufzunehmen. Und nun hatte sie heute früh schon zweimal Anlass zur Rüge gegeben. Wenn sie so weitermachte, würde diesmal doch sie ganz allein dafür sorgen, dass Frieder und sie fortgeschickt wurden.

# 15

Der Regen hatte den Feldern und Wiesen ihr saftiges Grün zurückgegeben. Pastelltöne in Rosa, Gelb, Lila und Blau stachen aus dem Meer an Grüntönen heraus, filigrane Blütenköpfe, umschwirrt von Insekten, die sich am Blütennektar gütlich taten. Henriette erahnte das Brummen der Bienen und Hummeln und Käfer, welches im Klackern der Hufe und Rattern der Räder unterging. Am Rhein hatte sie sich anfangs oft nach der endlosen Weite des platten Landes gesehnt, hatte sich bei Franz über das Auf und Ab der Wege beklagt, die einem das Fortkommen erschwerten. Doch Franz hatte sie vom sanften Reiz des Siebengebirges überzeugen können, von der wilden Schönheit des Rheins am Fuße der waldigen Hänge und steinigen Wipfel. Nun saß sie in einer Kutsche mit Amalie Sieveking und Karl-Gustav Wilhoven und fuhr übers platte Land nach Horn, in den Osten Hamburgs, und wünschte sich, dass sich hinter dem geliebten platten Land ihrer Kindheit das hügelige ihrer zweiten Heimat auftäte. Sie hätte dort alt werden können, ohne Hamburg nennenswert zu vermissen. Rosa Habermanns war ihr am meisten abgegangen, ihr wöchentlicher Briefwechsel war nicht nur ihre Verbindung zu dem hinter sich gelassenen Leben gewesen, sondern zu einem Bedürfnis geworden.

Sie lächelte bei dem Gedanken an ihre Ungeduld, wenn einmal eine Woche kein Brief gekommen war. Jeden Tag hatte sie Ausschau nach dem Postboten gehalten, wie damals, als Franz und sie noch heimlich verlobt gewesen waren. Der Kutscher nahm einen Abzweig. Das Rütteln der Kutsche wurde stärker, das Rettungsdorf konnte nicht mehr weit sein.

Was sie dort erwarten würde? Eine Horde verwahrloster Kinder und Jugendlicher, hatte Vater sie gewarnt, unberechenbar und verseucht mit allem, was die Gänge zu bieten hatten.

»Haben Sie denn Kenntnis davon, wie der werte Herr Wichern auf diese ungewöhnliche Idee kam?«, wandte Wilhoven sich an Amalie Sieveking.

»Ich denke, dass Herr Wichern Ihnen diese exzellente Frage am besten selbst beantworten kann«, sagte Amalie Sieveking. »Sein Wunsch ist jedenfalls – und das unterscheidet sein Rettungsdorf von einem Armen- oder Waisenhaus –, diesen Kindern neben der Versorgung ihrer dringlichsten Bedürfnisse inneren Halt zu geben. Verankert in unserem christlichen Glauben.«

»Interessant«, sagte Wilhoven, »wenn auch ein aussichtsloses Unterfangen. Ist die Verwahrlosung eines Kindes erst einmal fortgeschritten, kann der charakterliche Verfall aller Erfahrung nach mit keiner Liebesmüh umgekehrt werden.«

»Was würden Sie mit diesen Kindern machen?«, fragte Amalie Sieveking zurück.

»Ist es nicht sinniger, das Problem an seinen Wurzeln auszumerzen, anstatt einige wenige Kinder aus ihrem Elend zu holen?«, konterte Wilhoven.

»An seinen Wurzeln?«, mischte Henriette sich ein. »Meinen Sie damit bei den Eltern?«

»Die solche elenden Geschöpfe zumeist ohne Gottes Segen in die Welt gesetzt haben, wie man berichtet«, sagte Wilhoven. »Sittenlosigkeit und bittere Armut taugen nicht als Grundgerüst für ein ehrbares und tugendhaftes Leben. Es wurden nicht ohne Grund Regeln aufgestellt, die für eine Heirat ein gewisses Auskommen voraussetzen.«

»Sie meinen die Bezahlung des Bürgergeldes?«, fragte Amalie Sieveking. »Selbst ein gut im Geschäft stehender, zweifellos ehrbarer Handwerker müsste über Jahre großen Verzicht üben, um dieses bezahlen zu können. Für einen Tagelöhner oder Hafenarbeiter hingegen ist es auf Lebzeit nicht zu erwirtschaften. Ich bin vollkommen Ihrer Meinung, werter Herr Wilhoven, Sittenlosigkeit ist kein guter Grundstock für ein ehrbares Leben. Aber was bleibt bitterarmen Menschen anderes übrig, als in wilder Ehe zusammenzuleben, solange sie vor einer unüberwindbaren Hürde stehen? Und zieht eine Sittenlosigkeit nicht leichter eine andere hinterher?«

Wilhoven nickte und schüttelte zugleich den Kopf, die Stirn in nachdenklichen Falten.

»Wissen Sie«, fragte Henriette dazwischen, »welcher Gedankengang der Ursprung der Regel ist, dass nur heiraten darf, wer sich das Bürgergeld leisten kann?«

Bevor Wilhoven antworten konnte, ertönte das »Brrr!« des Kutschers. Die Pferde fielen in einen gemäßigten Schritt. Der Kutscher bog auf einen schmalen Weg ab, der an Blumenrabatten und sorgfältig angelegten Gemüsegärten vorbeiführte, einer alten, mit Reet gedeckten Bauernkate, über einen Fluss, kaum breiter als der Weg, an noch mehr Gemüsegärten vorüber und einer Blumenwiese, bis sie vor einem roten Ziegelhaus stehen blieben. Es war hoch, drei Stockwerke zählte

Henriette, allerdings mit einem Dachspitz, der sich über den ersten und zweiten Stock zog, die Bauweise einfach, mit Klinker und Fachwerk und reetgedecktem Dach.

Der Kutscher öffnete die Tür und half zuerst Amalie Sieveking, dann Henriette aus dem Wagen.

Neugierig sah Henriette sich um, entdeckte auf der linken Seite einen Badeteich vor silberstämmigen, schlanken Birken und Tannengrün, darauf Enten, eine ganze Familie, rechts davon getrennt durch einen breiten Weg, dicht bepflanzte Gemüsebeete und bunte Blumenrabatten. Nur Kinder sah sie keine. Auch hörte sie niemanden. Es war mitten am Vormittag, hier musste es doch lärmen wie auf der Kirmes!

In dem Moment öffnete sich die Tür des Hauses, und Wichern trat auf den gekiesten Weg.

»Liebe Amalie, verehrte Frau Kirchberger, werter Herr Wilhoven, seien Sie willkommen im Mutterhaus.« Er führte sie ins Innere des Hauses, durch eine Diele, deren Ausmaß Henriette erstaunlich schien für die Größe des Hauses als solches. Wichern schien ihre Verwunderung zu spüren, denn er drehte sich um und zeigte mit einer kreisenden Armbewegung auf die weiß getünchten Wände der saalartigen Diele. »Hier versammeln wir uns zur Andacht und zum gemeinsamen Gebet und Gesang. So groß dieser Raum scheint, ist er erst einmal gefüllt mit unseren Zöglingen und ihren Betreuern, werden Sie schnell erkennen, wie ungeduldig wir auf die Fertigstellung des Turmhauses mit seinem Betsaal warten. Dort werden wir Bänke aufstellen können, in unserer eigenen Tischlerei von unseren Knaben gefertigt. Sie werden sie später, wenn die Knaben ihren Unterricht beendet haben, dabei beobachten können.« Er führte sie weiter, nun vernahm Henriette leises Singen und Lachen, doch bevor sie die Quelle erkunden konnte, führte Wichern sie bereits in ein Empfangszimmer mit einem grün-blauen Sofa und mehreren Sesseln vor einem Kamin. Er zeigte auf das Sofa, davor stand ein mit Tassen und Kuchentellern eingedeckter Beistelltisch, daneben ein geblümter Sessel. »Bitte, nehmen Sie Platz. Ich könnte mir vorstellen, dass Sie sich nach der staubigen Fahrt mit einer Tasse Tee stärken möchten, bevor wir unseren Rundgang beginnen.«

Henriette setzte sich neben Amalie Sieveking auf das Sofa, Wilhoven ließ sich in dem geblümten Sessel nieder, Wichern schob sich einen gelb-grün karierten daneben. Schon kam ein Mädchen durch die Tür, vielleicht fünfzehn Jahre, in einem dunklen, einfachen Kleid mit strahlend weißer Schürze, die Haare zu einem ordentlichen Dutt geschlungen. Sie stellte eine Kanne dampfend heißen Tee auf ein Stövchen und einen Teller Kekse daneben. Dann knickste sie höflich.

»Danke, Marieke«, sagte Wichern, »wenn die Herrschaften sonst keine Wünsche haben, kannst du gehen.«

Henriette verneinte. Das Mädchen knickste noch einmal und ging davon.

»Marieke ist eines der ersten Mädchen, die ich im Rauhen Haus aufgenommen habe«, erklärte Wichern. »Wild und ungezügelt ist sie gewesen. Eine Diebin und Lügnerin, die selbst vor der Börse des Vaters keinen Respekt hatte. Und jetzt wird sie bald ihren ersten Dienst in einem ehrbaren Haus antreten.«

»Und die zukünftigen Herrschaften wissen, wen sie sich ins Haus holen?« Wilhoven rührte langsam Zucker in seinen Tee. Der Löffel klirrte leise ans Porzellan, als müsste er Wilhovens unterschwellige Missbilligung unterstreichen.

»Selbstredend, werter Herr Wilhoven«, antwortete Wichern

und lächelte nachsichtig über dessen Zweifel. Solche Bemerkungen waren ihm offenbar nur zu vertraut. »Ihr Dienstherr wird niemand Geringerer als unser weitsichtiger Oberster Polizeiherr Hudtwalcker sein. Mariekes Akte ist ihm bekannt, er selbst war es, der mir das Schicksal des Mädchens vor drei Jahren ans Herz gelegt hat und nun höchst angetan ist von ihrer erbaulichen Entwicklung.«

»Oberster Polizeiherr Hudtwalcker«, murmelte Wilhoven beeindruckt. »Hat er Marieke ihren verwahrlosten Eltern entzogen, um sie in Ihr Rettungsdorf zu bringen?«

»O nein«, entgegnete Wichern, »da befinden Sie sich gänzlich auf dem Holzwege, wenn Sie glauben, dass wir Kinder gegen den Willen ihrer Eltern hierherbringen! Alle Kinder sind aus freien Stücken hier, auf Wunsch und in Absprache mit den Müttern und Vätern. Vielleicht ist Ihnen bei Ihrer Ankunft das Fehlen von Mauern und Zäunen aufgefallen?«

Henriette rief sich die Einfahrt auf das Anwesen vor Augen. Tatsächlich hatte kein Tor oder Gatter ihre Einfahrt behindert.

»Darf ich fragen, wie Sie darauf kamen, dieses Rettungsdorf zu gründen?«, stahl sie Wilhovens nächste Frage.

»Es war die Arbeit in der Sonntagsschule, wo ich vielen Kindern aus ärmlichsten Umständen begegnete«, erklärte Wichern. »Einige davon waren kaum zu bändigen. Später, durch mein Wirken bei dem Besuchsverein, habe ich erkannt, dass es diesen Kindern nicht nur an den allernotwendigsten materiellen Gütern fehlte, sondern auch an dem seelischen und geistigen Halt, den einem nur der christliche Glaube schenken kann.«

»Besuchsverein?«, fragte Henriette nach. »Sie mögen meine Unwissenheit bitte entschuldigen, ich war so viele Jahre nicht in Hamburg, dass mir manches heute doch recht unbekannt erscheint.«

»Ach, darüber wissen die wenigsten Bescheid, steht er doch in direktem Zusammenhang mit der Sonntagsschule. Wir haben ihn nach englischem Vorbild gegründet, um den Armen der Stadt das von ihnen vergessene Evangelium wiederzubringen. Dabei haben wir erkannt, warum bei manchen der uns anvertrauten Kinder unsere Bemühungen gänzlich ins Leere liefen, bei anderen die gleiche Mühe auf fruchtbaren Boden fiel.«

»Ist das nicht immer so?«, fragte Wilhoven. »Die einen lernen nun einmal leichter als die anderen.«

»Durchaus«, bestätigte Wichern mit bekräftigendem Lächeln, »und doch waren die beobachteten Unterschiede mehr als nur die natürliche Schwankung an Talent. Aufschluss gab das entsetzliche Elend, das ich bei den Besuchen erfahren musste. Wir haben Familien besucht, die ihre Kinder nicht kleiden konnten, in Kellern hausten, in die das Wasser hineinlief, die keinen Brocken Brot hatten, um die hungrigen Mäuler zu stopfen, in von Ungeziefer verseuchten Buden lebten, mit nur einem Strohsack für die ganze Familie zum …«

»Danke«, unterbrach Wilhoven Wichern hastig, »ich denke, Frau Kirchberger hat genug gehört, um sich ein Bild der unerfreulichen Umstände zu machen.«

»Frau Kirchberger ist bereits dort gewesen, um sich ein Bild zu machen«, sagte Amalie Sieveking trocken.

Wilhoven sah Henriette ungläubig an. »Sie waren … dort?«

»Natürlich.« Henriette setzte sich etwas gerader, als könnte sie damit die Abwegigkeit ihrer Antwort schwächen. Sie wusste nur zu gut, dass es für eine Dame ihres Standes keineswegs natürlich war, ins Gängeviertel zu gehen. Hätte sie im Hamburger Frauen- und Jungfrauenverein Kleidung für die Armen genäht oder auf einem Konzert Geld für einen guten Zweck gespendet, wäre es etwas anderes. »Das Elend ist unvorstellbar.«

»Und doch«, fuhr Wichern fort, »ist es nicht die Armut allein, die zu dem ausufernden Fehlverhalten der Jugendlichen führt.«

»Ist es nicht?« Wilhoven sah Wichern fragend an.

»Es ist das Zusammenspiel von Armut und sündhaftem Sittenverfall. Wenn die Kinder nach der Sonntagsschule zurückkehren in eine Familie, in der sie Misshandlung oder Verwahrlosung erwartet, Gesetzesbruch und Bettelei, Alkoholsucht oder andere verderbliche Einflüsse, wie sollen dann unsere Worte Fuß fassen können? Wir hatten Fälle, in denen Kinder fast zu Tode geprügelt oder wegen eines zerbrochenen Kruges ins Zuchthaus gesteckt wurden, wo Kinder nichts zu essen bekamen, nicht einmal an den von ihnen erbettelten Pfennigen teilhaben durften.«

Die Tür wurde geöffnet. Henriette hörte wieder helle Stimmen, die ein gemeinsames Lied sangen. Herein trat ein Mann, etwa Mitte bis Ende dreißig, die Haare hellblond, die Augen von einem so klaren Blau, wie sie es bisher nur selten gesehen hatte. Er trat zu Wichern und wechselte ein paar leise Worte mit ihm.

»Meine Damen, Herr Wilhoven«, sagte Wichern und erhob sich, »darf ich Ihnen Bruder Albert Hoff vorstellen?«

Bruder Albert verneigte sich mit freundlichem Lächeln in ihre Richtung. »Es ist mir eine Ehre.«

»Bruder Albert wird uns bei der Führung heute begleiten.

Meine Frau lässt sich mit größtem Bedauern entschuldigen, es ist Ihnen sicherlich nicht entgangen, dass sie guter Hoffnung ist, und beizeiten führt ihr Zustand zu großer Ermüdung. Sie bittet Amalie, später kurz bei ihr vorbeizusehen.« Wichern zeigte mit einer Armbewegung zu Albert Hoff. »Bruder Albert kümmert sich um unsere Novizen, eine Aufgabe, die außerordentliches Gespür erfordert«, erklärte er. »Es ist von enormer Wichtigkeit für den Erfolg unserer Arbeit, dass unsere Zöglinge hier in Ruhe ankommen dürfen, bevor sie in genau den Familienbünden untergebracht werden, in denen das Gute in ihnen wachsen und das Schlechte verkümmern kann.«

Amalie Sieveking erhob sich, Henriette und Wilhoven taten es ihr gleich. Sie folgten Wichern und Bruder Albert hinaus in die riesenhafte Diele, durch diese hindurch in einen Hof, an dessen Ende gerade ein neues Gebäude entstand, mit einem Turm, dessen noch sichtlich unfertige Höhe Henriette bereits jetzt den Kopf in den Nacken legen ließ.

Das Singen wurde lauter, und nun sah Henriette auch die Sängerinnen in einer offenen Waschküche zur rechten Seite des Hofs. Ein halbes Dutzend Mädchen arbeitete dort. Manche schrubbten Wäsche in riesenhaften Trögen, die Kleineren wrangen Wasser aus Laken und Tüchern, die Größeren glätteten Hosen und Hemden mit dem Eisen. Fasziniert blieb Henriette stehen und beobachtete die Mädchen. Die Ältesten schätzte sie auf fünfzehn, die Jüngsten auf etwa neun oder zehn Jahre. Sie arbeiteten Hand in Hand, trugen gemeinsam Tröge, zogen Laken glatt.

Henriette ertappte sich dabei, wie sie die Mädchen mit dem täglich mehr verblassenden Bild des Mädchens aus den Gängen in ihrem Kopf verglich. Jule. Der Name hatte sich ihr eingebrannt, aber würde sie das Mädchen wiedererkennen, wenn es hier mit den anderen die Wäsche erledigte?

Bevor sie unauffällig die Gesichter der Mädchen betrachten konnte, führte Wichern sie weg von Waschküche, Haus und Baustelle, an einem ovalen Gemüsebeet vorbei, in dem nun eine ganze Gruppe Knaben emsig werkelte, während andere quietschende Holzkarren mit Unkraut und Erde über den Weg schoben und die Besucher neugierig musterten.

Bruder Albert blieb kurz stehen und zeigte auf die fleißigen Knaben. »Sie haben wahrscheinlich schon bei Ihrer Ankunft bemerkt, dass wir hier allerlei Gemüse und Obst anbauen. Das hilft uns nicht nur, unseren Speiseplan ohne Extrakosten zu bereichern, es lehrt auch unsere Zöglinge, Verantwortung für etwas zu übernehmen, das steter Pflege bedarf, um am Ende mit einer guten Ernte belohnt zu werden.« Er ging weiter, durch eine Obstbaumallee, vorbei an bunten Blumenrabatten und reich bestückten Gemüsebeeten und hielt auf einen lang gestreckten Holzbau zu, das Erdgeschoss mit großen Fenstern versehen, das Dachgeschoss über eine Freitreppe zugänglich wie die Säle in Hamburg. »Das ist unser Arbeitshaus. Unten ist die Werkstatt. Dort lehren wir unseren Zöglingen verschiedene Handwerke. Oben wohnt eine unserer Knabenfamilien, und hinter dem Haus befindet sich ein Spielplatz, damit die Knaben die Freizeit beim gemeinsamen Spiel verbringen können.«

Schon öffnete er die Tür zur Werkstatt und bat seine Gäste einzutreten.

»Dies ist Teil unseres Erziehungskonzepts«, erklärte Wichern. »Die Knaben erlernen nicht nur ein Handwerk, sie erfahren auch die Genugtuung, mit der Erschaffung ihres Werks zur

Gemeinschaft beizutragen oder gar sich selbst etwas Gutes zu tun.«

Es hämmerte und sägte und quietschte und rumpelte und ratterte, ein ungewohnter Lärm für Henriette, die nur mit Mühe den Impuls unterdrückte, sich die Hände auf die Ohren zu legen. Es roch nach Holz und Leim und Leder, nach Lauge und Schweiß. Henriette konnte den Blick nicht losreißen von den großen und kleinen Knaben, die mit ernsthafter Miene hobelten und sägten, Leder spannten und Körbe flochten, Stoffbahnen zu Hosenbeinen schnitten und Wolle spannten. Es war ein buntes Durcheinander und doch seltsam geordnet. Sie zählte drei Schneiderwerkstätten, zwei Schusterwerkstätten, eine Wollspinnerei, eine Pantoffelmacherei und eine Tischlerei mit sieben Hobelbänken. Jeder schien seinen Platz zu kennen und seine Arbeit zu schätzen.

Langsam folgte sie ihrer kleinen Besuchergruppe durch den offenen Arbeitsraum, beobachtete die Betreuer, die die Knaben in ihren Aufgaben unterrichteten, etwas vorführten, die Knaben bei der Ausführung anleiteten, korrigierten, lobten. Bei den Pantoffelmachern blieb sie stehen, beobachtete einen Knaben, etwa zwölf Jahre, der seinem Lehrer aufmerksam lauschte, sich dann an der Aufgabe versuchte, scheiterte, wütend wurde, es mithilfe eines anderen Knaben schließlich schaffte und stolz vorzeigte.

»Frau Kirchberger?« Bruder Albert war neben sie getreten. »Wir würden den Rundgang gerne fortsetzen.«

»Verzeihung.« Henriette strich verlegen über ihren Rock. Die anderen warten zu lassen, um diese Kinder so offensichtlich zu beobachten, war ungebührlich. Und doch hätte sie noch Stunden hier stehen bleiben können. Sie folgte Bruder

Albert vor das Gebäude und trat zu Wilhoven, Wichern und Amalie Sieveking an das ovale Gemüsebeet zwischen Badeteich und Mutterhaus.

»Gibt es auch für die Mädchen Unterricht?«, fragte Henriette.

»O ja, aber nicht am Vormittag, da müssen erst die Hausarbeiten erledigt werden. Am Nachmittag, meist nach der Vesper, werden auch die Mädchen im Lesen, Schreiben und Rechnen unterrichtet. Und natürlich im Katechismus.« Bruder Albert zeigte nach rechts. »Dort sind die Ställe. Wenn Sie linker Hand um den Badeteich gehen und geradeaus weiter, kommen Sie zum Schweizerhaus, in dem derzeit zwei Knabenfamilien sowie die Krankenstation untergebracht sind.«

»Verzeihen Sie, dass ich nachhake«, sagte Henriette, »aber wenn die handwerkliche Arbeit bei den Knaben der Erziehung förderlich ist, wäre dies dann nicht ebenso förderlich für die Mädchen? Nähen und Spinnen und Flechten wäre doch eine Arbeit, die Mädchen ebenso erledigen könnten.«

»Unsere Mädchen kümmern sich um die Hauswirtschaft, was sie trefflich auf eine spätere Anstellung in einem Haushalt vorbereitet«, wich Bruder Albert ihrer Frage aus und setzte sich in Bewegung. »Wenn Sie mir folgen wollen …« Er führte sie rechts an dem Badeteich vorbei, an Obstgärten und Gemüsebeeten und kam dann bei einem kleinen Ziegelbau mit verrußtem Schornstein und mehreren Ster aufgeschichtetem Holz an der Mauer zum Stehen. Mit einem Ruck öffnete er die Tür und gab den Blick in eine Backstube frei. »Wir ziehen nicht nur unser eigenes Gemüse und Obst, wir backen auch unser Brot selbst.«

»Haben Sie einen Bäcker, der Sie dabei unterstützt?«, fragte

Wilhoven und trat interessiert in die Backstube ein. »Das sieht tadellos aus.«

»Ich bin gelernter Bäcker«, sagte Bruder Albert. »Alle Brüder, die hier arbeiten, bringen entweder eine ordentliche handwerkliche Ausbildung mit oder haben Erfahrung als Lehrer.«

»Erstaunlich«, murmelte Wilhoven. »Mir war nicht bewusst, dass das Bäckerhandwerk einen zum Erzieher befähigt.«

Bruder Albert lächelte nachsichtig und schloss die Tür hinter dem aus der Backstube hinaustretenden Wilhoven. »Tut es auch nicht. Dafür durchlaufen wir die Gehilfenausbildung.«

»Hier? Vor Ort?«

»Hier. Im Bruderseminar. Die Ausbildung war damals mein Lohn. Neben Kost und Logis und der Kleidung, die ich benötige.«

Wilhoven starrte ihn ungläubig an.

»Wer kümmert sich um die Knaben, wenn Sie freihaben?«, fragte Henriette.

»Ich habe nicht frei. Ich bin für meine Kinderfamilie da. Aber ich habe, wie meine Zöglinge auch, feste Stunden in der Woche, in der ich meine Zeit frei gestalten kann.«

Wilhovens Blick wurde immer ungläubiger.

Bruder Albert lächelte. »Wer hier arbeitet, tut es, um etwas Gutes zu bewirken.« Er führte sie an einem kleinen Bach entlang zu dem Weg, den sie mit der Kutsche gefahren waren, allerdings bog er nicht nach links zum Mutterhaus ab, sondern ging den schmalen Weg weiter geradeaus zu einer alten Bauernkate. Aus dem an den Seiten tief gezogenen Reetdach wölbte sich neben einem Schornstein eine kleine Fenstergaube, während an der Vorderseite ein großes Fenster im ersten Stock reichlich Licht in dem Raum dahinter versprach.

Wahrscheinlich der Schlafsaal. Rechts neben dem Haus stand eine mächtige Kastanie, neben der Haustür lud eine einfache Holzbank unter einem der Fenster zum Verweilen ein, mit Blick auf eine Reihe kleiner Gemüseparzellen, in denen zwei Mädchen emsig arbeiteten.

»Das ist das Haus, nach dem dieser Ort benannt ist. Ganz am Anfang hat Herr Wichern darin mit seiner Mutter und Schwester und den ersten Knaben gewohnt. Inzwischen sind die Mädchen in dieser alten Kate untergebracht. Natürlich nicht mit einem Bruder, sondern einer Hausmutter.«

Henriette betrachtete verstohlen die Mädchen in der Gemüseparzelle. Eine war blond, die Haare zu einem Zopf geflochten. Konnte es Jule sein? Wenn sie nur von ihrer Arbeit hochsehen würde! Vielleicht würde sie sie erkennen. Und dann? Henriette wurde heiß, als hätte man sie bei etwas Verbotenem ertappt.

Was erhoffte sie sich von einem Wiedersehen mit dem Mädchen?

# 16

»Nein, nicht so! Du machst das ganz falsch!« Schon war Betje neben Jule und zeigte ihr erneut, wie sie den Bohnenstiel mit dem Finger abknipsen musste, ohne die Bohne abzubrechen oder gleich einen halben Strang mitsamt den noch kleinen Bohnenhülsen abzureißen. »Hast du denn noch nie Bohnen geerntet?«

Jule schüttelte den Kopf. Im Gegensatz zu Betje kannte sie nur einen Teil der Pflanzen, die hier wuchsen, und diejenigen, die sie kannte, wusste sie nicht zu pflegen. So wie sie noch nie eine Kuh gemolken hatte, bevor sie hierhergekommen war.

»Zeig's mir«, sagte Jule und sah genau zu, als Betje die nächste Bohne an ihrem Stiel von der Mutterpflanze abknipste.

»Siehst du«, sagte Betje, »ist gar nicht schwer.«

Konzentriert arbeitete Jule weiter, knipste Bohne für Bohne in den Korb, der später in die Küche gebracht würde, wo sie mit den Bohnen, Kartoffeln, Graupen, Rüben und Sellerie eine leckere Suppe zubereiten wollten.

»Was ist deine Geschichte?«, fragte Betje unvermittelt.

»Was meinst du damit?«

»Jede von uns hat eine Geschichte. Ohne eine Geschichte wären wir nicht hier.«

»Aber …« Jule erinnerte sich an Wicherns Worte, am Morgen ihrer Aufnahme im Rauhen Haus, als sie ihm, gebadet und frisch eingekleidet, vorgeführt worden war. Dass nun alles Frühere vergeben sei, hatte er ihr versichert, und dass nun ein neues Leben beginne. Dass es wichtig sei, das alte Leben hinter sich und außerhalb des Rauhen Hauses zu lassen, deshalb dürfe sie mit niemandem außer ihm selbst darüber sprechen. »Aber … wir sollen doch nicht über …«

»Ach, weiß doch niemand, was wir reden, und außerdem gilt das doch nur für die Jungen, weil die sich sonst gegenseitig übertrumpfen wollen, wer mehr gestohlen hat, und dann gibt es bloß böses Blut. Mir hat es gutgetan, als ich Marieke erzählt hab, warum ich hier bin.« Betje zeigte auf das dunkelhaarige, groß gewachsene Mädchen, das die an das Gemüsebeet angrenzende Brombeerhecke um ihre letzten Beeren erleichterte. »Stell dir vor, Marieke ist beim Stehlen erwischt worden, und der Büttel wollte sie in die Strafklasse stecken, aber dann hat der Oberste Polizeiherr Hudtwalcker sie zu Herrn Wichern gebracht.«

»Einfach so?«, fragte Jule verwundert.

»Marieke«, rief Betje über die Bohnen hinweg und senkte dann ihre Stimme. »Was hat Polizeiherr Hudtwalcker noch mal zu dir gesagt, als er dich hierhergebracht hat?«

»Schon wieder die olle Geschichte?«, stöhnte Marieke und suchte weiter nach Brombeeren.

»Jule kennt sie noch nicht.«

Marieke drehte sich zu ihnen um. »Er sagte, nicht ich, sondern meine Eltern gehörten eingesperrt. Aber leider gibt es kein Gesetz, mit dem er Eltern wegsperren kann, die ihren Kindern nichts zu essen geben, sondern nur Gesetze, mit denen er

Kinder wegsperren kann, die sich etwas zu essen klauen. Und dann hat er meine Eltern davon überzeugt, mich ins Rauhe Haus zu geben.«

»Sie haben einfach zugestimmt?«, fragte Jule.

»Ein Esser weniger«, sagte Marieke knapp und wandte sich wieder der Hecke zu.

»Sie haben dir doch eh nichts gegeben«, sagte Betje.

»Dafür habe ich ihnen nicht genug Geld erbettelt.« Marieke pflückte eine Beere und ließ sie ins Körbchen fallen. »Mutter hat immer gesagt, ich soll lächeln, dann würden die Leute mir was geben. Aber wie soll ich lächeln, wenn ich Hunger habe?«

»Warum hast du nicht gesagt, dass du Hunger hast?«, fragte Jule und dachte an die Bettelkinder, denen sie oft ein Stück Brot abgezwackt hatte, wenn für Frieder und sie selbst noch genug da gewesen war.

»Dann habe ich mal einen Apfel oder ein Stück Brot bekommen. Und zu Hause Schläge. Ich hätte ihnen das Geld geklaut und sie angelogen, haben sie gesagt. Und manchmal habe ich ihnen wirklich Geld geklaut und sie angelogen, wenn sie mir nichts zu essen gegeben haben. Und irgendwann habe ich nur noch gelogen und geklaut, weil sonst die anderen Lügen aufgeflogen wären, und dann hätt's wieder Schläge gegeben, aber dann hat mein Bruder, die miese Pisskröte, mich verpetzt, und Vater hat mich grün und blau geschlagen und vor die Tür gesetzt, mitten im Winter, nicht einmal eine Jacke oder Schuhe hatte ich, also habe ich mir welche geklaut und mich in Keller geschlichen, um nicht zu erfrieren und mich vor den Nachtwächtern zu verstecken, und dann haben sie mich erwischt, als ich eine Wurst geklaut habe.«

»Und dann?«, fragte Jule und vergaß weiter zu ernten.

»Hat der Büttel mich zu meinen Eltern zurückgebracht. Aber da wollte ich nicht hin und habe um mich geschlagen und gekratzt, und als dann meine Eltern gesagt haben, dass ich durch und durch verdorben sei und nur lüge und klaue und ins Zuchthaus gehöre, da hat der Büttel ihnen geglaubt und mich mitgenommen. Auf der Wache haben sie mich zum Obersten Polizeiherrn Hudtwalcker gebracht, weil ich fürs Zuchthaus zu jung war, und es seine Aufgabe ist, Kinder wie mich in die Strafklasse zu schicken. Dann musste ich mich ihm gegenüber an seinen Schreibtisch setzen, und der war riesengroß, so groß wie der Strohsack, auf dem unsere ganze Familie geschlafen hat, und dahin hat er mir eine heiße Schokolade bringen lassen und ein Brot mit Wurst und Butter und hat mich einfach nur sitzen lassen und essen und trinken. Und als ich fertig war, hat er mich gefragt, ob das denn stimmt, dass ich verdorben bin und lüge und betrüge und stehle. Und ich habe Ja gesagt, weil es ja gestimmt hat und ich so müde war und gerade mein Bauch so voll, und in meinem Mund war noch der Geschmack von Schokolade, und den wollte ich mir nicht mit einer neuen Lüge verderben.«

»Und dann?«, wiederholte Jule gebannt.

»Hat er gesagt, dass es ja nicht so schlimm sein kann mit dem Lügen, wenn ich es doch gerade zugebe und die Wahrheit sage, und dann hat er gefragt, warum ich denn stehle und ob mir das einer aufträgt. Und da habe ich gesagt, dass ich für mich stehle, weil ich ja sonst verhungern und erfrieren tu, und habe ihm alles erzählt, was ich sonst noch nie gemacht habe, weil es hat ja auch noch nie jemanden interessiert, aber es hat einfach rausgemusst, und dann hat er Erkundigungen eingeholt und mich statt in die Strafklasse hierhergebracht.«

»Als Erste von uns Mädchen«, sagte Betje und knipste die nächste Bohne in ihren Korb.

»Ich habe ein bisschen gebraucht, um zu verstehen, dass ich kein Essen stehlen und verstecken muss, um genug zu bekommen.« Marieke grinste und schob mit den lilafarbenen Brombeerfingern eine verirrte Haarsträhne hinter ihr Ohr. »Damals hat uns noch die Schwester von Herrn Wichern betreut.«

»Wo ist sie jetzt?«, fragte Jule.

»Sie hat einen der Brüder geheiratet und ist mit ihm fortgegangen. Sie haben ein eigenes Rettungshaus gegründet.« Marieke sah Jule prüfend an. »Und du? Bist du auch von der Polizei beim Stehlen erwischt worden?«

»Nein«, sagte Jule zögerlich und errötete. Niemals würde sie zugeben, wo Wichern sie aufgegabelt hatte. Sie wandte sich der nächsten Pflanze zu und knipste die Bohnen ab.

»Ich auch nicht«, plapperte Betje dazwischen. »Mein Vater hat getrunken, aus Verzweiflung, weil wir ihm alle auf der Tasche liegen. Und weil er so verzweifelt war, hat er nachts in dem Keller, in dem wir gewohnt haben, mit seinen Kumpanen Karten gespielt und Schnaps getrunken, weil das doch seine einzige Möglichkeit war, an Geld zu kommen. Aber wenn er verloren hat, hat er uns geschlagen, meine Mutter und mich, nur meinen kleinen Bruder hat er nicht angerührt, außer wenn der vor Hunger geschrien hat, weil das Geschrei, das hat der Kopf von meinem Vater nicht vertragen. Aber dann ist meine Mutter schnell mit dem Lütten hinausgegangen, weil sie Angst hatte, dass Vater ihn sonst gegen die Wand schlagen würde, das hat er wohl mal mit mir gemacht, als ich noch nicht laufen konnte. Ich konnte nicht mit hinausgehen, weil Vater mein Kleid an einen seiner Spielfreunde verloren hat und ich nur noch einen Lumpen hatte, und der hatte Löcher, wo man keine Löcher haben will, wenn man auf die Straße geht. Eines Tages kam Bruder Albert bei uns vorbei, weil meine Mutter Herrn Wichern angefleht hat, mich in sein Haus aufzunehmen, und als Bruder Albert gesehen hat, dass ich keine Kleidung hatte und meine Mutter und mein Bruder an der Lunge krank waren, da hat er dafür gesorgt, dass wir einen Strohsack und Wäsche und Kleider und etwas zu essen bekamen. Aber dann hat mein Vater alles gegen Schnaps getauscht, weil wir doch das schlimmste Unglück waren, das über ihn gekommen ist. Und dann sind meine Mutter und mein Bruder gestorben, und unser Pastor hat gesagt, die Nässe in dem Keller hat sie umgebracht, und mein Vater hat nicht gewusst, was er mit mir machen soll, also hat er mich versteckt und dann vergessen, dass er mich versteckt hat, und deshalb hat er dann auch vergessen, mir etwas zu essen und eine Decke zu bringen, sodass ich fast erfroren und verhungert bin. Aber dann hat mich Bruder Albert gefunden, weil er noch mal nach unserer Familie sehen wollte, wie es uns mit den neuen Sachen geht, und hat von den Nachbarn gehört, dass meine Mutter und mein Bruder tot sind und sie nicht wissen, was mit mir ist. Und weil mein Vater zu betrunken war, um etwas über meinen Verbleib zu sagen, haben sie mich gesucht und gefunden und gleich mit hierhergenommen.« In Betjes Augen schimmerte es feucht.

»Du Arme«, sagte Jule mitfühlend.

Betje schüttelte sich kurz, knipste dann emsig weiter Bohnen in ihren Korb.

»Inzwischen ist Betjes Vater im Schuldgefängnis. Hat wohl nicht geholfen, dass ihm keiner mehr auf der Tasche liegt.« Marieke grunzte abfällig. »Und dein Vater?«

»Mein Vater war streng, aber ich kann mich nicht erinnern, dass er mich je geschlagen hat. Er war Tagelöhner und meine Mutter Wäscherin. Wenn es für Vater keine Arbeit gab, hat er Schwefelhölzer hergestellt, und dann sind meine Schwester, mein großer Bruder und ich losgezogen und haben die Hölzer verkauft.« Jule hielt inne, spürte Mariekes und Betjes Blicke auf sich. »Nachdem meine Eltern gestorben sind, kamen Frieder und ich zu den Waisen im Armenhaus. Aber da hat Frieder es nicht ausgehalten, und ich auch nicht, es war schrecklich.«

»Ihr seid aus dem Armenhaus abgehauen?«, fragte Betje mit großen Augen.

Jule nickte. Versuchte, die Bilder zurückzudrängen, die sich vor ihr inneres Auge drängten. Gesichter mit verfaulten Zähnen und gierigen Augen, dreckige Finger, die nach ihrem Essen grapschten, kräftige Arme, die Prügel verteilten, schmutzige Strohsäcke, voll mit Ungeziefer, das sich Nacht für Nacht an ihrem Blut gütlich tat. »Wir haben uns ganz gut durchgeschlagen. Eine Freundin meiner Mutter hat mir Arbeit als Wäscherin verschafft, und Frieder hat alles gemacht, was Geld gebracht hat. Oft hat er ein paar Pfennig als Wasserträger verdient oder Holz geschichtet, oder er hat dem Lumpensammler geholfen. Am Anfang haben wir meist auf Saaltreppen geschlafen, aber dann haben wir eine Frau gefunden, bei der wir das Schlafgeld zahlen konnten und die uns nicht an die Behörden gemeldet hat.«

»Und trotzdem seid ihr jetzt hier«, stellte Marieke fest.

Jule nickte.

»Ist das wegen Frieder? Was ist eigentlich mit ihm passiert?«, fragte Betje neugierig.

»Jule! Betje! Marieke!« Frau Ehmkes Stimme schallte aus dem Haus, gefolgt vom Bimmeln der Stundenglocke.

Erschrocken drehte Jule ihren Kopf. Sie hatte vor lauter Zuhören und Reden nicht nur das Ernten, sondern auch die Zeit vergessen! Und nun war ihr Korb nur halb voll, und sie würde einen schlechten Eintrag in ihrem heutigen Arbeitsbericht erhalten.

»Ruhezeit.« Betje knipste eine letzte Bohne in ihren fast vollen Korb. »Die beste Zeit des Tages.«

Hastig knipste Jule eine Handvoll weiterer Bohnen in den Korb, erstaunt, wie leicht ihr die Arbeit plötzlich fiel, und folgte dann den anderen in die alte Kate.

»Lasst mal sehen, ihr Mädchen«, nahm Frau Ehmke sie an der Tür in Empfang. »Fleißig gearbeitet, Betje!« Sie nahm Betje den Korb ab, wandte sich an Marieke. »Eine schöne Ausbeute. Bring sie gleich in die Küche. Und die Hände fest schrubben, nicht dass du uns alles blau einfärbst!« Als Nächstes begutachtete sie Jules halb vollen Korb. »Ich denke, dass du den noch etwas füllen solltest. Oder möchtest du schuld sein, wenn morgen Mittag bei einigen Kindern keine Bohnen auf den Teller kommen?«

»Es tut mir leid, Frau Ehmke. Natürlich mache ich den Korb noch voll.«

»Und danach kommst du noch bei mir vorbei, ich muss dir etwas mitteilen.«

Bedrückt ging Jule zurück zu den Bohnenstauden. Nun war sie schon wieder schlecht aufgefallen. Dabei wollte sie unbedingt einen guten Eindruck machen und Wichern zeigen, dass er die richtige Entscheidung getroffen hatte, Frieder und sie aufzunehmen.

Was Frau Ehmke ihr wohl mitteilen wollte? Ging es um Frieder? Oder – sie wagte kaum den Gedanken weiterzuspinnen – mussten sie das Rauhe Haus wieder verlassen, weil sie sich nicht genug angestrengt hatte?

Eilig knipste sie Bohne um Bohne von der Stange. Sie wusste, dass es im Rauhen Haus viel zu wenig Plätze gab für die vielen Kinder, deren Eltern um Aufnahme für sie ersuchten. Sie wusste, dass das Rauhe Haus kein Waisenhaus war, sondern ein Ort, durch den Kinder am Ende wieder zu ihren Eltern zurückfinden sollten, mit der neu entdeckten Liebe in ihrem Herzen und der inneren Stärke, die sie durch das Evangelium erfahren und mit der sie das Evangelium in die Familien zurücktragen sollten. Wichern erinnerte sie immer wieder daran, wie wichtig es sei, das alte, sündhafte Leben hinter sich zu lassen, aber aus dem neuen Leben die Familie nicht auszuschließen. Betje hatte allerdings nicht vor, ihren Vater wieder in ihr Leben zu lassen, auch wenn er aus dem Schuldgefängnis entlassen war. Zu viel Angst hatte sie davor, was er mit ihr anstellen würde, um sie wieder loszuwerden. Und so wie Betje das gesagt hatte, bestand an der Endgültigkeit ihrer Worte kein Zweifel.

Jule knipste weiter die Bohnen ab, es war einfach, warum nur hatte es ihr vorhin so viel Mühe bereitet? Sie stimmte das Lied an, das sie heute bei der Morgenandacht gelernt hatte. Seit ihre Eltern gestorben waren, hatte sie nicht mehr gesungen. Sie hatte vollkommen vergessen, wie gut es tat. Mühelos trieb es die schweren Gedanken fort, die sie beschäftigten: wie es mit Frieder weitergehen sollte, wie sie ihre Schulden bezahlen sollte, was passierte, wenn sie das Rauhe Haus wieder verlassen mussten.

Verlassen … Sie schüttelte energisch den Kopf. Sie würden

es nicht verlassen müssen! Sie würde Wichern und seiner Frau beweisen, dass sie es wert waren, hier zu sein. Sie würde mehr arbeiten als alle anderen und fleißiger lernen als der beste Schüler. Sie würde Wichern stolz machen. Jule streckte sich, um an die oberen Bohnen zu kommen, knipste sie ab, bis der Korb übervoll war. Zufrieden ging sie ins Haus zurück und klopfte bei der Hausmutter.

»Ja?«, brummte Frau Ehmke.

Jule öffnete die Tür zu Frau Ehmkes kleinem Reich. Frau Ehmke thronte an ihrem Sekretär, auf dem neben dem großen Journal, das aufgeschlagen auf der Tischplatte lag, gerade noch Kerzenständer, Tintenfass und Federhalter Platz hatten. Sie tunkte die Feder in das Tintenfass und kratzte damit sorgfältig über die Journalseite, erst dann richtete sie ihren Blick auf Jule, die sich nicht traute, weiter in den Raum zu treten.

»Lass mal sehen«, sagte Frau Ehmke.

Jule ging zu ihr und präsentierte den Korb.

Frau Ehmke nickte zufrieden. »Stell ihn zu Betjes in die Kammer.«

Jule wandte sich zum Gehen.

»Einen Augenblick noch, Jule«, sagte Frau Ehmke, »ich habe eine Nachricht von Herrn Wichern für dich.«

Jule hielt den Atem an. War es das? Würde man ihr jetzt sagen, dass sie leider nicht bleiben konnten?

Sie reichte Jule ein gefaltetes Papier. Jule erschrak. Sie erkannte die Schrift, es war die des Baders. Sie erkannte auch das Papier, es war der Schuldschein, auf dem der Bader genauestens jeden Schilling vermerkt hatte, den sie bereits zurückbezahlt oder abgearbeitet hatte. Aber die letzten Wochen hatte sie nicht für ihn arbeiten können, all ihre Zeit verbrachte sie hier, jeder Tag begann um fünf Uhr dreißig in der Früh und endete nach dem Abendbrot gegen neun Uhr, und dazwischen war jede Minute ausgefüllt mit Arbeit, Unterricht, Andacht. Einzig die Freizeit von sieben Uhr abends bis zur Andacht um acht Uhr war nicht verplant, und selbst da konnte sie nichts arbeiten, um die Schulden zu bezahlen. Verklagte der Bader sie nun? Weil sie mit den Zahlungen in Verzug geraten war? Oder verlangte er gar, dass sie das Rauhe Haus verließ, um weiter für ihn arbeiten zu können? Mit zitternden Fingern faltete sie das Papier auseinander, sah die Spalten, in denen ihre Rückzahlungen eingetragen waren, sorgfältig mit Datum versehen, abbezahlter Betrag, geschuldeter Restbetrag. Ungläubig starrte sie auf die letzte Zeile.

Das konnte nicht sein! Niemals! Sie schluckte. Ihr Blick haftete fest an der Zahl, die in der Spalte mit dem geschuldeten Restbetrag stand.

Null.

Sie schloss die Augen. Öffnete sie. Starrte auf die Zahl.

Null.

»Aber …« Jule konnte den Blick nicht vom Schuldschein abwenden.

»Ein großzügiger Gönner.« Frau Ehmke lächelte. »Jemand muss von deiner Zwangslage erfahren haben und hat sich erbarmt.«

»Aber …« Jule sah Frau Ehmke verständnislos an. Wer um alles in der Welt würde eine solch unsagbar hohe Summe für sie bezahlen?

»Du musst begüterte Freunde da draußen haben, erst die Patenschaft, nun das.« Frau Ehmke streckte die Hand aus. »Lass mich das für dich verwahren.«

Patenschaft? Verwirrt reichte Jule Frau Ehmke den Schuldschein. Von was für einer Patenschaft sprach sie?

Frau Ehmke öffnete eine Schublade und holte eine mit Jules Namen beschriftete Hülle heraus. Sie schob den Schuldbrief hinein und legte die Hülle zurück in die Schublade.

»Patenschaft?«, fragte Jule zaghaft. »Was bedeutet das?«

Frau Ehmke seufzte. »Weißt du das denn nicht?«

Jule schüttelte den Kopf.

»Aber dass wir all das hier ausschließlich mit Spenden und dem bisschen finanzieren, was wir mit unseren Gütern verdienen, das weißt du schon?«

Jule nickte. Deswegen fertigten sie so viele Dinge wie möglich selbst in ihrer Werkstatt, Kleidung und Schuhe, aber auch Betten und Stühle, die Bänke für den neuen Betsaal und die neuen Klassenzimmer, sie arbeiteten beim Bau des neuen Gebäudes mit und kultivierten Obst und Gemüse und Getreide, kümmerten sich um die Kühe und Schweine und Hühner und Gänse und kochten, wuschen, bügelten, flickten, putzten und reparierten, was sie ohne Hilfe eines Meisters reparieren konnten. Deshalb gab es manchmal mehr, manchmal weniger Obst oder Milch oder Eier oder Gemüse, je nachdem, was ihr eigener Garten hergab.

»Und doch reicht es oft nicht, um alle Kosten zu begleichen, vor allem, wenn so große Neuerungen anstehen wie unser Turmhaus, das wiederum nötig ist, da unsere Häuser zu klein werden, um für alle genug Platz zu bieten.«

Wieder nickte Jule. In der Diele des Mutterhauses wurde es tatsächlich eng, wenn alle zur Andacht zusammenkamen.

»Deshalb brauchen wir Patenschaften für manche unserer Zöglinge, die wir sonst nicht aufnehmen könnten.«

»War das so bei Frieder und mir?«, fragte Jule, die Stimme kaum hörbar.

Frau Ehmke nickte. »Gleich zwei Waisenkinder, Frieder auf lange Zeit kaum arbeitsfähig und du nicht wirklich ein Fall für das Rettungsdorf.«

»Sie meinen ... ich gehöre nicht hierher?«

Frau Ehmke lächelte sie mit ihrem mütterlichen Lächeln an. »Es ist schon gut, dass der Herr Wichern dich gefunden hat, bevor du den Weg der Sündhaftigkeit eingeschlagen hast. Aber, ja, Jule, wenn deine Eltern, Gott habe sie selig, noch leben würden, dann hätten sie uns sicherlich nicht darum gebeten, dich bei uns aufzunehmen, weil sie mit dir nicht zurande kommen. Du blickst auf kein Leben des Lügens und Stehlens zurück, und seit du hier bist, bist du fleißig und lernbegierig und versuchst wie keine Zweite, dich zu betragen und alles recht zu machen. Sag selbst, braucht ein Mädchen wie du ein Rettungshaus, um auf den rechten Weg zurückzufinden?«

Jule senkte den Blick, verwirrt, ob Frau Ehmkes Worte nun gut waren oder schlecht. Irgendwie klang es wie ein Lob, aber eben gleichzeitig auch wie ein Vorwurf: Sie gehörte nicht hierher.

»Der Verwaltungsrat war sich darin einig, dass Frieders Verhalten ihn zu einem Kandidaten für unser Haus qualifiziert, dass bei dir hingegen die Mittel besser für ein wahrlich sittlich verwahrlostes Mädchen verwendet werden sollten.«

»Und doch bin ich hier«, murmelte Jule. All die Gedanken, die sie sich gemacht hatte, ob ihr Betragen gut genug wäre, um nicht weggeschickt zu werden, und nun stellte sich heraus, es war zu gut!

»Herr Wichern konnte für dich einen großzügigen Paten

finden, der dein Kostgeld übernimmt. So kannst du bei Frieder bleiben und nimmst niemandem einen Platz weg.«

»Aber … wer?«

»Das steht mir nicht zu, dir zu sagen. Sei damit zufrieden, dass jemand da draußen gütig die Hand über dich hält, und vergelte es weiter mit Fleiß und Anstand. Und jetzt geh, gleich ist Zeit für die Andacht.«

Wie betäubt schloss Jule die Tür hinter sich. Im Flur blieb sie stehen, lehnte sich an die Wand. Sie war schuldenfrei! Jemand zahlte für sie eine Patenschaft! Es war ein Wunder!

Wenn sie jetzt nur zu Frieder könnte, um es ihm zu erzählen!

# 17

»Ja, Vater, eine Patenschaft.« Henriette legte ihr Besteck nieder. Der erneute Streit mit Vater verdarb ihr noch das letzte bisschen Appetit, das sie sich seit Franz' Fehltritt bewahrt hatte. »Ich hätte gedacht, das wäre ganz in Ihrem Sinne.«

Vater warf so zornig die Serviette neben seinen Teller, dass sie zu Boden fiel. Matje eilte herbei, um sie aufzuheben, wagte jedoch kaum, sie auf den Tisch zurückzulegen. »Wie in aller Welt könnte es in meinem Sinne sein, mein sauer verdientes Geld verwahrlosten Rotzmäulern nachzuwerfen? Verwilderte Bastarde, die wahrscheinlich zuvor aus meinen Speichern geklaut haben!«

»Damit genau das nicht passiert, geht das Geld in die Patenschaft eines ganz bestimmten Kindes.« Henriette atmete durch, riss sich zusammen. »Vater, Sie waren es, der nicht wollte, dass ich Frau Sieveking in die Seuchenviertel begleite, also bringe ich mich standesgemäß auf die sicherste Art und Weise ein, auf die ich mich einbringen kann: Ich spende Geld.«

»Ich dachte, wir hätten dieses Thema ein für alle Mal mit dem Spendenaufruf bei meinen Feierlichkeiten geklärt«, polterte Vater. »Eine Ungeheuerlichkeit, hinter meinem Rücken eine Patenschaft für ein Kind zu versprechen!«

»Ich bezahle die Patenschaft aus meiner Apanage«, rechtfertigte sich Henriette.

»Dann ist deine Apanage wohl deutlich zu großzügig bemessen.« Vater schürzte erbost die Lippen. »Was ist das überhaupt für ein Kind? Hast du irgendeine Ahnung, was es für ein Gerede gibt, wenn herauskommt, dass du ein verwahrlostes, straffälliges Kind förderst? Man wird denken, dass unsere Familie mit ihm in Verbindung steht. Schlimmer noch, es wird seine große Chance sehen und behaupten, es sei mit uns verbandelt, und ehe du dichs versiehst, haben wir einen Erbschleicher in unserem Haus.«

»Nein, Vater, das wird nicht passieren. Es handelt sich um ein Mädchen, ein Waisenkind, ein gutes Kind, dem ich mit hundertachtzig Mark Courant im Jahr ein freundliches Zuhause schenken kann.«

»Gutes Kind?«, rief Vater höhnisch. »So einen Unsinn kann nur ein Frauenzimmer reden! Woher willst du wissen, dass es ein gutes Kind ist? Im Rettungsdorf sind per se keine guten Kinder, wenn der einzige Zweck dieses Dorfes die Rettung gefallener Existenzen ist!«

»Das stimmt wohl, Vater, aber nicht in diesem Fall«, versuchte Henriette, ihren Vater zu beschwichtigen. Wenn er doch nur diese Angelegenheit nicht weiter vor Matje diskutieren würde! Sie hatte wirklich kein Verlangen danach, dass ihre Entscheidung, für Jule die Patenschaft zu übernehmen, den Weg des Dienstbotentratsches bis hin zu den Verhölst-Schwestern einschlug. »Deswegen habe ich die Patenschaft übernommen. Dieses Mädchen ist einzig in diesem Haus, weil es ohne sein Verschulden in Not geraten ist. Seine Eltern sind gestorben und auch seine Geschwister, bis auf einen Bruder, und der hat bei der Arbeit auf den Schuten ein Bein verloren.«

»Und«, fragte Vater unnachgiebig, »warum sollte das eine Patenschaft rechtfertigen?«

»Das Rettungsdorf kann nur den Bruder aufnehmen. Es wäre unbarmherzig, die Geschwister zu trennen.« Henriette lächelte den Vater bittend an. »Erinnern Sie sich an die schweren Zeiten unter der napoleonischen Besatzung. Wir mussten unser Haus verlassen, wir hatten kein Geld, dann starben Mutter und Georg.«

»Ich erinnere mich jeden Tag daran«, sagte Vater, und seine Gesichtszüge verhärteten sich. »Es verleiht mir die Kraft, unseren Wohlstand Tag für Tag zu steigern.«

»Und mir die Barmherzigkeit, unseren Wohlstand mit denjenigen zu teilen, die, wie wir damals, unschuldig in größte Not geraten.«

»Barmherzigkeit?« Vater lachte erneut auf. »Romantisches Geschwätz, oder glaubst du, die Kirche hat ihren Reichtum mit Barmherzigkeit angehäuft? Glaubst du etwa, wir Kaufleute spenden aus Barmherzigkeit für die Armenarbeit? Es ist Kalkül. Es ist günstiger, das Elend unter Kontrolle zu halten und die Ärmsten ausreichend zu versorgen, damit sie Arbeit leisten können und der Hunger nicht das Feuer einer Revolte entfacht. Dein unbedachtes Voranpreschen dagegen zeigt wieder einmal, wie richtig ich liege mit meiner Einschätzung, dass du in meinem Kontor nichts verloren hast. Es kommt nicht von ungefähr, dass Frauen nicht geschäftsfähig sind und auch nie sein werden.«

Henriette verschluckte die scharfe Replik, die ihr auf der

Zunge lag. Franz hätte sie jetzt ein Dutzend Beispiele geben können, in denen ihr Geschäftssinn der Gaststätte zum Vorteil gereicht hatte. Und am Ende hätte er sie in den Arm genommen und ihr zugestimmt, dass sie einen guten Blick für ein Geschäft und auch für Menschen hatte. Und dass es eventuell sogar die eine oder andere Frau gäbe, die ebenfalls ein gutes Gespür hatte, Agnes etwa, die Lindenwirtin auf der anderen Seite des Rheins. Aber mit Franz hätte sie dieses Gespräch gar nicht geführt, denn er hätte ihr die Geschäftsfähigkeit von vorneherein nicht abgesprochen. Traurigkeit überfiel sie.

Franz… Sie hatte ihr Leben am Rhein geliebt. Warum nur hatte es so kommen müssen? Warum nur hatte sie ihren Stolz nicht mäßigen können und für Franz gekämpft, als es noch möglich gewesen war?

Bevor er seine Verbindung mit Fräulein Hauser öffentlich gemacht hatte.

Vater setzte seine Tasse klirrend auf dem Unterteller ab.

»Wenn du barmherzig sein möchtest, dann tritt dem Frauen- und Jungfrauenverein bei. Dort nähen sie Kleidung und Wäsche für die Bewohner des Rauhen Hauses.«

»Mir scheint, wir haben unterschiedliche Auffassungen von Barmherzigkeit«, sagte sie kühl. »Aber danke für den Ratschlag, ich werde mich über diese Möglichkeit erkundigen.«

»Nicht nötig.« Vater tupfte sorgfältig seine Lippen mit der Serviette ab. »Ich habe Senator Verhölst bereits gebeten, dass seine Töchter dich morgen zum nächsten Treffen des Frauen- und Jungfrauenvereins abholen. Dort kannst du mit Nadel und Faden deine Wohltätigkeit für Wicherns Kinderschar beweisen. Solltest du dir dafür zu schade sein, werde ich dein Versprechen Herrn Wichern gegenüber widerrufen.«

Erschrocken riss Henriette Mund und Augen auf. Starrte Vater an. Das konnte er nicht tun! Und falls ja, was würde er dann machen, wenn er erfuhr, dass sie Rosa die Bernsteinbrosche verkauft hatte, die er ihr zu ihrem dreißigsten Geburtstag geschenkt hatte, um die Schulden des Mädchens zu begleichen?

# 18

Leise schlich Jule die Außentreppe hinauf, öffnete die Tür zum oberen Stockwerk des Schweizerhauses, vergewisserte sich, dass der Flur leer war, und pirschte eilig zur Krankenstation. Aus der Stube drangen die Stimmen der Jungen, die gerade beim Frühstück saßen. Stimmengewirr, Lachen, das Klappern der Löffel. Solange die Familie beim Essen saß, würde sie niemand bemerken. Vor der Tür der Krankenstation lauschte sie. War Frieder allein? Hatte gerade jemand bei ihm im Zimmer gelacht? Sie legte ihr Ohr an die Tür. Kein Laut drang daraus hervor. Das Lachen musste aus der Stube gekommen sein. Sie versuchte, ihre Nervosität zu beruhigen. Diesmal hatte sie vorgesorgt und sich mit Betje abgesprochen. Diesmal würde sie nicht so schnell vermisst werden. Und Frieder würde das erste Mal, seit sie hier waren, heute wieder froh sein, sobald sie ihm von den beglichenen Schulden und der Patenschaft erzählte.

Vorsichtig drückte sie die Klinke hinunter, öffnete die Tür, schlüpfte hastig ins Zimmer und schloss die Tür sogleich hinter sich.

»Frieder«, flüsterte sie und eilte zu seinem Bett. »Du rätst nie, was passiert ist!«

Frieder saß aufrecht, an zwei Kissen gelehnt, und löffelte Buchweizengrütze.

»Was willst du«, fuhr er sie an. »Du weißt, dass du nicht hier sein darfst. Geh!«

»Nur kurz«, sagte Jule und setzte sich auf die Bettseite. »Ich muss dir unbedingt etwas erzählen.«

»Und das kann nicht bis Sonntag warten? Zur Besuchszeit?«, knurrte Frieder. »Ich will nicht schon wieder wegen dir Ärger bekommen.«

»Schon … wie-wieder?«, stammelte Jule. »Warum bekommst du wegen mir Ärger?«

Frieder winkte ab. »Egal, sag, was du sagen willst, und hau ab.«

»Ich … unsere …« Sie brach ab. Was brachte es, die guten Neuigkeiten mit ihm zu teilen. So feindselig wie Frieder sie anstarrte, würde er alles nur schlechtreden. »Egal, ich gehe wieder.« Enttäuscht stand sie vom Bett auf.

»Aber erst erzählst du uns, was so wichtig ist«, ertönte plötzlich eine schneidende Stimme. Erschrocken drehte Jule sich um, sah, wie der Vorhang sich bewegte, Richard aus seinem Versteck hervortrat und auf Frieders Bett zuging. »Es muss sehr besonders sein, wenn du dafür ein zweites Mal die Regeln brichst.«

»Ich wollte nur Frieder sehen.«

»Unsinn«, herrschte Richard sie an. »Frieder interessiert dich doch kein bisschen, sonst hättest du längst dafür gesorgt, dass er ein paar Extras bekommt.«

»Was?« Jule starrte Richard verständnislos an. »Was für Extras?«

»Ein paar Beeren, hier und da einen Apfel oder eine extra

Rübe oder etwas Zucker, um diese eklige Grütze genießbar zu machen.« Richard schlug Frieder den Löffel aus der Hand. Grützenreste flogen durch die Luft, auf Frieders Decke und Jules Schürze.

»Oje«, sagte Richard, »hat sich unsere Musterschülerin eingekleckert? Das wird der guten Frau Ehmke aber gar nicht gefallen.«

»Lass sie«, sagte Frieder.

»Meinst du?«, fragte Richard. »Wo sie dich doch so vernachlässigt hat? Obwohl sie besten Zugriff auf die Speisekammer hat – sie sitzt doch jeden Vormittag in der alten Kate und schnippelt das Suppengemüse. Dabei könnte sie hie und da etwas stibitzen, es würde nicht einmal auffallen. Und uns würde der Fraß hier ein klitzekleines bisschen besser schmecken. Buchweizengrütze, jeden Morgen, nicht mal mit Milch, wenn die Mädchen mal wieder zu faul zum Melken sind. Wässrige Suppe zum Mittag und dann ewig das Schwarzbrot, zum zweiten Frühstück, zur Vesper, zum Abendbrot, das hält doch niemand aus!« Richard wackelte drohend mit dem Finger vor Jules Nase herum. »Böse Schwester. Das wird sich jetzt ändern. Du wirst uns jeden Morgen ein paar Extras bringen.«

Mit offenem Mund wich Jule zurück, blieb am Bettrahmen hängen, stürzte zu Boden.

»Lass sie«, sagte Frieder erneut.

Richard beugte sich zu ihr hinunter. Brachte sein Gesicht nah an Jules. Sie sah die Kälte in seinen blaugrünen Augen, den gemeinen Zug um seinen Mund, die gerade Nase in dem fein geschnittenen Gesicht. »Aber erst erzählst du uns deine großartigen Neuigkeiten.« Er streckte seine Hand aus und half ihr auf die Beine.

»Es ist … nicht wichtig«, stammelte Jule und suchte panisch in ihrem Kopf nach einer Geschichte, die banal genug war, um Richards Interesse nicht weiter zu wecken. »Ich … ich wollte … Frieder nur erzählen, dass ich … ich … jetzt besser Bohnen knipsen kann als Betje.«

Richard lachte. Schlug sich auf den Schenkel, als hätte sie den besten Witz seit Langem von sich gegeben.

»Und deshalb riskierst du deine Ruhezeit? Oder sogar deine Anwesenheit bei der Andacht? Wo du doch immer so aufmerksam zuhörst und so eifrig mitsingst.« Er packte sie am Arm. »Wie wäre es mit der Wahrheit? Lügen ist eine Sünde, hat der gute Wichern dir das nicht beigebracht?«

»Lass …«, begann Frieder, als Richard sich abrupt zu ihm drehte.

»Halt endlich dein Maul, Krüppel, und sag mir nicht, was ich tun und lassen soll.« Er wandte sich wieder an Jule. »Ich glaube ja, dass du hierhergekommen bist, um Frieder von deinem Gönner zu erzählen. Eine Patenschaft.«

Jule spürte, wie die Farbe aus ihrem Gesicht wich. Woher wusste Richard davon?

»Dann stimmt es also«, grunzte Richard zufrieden. »Sag, wer ist der Gönner?«

Jule zuckte die Schultern.

»Wer?«, fragte Richard drohend und packte ihren Arm fester.

»Ich weiß es nicht!«, rief Jule und versuchte, sich aus Richards Griff zu befreien.

»Lüge!«, zischte Richard. »Niemand bekommt einfach so eine Patenschaft. Was hast du für deinen Gönner getan, dass er sich um dich kümmert? Wir alle wissen, wo Wichern dich aufgelesen hat… Hattest wohl einen Freier, der nicht erkannt werden will? Und jetzt zahlt, damit du und Wichern stillhaltet? Sag, wer war es?«

»So war es nicht!«, rief Jule. Mit aller Kraft wand sie sich aus Richards Griff, hörte den Stoff ihres Ärmels reißen. Spürte, wie Richard nachgriff. »Ich weiß nicht, wer die Patenschaft bezahlt.«

»Dann finde es heraus. Und zwar bald. Wo eine Patenschaft zu holen ist, da ist mehr drin.« Er wandte den Kopf zu Frieder. »Oder möchtest du, dass dein Bruder die Zeche dafür bezahlt, dass du so verstockt bist?«

Mit einem Mal ließ er sie los, so unerwartet, dass Jule erneut zu Boden fiel. Sie raffte sich hoch, wollte aus dem Zimmer laufen, doch Richard war schneller und stellte sich vor die Tür. »Ich rate dir«, zischte er, »geh nicht petzen, sonst wird Frieder es büßen. Und morgen früh will ich etwas aus der Speisekammer, hast du mich verstanden? Wenn nicht, wird auch das Frieder büßen.«

Sie nickte, sah zu Frieder, der sie wütend anblitzte. Sein Blick eine einzige Klage: *Du hast mich hierhergebracht. Du bist schuld, dass ich lebe, ohne Bein, als Krüppel, an einem Ort, den ich hasse, belagert von einem Kerl, der mich quält und nun noch mehr quälen wird, weil du hergekommen bist, obwohl es verboten ist.*

Liebe Henriette,
heute kam die Depesche des Advokaten, der im Namen Deines Vaters um die Scheidung von Dir ansucht. Du kannst Dir wohl vorstellen, dass ich aus allen Wolken gefallen bin!
Henni! Ist das Deine Antwort auf meine Briefe? Die Scheidung als Replik auf meine Bitten, nach Hause zu kommen?
Ein endgültiges Aus, ohne einen letzten Funken Hoffnung?
Was ist mit Dir passiert?
Meine warmherzige Henni hätte mir niemals ohne ein persönliches Wort einen Advokatsbrief als Schlussakt zukommen lassen. Ist Dein Stolz so sehr gekränkt, oder zieht hier Dein Vater die Fäden?
Ich erinnere mich noch sehr gut an den Kampf, den wir ausfechten mussten, um seine widerwillige Einwilligung zu unserer Verbindung zu erlangen. Von Segen will ich nicht sprechen, denn es war eher ein säbelrasselndes Knurren.
Natürlich hat er, hast auch Du das Recht, die Scheidung zu verlangen. Aber es ist ganz sicherlich nicht mein Ansinnen. Und bevor ich dem Advokaten antworten werde und so das Prozedere der Scheidung seinen Lauf nehmen wird, warte ich noch auf eine postwendende Retour auf diesen Brief.
In großer Bestürzung,
Dein Franz

# 19

Henriettes Nadel flog über den billigen Webstoff. Sie konzentrierte sich ganz auf die Arbeit, eine Knabenhose, einfach, robust, ein Knopf am Bund, Hosenträger, weit geschnitten und ordentlich Saum zum Auslassen. Ganz konnte sie Ottilie Verhölsts Geschwätz jedoch nicht ausblenden. Es füllte den stickigen verhölstschen Salon wie verpestete Luft. Geschwätz über diesen, Gerüchte über jenen, Bissigkeit hier, Hohn dort, es war so ganz und gar nicht Henriettes Welt. Natürlich gehörte ein wenig Tratsch dazu, würde Rosa jetzt sagen, und wahrscheinlich hatte sie sogar recht: Man musste wissen, was in der Hamburger Gesellschaft los war, wenn man sich in ihr zurechtfinden wollte.

Und genau das musste Henriette jetzt.

Sie hielt inne. Die Nadel stoppte mitten im Stich und verharrte in dem groben Webstoff. Nachdenklich starrte sie auf die halb fertige Hose.

Musste sie das wirklich? Noch war sie eine verheiratete Frau. Noch. Allerdings nicht mehr lange, sollte Franz sich tatsächlich scheiden lassen, um diese grässliche Person zu heiraten. Aber noch war das nicht geschehen. Und das hieß, sie konnte zu Franz zurückkehren und um ihn kämpfen. Zurück an den Rhein, zu ihrer Gaststätte, ihrem wahren Zuhause. Sie dachte an den gemütlichen Gastraum, an die Kellner und Köche, an die Spüler und Zimmermädchen, an den Gärtner und die Wäscherinnen, an den Bäcker und sogar an den Fleischer, der ihr die besten Stücke zurückhielt. Menschen, die sie zu schätzen gelernt hatte, auf deren Fleiß sie sich verlassen hatte und von denen sie wusste, dass sie unverzichtbar für den Erfolg der Gaststätte waren.

Menschen, die ihrerseits wiederum sie schätzten, die auf sie hörten, für die sie mehr war als nur die Tochter des erfolgreichen Kaufmanns von Steudnitz.

Sie dachte an Fräulein Hauser und verzog unwillkürlich das Gesicht. Sie hasste Fräulein Hauser aus tiefstem Herzen. Eine aufdringliche Person, wie man sie sich hier in Hamburg kaum vorstellen konnte. Zumindest nicht in der besseren Gesellschaft, in der sie verkehrte. Was um alles in der Welt hatte Franz nur in ihr gesehen? Henriette war sich sicher, dass Franz Fräulein Hauser nicht liebte. Es war der Anstand, der ihn dazu angetrieben hatte, sich mit ihr zu verloben. Um dem Kind ein Heim zu geben und es zu legitimieren. Ein Stammhalter, der später einmal das Gasthaus übernehmen könnte, wie sie und Franz es sich so viele Jahre erhofft hatten. Franz hatte ihr gesagt, dass er sich ein Leben ohne sie nicht vorstellen konnte, dass immer sie die Frau an seiner Seite sein würde und dass sie gemeinsam die leidige Angelegenheit mit Fräulein Hauser schon regeln würden. Und dass das Kind sich einfügen würde in ihr Leben, wie genau, hatte er allerdings nicht gesagt. Aber das war gewesen, bevor sie gegangen war und er sie unbedingt zum Bleiben hatte überreden wollen. Sie dagegen hat es sich auf gar keinen Fall vorstellen können, in einer

Ménage-à-trois mit Fräulein Hauser und Franz zu leben. Aber wäre es denn so schlimm gewesen? Er hätte Fräulein Hauser ein kleines Haus bezahlt und dafür gesorgt, dass sie das Kind in seiner Nähe großbringen könnte. So wie Franz sagte: Er war beileibe nicht der erste Ehemann, der auf einer anderen Hochzeit getanzt hatte.

Wie von ferne nahm sie das Getuschel um sich herum wahr. Sie hob den Kopf und blickte sich um. Abrupt stoppte das Gespräch, sie sah, wie Ottilie Verhölst errötete und sich hastig ihrer Schwester Thekla zuwandte, sie lautstark um eine weitere Tasse Tee bat, obwohl ihre Tasse noch fast bis zum Rand gefüllt war. Hatte Ottilie gerade über sie geredet?

»Henriette«, flötete Thekla, »wir haben uns gerade darüber gewundert, wie schnell du doch diese Hosen für die Knaben des Rettungsdorfes nähen kannst. Dabei hast du in deiner Ehe mit diesem Gastwirt doch ganz andere Aufgaben zu erledigen gehabt, wie man so hört.«

»Oh, ich habe schon immer gerne genäht«, sagte Henriette und nahm ihre Arbeit wieder auf. Ohne hinzusehen, führte sie die Naht zu Ende. »Es ist für mich eine Beruhigung, mit den Händen etwas entstehen zu lassen.«

»Oh. Nun, dann verstehe ich wohl die Emsigkeit, mit der du deine Nadel fliegen lässt. Die peinliche Angelegenheit muss dir schrecklich zusetzen.« Ottilie nahm einen Schluck Tee und setzte die Tasse mit einem leisen Klirren auf dem filigranen Unterteller ab.

»Welche Angelegenheit?«, fragte Henriette und ließ die Nadel ruhen. Sie hatte keine Ahnung, worauf Ottilie sich gerade beziehen mochte.

»Nun«, sagte Ottilie gedehnt, »deine Scheidung, natürlich.

Ich mag mir gar nicht vorstellen, wie schrecklich es dir sein muss, schon bald auf jeder Gesellschaft als Geschiedene vorgestellt zu werden.«

Henriette drehte erstaunt ihren Kopf zu Ottilie. »Wie kommst du nur auf eine solche Idee? Ich bin nicht geschieden, ganz im Gegenteil. Es mag gut sein, dass meine Zeit in Hamburg schon bald ein Ende haben wird, weil ich zurück zu meinem Mann gehe.«

Betroffen sah Ottilie zu Thekla. Thekla errötete, sah zu Clara, die wiederum puterrot anlief.

»A-aber«, stammelte Clara, »ich weiß es doch aus erster Hand!«

»Was weißt du aus erster Hand?«, fragte Henriette ungeduldig.

»Nun, dass die Scheidung besiegelt ist. Ich weiß es, weil mein Bruder der Advokat gewesen ist, den dein Vater mit dieser Sache betraut hat. Und der hat es mit meinem Vater besprochen, als ich gerade in der Nähe gewesen bin.«

»Dann musst du dich verhört haben«, sagte Henriette scharf. »Ich müsste doch wohl als Erste davon wissen!« Sie legte ihre Näharbeit zur Seite. Mit einem Mal schien ihr der Raum unerträglich heiß, die Luft zu schwül zum Atmen. Abrupt stand sie auf, ignorierte die besorgten Rufe der anderen, als sie zur Tür wankte, kaum noch fähig, sich auf den Beinen zu halten. Sie durchschritt den Flur, ignorierte das Hausmädchen, das um ihren Mantel lief, ignorierte den Hausjungen, der sie fragte, ob eine Kutsche auf sie warte.

Kaum hatte sich die große Tür hinter ihr geschlossen, lehnte Henriette sich an das Geländer der Treppe. Sie atmete tief die herbe Hamburger Luft ein, mühte sich, die Gedanken zu ordnen, die in ihrem Kopf in einer wirren Karussellfahrt die Worte von Clara und Ottilie zu verbinden versuchten.

Geschieden! Ohne ihr Wissen! Weil Vater einen Anwalt damit betraut hatte! Ohne sie auch nur mit einem Wort in die Angelegenheit einzuweihen. Als wäre sie ein kleines Kind, das keine eigenen Entscheidungen treffen konnte, keinen eigenen Willen besaß und kein Recht hatte, sein eigenes Leben mitzubestimmen. Hinter der Tür hörte sie eilige Schritte, hörte Ottilie das Hausmädchen fragen, wo sie geblieben sei.

Hastig raffte Henriette ihre Röcke, stieg die Stufen hinab und lief die Straße hoch Richtung Außenalster. Erst als sie die Grünen Auen erreicht hatte, drosselte sie ihr Tempo und verfiel in einen gemäßigten Schritt. Noch immer drehte sich das Gedankenkarussell in ihrem Kopf. Nie und nimmer konnte es sein, dass Vater ihr das angetan hatte. Es würde jede Grenze überschreiten, die ein gemeinsames Leben in seinem Haus ermöglichte. Stimmte, was Ottilie gerade gesagt hatte, würde sie auf keinen Fall länger bei Vater bleiben können. Am Ufer hielt sie inne, vor ihr das klare Wasser der Alster.

Sie sah ihr Spiegelbild in der ruhigen Wasseroberfläche. Das Haar trotz der Haube zerzaust, ihre Gesichtszüge die einer erwachsenen Frau, die gerade zu einem Kind degradiert worden war. Einer siebenunddreißigjährigen Frau, erfahren und kompetent, die einen Mann geliebt, Menschen befohlen und beschützt hatte und die nun wieder ganz unter der Herrschaft des Vaters stand.

Nein.

Das würde sie nicht zulassen.

Niemals.

Wie hatte sie nur so dumm sein können, und den sicheren

Hafen, den sie bei Franz gefunden hatte, so leichtfertig aufzugeben?

Sie musste eine Lösung finden. Vielleicht hatte Vater ja nur den Antrag auf Scheidung gestellt, was wusste Clara schon. Sie konnte alles Mögliche überhört haben, Vaters Wunsch, dass seine Tochter sich scheiden ließ. Oder er hatte einen Antrag formulieren und Franz zukommen lassen. Ja, das war viel wahrscheinlicher. Franz müsste sich äußern. Zustimmen. Das würde er doch sicherlich nicht tun, ohne zumindest noch einmal mit ihr zu reden. Sie richtete sich auf und strich energisch über ihren Rock.

Wahrscheinlich war alles nur dummes Geschwätz, so wie die meisten Dinge, die die Verhölst-Schwestern dreist in die Welt hinausposaunten, ohne zu begreifen, was sie damit anrichteten.

Sie machte kehrt und ging langsam zur Allee zurück. Nur ein Gerücht, sagte sie sich, und mit jedem Schritt, der sie näher zu Vaters Haus brachte, war sie mehr davon überzeugt, dass es sich nur um ein Missverständnis handeln konnte.

*Mein lieber Franz,*
*schon lange habe ich nichts mehr von Dir gehört, nur die Ankündigung deiner Verlobung mit Fräulein Hauser, die mir doch etwas verfrüht erschien, da wir schließlich noch verheiratet sind.*
*Ich muss zugeben, diese Ankündigung hat mich schwer getroffen, glaubte ich doch Deinen Worten, dass ich auf ewig die einzige Frau sei, die Du von Herzen an Deiner Seite zu haben wünschst. Du weißt, die ganze Angelegenheit hat mir arg zu schaffen gemacht. Nicht nur Deine*

*Untreue, auch der Schmerz, dass diese Person Dir geben konnte, was mir all die Jahre verwehrt war, Dir zu schenken.*
*Dennoch glaube ich fest daran, dass es uns bestimmt gewesen ist zusammenzufinden, zwei Seelen, die im gleichen Takt schlagen, in gegenseitigem Respekt ihr Bestes geben, um einen unvergleichlichen Ort der Freude zu erschaffen. Zu spät erkenne ich, welch Privileg mir an Deiner Seite zuteilgeworden war, frei über Dinge zu entscheiden, an Deinem Arbeitstag mit voller Kraft mitzuwirken. Mit jedem Tag, den ich im Haus meines Vaters verbringe, sehne ich mich mehr nach unserem Zuhause am Rhein zurück. Alles fehlt mir. Der Geruch der Küche, unser wunderbarer Garten mit all dem Gemüse und Obst, unsere Gaststuben und Zimmer, unsere Gäste, Deine Geselligkeit.*
*Heute trug sich mir ein Gerücht zu: Wir sollen geschiedene Leute sein, sagt man. Ich konnte es nicht glauben, ich will es nicht glauben, und ich frage mich, wie es sein kann, dass die Stadt über einen Advokaten spricht, der meine Scheidung vorantreiben soll – ohne dass ich davon etwas weiß. Ich schreibe Dir diese Zeilen eiligst, bevor Vater mir auch dies noch verbieten kann. Damit Du von mir persönlich weißt, dass es nicht mein Wunsch ist, mich von Dir scheiden zu lassen. Solltest du also Post bekommen, von einem Advokaten aus Hamburg, die Dir dies bescheinigt, so weißt Du, das ist der Wunsch meines Vaters, nicht der meine. Mein Wunsch ist es, nach Hause zurückzukehren. Wieder dort anzuknüpfen, als unsere Ehe noch eine gute gewesen ist.*

*Könnte es tatsächlich Dein Herzenswunsch sein, sie zu heiraten? Du sagtest einmal, du würdest Dich um sie und das Kind kümmern, ohne dass es unsere Ehe belastet.*
*Ich hoffe, dieser Brief erreicht Dich rechtzeitig, und warte sehnlichst auf eine baldige Antwort.*
*Deine Henriette*

Mit fliegenden Fingern faltete Henriette den Brief und verschloss ihn mit einem Siegel. Dann klingelte sie nach Stine.

»Bring dies sogleich zur Post«, sagte sie und reichte Stine den Brief. »Und auf dem Rückweg klingelst du bei Rosa Habermanns und bittest sie, so bald als möglich bei mir vorbeizusehen.«

## 20

Hastig verließ Jule die alte Kate. Sie blickte nach links, dann nach rechts, vergewisserte sich erneut, dass niemand sie sah. Erst dann huschte sie über den Weg Richtung Schweizerhaus. Sie hatte nicht viel Zeit, um Richard seinen täglichen Obolus zu bringen. Heute würde er zufrieden sein, ein Stück Wurst, das gab es nicht häufig.

Unter der Schürze hielt sie die Wurst in der Hand, aufgespart von ihrem gestrigen Mittagsmahl. Es hatte ihr fast nichts ausgemacht, auch ohne Wurst war das Essen hier ein Segen. Fünf Mahlzeiten am Tag! Wann hatte es das schon gegeben die letzten Jahre! Oft genug war trockenes Brot das Einzige gewesen, was sie über Tage zu essen bekommen hatte. Trockenes, selbst hartes Brot war ihr damals so köstlich erschienen, wie manch anderen ein fettes Stück Wurst schmecken mochte. Viel schwieriger war es, die anderen zu täuschen. So zu tun, als äße sie die Wurst, obwohl sie bereits unter ihrer Schürze versteckt war. Später mit ihren Freundinnen darüber zu reden, wie köstlich sie gewesen war, salzig und saftig und fettig, wie eine gute Wurst eben schmecken sollte. Das war der Moment, in dem ihr das Wasser tatsächlich im Munde zusammenlief, bei der Beschreibung des Geschmacks, auf den sie verzichtet hatte.

Kurz vor dem Schweizerhaus versteckte sie sich hinter dem Hollerbusch, der für die tägliche Übergabe den besten Sichtschutz bot.

Richard stand bereits dahinter und winkte sie herbei. Fordernd streckte er die Hand aus. »Was dauert das so lang?«

Jule zog die Wurst unter ihrer Schürze hervor. »Frau Ehmke hatte eine Unterredung im Eingang.« Sie reichte Richard die Wurst. »Ich konnte mich nicht früher hinausschleichen.«

Abschätzig sah er auf die Köstlichkeit in seiner Hand. »Ist das alles?«

»Mehr gab es nicht zu holen«, log Jule.

Richard steckte die Wurst in seine Hosentasche. »Na ja, besser als nichts. Aber morgen will ich mehr. Ich weiß, dass in der Speisekammer mehr zu holen ist als nur das, was wir am Vortag auf dem Teller hatten. Morgen will ich drei Würste. Und wenn es keine Würste gibt, dann will ich Äpfel. Oder Birnen. Oder den Namen deines Gönners. Aber komm mir ja nicht wieder mit einem mickrigen Rest von deinem Teller, oder Frieder wird es büßen. Hast du mich verstanden?«

Jule nickte, überlegte gleichzeitig fieberhaft, wie sie Richard drei Würste oder Äpfel bringen sollte, ohne diese zu stehlen. Dazu müsste sie in die Speisekammer einbrechen, und dazu müsste sie den Schlüssel aus Frau Ehmkes Schreibtischschublade klauen, und dazu bräuchte sie Frau Ehmkes Schlüsselbund, den sie immer an ihrem Ledergürtel trug. Oder sie müsste das Gestohlene unter Frau Ehmkes wachsamen Augen aus der Kammer herausschmuggeln – was ebenso unmöglich war, denn Frau Ehmke entging nichts. Sie würde sofort merken, wenn Jule sich nervös in der Eingangshalle herumdrücken würde, und sie würde nervös sein. Schrecklich nervös.

Richard packte ihre Hand. »Denk nicht einmal daran, mich zu verraten, oder Frieder wird sich wünschen, nie geboren worden zu sein, hast du mich verstanden, dumme Kröte?«

»Ja«, hauchte Jule verängstigt. »Aber gleich drei Würste? Wenn das auffällt und sie mich erwischen, dann kann ich dir gar nichts mehr bringen.«

»Dann lass dich nicht erwischen«, knurrte Richard und ließ ihre Hand abrupt los.

Jule unterdrückte den Impuls wegzurennen. Mit klopfendem Herzen wartete sie, bis Richard das Gebüsch verlassen hatte und sich zurück zum Schweizerhaus bewegte. Erst dann spähte sie aus dem Gebüsch hervor und vergewisserte sich, dass niemand in der Nähe war, bevor sie ihre Deckung verließ. So schnell sie konnte, rannte sie zurück zur alten Kate. Zu spät sah sie, dass Frau Ehmke bereits in der Tür stand und Ausschau hielt. Jule verlangsamte ihren Schritt, versuchte wieder zu Atem zu kommen, damit die Hausmutter nicht bemerkte, wie sehr sie gerannt war.

Doch da winkte Frau Ehmke ihr bereits zu. »Jule, wo bist du nur gewesen?«, fragte sie in besorgter Strenge.

»Entschuldigen Sie, Frau … Ehmke«, keuchte Jule. »Ich hatte einen … schrecklichen Traum, von … Frieder. Ich musste zu ihm. Ich bin auch nicht ins … Haus gegangen, ich musste … nur kurz in seine Nähe.«

»Ach, Jule«, sagte Frau Ehmke, »ich weiß doch, wie du deinen Frieder vermisst, aber dass die Mädchen bei den Mädchen bleiben und die Jungen bei den Jungen, das ist nun mal eine eiserne Regel. Für Geschwister war das Rettungsdorf nie gedacht.«

»Auch … nicht für Waisen.« Jule rang noch immer nach Luft.

»Auch nicht für Waisen«, stimmte Frau Ehmke zu. »Dafür gibt es Waisenhäuser. Ich weiß, Kindern wird dort wenig Liebe und Freundlichkeit zuteil.«

»Liebe und Freundlichkeit?«, wiederholte Jule ungläubig, »wir waren froh, wenn es keine Schläge gab. Oder Essen, das halbwegs satt gemacht hat und nicht schimmelig war. Manchmal waren wir so hungrig, dass die einen den anderen den Tod gewünscht haben, damit mehr für sie übrig bleibt. Dabei sind sowieso so viele von uns gestorben, besonders die Kleinen.«

»Es ist schrecklich«, sagte Frau Ehmke und legte ihr eine Hand auf die Schulter. Sanft zog sie Jule näher. »Aber wir können nun mal nicht alle bedürftigen Kinder bei uns aufnehmen.«

»Warum können die im Waisenhaus nicht so freundlich sein wie die Brüder und Sie hier im Rettungsdorf?« Jule spürte Frau Ehmkes Nähe. Angenehme Wärme strahlte von ihr aus, etwas Mütterliches, Beschützendes, wie sie es von keiner der Wärterinnen, die mal im Waisenhaus, mal im dazugehörigen Armenhaus tätig waren, je erfahren hatte.

»Das weiß ich nicht, Jule«, sagte Frau Ehmke sanft. »Doch ein Mensch, der auf die Barmherzigkeit Gottes hofft, sollte sich ebenso barmherzig verhalten.«

»Aber wenn Gott zu allen barmherzig ist, den guten Menschen wie den schlechten Menschen, warum soll ich dann ein guter Mensch sein?«

Frau Ehmke schob Jule ein wenig von sich weg und sah sie eindringlich an. »Dein Handeln sollte nicht davon bestimmt sein, was es dir am Ende einbringt, sondern was dir deine innere Stimme gebietet. Hör auf unseren guten Herrn Wichern: Der Glaube stärkt das Gute in uns, das unser Handeln leitet.«

»Aber, um hierher zu dürfen, wo ich viel besser behandelt werde als im Waisenhaus, muss ich mich erst schlimm benehmen. Ich verstehe das nicht! Benehme ich mich gut, komme ich an einen schlimmen Ort, benehme ich mich schlecht, komme ich an einen guten Ort.«

Seufzend legte Frau Ehmke auch die zweite Hand auf Jules Schulter und zog sie erneut zu sich heran. Sie drückte sie kurz, aber fest an sich. »Du musst nicht auf den rechten Weg geleitet werden, weil du ihn schon in dir trägst. Und das fühlt sich für dich nun ungerecht an. Aber das ist es nicht. Ich verlange von dir nicht, dass du dies heute schon verstehst. Aber ich wünsche mir, dass du mir versprichst, dich nicht von deinem Weg abzuwenden. Du bist ein gutes Mädchen, Jule, und ich bin froh, dass Herr Wichern dich gefunden hat.« Sie ließ sie los. »Und jetzt lauf, das Frühstück hat schon begonnen.«

Im Esszimmer saßen die anderen bereits um den Tisch und löffelten munter schwatzend Buchweizengrütze. Jule huschte zu ihrem Platz neben Betje.

»Mensch, Jule«, sagte Betje vorwurfsvoll, »wo warst du denn schon wieder?«

»Ich habe nach Frieder gesehen«, sagte Jule und zog ihren Teller mit Grütze zu sich.

»Und wie geht es ihm?«, fragte Betje besorgt. »Nach all dem Unglück mit seinem Bein muss er auch noch Richard ertragen. Ich kenne ihn von früher, weißt du, er ist wirklich der Schlimmste von allen, schlimmer noch als die beiden Jungen, die letztes Jahr das Arbeitshaus angezündet haben.«

»Das Arbeitshaus ist angezündet worden?«, fragte Jule entsetzt.

»Es ist sogar abgebrannt. Das neue Arbeitshaus ist erst vor

sechs Monaten eingeweiht worden. Es war ein großes Glück, dass keiner in dem Feuer verbrannt ist. Seitdem gibt es die Nachtwache.«

Jule löffelte schweigend ihre Grütze. Was wohl mit den Jungen geschehen war, die das Arbeitshaus abgebrannt hatten? War man ihnen immer noch mit Verständnis begegnet, oder hatten sie mit dem Feuer eine Grenze überschritten, die selbst Herr Wichern nicht ignorieren konnte? Die Worte von Witwe Strauss kamen ihr in den Sinn: *Was Hänschen nicht lernt, lernt Hans nimmermehr.*

»Warum war Richard der Schlimmste von allen?«, fragte sie und versuchte, möglichst neutral zu klingen.

Betje legte ihren Löffel ab. Sie drehte sich gewichtig zu Jule und hob den Zeigefinger in die Höhe. »Er kommt nicht aus den Gängen. Sein Vater ist beim Militär und oft weg, und Richard macht dann nur, was er will. Anstatt in die Schule zu gehen, zieht er durch die Gänge und führt dort eine Bande an. Die droht dir, jemandem wehzutun, der dir wichtig ist, wenn du nicht tust, was sie verlangen. Und dann tust du Dinge, die du nicht tun willst, weil du weißt, dass Richard, wenn du es nicht tust, deinem kleinen Bruder wehtun wird.«

»Meinem Bruder?«, fragte Jule erschrocken. Woher wusste Betje, dass Richard sie erpresste?

»Nein, natürlich nicht, Dummchen! *Meinem* kleinen Bruder!« Betje schüttelte nachsichtig den Kopf, hielt inne, sah Jule ernst an. »Er macht es mit dir auch?«, fragte sie leise.

Jule senkte den Kopf. Sollte sie Betje die Wahrheit erzählen?

»Ja, natürlich«, beantwortete Betje ihre eigene Frage leise. »Deswegen hebst du immer was vom Essen auf und bist morgens plötzlich verschwunden.« Ihre Augen wurden schmal. »So ein Schwein!«

Jule erschrak über den Hass, der mit einem Mal in Betjes Augen aufflackerte. Richard musste Betje damals in den Gängen übel zugesetzt haben. Dann machte er hier also weiter wie zuvor, und niemand hinderte ihn daran, nun Frieder zu quälen und sie zu zwingen, genau das zu tun, was ihnen als falsch und verwerflich beigebracht wurde.

## 21

»Es steht Ihnen nicht zu«, fauchte Henriette aufgebracht. »Sie hatten kein Recht, ohne meine Zustimmung und, schlimmer, ohne mein Wissen die Scheidung von meinem Mann zu forcieren.« Ihre Hände krallten sich in die Stuhllehne.

Bratenduft stieg ihr in die Nase. Das Essen war fertig, Matje wartete darauf, es endlich servieren zu können. Doch das konnte er erst, wenn auch Henriette sich an ihren Platz gesetzt hatte. Aber das würde sie auf Augenhöhe ihres Vaters bringen und ihren Worten die Kraft nehmen.

»Selbstverständlich ist es mein Recht, deine Ehe zu beenden, da dein Mann ebendiese schuldhaft gebrochen hat. Vielmehr ist es sogar meine Pflicht, durch eine Scheidung die Ehre meiner Familie wiederherzustellen.« Vater blickte nicht einmal von seiner Zeitung auf.

»Und was, wenn ich diese Scheidung nicht möchte?« Henriette hätte ihm am liebsten seine Zeitung aus der Hand gerissen.

»Welch ein absurder Gedanke!« Nun sah Vater doch hoch. »Warum wärst du hier, wenn du dies nicht möchtest?«

»Absurd?«, wiederholte Henriette entrüstet. »Würden Sie

uns als Ehepaar besser kennen, würden Sie verstehen, dass dieser Gedanke keineswegs absurd ist. Nicht ein Mal haben Sie uns in Königswinter besucht. Keinen Geburtstag, kein Weihnachten, kein Erntedankfest, keine Osterfeier haben Sie mit uns verbracht, dabei wussten Sie, dass wir an diesen Tagen aus Geschäftsgründen nicht nach Hamburg reisen konnten. Ihnen dagegen wäre es möglich gewesen, ein paar Tage die Stadt zu verlassen. Aber nein, keinen Schritt haben Sie in unser Haus gesetzt, kein Mahl gekostet, keine Unterhaltung je mit meinem Mann geführt, die darüber hinausging, ob er mich überhaupt ernähren und ein meiner Abkunft angemessenes Leben bieten könne …«

»Wirfst du mir nun vor, konsequent so zu handeln, wie ich es angekündigt hatte?« Vater bog die Zeitung gerade so weit zur Seite, dass er Henriette einen indignierten Blick zuwerfen konnte. »Als du mich dazu genötigt hast, in deine Ehe einzuwilligen, habe ich dir in aller Deutlichkeit erklärt, dass ihr zwar meine Erlaubnis, aber niemals meinen Segen bekommen werdet.«

»Es hätte mir die Welt bedeutet, Vater, wenn Sie mich nur ein Mal in Königswinter besucht hätten. Fünfzehn Jahre habe ich darauf gehofft, Ihnen zeigen zu können, was für eine gute Ehe Franz und ich führen, und wie wohl ich mich in meinem neuen Zuhause fühle.« Henriettes Brust wurde eng. Wohlfühle? Nein, wie wohl sie sich zu Hause gefühlt *hatte*. Dank Vater war dieses Gefühl schon bald auf immer in der Vergangenheit begraben.

»Und doch hat er dich bis aufs Blut blamiert. Er hat unsere Ehre in den Dreck gezogen. Du bist immer noch eine von Steudnitz«, fügte er bitter hinzu. »Hast du wirklich geglaubt, ich würde die Ankündigung seiner neuerlichen Verlobung, während er noch mit dir verheiratet ist, einfach auf sich beruhen lassen?«

Henriette ließ die Stuhllehne los. Dann hatte Vater ebenfalls eine Ankündigung der Verlobung bekommen. War die Zusendung an sie selbst schon eine Unverfrorenheit und auf jeden Fall gezeichnet von schlechtem Geschmack, so war die separate Versendung an ihren Vater vollkommen unverständlich, geradezu herausfordernd, wusste Franz doch genau, wie Vater diesen Affront aufnehmen würde.

Außer… Henriettes Brust wurde noch enger, ein Flattern wanderte bis in den Magen. Außer Franz hatte die Anzeige ganz bewusst an Vater geschickt, um ihn genau dem Schritt zu bewegen, den er in seiner Empörung schnurstracks gemacht hatte: die Einreichung der Scheidung.

Henriette wollte nur noch nach oben, in ihr Zimmer, die Fensterläden schließen und sich in der Dunkelheit verkriechen. Sie hatte keinen Appetit mehr und sicherlich keine Lust, sich zu Vater zu setzen und im Verlauf des Essens so zu tun, als hätte alles seine Ordnung.

Denn das hatte es nicht. Sie war eine gestandene Frau, leidlich klug, wie Franz ihr fast täglich versichert hatte, und doch hatte sie keine Handhabe, um sich dagegen zu wehren, dass Vater sie wie ein Kind behandelte.

»Nun setz dich endlich«, sagte Vater. »Wenn du weiter so herumstehst, sind wir noch mit dem Essen zugange, wenn Herr Wilhoven eintrifft.«

»Ich habe keinen Hunger«, sagte Henriette trotzig. »Ich würde mich gerne zurückziehen, wenn es Ihnen recht ist.«

»Ist es mir nicht«, gab Vater zurück und klopfte mit dem

Knöchel auf die Tischplatte. »Ich möchte, dass du dich jetzt setzt und mir gut zuhörst.«

Widerwillig gehorchte Henriette. Sie zog ihren Stuhl zurück. Matje eilte heran und schob ihn zum Tisch, während sie sich darauf niederließ. Dann eilte er zum Büfett und brachte das Vorspeisentablett.

Vater wartete, bis Matje die Vorspeise serviert hatte. Genüsslich nahm er zwei Bissen, kaute bedächtig und tupfte sich dann sorgfältig mit der Serviette die Lippen ab. »Du wirst verstehen, dass bei deiner Neuverheiratung diesmal ich die Sache in die Hand nehmen werde.«

»Sprechen Sie etwa von Herrn Wilhoven?« Entrüstet riss Henriette die Augen auf. Wie konnte Vater nur so unsensibel sein! Die Scheidungsklage war kaum zugestellt, da verfrachtete er sie schon in einen neuen Hafen. Wütend starrte sie auf die Vorspeise. Keinen Bissen würde sie hinunterbringen!

»Ganz exakt so.« Im Gegensatz zu ihr aß Vater mit großem Appetit das zweite der auf Maronenschaum angerichteten Wachteleier. »Herr Wilhoven ist eine hervorragende Partie. Sein Geschäft passt bestens in unser Portfolio, einer seiner Söhne begibt sich zum Jahresende auf Überfahrt nach Amerika, um dort eine Dependance aufzubauen – was auch für unsere Geschäfte von großem Vorteil wäre. Tatsächlich, ein äußerst wertvoller Vorteil, wenn wir dort über Wilhoven einen direkten Zugang zum Markt bekommen.«

»Ob Herr Wilhoven mir gefällt, spielt natürlich keine Rolle«, presste Henriette hervor. »Ich bin nur Teil eines Geschäfts, da ich als Frau ja nicht geschäftsfähig bin.«

Vater sah kurz zu Matje. Sofort eilte er herbei und räumte die Vorspeisenteller weg. »Und zu Recht bist du nicht geschäftsfähig!« Seine Hand glitt in die Jackentasche. Er zog etwas daraus hervor und knallte es auf den Tisch. Henriette erbleichte. Es war die Brosche, die sie verkauft hatte, um Jules Schulden zu begleichen. Rosa hatte sie ihr abgekauft, als Freundschaftsdienst, nachdem sie ihr von Jules Schicksal erzählt hatte. Wie um alles in der Welt kam sie zurück in Vaters Besitz?

»Herr Habermanns hat sich bei mir rückversichert, ob diese Brosche tatsächlich dir gehört. Verständlicherweise konnte er sich nicht erschließen, zu welchen Zweck eine von Steudnitz eine Brosche verkaufen muss. Stell dir mein Entsetzen vor, als ich feststellen musste, dass du mein Geschenk zu deinem Geburtstag verkauft hast, um die Schulden eines Straßenkindes zu begleichen, wie er von Rosa erfahren hatte. Desselben Straßenkindes, für das du bereits eine Patenschaft übernommen hast, was sicherlich nicht nur bei mir ernsthafte Fragen aufwirft.« Vaters Blick durchbohrte sie regelrecht. »Was hat es mit diesem Kind auf sich?«

»Nichts. Es ist einfach ein armes Waisenkind.«

»Du verkaufst deinen Schmuck, um irgendeinem dahergelaufenen Straßengör seine Schulden zu bezahlen?«, polterte Vater. »Entweder du lügst, oder du bist vollkommen von Sinnen.«

»Ich …« Henriette senkte den Blick. »Das Mädchen erinnert mich an damals. Als uns die Franzosen alles genommen haben. Nur hatte ich damals Sie, und Sie hatten Freunde, die uns geholfen haben. Das Mädchen hat niemanden, und mir erschien es richtig, die guten Taten, die Ihnen und mir damals widerfahren sind, nun weiterzugeben. Wie es sich für eine gute Christin gehört«, setzte sie hastig nach.

»Ich gebe mehr als genug«, knurrte Vater. »Jegliche gute Tat, die uns je widerfahren sein mag, ist hundertfach beglichen. Was kommt als Nächstes, Henriette?«

Henriette zuckte die Schultern. Sie hatte nichts »Nächstes« geplant, so wie auch die Patenschaft und die Begleichung der Schulden nicht geplant gewesen waren. Es hatte sich ergeben, und es hatte sich gut angefühlt. Sie hatte dafür ihr eigenes Geld verwendet und zuvor genauestens berechnet, ob die Patenschaft sich aus ihrer von Vater knapp bemessenen Apanage finanzieren ließe und ob sie mit dem Rest die Besorgungen würde erledigen können, die ihr Stand ihr vorschrieb. Den Betrag zu kürzen, den Vater ihr für den Posten der Garderobe zugestand, war ihr besonders leichtgefallen. Aufwendige Kleider mit großer Krinoline, schweren Samtschleifen und ballonartigen Puffärmeln, wie sie die Damen der Hamburger Gesellschaft zur Schau trugen, waren ihr ein Gräuel. Schrecklich unpraktisch und viel zu schwer und hinderlich, wenn man sich halbwegs normal durchs Leben bewegen wollte. Niemals hätte sie mit der Art von Kleidern, in die nicht nur Vater, sondern auch Rosa sie am liebsten stecken würde, ihre Arbeit in der Gaststätte sinnvoll erledigen können.

»Selbstverständlich habe ich Habermanns augenblicklich das Geld rückerstattet, und du wirst es mir zurückbezahlen. Auf Heller und Pfennig.« Vater hob den Zeigefinger. »Ich verbiete dir, zu diesem Zwecke ein anderes Schmuckstück zu veräußern oder deine Apanage zu verwenden.«

»Wie soll ich die Summe dann erstatten?«, fragte Henriette tonlos.

»Hol es dir dort zurück, wo du es fälschlicherweise hingebracht hast.« Er winkte Matje mit dem Hauptgang zum Tisch, ließ sich Reh, Preiselbeeren und Kartoffeln auflegen und begann zu essen. Ungläubig starrte Henriette ihn an. Wie stellte Vater sich das vor? Sie hob abwehrend die Hand, als Matje auch ihr vorlegen wollte. Wie sollte sie jetzt essen?

***

Selbst die Nadel schien heute nicht das tun zu wollen, was Henriette von ihr wollte. Als hätte sich die gesamte Welt gegen sie verschworen. Sie drückte mit dem Fingerhut auf das widerspenstige Metall, spürte, wie es sich verbog, fühlte Erleichterung durch die Anstrengung, und drückte immer weiter, bis der starre Stoff nachgab und die Nadel den Widerstand überwunden hatte.

Sie betrachtete die Nadel. Sie war im oberen Bereich etwas verbogen, aber noch intakt genug, um die Puppe damit fertig nähen zu können. Doch Henriette steckte die Nadel nicht zurück in die Puppe, sondern drückte die Spitze mit aller Kraft in die mit Intarsien verzierte Platte des edlen Beistelltischchens, auf dem Stine ihr den Tee serviert hatte. Der Tisch wehrte sich, das Metall verbog sich erneut unter Henriettes stetem Druck. Stumm beobachtete Henriette den Kampf von Holz und Metall, dessen Spitze sich in das harte, exotische Holz bohrte. Es knackste, der Widerstand verschwand, die Nadel brach, und Henriettes Faust landete so heftig auf der Tischplatte, dass die Teetasse klirrend auf ihrer Untertasse tanzte und der Tee sich großzügig über den Rand des Tellerchens ergoss.

Sie beobachtete, wie die heiße Flüssigkeit sich auf dem Tischchen ausbreitete, in jede Ritze der exquisiten Intarsienarbeit sickerte und die Oberfläche verfärbte. Sie wusste, dass sie das Malheur so schnell wie möglich beseitigen müsste, um das Kunstwerk zu retten.

Doch sie tat nichts.

Sie klingelte weder nach Stine, noch nahm sie ihr Taschentuch, um den heißen Tee von dem Holz zu wischen. Es wäre ein Einfaches gewesen, den sich vor ihrem Auge ausbreitenden Schaden einzudämmen. Doch war es gerade dieser Schaden, der ihr ein Gefühl der Genugtuung verschaffte. Sie konnte nicht benennen, warum die Zerstörung des Kunstwerks sie befriedigte, sie mochte das Tischchen, es war eine hübsche Arbeit, Vater hatte sie von einem Händler aus den Kolonien gekauft, schrecklich teuer, aus Hölzern, die in Hamburg in keinem Geschäft zu kaufen waren, eine Arbeit, so fein, dass der Künstler lange Zeit daran gesessen haben musste.

Mit einem Mal schreckte sie hoch.

Was tat sie nur?! Das Tischchen konnte doch nichts für ihre Wut auf Vater! Sie zog ihr Taschentuch hervor und tupfte hektisch das Wasser auf. Als ob ein kaputtes Tischchen ihre Situation verbessern könnte! Es würde sie in Zukunft nur daran erinnern, wie sehr sie Vater in jeder Hinsicht unterlegen war.

Keinen Tag länger hielt sie es mit ihm unter einem Dach aus.

Wut quoll erneut in ihr hoch, ihr Blick streifte die Tasse, ihre Finger zuckten. Wie gern hätte sie diese einfach durch den Raum gepfeffert!

»Reiß dich zusammen«, murmelte sie und nahm grob ihre Puppe vom Tischchen auf. Das Kleidchen war am Rock ganz nass und pappig, getränkt mit gezuckertem Tee, der nun klebrig an ihren Fingern hing. Niemals würden sich die Teeflecken aus dem zarten Seidenstoff herauswaschen lassen. Nun hatte sie zu allem Überfluss auch noch ihre eigene Arbeit ruiniert!

»Arrrghh!«, rief sie und schleuderte die Puppe von sich, just als die Tür geöffnet wurde und Vater mit Wilhoven den Raum betrat.

»Hoppla«, sagte dieser und fing die seitlich an ihm vorbeifliegende Puppe auf. »Eine interessante Begrüßung.«

Vater zog indigniert die Brauen hoch und schüttelte nur den Kopf. »Herr Wilhoven wollte dir seine Aufwartung machen«, sagte er knapp. Er nickte Wilhoven zu und zog sich zurück, ließ die Tür jedoch offen.

»Verehrte Frau Kirchberger«, sagte Wilhoven und reichte ihr die Puppe, »Sie sehen heute wieder ganz besonders entzückend aus.«

»Danke«, sagte Henriette höflich, obgleich *entzückend* genau das Gegenteil von dem beschrieb, wie sie sich gerade fühlte.

»Sie sind wahrlich eine beeindruckende Frau«, fügte er rasch hinzu. »Geradezu einschüchternd beeindruckend. Sie sind ernst und geschäftstüchtig und doch von einem gebenden Herzen, wie Ihr Einsatz für Fräulein Sieveking aufs Eindrücklichste gezeigt hat. Und dann der Ausflug ins Rauhe Haus… Ich bin sicher, die meisten Damen hätten alle naselang die Hände vor das Gesicht geschlagen und ein Lamento über die armen Kinder angestimmt. Sie jedoch haben still beobachtet und gezielt nachgefragt, und ich bin mir fast sicher, schon auf der Rückfahrt haben Sie Pläne geschmiedet, wie Sie sich als Nächstes hilfreich in der Angelegenheit zeigen können. War es schon dort oder erst zurück in Ihrem schönen Hause, dass Sie sich entschieden, dem Hamburger Verein der Jungfrauen und Frauen beizutreten, um die Bewohner des Rauhen Hauses mit Ihren Näharbeiten zu beglücken?«

»Ich…« Verwirrt ordnete Henriette Wilhovens kaum stoppbaren Redefluss gedanklich in geordnete Bahnen. »Es war nie meine Idee, diesem Verein beizutreten. Es war der Vorschlag meines Vaters, als er von der Patenschaft hörte, die ich übernommen habe.« Henriette zeigte auf den Sessel neben ihrem Sofa. »Wollen Sie nicht Platz nehmen?«

Wilhoven setzte sich eilfertig an den Tisch. »Eine Patenschaft?«

»Für eines der Mädchen im Rauhen Haus. Ein Waisenkind.« Sie klingelte nach Stine, die erstaunlich schnell den Salon betrat. »Tee für Herrn Wilhoven, bitte.«

»Sofort, gnädige Frau.« Stine eilte davon.

»Ich habe allerdings noch nicht verstanden, was die Patenschaft mit dem Vorschlag Ihres Vaters zu tun hat, dem Verein beizutreten?«

Henriette legte die Puppe in ihren Nähkorb. »Er hält Näharbeiten für angemessener.«

»Nun, Näharbeiten sind in jedem Fall von großer Hilfe«, wich Wilhoven aus. »Aber sie schließen ja eine Patenschaft nicht aus. Herrn Wicherns Initiative hat durchaus einen guten Zweck. Ich kann mir nicht vorstellen, dass es sich hierbei um für Ihren Vater relevante Summen handelt, zumal er sich als Wohltäter einen Ruf erspendet hat.«

In dem Moment betrat Stine mit einem Tablett mit Tee und Keksen den Salon und stellte es auf der Anrichte ab. Sie schenkte Wilhoven eine Tasse ein und brachte sie ihm zusammen mit einem Schälchen Kekse.

»Danke, Stine«, sagte Henriette und wandte sich dann an Wilhoven. »Sie müssen die Kekse probieren. Ich habe das Rezept vom Rhein mitgebracht, so etwas Feines bekommen Sie in ganz Hamburg nicht.«

Mit Daumen und Zeigefinger ergriff Wilhoven einen Keks und biss hinein. Er kaute langsam, als wollte er sichergehen, dass er auch keine Nuance des Geschmacks versäumte. »Exquisit«, stimmte er schließlich zu.

»Eierlikörkekse. Meine Erfindung.« Henriette lächelte unbewusst bei dem Gedanken an die Backstube in Königswinter. Mollig warm im Winter, hatte sie nur zu gerne dort Zeit verbracht, um neue Rezepte auszuprobieren.

»Sie backen … selbst?«, fragte Wilhoven überrascht.

»Mit Leidenschaft. Hier allerdings nicht, Vater hält dies nicht für standesgemäß.« Sie presste die Lippen aufeinander, um nicht weiter schlecht über Vater zu sprechen. Das machte man nicht, egal wie man hieß.

»Meine leider viel zu früh verstorbene Gattin hat es sich nicht nehmen lassen, ab und an einen Kuchen für die Familie selbst zu fertigen. Sie war eine große Meisterin der Verzierungen, besonders bei den Kuchen, die sie unseren Kindern zum Geburtstag gebacken hat.« Wilhoven zuckte bedauernd die Schultern.

»Es tut mir leid«, sagte Henriette unbeholfen.

»Es ist lange her, dass sie von uns gegangen ist.« Er stellte die Teetasse ab, beugte sich zum Sofa und griff nach ihrer Hand. Henriette zuckte zusammen. Es fühlte sich falsch an. Zu vertraut. Zu nah. Zu schnell. Und doch zog sie ihre Hand nicht zurück.

»Meine liebe Henriette«, sagte er und sah sie forschend an. »Durch Sie habe ich das erste Mal wieder das Gefühl, es gibt mehr im Leben als Arbeit und Sorge. Ihnen mag aufgefallen sein, dass ich in letzter Zeit in gewisser Frequenz hier erscheine. Häufiger Frequenz …« Er räusperte sich. »Grund dafür sind nicht nur die Geschäfte mit Ihrem Vater. Grund ist der Wunsch, Ihnen nahe zu sein, der ungewöhnlichen Frau, die mich ab dem ersten Moment verzaubert hat.«

»Das… Ich…« Henriette wusste nicht, wie sie auf seine Worte reagieren sollte. Bedanken? Stine rufen? Tee trinken?

»Meine liebe Henriette«, wiederholte Wilhoven, »könnten Sie sich in einem entfernten Winkel Ihres Herzens vorstellen, mir Gehör zu schenken, wenn ich mich Ihnen offenbare?«

»Ich…« Henriette runzelte die Stirn. Tat er das nicht längst?

Doch Wilhoven fuhr bereits fort. »Zwei Menschen im Frühherbst des Lebens, schon vieles hinter sich, und noch Besseres vor sich. Lassen Sie uns die Serenade des Lebens gemeinsam vertonen. Ich erkenne die Melodie, die Sie spielen, und ich sage von Herzen, lassen Sie uns gemeinsam musizieren.«

»Musizieren?«, fragte Henriette verwirrt.

»Gemeinsam. Sie und ich. Lassen Sie uns eine neue Partitur verfassen. Als Mann und Frau.«

»Als… Mann und Frau?«, fragte Henriette überrumpelt. Sollte dies ein Antrag werden?

Trotz Vaters Andeutungen, trotz Wilhovens offensichtlichem Interesse an ihr hatte sie so schnell nicht damit gerechnet.

»Als *meine* Frau.« Wilhoven glitt vom Sofa auf die Knie, ihre Hand noch immer in der seinen. »Henriette – würden Sie mich zum glücklichsten Mann Hamburgs machen? Würden Sie mir die Ehre Ihrer Zuneigung schenken?«

»Ich…« Henriette sah auf den vor ihr knienden Wilhoven. Seine gerade geschnittenen Gesichtszüge waren angespannt, seine Augen sahen sie bittend an.

Wollte sie seine Frau werden?

»Verzeihen Sie«, sagte er da. »Nun habe ich Sie überfallen mit meiner Frage, dabei wollte ich genau das nicht tun! Ich weiß nicht, was über mich gekommen ist, ein Antrag! Ohne Blume oder Ring oder wenigstens eine Schachtel feinste Schokolade! Was mögen Sie nun von mir denken?«

»Nur Gutes«, beeilte Henriette sich zu antworten. »Und doch haben Sie mich tatsächlich ein wenig überrumpelt. Zumal ich ja noch verheiratet bin.«

»So gut wie geschieden, wie Ihr Vater mir versicherte...« Er sah fragend zu Henriette.

»Wenn Vater das sagt...«, presste sie hervor, bemüht, die Wut nicht erneut aufflammen zu lassen. »Ich wurde zu dem Gespräch mit dem Advokaten nicht eingeladen.«

»Natürlich, wie unbedacht von mir. Ihr Vater möchte Sie schließlich nicht unnötig belasten. Nehmen Sie sich Zeit, liebe Henriette, nur, bitte, denken Sie über mein Ansinnen nach.« Er hielt inne, als käme ihm gerade eine Idee. »Was halten Sie davon, mich nächste Woche zu der Eröffnungsfeier des neuen Turmhauses in Herrn Wicherns Rettungsdorf zu begleiten? Wo kann man sich besser kennenlernen als beim Einsatz für eine gemeinsame Sache?«

»Das... Ich denke, das wäre eine überaus reizvolle Idee«, sagte Henriette, und versuchte, das Bild von Franz zu verdrängen, das sich urplötzlich mahnend vor ihr inneres Auge schob.

# 22

»Hier«, flüsterte Betje und steckte Jule ihre Birne zu. Dankbar ließ Jule sie in der Rocktasche unter ihrer Schürze verschwinden. Dass Betje ihr dabei half, Richard ruhigzustellen, nahm dem Spuk ein wenig von seinem Schrecken. »Danke«, wisperte sie und lächelte Betje verschwörerisch an.

»Bald ist Richard in einer Knabenfamilie, dann hat Frieder seine Ruhe«, sagte Betje leise. »Es ist wirklich ein großes Pech, dass die Krankenstation ausgerechnet mit dem Noviziat zusammengelegt wurde.«

»Und wenn Frieder und Richard in die gleiche Familie kommen?«, fragte Jule besorgt.

»Dann müssen wir uns überlegen, was wir tun können. Vielleicht können wir ja Bruder Albert einen Tipp geben, damit er sie trennt.« Betje hakte Jule unter. »Komm, wir müssen uns sputen, die Andacht beginnt gleich.«

»Aber sagtest du nicht, es wäre für Frieder gefährlich, wenn wir Bruder Albert um Hilfe bitten?«

»Ja, solange Frieder und Richard zusammen im Noviziat untergebracht sind und Frieder Richard ausgeliefert ist, ist es gefährlich. Aber wenn sie erst in getrennten Familien sind, im besten Fall einer im Schweizerhaus, der andere im Arbeitshaus, dann genießt Frieder den Schutz seiner neuen Familie, und Richard wird es sehr viel schwerer haben, an ihn heranzukommen.«

Jule nickte zufrieden. Sie verstand, was Betje mit dem Schutz der neuen Familie meinte. So wie sie den Schutz ihrer neuen Familie genoss: Betje, deren Idee es gewesen war, nicht mehr heimlich hinauszuschleichen, um Richard zu treffen, sondern ihm den Obolus vor der Andacht zu übergeben, dem einzigen Zeitpunkt am Tag, an dem sie sich mit den Jungen gemeinsam, wenn auch getrennt, in einem Raum befanden. Marieke, die ihr beibrachte, wie man sich gewählt ausdrückte, Caroline, die ihr mit größter Geduld bei den Näharbeiten zur Seite stand, Grete, die dafür sorgte, dass sie das Gemüse korrekt schnitt.

Wäre da nicht Richard, und wäre da nicht die Sorge um Frieder, der nicht das kleinste bisschen Gutes am Rauhen Haus sehen wollte – es hätte hier so schön sein können.

Sie fiel in Betjes beschwingten Schritt ein und genoss die frische Morgenluft, das fröhliche Zwitschern der Vögel und Geplapper der anderen Mädchen. Gemeinsam mit Frau Ehmke marschierten sie zum Mutterhaus, zur letzten Andacht in der großen Diele. Schon ab morgen, wenn sie das neue Turmhaus einweihten, würden die Andachten dort in dem riesigen Betsaal stattfinden. Mit Bänken für sie alle und einer Erhöhung, auf der Herr Wicherns Pult stand, sodass jeder ihn sehen konnte, wenn er aus der Bibel las oder die Predigt hielt.

Die Andacht war der beste und der schlimmste Moment des Tages. Der beste, weil sie dort, seitdem Frieder mit der Krücke das Krankenzimmer verlassen und die Andacht mit den anderen besuchen durfte, ihn wenigstens von ferne sehen konnte. Der schlimmste, weil sie jeden Morgen das gemeine Grinsen von Richard ertragen musste, wenn er ihren stetig steigenden Obolus entgegennahm. Und schlimmer noch, wenn Frieder sie dabei beobachtete und sie mit so unverhohlener Wut anstarrte, als wäre allein sie an Richards Schikanen schuld.

Sie näherten sich dem Mutterhaus. Zwei der Jungenfamilien standen bereits davor und warteten auf das letzte Läuten der Glocke zur Andacht. Jule sah, wie Betjes Blick auf der Suche nach Richard über die Gesichter der Jungen glitt. Aufgeregt drückte Betje Jules Hand und zeigte mit einem Kopfnicken nach rechts.

»Am Fliederbusch«, flüsterte sie. »Ich lenke Frau Ehmke von dir ab, und du läufst zu ihm.«

Unauffällig näherte Jule sich dem Fliederbusch. Kaum hatte sie ihn erreicht, zog sie schon die beiden Birnen aus ihrer Rocktasche und reichte sie Richard. Sie versuchte, sein fieses Grinsen auszublenden, noch gemeiner als sonst schien es, und ohne ein einziges Wort mit ihm zu wechseln, machte sie auf dem Absatz kehrt und eilte so schnell, wie dies unauffällig möglich war, zurück zu Betje.

»Hat es geklappt?« Betje sah sich um. »Ich sehe Frieder nicht. Sonst ist er doch hier, wenn Richard da ist. Er braucht zwar ein wenig länger mit der Krücke, aber doch nicht so lange!«

Alarmiert sah sich nun auch Jule in der Menge um. Inzwischen waren fast alle Bewohner des Rettungsdorfes vor dem Mutterhaus versammelt. Sie stellte sich auf die Zehenspitzen, versuchte Frieder in der Menge auszumachen. Wo konnte er sein? War er krank? Eine Komplikation mit dem Bein? Bisher war es ihr immer gelungen, Frieder in kürzester Zeit aus der Menge zu picken. Wo also steckte er? Waren die Schmerzen heute zu groß, um den Weg bis zum Mutterhaus zu schaffen? Sie suchte die Menge erneut ab, diesmal nach Bruder Albert. Er war Frieders Aufpasser. Er würde wissen, wo Frieder steckte.

»Hat Richard nichts gesagt?«, fragte Betje.

»Ich habe nicht mit ihm gesprochen«, sagte Jule.

Der dritte Glockenschlag ertönte, die Tür zum Mutterhaus öffnete sich, und alle strömten in die Diele. Betje nahm Jule an der Hand und zog sie mit sich, auf ihren Platz, vorne links, bei den Mädchen und Frau Ehmke.

Jule suchte weiter nach Frieders Blondschopf. Ihr Blick blieb an Frieders Hocker ganz vorne in der ersten Reihe hängen. Es war der einzige Hocker in der Diele, extra für ihn, weil er nicht so lange stehen konnte.

Er war leer.

Jule konnte ihren Blick nicht von dem schiefen, dreibeinigen Hocker abwenden. Ein Junge namens Simon hatte ihn gebaut, damit Frieder an den Andachten teilnehmen konnte. Weil er dazugehörte.

Es hatte keinen Sinn, weiter die Menge abzusuchen, wäre Frieder hier, säße er jetzt auf dem Hocker. Sie würde seinen Blick suchen, er würde ihren meiden, und sie würde schließlich enttäuscht wegsehen. Die Krücke würde am Hocker lehnen und wenn er sich zu sehr bewegte, würde sie herabrutschen und mit lautem Klappern zu Boden fallen. Dann würde Wichern streng schauen, ein paar Kinder leise kichern und dann wieder Wicherns Worten lauschen.

Wie aus weiter Ferne hörte sie Wicherns Stimme, ohne zu

registrieren, was er sagte, ob er aus der Bibel vorlas oder eine Predigt hielt.

Schließlich wandte sie den Blick vom Hocker ab, streifte erneut über die Köpfe. Wo war Bruder Albert?

In ihrem Magen begann es zu rumoren. Albert war ebenfalls nicht da! Es musste etwas passiert sein! Albert würde nicht ohne Grund der Andacht fernbleiben, auch nicht, falls Frieder unpässlich war.

Dann war die Predigt vorbei, die Anwesenden verließen die Diele, ungeordnet und mit fröhlichem Geplapper, nur Jule blieb still, so still, dass Frau Ehmke sie besorgt zur Seite nahm.

»Was ist mit dir?«

»Ich kann Frieder nicht finden«, sagte Jule und spürte, wie die Angst um ihn ihre Kehle verschloss. »Ich mache mir solche Sorgen.«

»Frieder …«, sagte Frau Ehmke. »Ich habe gehört, wie Bruder Albert gesagt hat, dass Frieder einen verdorbenen Magen hat und daher im Bett bleibt. Pass nur auf, bis Mittag geht es ihm wieder gut, hab keine Angst. Und nun erledige flink deine Aufgaben, du weißt, heute ist der letzte Tag vor der großen Eröffnung des neuen Hauses. Wir werden eine Menge Besucher haben, und wir wollen uns doch von der allerbesten Seite zeigen.«

Jule nickte artig, doch das ungute Gefühl wurde immer stärker. Etwas stimmte nicht, und es war mehr als ein verdorbener Magen, das spürte sie.

## 23

Henriette wälzte sich von links nach rechts. Wie die Prinzessin auf der Erbse in diesem neuen Märchen von Andersen, dachte sie enerviert und verwarf den Vergleich sogleich. Ihr raubte die anstehende, lebensverändernde Entscheidung den Schlaf, der Prinzessin dagegen eine sich durch aufeinandergestapelte Matratzen drückende Erbse. Sie hasste dieses Märchen. Die lächerlich verweichlichte Prinzessin, deren wehleidiges Getue auch noch durch die Ehe mit dem Prinzen belohnt wurde. Als ob Empfindlichkeit eine Tugend wäre.

Rosa hatte ihr das Märchen letztes Jahr geschickt, zum Amüsement, als Erklärung für das stete Beharren ihrer alten Gouvernante, dass sie als geborene von Steudnitz qua Abstammung einer höheren, offenbar sehr viel empfindlicheren Klasse zugehörte, der Rosa wiederum nicht zugehörte, und dass sich Henriette daher entsprechend zu benehmen hatte. Henriette schüttelte den Kopf, ohne ihn vom Kopfkissen zu nehmen, und hörte das Rascheln des Kissens prinzessinnenempfindlich laut in ihren Ohren. Wenn ihre damalige Gouvernante mitbekommen hätte, dass sie sich für einen Gastwirt entschieden hatte, sie wäre ihres Lebens nicht mehr froh geworden.

Dabei war es nicht zuletzt ihre Schuld gewesen, mit all den Ansagen, was sie als Fräulein von Steudnitz zu tun und zu lassen hatte. Regeln, die für Henriette als Gastwirtsfrau keine Gültigkeit mehr gehabt hatten. Sie hatte selbst in der Küche Hand anlegen können, Rezepte verbessern, sogar erfinden, den Gastraum schmücken und eindecken, Gemüse pflanzen und ernten, mit Lieferanten verhandeln und Angestellte beaufsichtigen und anlernen. Rosa hatte das Märchen in seiner Absurdität amüsiert, sie dagegen hatte es geärgert. Sie hatte nur Verachtung übrig gehabt für die erbsenempfindliche Adlige, die sich an einer Erbse unter der Matratze störte, anstatt voller Dankbarkeit zu sein, dass jemand in der Not sein Haus für sie geöffnet und der Bittenden eine Bettstatt gegeben hatte.

Niemals wäre es ihr in den Sinn gekommen, das Bett zu bemäkeln, das ihnen der Kutscher des Vaters zur Verfügung gestellt hatte, als sie von den Franzosen aus ihrem Haus vertrieben worden waren. Das Zuhause des Kutschers war einfacher gewesen als alles, was sie bis dahin gekannt hatte, aber es war trocken gewesen und der Kutscher und seine Frau von großer Liebenswürdigkeit. Es hatte ihre Sicht auf das Leben verändert. Das Wissen, dass in der Misere sich ihnen eine Hand entgegengestreckt hatte, von einer Person, die sie bis dahin nur am Rande wahrgenommen hatte, obschon der Kutscher tagtäglich vor dem Haus auf Vater gewartet hatte.

Nie hatte sie sich für die Ansagen der Gouvernante interessiert, die Vater nach Mutters Tod und der Rückkehr in ihr altes Haus für sie engagiert hatte. Im Gegenteil, je verzweifelter die Gouvernante sie auf den rechten Weg hatte holen wollen, desto eifriger hatte sie mit Rosa nach Wegen gesucht, um diesen zu umgehen.

Bis sie Franz geheiratet hatte.

Am glücklichsten Tag ihres Lebens.

Befreit von Vaters strengen Regeln, befreit vom Diktat der Hamburger Gesellschaft, frei, zu tun und zu lassen, was sie wollte, unter der großzügigen Gelassenheit ihres Mannes, dem Standesdünkel höchstens ein amüsiertes Grinsen und den in Hamburg unsagbaren Spruch hervorlockte: »Wenn's pressiert, samma alle gleich.« Ein Spruch, den sie erst nach langer Zeit tatsächlich begriffen hatte, wobei die Erkenntnis, dass es sich beim Pressieren um eine dringliche Notdurft handelte, sie noch nachträglich hatte erröten lassen.

Ihr Leben mit Franz war in nichts zu vergleichen mit ihrem Leben in Hamburg, und gerade deshalb hatte sie es geliebt, jede Facette davon, getrübt nur von ihrer Kinderlosigkeit, die sie mit noch mehr Engagement im Gastbetrieb kompensiert hatte.

Bis zu dem Tag, als das Fräulein Hauser in den Gastraum marschiert war und sich den Franz ausgeguckt hatte. Bei dem ihre Schmeicheleien wie Balsam auf die gekränkte Eitelkeit seiner verschwundenen Jugend wirkten.

Und bis Henriette selbst ihre Verletzung ob seines Betrugs nicht hatte verwinden können: dass er sich zu dem schamlosen Fräulein gelegt und mit ihr das Kind gezeugt hatte, das ihrer eigenen Ehe verwehrt geblieben war.

Ihr Magen krampfte sich zusammen. Der Gedanke an Franz und Fräulein Hauser war noch immer unerträglich. Es verursachte ihr physische Schmerzen, wenn sie sich vorstellte, dass sie nie wieder bei Franz liegen würde, Fräulein Hauser aber schon. Dass seine Hände das Fräulein Hauser liebkosen würden, er ihr ins Ohr flüsterte, wie schön und klug und besonders sie sei. Dass das Fräulein Hauser nun, wenn die aufgehende Sonne sie morgens sanft aus dem Schlaf holte, einen Tag voller Herausforderungen vor sich hatte, die sie mit Franz gemeinsam meistern würde.

Franz.

Tränen liefen über ihr Gesicht und durchnässten das Daunenkissen.

Sie musste Abschied nehmen.

Im Herzen.

Ihn daraus verbannen, in seine neue Welt mit Fräulein Hauser, die schon bald Frau Kirchberger heißen würde.

Und sie selbst?

Wie sollte sie heißen?

Auch Frau Kirchberger? Geschieden, auf Gnaden beim Vater, der ihr bis zu seinem Tode oder ihrer Neuverheiratung jeden Schritt vorschreiben würde. Nach den von Steudnitzschen Regeln, die galten, solange sie in seinem Haus wohnte, egal wie alt sie war. Regeln, denen sie vor fünfzehn Jahren endgültig zu entkommen gehofft hatte.

Oder Frau Karl-August Wilhoven?

Sie drehte sich auf den Rücken und starrte zur Decke. Je länger sie starrte, desto klarer erkannte sie im fahlen Mondlicht den sorgsam gearbeiteten Stuck.

Karl-August Wilhoven.

Mochte sie ihn?

Sie verfolgte die verschnörkelten Linien über sich.

Er war freundlich. Und zuvorkommend. Hatte ein wohltätiges Herz.

Gut, er redete ein wenig zu viel, aber das konnte auch auf Nervosität zurückzuführen sein. Hatte er nicht gesagt, dass sie auf ihn etwas einschüchternd wirke?

Sie. Einschüchternd. Absurd.

Sie folgte der nächsten Linie an der Decke, bis sie aus dem Mondlicht verschwand.

Oder war es gar nicht so absurd?

Amalie Sieveking hatte auf sie einschüchternd gewirkt. Weil sie anders war als die Frauen, mit denen sie sonst in Vaters Dunstkreis zu tun hatte. Sie war so viel selbstbewusster. Allein ihre Entscheidung, nach dem frühen Tod des Vaters nie zu heiraten und sich damit dem Joch der männlichen Bestimmung zu entziehen, war so mutig wie ungewöhnlich.

Wirkte sie ähnlich auf Wilhoven?

Einschüchternd, weil ihr Auftreten nicht den Konventionen ihres Standes entsprach?

Fragte sich nur, wie er damit umgehen würde, sobald sie sich durch eine Heirat seinem Wort unterwerfen musste.

Würde er die Freiheit, an die sie sich durch ihr Zusammenleben mit Franz gewöhnt hatte, respektieren, oder würde er, wie so viele Männer, nach der Heirat ein vollkommen anderes Gesicht aufsetzen?

Wie oft hatte sie nun schon von Männern gehört, die sich geradezu vor Höflichkeit und Liebenswürdigkeit überschlugen, solange sie ihrer Dame den Hof machten, sie mit Geschenken und Versprechungen überhäuften und sich schon bald nach der Heirat an nichts davon entsinnen konnten.

Sie seufzte.

Wählerisch konnte sie in ihrem Alter nicht mehr sein. Trotz des beträchtlichen Erbes, das ihr eines Tages zustehen würde – denn wer wusste schon, wann es fließen würde. Wollte sich jemand in naher Zukunft auf Kosten ihres Vaters finanziell besserstellen, war sie keine gute Wahl.

Was wiederum für Karl-Gustav Wilhoven sprach.

Genau wie Vaters Forderungen und Verbote.

Wilhoven würde kaum strenger sein als Vater, der nicht aufhören würde, ihr einen standesgemäßen Gatten zu suchen, bis sie einer erneuten Ehe zustimmte.

Was konnte sie schon verlieren, wenn sie Wilhovens Antrag annahm?

Sie war zu alt, um sich der Illusion hinzugeben, ihre Geschichte mit Franz könnte sich mit einem anderen Mann je wiederholen. Es war eine einmalige Verbindung gewesen, ihr Zusammentreffen so unwahrscheinlich wie einzigartig. Müsste sie nicht einfach dankbar sein, dass ihr diese große Liebe zuteilgeworden war? Fünfzehn Jahre hatte sie davon zehren dürfen.

Und nun würde das folgen, was die meisten Frauen von Anfang an erwartete. Eine zweck- und standesgemäße Verbindung. Hatte man großes Glück, liebte man sich. Hatte man Glück, konnte man sich gut leiden. Hatte man ordentlich gewählt, wurde man zumindest respektvoll behandelt, aber hatte man schlecht gewählt, erwartete einen schon bei Betreten des Hochzeitsgemachs ein nicht mehr endender Schrecken.

Abrupt setzte sie sich im Bett auf.

An Schlaf war nicht mehr zu denken. Sie würde morgen schrecklich müde sein. Ausgerechnet, wo morgen doch der Ausflug zum Rauhen Haus anstand, zu dem Karl-August Wilhoven sie abholen würde. Die Einweihung des neuen Turmhauses, mit Betsaal und Turm, neuen Schulzimmern, einer Station für Novizen und einer für Kranke, wie in der Einladung angekündigt wurde.

Und dann, danach oder zumindest bald darauf, würde er auf die Antwort hoffen, die sie nicht parat hatte.

Sie erhob sich. Der Boden unter ihren Füßen war oktoberkalt. Zielstrebig ging sie zu ihrem Sekretär, tastete nach dem Etui mit den Zündhölzern, entnahm ihm ein Holzstäbchen und rieb den Phosphorkopf schnell über die geriffelte Seite des Etuis. Zischend entzündete sich der Kopf, die Flamme sprang auf das Hölzchen über, flackerte. Henriette hielt das Hölzchen gerade, bis die Flamme sich stabilisierte, brachte es an den Docht der Petroleumlampe und wartete, bis er aufflammte. Sie blies das Hölzchen aus und drehte die Lampe hoch, bis genügend Licht ihren Arbeitsplatz beleuchtete, um Briefpapier, Feder und Tinte zu benutzen. Sie spitzte den Kiel an und begann zu schreiben. Der Federkiel kratzte über das feine Büttenpapier.

*Lieber Franz,*
*wieder habe ich nichts von Dir gehört. Ich weiß, Du bist viel beschäftigt, doch hatte ich gehofft, meine Zeilen würden die Dringlichkeit einer Antwort anschaulich darlegen.*
*Möglicherweise bin ich zu ungeduldig, ich weiß, die Postkutschen sind nicht immer zuverlässig und schnell schon gleich gar nicht, dennoch muss ich so bald wie möglich wissen, ob unsere Verbindung noch eine Hoffnung hat. Solltest Du dies mit einem Nein oder weiterhin mit Stille bescheiden, wird dies mein Abschiedsbrief sein, in dem ich Dir von Herzen für die schönsten Jahre meines Lebens danke.*
*Ich habe viel gelernt an Deiner Seite, so auch, abzuwägen und Entscheidungen zu treffen und zu diesen zu stehen, selbst wenn diese schwer sein mögen.*

*Mein Leben mit Vater ist herausfordernd. Er wünscht, dass ich einen seiner Geschäftspartner eheliche. Daher wohl auch der Vorstoß mit der überhasteten Scheidung. Mein Herz gehört nicht Herrn Wilhoven, doch bietet er mir ein erhebliches Mehr an Freiheit als Vater.*
*Mein Herz wird schwer, denke ich an unsere wunderbaren Jahre zurück. Die Vorstellung, dass diese auf immer der Vergangenheit angehören, ist schwer zu ertragen.*
*Umso wichtiger ist es, baldig wieder Klarheit in mein Leben zu bekommen. Sollte ich die nächsten vier Wochen nicht von Dir hören, werde ich den Antrag annehmen.*
*Lebe wohl,*
*Henni*

# 24

»Stellt euch nur vor, um ein Haar wäre das neue Haus abgebrannt, bevor es überhaupt eingeweiht worden ist!« Marieke sah aufgeregt von Jule zu Betje, doch Jule konnte nicht antworten. Ihr wurde übel, als hätten Mariekes Worte sie in den Magen geboxt. Sie unterdrückte den Impuls, sich auf ihr Bett zu setzen, das sie gerade so perfekt herrichtete, als hätte noch nie jemand darin geschlafen. Hatte Frieder etwas damit zu tun?

»Trotz Nachtwächter?«, fragte Betje mit weit aufgerissenen Augen. »Wer macht nur so etwas? Der Betsaal ist doch für uns alle!«

»Niemand sagt etwas dazu.« Marieke sah sich verschwörerisch um, dann beugte sie sich näher zu Betje und Jule und senkte ihre Stimme. »Das mit der versuchten Brandstiftung sollten wir auch nicht wissen, aber ich habe gehört, wie Bruder Albert mit Bruder Wolfram geredet hat. Der war wohl sehr besorgt, dass der Brandstifter es noch mal versuchen könnte, und deswegen wollen die Brüder die Wache verstärken.«

»Nein!«, flüsterte Betje entsetzt. »Du glaubst, sie werden es wieder versuchen?«

»Ich glaube gar nichts«, sagte Marieke. »Bruder Wolfram

fürchtet das.« Sie wandte sich besorgt an Jule. »Ich habe noch etwas gehört. Frieder ist letzte Nacht verschwunden.«

»Was?«, rief Jule, die Augen schreckensweit. »Aber … gestern hieß es doch, er sei krank!«

»Bruder Albert glaubt, dass er das vorgeschoben hat, um sein Entlaufen vorzubereiten«, sagte Marieke mit gesenktem Blick, als traute sie sich nicht, Jule anzusehen. »Er hat seine Sachen mitgenommen. Es tut mir leid, Jule.«

»Nein! Nein!«, rief Jule. Ihr Magen presste sich wie eine Faust zusammen. »Er würde doch nicht ohne mich gehen!«

Betje legte ihren Arm um Jules Schultern. »Hättest du ihn denn ziehen lassen?«, fragte sie leise.

»Natürlich nicht!« Jule schüttelte Betjes Arm ab. »Wie soll er denn zurechtkommen, mit nur einem Bein? Ihr wisst doch, wie wackelig er noch ist.«

»Deshalb macht Bruder Albert sich große Sorgen«, sagte Marieke leise. »Er hat schon zwei Brüder losgeschickt, ihn zu suchen.«

Jule schluchzte auf. Frieder würde nicht zurechtkommen. Er schaffte doch kaum den Weg vom Schweizerhaus zum Mutterhaus!

Schon spürte sie Betjes Arm erneut auf der rechten und diesmal auch Mariekes auf der linken Schulter, tröstend steckten sie die Köpfe zusammen.

»Er kann nicht weit gekommen sein«, sagte Marieke, »warte nur, spätestens heute Abend ist er wieder hier.«

»Und mach dir keine Gedanken, Herr Wichern wird ihn deshalb schon nicht hinauswerfen. Es haben schon viele das Rauhe Haus verlassen und sind später zurückgekommen, und wenn sie wirklich bleiben wollten, durften sie das auch.«

Jule schluchzte erneut auf. Aber genau das wollte Frieder doch nicht! Vor allem, wenn er etwas mit der versuchten Brandstiftung zu tun hatte und man ihn überführen könnte. Aber das konnte, nein, das durfte sie niemandem sagen, nicht einmal Betje und Marieke.

Die Glocke läutete zum ersten Frühstück. Sieben Uhr. Was würde Frieder frühstücken? Würde er überhaupt einen Bissen zu essen finden? Wo war er nur?

Betje nahm sie bei der Hand. »Komm, du hilfst Frieder nicht, wenn du nichts isst. Heute wird ein anstrengender Tag. Alles muss gut vorbereitet sein für die Besucher und die Feier. Je besser der Eindruck, den wir heute machen, desto größer die Spende für das Rettungsdorf.«

»Er kommt bald zurück«, murmelte Marieke und drehte sich zum Gehen. »Wir sprechen nachher ein Gebet und bitten Gott, ihn zu beschützen.«

»O ja!«, rief Betje. »Das machen wir.«

Jule nickte, dankbar für die Hilfe der neuen Freundinnen, die ihre Sorge jedoch kein bisschen hatten lindern können. Denn sie wussten nicht, was Jule wusste.

Brandstiftung.

Wie betäubt folgte sie Betje die Treppe hinunter in den Speiseraum.

Damals im Armenhaus, als Frieder nicht hatte bleiben wollen, hatte er sich Schwefelhölzer und Petroleum besorgt und es geschafft, das Toilettenhaus im Hof in Brand zu setzen, damit sie im darauffolgenden Chaos dem wachsamen Auge ihrer Aufpasserin entkommen konnten.

Betje reichte ihr eine Schüssel mit Buchweizengrütze, doch Jule brachte keinen Bissen hinunter.

Es war nur der Aufmerksamkeit des Nachtwächters zu verdanken gewesen, dass Frieders Feuer nicht auf die Armenanstalt übergegriffen hatte. Wäre das passiert … Die Übelkeit wurde stärker. Es hätten Menschen dabei sterben können. Von denen einige zuvor gemein zu Frieder gewesen waren. Aber deshalb durfte man doch nicht in Kauf nehmen, dass sie jämmerlich verbrannten!

Witwe Strauss kam ihr in den Sinn. Sie hatte Frieder durchschaut. Sie hatte erkannt, dass er Jule an der Nase herumführte, ihr Lügen erzählte, wo es ihm zupasskam und ihre Liebe schamlos ausnutzte.

Und nun hatte er das Gleiche hier versucht. Ein Platzregen hatte die Sache vereitelt, die Spuren aber nicht vernichtet. Ausgerechnet hier! Wo man ihnen mit Güte und Wohlwollen begegnet war.

Wie konnte er nur!

Das Haus abbrennen, an dem so viele hier so viele Monate gearbeitet hatten! Am Tag vor seiner Einweihung, wenn die Menschen kamen, die so viel dafür gespendet hatten.

Und dann war er gegangen. Wie damals. Nur dass er sie – die Ahnungslose – anders als bei seiner Flucht aus dem Armenhaus nicht mitgenommen hatte.

Sein Bündel mit Kleidung, die ihm hier gegeben worden war, hatte er allerdings mitgenommen. Er hatte nicht gestohlen, es stand ihm zu, und er hatte keine Verpflichtung hierzubleiben.

Sollte ihm nun etwas passieren, etwas noch Schlimmeres, als ihm auf der Schute zugestoßen war, trug sie die Schuld daran. Denn sie allein hatte entschieden, Frieder hierherzubringen. Gegen seinen Willen. Weil sie gedacht hatte, dass sie besser wüsste, was für Frieder gut war, als er selbst.

Und nun saß sie hier, vor einer vollen Schüssel Buchweizengrütze, in einer sauberen Unterkunft, mit einem eigenen Bett und echten Freundinnen, und wünschte sich weg, zu Frieder, zurück in die unwirtlichen Gänge, denn dorthin würde Frieder zurückkehren. Wenn sein eines Bein ihn dorthin tragen würde.

Aber… würde es das? Was, wenn er zusammengebrochen war, im Wald lag oder im hohen Gras, zu erschöpft, um weiterzuhumpeln, hungrig und zitternd vor Kälte? Zwar war der Oktober bislang mild, doch war es auf die Dauer zu kalt ohne Unterstand und Decke.

Entschlossen zog sie die Buchweizengrütze zu sich.

Sie musste essen. Sie brauchte Kraft.

Sie würde das Rauhe Haus noch heute verlassen und Frieder suchen.

# 25

Nachdenklich betrachtete Henriette die zwei Tageskleider, die Stine auf dem Bett ausgebreitet hatte. Das dunkelblaue mit der langen Reihe Perlmuttknöpfe bestach durch zurückhaltende Schlichtheit, gepaart mit der Eleganz der Knopfreihe. Das beige-orangene hingegen brachte etwas Frohsinn in das trübe Herbstwetter. Sie wandte den Kopf zum Fenster, durch das die Oktobersonne freundlich hereinstrahlte. Nicht das Wetter war trüb, es war ihre Stimmung. Der Morgen hatte schon gegraut, bis ihre Gedanken sich endlich beruhigt hatten und sie eingeschlafen war. Nun schlug ihr die schlechte Nachtruhe aufs ohnehin strapazierte Gemüt.

Also Farbe.

Strahlte nicht ihr Gesicht, dann wenigstens ihr Kleid. Sie zeigte erst auf das beige-orange Kleid, welches Stine sogleich hochnahm, dann auf die mit orange eingefärbten Federbüscheln verzierte breitkrempige Haube.

Stine stülpte ihr den mit orangen Blütenblättern bestickten Rock über die Unterröcke, legte ihr das orange Leibchen mit den auf ihren Wunsch hin nur angedeuteten Puffärmeln an, zog das Korsett nach und verschloss das Leibchen mit den Haken und Ösen. Eine nervige Prozedur, fand Henriette, was ihre Laune nicht verbesserte. Sie hasste die Enge des Korsetts, das schiere Volumen und Gewicht der in Lagen angelegten Unterröcke, die jedoch immer noch erträglicher waren als die Steife von Reifröcken und die unnötige Dimension der widernatürlich aufgepufften Ärmel. Wenn man doch nur auch die Kleider für die Damen der besseren Gesellschaft so schneidern würde, dass man sich damit sinnvoll durch den Tag bewegen konnte! Aber genau das sollten diese Damen eben nicht. Und damit sie erst gar nicht auf die Idee kamen, sich jenseits ihrer vorgedachten Rolle zu bewegen, steckte man sie in Monstrositäten, die sich großspurig Mode nannten und als solche gefeiert wurden.

Bei Franz hatte sie nur Kleider getragen, die sich mit ihrer Arbeit vereinbaren hatten lassen. Elegant und gleichzeitig praktisch, ob aus Baumwolle oder edlem Taft, ob einfarbig oder mit bunten Mustern, sie alle hatten einen locker fallenden Rock gehabt, der genug Freiheit ließ, sich zügig durch Gastwirtschaft und Küche zu bewegen.

Stine hakte die letzte Öse ein und strich hinten den Rock glatt, zupfte hier am Leibchen, dort am Ärmel. »Fertig, gnädige Frau«, sagte sie schließlich. »Wunderhübsch sehen Sie in diesem Kleid aus.«

»Danke, Stine.« Henriette drehte sich zum Spiegel. Tatsächlich standen ihr die Farben hervorragend, was nach dem vielen Blau und Schwarz, das sie die letzten Monate bevorzugt hatte, besonders hervorstach.

Stine reichte ihr noch eine wollene Stola in bunten Herbstfarben. »Es ist sicher recht kühl in der Kutsche.«

»Danke«, wiederholte Henriette und ging mit der Stola über dem Arm hinunter, wo Vater bereits in der Halle auf sie wartete.

»Ah!«, sagte Vater zufrieden. »Wie erfreulich, dich in freundlichen Farben anzutreffen. Herr Wilhoven ist gerade vorgefahren. Ich hoffe, die Wahl deines Kleides ist ein Omen für die Vernunft deiner baldigen Entscheidung.«

»Es ist nur ein Kleid, Vater«, sagte Henriette kühl. »Seien Sie gewiss, meine Entscheidung wird von Vernunft getragen sein. Aber nicht heute und nicht morgen, sondern in genau einem Monat.«

»Einem Monat?«, fragte Vater verwundert. »Was ist in einem Monat?«

»Der Tag der Entscheidung.« Henriette lächelte unverbindlich. »Sie werden der Erste sein, dem ich sie mitteile. Aber nun möchte ich ungern Herrn Wilhoven warten lassen. Ich wünsche Ihnen einen angenehmen Tag.«

Sie trat an ihm vorbei durch die bereits geöffnete Haustüre, raffte die Röcke und stieg die Stufen hinab zur direkt an deren Fuß wartenden Kutsche. Die Tür öffnete sich von innen, Herr Wilhoven streckte erst seinen Kopf heraus, offensichtlich überrascht, Henriette bereits auf dem Gehweg vorzufinden, und stieg dann den eilig von dem Kutscher herabgelassenen Einstieg hinab.

»Verehrteste Frau Kirchberger, welch eine Freude!« Er nahm ihre orange behandschuhte Hand zum Kuss. »Wenn ich mir das Kompliment erlauben darf, diese Farbe kleidet sie ungemein.«

»Danke sehr!« Henriette lächelte freundlich, obgleich sie das Getue um ihr Kleid langsam enervierte. »Meine Hommage an das herbstliche Farbenspiel«, setzte sie schnell hinterher, damit Wilhoven keinesfalls den gleichen Schluss zog wie Vater und die Kleiderwahl mit einem positiven Bescheid seines Antrags verknüpfte. Sie nahm seine angebotene Hand und stieg in die Kutsche.

Wilhoven setzte sich ihr gegenüber. »Ich bin gespannt, ob des Fortschritts, der an dem neuen Gebäude in den letzten Wochen erfolgt ist.« Er nahm den Zylinder vom Kopf und balancierte ihn auf seinen Knien. »Es war doch noch einiges zu tun an dem Gebäude, als wir unsere kleine Führung durch das Anwesen genießen durften.«

»Ich gehe davon aus, dass es fertig ist«, sagte Henriette überrascht. »Schließlich ist heute die Einweihung. Wäre es da nicht üblich, den Besuchern ein fertiges Gebäude zu präsentieren?«

Wilhoven lachte. »Ach, liebe Frau Kirchberger, wie erfrischend doch die Vorstellung ist, dass alles seine Ordnung habe, nur weil eine Einladung ausgesprochen wurde. Aber der Termin der Einweihung steht schon seit Monaten, und ich wage darauf zu wetten, dass auch der gute Draht zu unserem Herrgott dem guten Herrn Wichern nicht das Ungemach erspart, von Handwerksmeistern und Lieferanten mehr Versprechen denn Taten zu erhalten.«

»Da haben Sie allerdings recht, werter Herr Wilhoven«, sagte Henriette, froh über das unverfängliche Gesprächsthema, mit dem Herr Wilhoven die Unterhaltung eröffnet hatte. »Ich erinnere mich gut an meine Zeit in Königswinter. Manches Mal arbeiteten die Handwerker mit großer Zuverlässigkeit, aber oft verbrachte ich mehr Zeit damit, ihnen hinterherzulaufen und sie anzumahnen, als sie Zeit damit verbrachten, ihr Werk zu vollbringen.«

Wilhoven lachte herzlich. »Ich kann mir vorstellen, dass Sie den armen Kerlen ordentlich Beine gemacht haben. Damit hatten diese sicherlich nicht gerechnet – wer vermutet schon hinter so einer hübschen Dame eine solch resolute Auftraggeberin.«

»Oh, die wenigsten. Aber Auftraggeber war letztlich mein Mann, ich habe als Gattin nur darauf geachtet, dass seine Wünsche ausgeführt wurden.« Henriette lächelte unverbindlich. »Das hat Ihre bedauerlicherweise so früh verstorbene Gattin sicherlich für Sie ebenso gehandhabt.«

»Das hat sie tatsächlich – soweit es ihre Pflichten als Mutter zuließen.« Wilhovens Gesicht zerfloss in träumerischer Zufriedenheit. »Sie war den Söhnen eine gute Mutter, etwas zu nachgiebig beizeiten, das verweichlicht die Knaben, und wer will schon verweichlichte Jungen haben?«

»Nun, da kann ich leider nicht mitreden«, sagte Henriette.»Wie Sie wissen, war mir das Mutterglück nie beschieden. Daher kommt wohl mein besonderes Interesse an der Arbeit von Herrn Wichern. Es ist mir schrecklich zu sehen, in welch erbärmlichen Verhältnissen diese Kinder heranwachsen, ohne Liebe und Zuneigung, von der ich einem Kind so viel zu geben hätte.« Henriette spürte, wie sie errötete. Welcher Teufel hatte sie gerade geritten, Wilhoven solch intime Details von sich preiszugeben?

»Ich danke Ihnen für Ihre Offenheit«, sagte Wilhoven. »Ich fühle mich sehr geehrt, dass Sie mir diesen Einblick gewährt haben, denn tatsächlich hatte ich mich bereits gefragt, woher Ihr Interesse an Herrn Wicherns Rettungsdorf stammen könnte.«

»Nun«, sagte Henriette, »ich denke, es sollte kein Schaden sein, wenn Sie die Gründe dafür kennen. So können Sie mein Handeln besser verstehen.«

»Allerdings, verehrte Frau Kirchberger, da haben Sie vollkommen recht. Mir würde doch glatt eine weitere Frage auf dem Herzen liegen … wenn ich darf?«

Henriette zuckte die Schultern, lächelte ihn jedoch gleichzeitig aufmunternd an. In einem Monat musste sie Vater ihre Entscheidung mitteilen. Je mehr sie bis dahin über Wilhoven wusste, desto sicherer konnte sie diese treffen. So wie sie es bei Franz gelernt hatte: Erst informieren, dann signieren.

# 26

»Hurtig, Mädchen!« Frau Ehmke scheuchte Marieke, Jule und Betje aus der Küche. »Zum Mittagsläuten kommen die ersten Gäste! Ihr müsst die Tafeln fertig eindecken und den Blumenschmuck richten.« Sie drückte Marieke drei Messer in die Hand. »Frische Hortensienbälle mit ein paar schön beblätterten Ästen zusammenstecken, dann mit einem Grashalm zusammenbinden. Schafft ihr das?«

»Ja, Frau Ehmke«, sagten alle drei wie aus einem Mund.

Gemeinsam eilten sie davon, doch schon wenige Meter hinter dem Mutterhaus stoppte Marieke.

»Wir teilen uns auf. Ich hole die Vasen, Betje schneidet die Hortensienblüten, und Jule erntet die Äste mit Herbstlaub.« Sie wandte sich an Jule. »Achte darauf, dass du möglichst bunte Blätter erwischst, das sieht viel hübscher aus als nur grüne Blätter. Unten beim Schweizerhaus sind die Blätter der Rotbuche schon dunkelrot.«

»Und dann treffen wir uns wo wieder?«, fragte Betje.

»Im Mutterhaus. In der Diele, wo die Tafeln für die Gäste aufgestellt sind.« Marieke wiederholte Frau Ehmkes Handbewegung und scheuchte Betje und Jule davon. »Husch, husch, Kinder«, rief sie kichernd.

Betje und Jule liefen los. »Bis gleich«, rief Betje winkend und lief am Teich vorbei Richtung Arbeitshaus, wo üppige Hortensienbüsche im Schatten der Bäume gediehen.

Jule sah ihr einen Moment nach. Wie fröhlich sie war. Betje würde sie am meisten vermissen, wenn Frieder darauf bestand, das Rauhe Haus endgültig zu verlassen. Und Frau Ehmke.

Sie folgte dem Weg vorbei am Weiher, den Rabatten und Stauden, vorbei am Bäckerhaus. Ob Frieder das Rettungsdorf über diesen Weg verlassen hatte? Oder hatte er sich hinter den Büschen vorbeigeschlichen, um unbemerkt vom Gelände verschwinden zu können? Bis nach Hamburg war es ein Marsch von ein bis zwei Stunden, je nachdem, wie forsch man ausschritt. Für Frieder kaum zu schaffen. Er konnte inzwischen leidlich gut mit der Krücke umgehen, aber das Gehen damit ermüdete ihn schnell, vor allem in unwegsamem Gelände.

Wo er jetzt wohl war? Schon in Hamburg? Sie schüttelte stumm den Kopf. Sah Frieder vor sich, wie er erschöpft und wütend die Krücke von sich schleuderte, sich ins Gras fallen ließ und mit der Welt zürnte.

Die einzige Möglichkeit war, dass ihn ein Fuhrmann mitgenommen hatte, aber auch das war unwahrscheinlich, konnte er doch nicht einmal hinten auf die Ladefläche springen. Welcher Fuhrmann würde schon absteigen und ihm helfen?

Plötzlich fror sie am ganzen Körper, Angst kroch wie eine dunkle Vorahnung in ihre Knochen. Sie sah zur Straße, in die der Weg einmündete.

Die Straße nach Hamburg.

Entschlossen lief sie am Abzweig zum Schweizerhaus vorbei, ließ das Rettungsdorf hinter sich, folgte der Straße, links die Felder der Bauern, rechts die Bäume des kleinen Waldes hinter ihrem Zuhause der letzten Wochen. Ein wehmütiger Stich krampfte durch ihr Herz.

Wenigstens Betje hätte sie Bescheid geben müssen. Sie würde sich verraten fühlen. Zu Recht; nach all der treuen Hilfe bei Richard, hätte sie es verdient, dass Jule sie in ihren Plan einweihte. Nur gab es keinen Plan.

Auch Frau Ehmke würde enttäuscht sein. Doch im Gegensatz zu Betje würde Frau Ehmke verstehen, dass Jule ihr nicht Bescheid geben konnte, ohne zu befürchten, dass sie sie zurückhalten würde.

Jule richtete ihren Blick geradeaus. Es hatte keinen Sinn, weiter über »Wenns«nachzugrübeln. Sie hatte sich für Frieder entschieden.

Stetig stapfte sie durch das Gras am Wegrand. Es kitzelte sie feucht und kalt am Bein. Stumm dankte sie Wichern für seine Güte und ihre Schuhe, die ihre Füße den Winter über trocken halten würden. Für das wollene Tuch, das ihre Schulter bedeckte und am Rücken geknotet war, um bei der Arbeit nicht hinderlich zu sein. Für das neue Kleid, welches nicht einen einzigen Flicken hatte. Sie würde ihm einen Brief schreiben und erklären, warum sie sang- und klanglos, ausgerechnet am großen Tag der Einweihung, gegangen war. Vielleicht würde er ihr trotzdem glauben, dass sie ihm dankbar war.

Sie verlangsamte ihren Schritt. Ab hier müsste Frieders Kraft stetig nachgelassen haben. Sie durchforstete mit ihrem Blick den linken und rechten Wegesrand, doch das Gras war zu hoch, um sehen zu können, ob Frieder dort lag.

Unschlüssig blieb sie stehen. Was sollte sie tun? Sie könnte zickzack laufen, alle zehn Schritte die Straße überqueren, um beide Seiten im Blick zu haben, oder auf der einen Seite nach

Hamburg hin und auf der anderen Seite zurücklaufen. Sie entschied sich für zickzack, suchte erst auf der linken Seite das Gras ab, schob die langen Halme mit dem Fuß zur Seite, und wechselte dann zur rechten Straßenseite. Diesem Muster folgte sie, bis das Rettungsdorf weit hinter ihr lag. Sie blickte zurück, selbst den neuen Turm konnte sie kaum mehr erahnen.

Missmutig ging sie weiter. Wenn sie wenigstens einen Hinweis finden würde, dass er hier entlanggekommen war! Das Gras wich Buschwerk so dicht und ausladend, dass es Jule zurück auf die Straße drängte. Da konnte sie ebenso gut wieder auf die andere Seite zurückwechseln. Andererseits … Die Büsche würden perfekten Schutz bieten, wenn Frieders Kräfte schwanden und er sich vor der Kälte und Nässe in Sicherheit bringen wollte.

Und hatte dieser Busch nicht Blätter gelassen? Sie ging näher heran und teilte mit der Hand die beschädigten Äste. Es sah aus, als hätte jemand mit Wucht auf ihn eingeschlagen, einige Blätter waren abgefallen, andere hingen zerschlagen am Ast. Frieder! Jule sah ihn vor sich, wie er mit seiner Krücke in blinder Wut auf den Busch einhieb. Aber was hatte ihn so wütend gemacht?

Hatte ein Fuhrwerk ihn von der Straße gedrängt? Oder hatte er versucht, es aufzuhalten, und es war einfach weitergefahren?

Je länger sie die beschädigten Blätter betrachtete, desto sicherer war sie, dass Frieder hier gewesen sein musste. Aufgeregt ging sie weiter, den Blick fest auf das Buschwerk gerichtet.

»Frieder!«, rief sie. »Frieder!«

Sie strich über die Blätter, bog Äste zur Seite, um darunterzuschauen. Ihre Schritte wurden immer schneller, als ahnte sie, dass Frieder etwas Schlimmes zugestoßen war und er nur auf ihre Rettung wartete.

»Frieder!« Sie sah sich um, lief zur anderen Seite, wieder zurück, weiter, rief erneut. Da sah sie ein Stück Holz. Glatt geschmirgeltes, zwei Daumen dickes Holz. Frieders Krücke!

»Frieder!«, schrie sie und stürzte zu dem Holz. »Frieder!« Sie bog die Äste zurück, erschrak.

Unter dem Gebüsch lag Frieder, das Gesicht blutig, die Augen mit dunkellila Eulenrändern, der Oberkörper wie eingedrückt. Sie beugte sich zitternd zu ihm herab. »Frieder! Was ist mit dir?«

Panisch fasste sie nach seinen Schultern, rüttelte ihn. »Frieder! Nun sag doch was!«

Sie legte das Ohr an sein Gesicht, lauschte.

Lebte er noch?

# 27

Henriettes Blick schweifte über die vorbeiziehende Landschaft. Das Korn war abgeerntet, das prächtige Farbenspiel der Blätter verkündete den Einzug des Herbstes. War es nicht seltsam, dass Bäume ihre Blätter noch einmal zu diesem triumphalen Schauspiel verfärbten, bevor sie ihre Pracht für die kalten Monate abwarfen wie unnützen Ballast?

»Es gibt Gegenden in unserer Welt«, holte Wilhovens Stimme sie aus ihren Gedanken, »in denen der Sommer das ganze Jahr anhält. Wäre es bei diesen Temperaturen nicht eine heimelige Vorstellung, die Sommerwärme würde uns zwölf Monate im Jahr beglücken?«

Henriette löste ihren Blick von den Bäumen und sah zu Wilhoven. Gespannt auf ihre Antwort saß er ihr gegenüber auf dem feinen Leder seiner Kutschbank, herausgeputzt in einem feinen grauen Rock zu schwarzen Hosen, der Stehkragen hoch, wie es die Mode vorgab, das Tuch abgestimmt auf das Dunkelrot der Weste.

»Ich bevorzuge den Wechsel der Jahreszeiten. Jede einzelne Saison hat ihre Reize. Der Herbst hat natürlich die Kälte und den Regen im Gepäck, aber er verzückt auch das Auge mit seiner Färbung und bringt das Prasseln des Kaminfeuers zurück, welches den Sommer über geschwiegen hat. Den Bauern erlaubt er einen Moment der Ruhe nach der Anstrengung der Ernte.«

»Mit dem Herbst wächst aber auch die Gefahr der Verkühlung und Krankheit«, warf Wilhoven ein. »Und die Straßen versinken in Matsch und Dreck.«

Plötzlich hielt die Kutsche an. Verwundert drehte Henriette den Kopf zum Fenster. Sie konnten unmöglich bereits im Rauhen Haus angekommen sein.

Wilhoven runzelte die Stirn, streckte dann den Kopf zum Fenster hinaus. »Warum der Halt?«

»Hau ab, Mädchen, verschwinde!«, hörte Henriette den Kutscher rufen.

Nun streckte auch sie den Kopf hinaus. Mitten auf der Straße gestikulierte ein Mädchen wild mit den Armen. Erst auf den zweiten Blick erkannte sie das blonde Mädchen aus den Gängen.

Jule! Das Mädchen, für das sie die Patenschaft übernommen hatte! Was um alles in der Welt machte sie mitten auf der Straße nach Hamburg, während sie sicherlich im Rauhen Haus bei den Festivitäten zur heutigen Einweihung helfen müsste? Kurz entschlossen öffnete Henriette die Tür, schubste die Stufen in Position und stieg hinab zur Straße.

»Frau Kirchberger!«, rief Wilhoven. »Sie können doch nicht…«

Der Rest seiner Worte verlor sich im Geschimpfe des Kutschers, der nun seinerseits vom Bock hinabgestiegen war und drohend auf Jule zuging.

»Verschwinde, dämliches Gör!«, brüllte der Kutscher.

Henriette sah die Angst in Jules erschreckend bleichem Gesicht, doch das Mädchen wich nicht einen Meter zur Seite.

»Ich brauche Hilfe!« Jule legte flehend die Hände zusammen. »Bitte.«

»Ich helfe dir gleich!«, polterte der Kutscher und streckte seine Hand nach Jule aus. »Hinunter von der Straße!«

»Lassen Sie das arme Kind in Ruhe!«, rief Henriette scharf.

Verwundert drehte der Kutscher sich zu ihr, nun mit Jules Arm in seiner großen Hand. »Es steht uns im Weg, gnädige Frau.«

»Sie haben doch gehört, dass es um Hilfe fleht!«, herrschte Henriette ihn an. »Niemand stellt sich einfach so in den Weg einer Kutsche!« Sie streckte Jule die Hand entgegen. »Was ist passiert, mein Kind?«

»Mein Bruder …«, krächzte Jule, das Gesicht bleich wie Kerzenwachs.

»Frau Kirchberger!«, unterbrach Wilhoven Jules Satz und drängte sich zwischen Jule und Henriette. »Um Himmels willen! Sie können doch nicht einfach aus der Kutsche …«

Henriette gebot ihm mit der Handbewegung zu schweigen, die sie in der Gaststube angewendet hatte, wenn Gäste zu üppig ins Glas geschaut hatten, und trat um ihn herum. Erneut wandte sie sich dem bleichen Mädchen zu. »Was ist mit deinem Bruder?«

»Er ist verletzt! Er braucht Hilfe!« Jule ergriff ihre Hand und zog sie mit sich. »Er kann kaum atmen!«

Nur wenige Meter weiter, neben dem dichten Gebüsch des Straßengrabens, lag ein Junge, die Totenblässe nur um die Augen herum von dunkellila Flecken unterbrochen, der Oberkörper rechts unnatürlich eingedrückt, ein Bein von sich gestreckt, bei dem anderen, es musste das verletzte sein, von dem Wichern erzählt hatte, die Hose in sich zusammengefallen. Henriette kniete sich neben dem Knaben auf den Boden und legte ihre Hand an seine Wange. Er war eiskalt. Wie lange mochte er schon hier liegen? Da sah sie ein dünnes Rinnsal Blut aus seinem Ohr laufen.

In letzter Sekunde unterdrückte sie einen entsetzten Ausruf. Sie wusste, was dies bedeutete. Sie wusste, was solch schwere Verletzungen hervorrief. Ein Pferdehuf, mit voller Wucht, er musste den armen Jungen an der Brust getroffen und auf die Straße geschleudert haben, so heftig, dass sein Kopf gesprungen war. Er brauchte absolute Ruhe. »Schnell«, rief sie über ihre Schulter dem Kutscher zu, »wir müssen den Knaben in die Kutsche legen! Aber vorsichtig!«

»Wo sollen wir mit ihm hin?«, fragte Wilhoven, der fassungslos neben Henriette stand. Er zeigte auf die dunkellila Verfärbungen um die Augen, das Blut, das stetig aus dem Ohr sickerte, die eingedrückte Brust. »Das Krankenhaus ist zu weit, der Transport in der Kutsche wäre fatal über die Strecke, überhaupt wage ich zu bezweifeln, ob ein Transport in der Kutsche …«

»Ins Rauhe Haus!«, fiel Henriette ihm ins Wort, bevor er den Satz vollenden konnte. Wilhoven mochte recht haben, der Zustand des Jungen war erbärmlich, aber er war ein Kämpfer, er musste ein Kämpfer sein, sonst wäre er mit seinem amputierten Bein nicht so weit gekommen. Er brauchte nur Ruhe und einen Arzt und viel Glück.

»Sie werden ihm dort nicht helfen können«, warf Wilhoven ein.

»Wir haben eine Krankenstation«, sagte Jule zittrig. »Bitte. Helfen Sie Frieder.«

Henriette erhob sich, schon trat der Kutscher zu dem Jungen und nahm ihn hoch. Der Junge stöhnte. Sogleich griff Jule nach seiner Hand, tapste neben dem Kutscher zur Kutsche. Hurtig erklomm sie die Stufen und half dem Kutscher, ihren Bruder so sanft wie möglich abzulegen. Dann quetschte sie sich ans Ende der Bank, hob sachte den Kopf des Bruders und bettete ihn in ihren Schoß. Henriette bestieg die Kutsche, kaum dass der Kutscher sie verlassen hatte, und setzte sich den Geschwistern gegenüber. Sie sah, wie Jule sanft über das verdreckte blonde Haar des Bruders strich.

Mit einem kurzen Befehl an den Kutscher stieg auch Wilhoven in die Kutsche und setzte sich neben sie. Er sah zu dem Knaben, dann zu Henriette, in seinem Blick Bedauern, als wüsste er bereits, dass ihre Mühe um den Jungen vergeblich war.

Nein, dachte Henriette, nein, so leicht durften sie nicht aufgeben. Er war doch noch ein Kind! Sie konnte ihren Blick nicht von Jules Hand lösen. Unaufhörlich streichelte sie des Bruders Haar, die Berührung so zart, dass sie ihn kaum berührte, als hätte sie Angst, ihm wehzutun. Über das feine Mädchengesicht liefen stumme Tränen, die mal auf ihre Hand, mal auf den Rock, mal auf des Bruders Haar tropften. Nicht einmal, um einen Tropfen fortzuwischen, unterbrach sie ihr Streicheln, sanft und rhythmisch wie ein Wiegenlied.

Rüttelnd fuhr die Kutsche an. Jules zweite Hand krallte sich um den Arm ihres Bruders, Wilhoven beugte sich nach vorne, presste seine Hand gegen den Rumpf des Knaben, um ihn auf der Lederbank zu halten.

Niemand sprach ein Wort. Allein das Rattern der Räder, das Klappern der Hufe legte sich über die angespannte Atmosphäre in der Kutsche.

Bitte, lieber Gott, lass ihn gesund werden, betete Henriette im Stillen. Lass diese Kinder nicht noch mehr erleiden.

# 28

Jules Kopf war leer, hoch konzentriert auf nur ein Geräusch, Frieders Atmen, ein dünnes Pfeifen, das sie aus dem Rattern der Räder herauszufiltern versuchte. Es veränderte sich ständig, mal leiser, mal lauter, unregelmäßig und mit immer längeren Pausen, gefolgt von einem verzweifelten Schnappen nach Luft, das Jule vor Angst erstarren ließ.

Endlich erreichte die Kutsche die Einfahrt des Rauhen Hauses. Die Räder holperten an der alten Kate vorbei zum Mutterhaus, mit einem lauten »Brrr!« brachte der Kutscher die Pferde zum Stehen. Jules Hand krallte sich um Frieders Arm, versuchte, seinen Körper ruhig zu halten. Doch nicht einmal ein Stöhnen entwich seiner Kehle, nur ein erneutes gequältes, pfeifendes Atmen, das sich überlaut als unheilvolles Omen über die plötzliche Stille in der Kutsche legte.

Der Mann mit dem grauen Gehrock und der dunkelroten Weste stieß die Tür der Kutsche auf und hastete die Stufen hinab. Stimmengewirr drang in die Kutsche, mehr und lauter als sonst. Jule spähte zur geöffneten Tür hinaus, erblickte Menschen, die sie noch nie gesehen hatte. Damen in feinen Kleidern und Herren in edlen Röcken und mit glänzenden Zylinderhüten, die vor dem Badeteich flanierten, als wäre alles in bester Ordnung.

Jule unterdrückte einen Schluchzer, ihre Hand streichelte so unaufhörlich Frieders Scheitel, als könnte die Liebkosung seinen Kopf heilen, wenn sie sie nur lange genug fortsetzte.

»Sie werden deinem Bruder helfen«, sagte die Dame in dem beige-orangen Kleid, die bestimmt hatte, dass sie und Frieder ins Rauhe Haus gebracht wurden. Ihre Stimme war warm und tröstend. »Ich werde dafür sorgen, dass sich ein Arzt um ihn kümmert.« Die Dame nickte bekräftigend, stieg dann ebenfalls aus der Kutsche. Jule sah ihr nach. Mit resolutem Schritt marschierte sie auf das Mutterhaus zu. Hatte sie diese Dame schon einmal getroffen?

»Fort... muss... fort...«, drang Frieders Stimme zu ihr, abgehackt und kaum mehr als ein Flüstern.

»Frieder...« Jule beugte sich aufgeregt zu ihm. »Du sprichst! Wie geht es dir?«

»Weg... von... hier...« Frieder keuchte.

»Wir gehen hin, wo du willst«, versprach Jule eifrig. »Aber erst musst du gesund werden.«

»Nein, ich...«, keuchte Frieder, »... weg... Richard...«

»Hat Richard dir etwas angetan?«

Frieder keuchte schwer. »... gezwungen... Feuer... aber habe Alarm ge...«

»Du hast mit ihm das Feuer gelegt?«, flüsterte Jule entsetzt.

»... hat gesagt... wenn ich... nicht... helfe... tötet... dich« Frieder hustete und hustete, sein Gesicht wurde rot. Jule versuchte, ihn nach oben aufzurichten, zu stützen, doch der Husten wollte einfach nicht nachlassen. Das Gesicht wurde immer röter, die Lippen liefen blau an.

»Frieder!«, schrie Jule panisch. »O mein Gott! Atme! Bitte, bitte, atme!«

Frieder japste verzweifelt nach Luft, als schon der nächste Hustenanfall seinen Körper schüttelte. Jule spürte etwas Feuchtes auf ihrer Hand, schrie erneut auf. »Du spuckst Blut! O mein Gott, bitte, Frieder, was ist mit dir?«

Frieder bäumte sich auf, erbrach sich. Dunkelrotes Blut ergoss sich auf den Kutschenboden, spritzte auf Jules Schuhe, Rock und Schürze. Frieders Körper zuckte unkontrolliert unter ihren Händen.

»Hilfe!«, brüllte Jule. »Hilfe, so helft uns doch!«

Mit aller Kraft hielt sie ihn auf der Lederbank fest, seine abrupten Bewegungen wurden schwächer, schließlich lag Frieder wie leblos da. Eine Blutspur lief aus dem Mundwinkel, die Augen waren geschlossen.

»Bitte, Frieder«, schluchzte sie, »bitte, verlass mich nicht …«

An der Kutschentür erschien Bruder Albert, seine Augen schreckensweit, als er das Blut sah. Er stieg in die Kutsche, beugte sich über Frieder und schob seine Arme unter den reglosen Körper.

»Halte durch, Frieder«, sagte er gepresst, »gleich wird ein Arzt nach dir sehen.«

Er nahm ihn hoch, mühte sich vorsichtig mit ihm aus der Kutsche hinaus. Wie betäubt lief Jule hinter ihnen durch ein Spalier Neugieriger: feine Besucher, Zöglinge und Brüder, die einen Blick auf Frieder und sie zu erhaschen versuchten. Jule hörte sie raunen, reden, erschrocken ausrufen. Wortfetzen drangen zu ihr, sie verstand, dass das Blut auf ihrem Kleid die Herumstehenden erschreckte, mehr noch als der leblose Frieder in Bruder Alberts Armen. Im Eilschritt erreichten sie das

Turmhaus, in dem sich die neue Krankenstation befand. Frau Ehmke hielt die Tür auf, ließ Bruder Albert passieren, Jule jedoch hielt sie zurück.

»Was hast du dir nur gedacht?«, schimpfte sie leise, »einfach wegzulaufen! Ausgerechnet heute! Von allen Tagen, ausgerechnet heute!«

Jule schüttelte den Kopf. Sie hatte keine Worte, um Frau Ehmke zu sagen, wie leid es ihr tat. Sie wand sich aus Frau Ehmkes Griff, lief Bruder Albert nach, doch schon nach wenigen Schritten packte Frau Ehmke sie erneut.

»Du kannst dort nicht mit hinein, Jule«, sagte sie bestimmt. »Unter den Gästen ist ein Arzt, er sieht jetzt nach Frieder.«

»Aber …«, Jule versuchte Frau Ehmke abzuschütteln, »… ich muss zu Frieder!«

»Das geht nicht.« Mit sanftem Druck schob sie Jule zurück zur Eingangstür. »Lass den Arzt seine Arbeit machen. Vertrau in Gott.«

Unwillig ließ Jule sich von Frau Ehmke zur Tür ziehen. Wie sollte sie in Gott vertrauen, nachdem er ihr bis auf Frieder bereits ihre gesamte Familie genommen hatte!

»Geh jetzt und zieh dir ein sauberes Kleid an. Mit all dem Blut auf deiner Schürze verschreckst du noch unsere Gäste und Gönner.« Frau Ehmke winkte Betje heran, die rotwangig auf das Haus zugerannt kam. »Bring Jule in die alte Kate und bleib bei ihr. Sie soll sich umkleiden und das besudelte Gewand sogleich waschen. Ich möchte, dass ihr Näharbeiten verrichtet, bis ich euch eine andere Anweisung gebe.«

»Ja, Frau Ehmke«, sagte Betje artig, ihr Blick jedoch war unverwandt auf Jule gerichtet. Sie streckte ihre Hand nach Jules aus und drückte sie so fest, dass Jule zusammenzuckte.

Frau Ehmke musterte Betje mit einem prüfenden Blick, dann nickte sie. »Fort mit euch und keine Umwege.«

Sogleich riss Betje Jule mit sich, Jule stolperte, fing sich gerade noch rechtzeitig, bevor sie der Länge nach hingeschlagen wäre.

»Betje, renn nicht so!«, rief Jule, doch Betje dachte gar nicht daran, ihr Tempo zu zügeln, die Hand wie einen Schraubstock um Jules. Sie marschierten am Badeteich vorbei, wo gut zwei Dutzend Besucher und Bewohner des Rauhen Hauses neugierig ihre Blicke auf sie richteten. Jule senkte den Kopf. Je näher sie der alten Kate kamen, desto weniger Menschen waren auf dem Weg, desto langsamer wurde Betje. Schließlich hatten sie das Haus erreicht.

Betje stieß die Tür auf und schubste Jule hinein. »Zieh dich um, ich hole dir Wasser.«

Jule stolperte in die Diele. Es war totenstill. Kein Schnipseln und Schneiden, kein Singen und Schnattern, wie es sonst das Putzen und Schälen des Gemüses zum Einkochen und Einlegen in der alten Kate begleitete. Alle waren heute beim Mutterhaus und Badeteich, die einen in emsiger Vorbereitung des großen Festmahls, die anderen eifrig dabei, die Besucher mit ihrer Gärtnerkunst zu beeindrucken. Nur am Turmhaus selbst hatte Jule außer Frau Ehmke niemanden gesehen. Natürlich, dachte Jule und stieg die Treppe zum Schlafsaal nach oben, die große Einweihung fand erst nach dem Festessen zu Mittag im Anschluss an die erste Andacht im neuen Betsaal statt.

Langsam öffnete sie die Schürzenbänder, nahm die Schürze ab. Frieders Blut, dunkelrot, an mancher Stelle so dick, dass es in Klümpchen am Stoff klebte. Sie starrte auf das Blut, faltete die Schürze darüber und strich sie mit der Hand glatt. Unter ihren Fingern zerplatzten die Klümpchen und verfärbten den Stoff.

»Jule!«, rief da Betje neben ihr. Sie zog den Stoff mit einem energischen Ruck unter Jules Fingern weg. »Was um Himmels willen ist nur los mit dir? Du machst die Flecken nur noch schlimmer, wie willst du das denn je wieder sauber bekommen? Und überhaupt, was hast du dir nur dabei gedacht, einfach wegzulaufen! Ohne einen Ton! Wir sind fast verrückt geworden vor Angst, und das ausgerechnet heute, wo doch eh schon alles drunter und drüber geht mit den ganzen feinen Herrschaften.«

»Ich …« Jule starrte auf ihre Hände. Frieders Blut klebte daran. Sie hatte ihn hierhergebracht. Sollte er den heutigen Tag nicht überleben, würde sein Blut immer an ihren Händen kleben.

»Du hättest mir wenigstens sagen können, dass du nach Frieder suchen willst!«, schimpfte Betje weiter. »Wir sind eine Familie! Du bist meine Freundin! Freunde helfen sich.«

»Helfen?« Jule ließ die Hände sinken, doch noch bevor sie unten waren, hatte Betje sie bei den Handgelenken gepackt.

»Schmier jetzt nicht noch mehr Blut auf deinen Rock! Komm, ich habe die Waschschüssel schon vorbereitet.«

Folgsam ging Jule mit Betje zum Händewaschen. Die Waschtische waren auf Hochglanz geputzt, nur bei einem hatte Betje beim Befüllen der Waschschüssel eine kleine Wasserpfütze hinterlassen. So schön hatten sie für heute alles hergerichtet, voller Stolz auf ihr Haus, auch wenn es das älteste und kleinste des ganzen Rettungsdorfes war. Es war ihre alte, wunderbare Kate, und wer immer von den Besuchern sich bis hierher verirrte, sollte sehen, dass dieses Haus genauso sehenswert war wie das neue Turmhaus. Doch nun spielte das alles keine Rolle mehr. Frieder kämpfte um sein Leben, und egal, wie der Kampf ausging, sie würden das Rauhe Haus verlassen müssen.

Betje führte sie zu dem Waschtisch mit der Wasserpfütze neben der Schüssel, tunkte Jules Hände in das kalte Wasser und drückte ihr eine Seife in die eine Hand, eine Bürste in die andere. »Ich ziehe dir deinen Rock aus und weiche ihn mit der Schürze ein. Und du rührst nichts mehr an, bis das letzte Restchen Blut unter den Fingernägeln herausgeschrubbt ist.«

Die Kälte des Wassers biss sich in Jules Hände. Sie ließ die Bürste über ihre Hand gleiten, schrubbte erst die Innenflächen, dann die Fingernägel, danach die Außenseiten. Sie drückte die Borsten in die dünne Haut, schrubbte fester, immer fester, bis die Haut über den Knöcheln sich rötete, aufsprang, blutete.

»Wie lange willst du noch deine Hände waschen?« Betje war wieder nach oben gekommen und trat zu ihr an den Waschtisch. »Jule!«, schrie sie. »Hör auf!« Sie schlug ihr die Bürste aus der Hand und wusch ihr das frische Blut von den Knöcheln. »Was ist los mit dir?«

Jule schüttelte den Kopf. Noch immer hatte sie keine Worte für ihre Angst vor dem, was passieren könnte.

Betje trocknete Jules Hände ab und führte sie zurück in den Schlafsaal. Zwang sie mit sanftem Druck, sich auf ihr Bett zu setzen.

»Ihr seid zurück, nun wird alles gut.« Betje umarmte Jule. »Du wirst schon sehen, der Arzt wird Frieder wieder zusammenflicken.«

»Und wenn nicht?«, flüsterte Jule.

»Darüber denken wir nicht nach, solange es Hoffnung gibt. Was hilft es Frieder, wenn du an einem guten Ausgang zweifelst?« Betje strich ihr eine Strähne aus dem Gesicht. »Glaub an den guten Ausgang. Ich habe fest daran geglaubt, dass du zurückkommst, und Gott hat dich zurückgeschickt.«

Abrupt ließ Betje sie los und klatschte in die Hände. »Schluss mit Herumsitzen! Ich habe dir Rock und Schürze bereitgelegt. Zieh dich an, und dann tun wir, wie Frau Ehmke uns geheißen hat. Wir wollen sie nicht noch mehr verärgern.«

Damit sprang Betje vom Bett hoch und eilte aus dem Schlafsaal. Jule hörte sie im Badezimmer hantieren, sah den sauberen Rock und die Schürze auf Betjes Bett. Schwerfällig erhob sie sich und angelte sich den Rock von der perfekt glatt gezogenen Bettdecke. Sie stieg hinein, legte die Schürze an, strich sie glatt. Betje hatte recht. Herumsitzen half niemandem. Aber sie würde auch nicht hierbleiben und auf Frau Ehmke warten. Sie würde zur Krankenstation gehen und nach Frieder sehen. Und niemand, auch nicht Betje, konnte sie davon abhalten.

# 29

Im Spiegel sah Henriette, warum Amanda Wichern darauf bestand, dass sie ihr Kleid wechselte. Der beige Rock war mit Matsch und Erde besudelt, durch die orangene Seidenapplikation zog sich ein Riss vom Knie bis zum Saum, sie musste an einer Dorne hängen geblieben sein.

»Ich lasse Ihnen ein Kleid von mir bringen, das Ihnen passen müsste.« Amanda Wichern trat zu ihr in das einfach gehaltene Zimmer. Ein Holzbett, ein wenig schief, ein Tisch, davor ein Stuhl, beides aus dem gleichen Holz wie der Schrank, dessen Türen mit kunstvollen Mustern verziert waren. »Alle Möbel in diesem Zimmer kommen aus unserer Schreinerei«, sagte Amanda Wichern, der Henriettes interessierter Blick offenbar nicht entgangen war. »Sie sind einfach gehalten, aber verrichten ihren Dienst und tragen die Geschichte unserer Zöglinge und Brüder in sich. Ebenso wie das Kleid, das Marieke Ihnen gerade richtet. Es entstammt unserer Schneiderei im Arbeitshaus, aber die Stickereien hat unsere Mädchenfamilie gefertigt.«

Es klopfte, dann wurde die Tür geöffnet, und Marieke betrat den Raum, über ihrem Arm ein schwarzes Kleid, auf den ersten Blick von grober Schlichtheit, auf den zweiten Blick offenbarte sich die Raffinesse der Stickereien, glänzender schwarzer Faden auf mattem schwarzem Stoff.

»Wo soll ich es ablegen, gnädige Frau?«, fragte Marieke höflich.

»Leg es auf das Bett«, sagte Amanda Wichern. »Und hilf Frau Kirchberger aus ihrem Kleid. Es scheint mir von der Sorte zu sein, das ein zweites Paar Hände braucht.«

Sogleich machte Marieke sich an den Ösen und Haken am Rücken von Henriettes Leibchen zu schaffen.

»Ich werde mich einen Augenblick setzen müssen«, sagte Amanda Wichern, die Hand auf ihrem auffällig vorgewölbten Bauch. »Stehe ich zu lange, beschwert sich das Kind, welches gerade in mir heranwächst, mit unerquicklichen Tritten. Aber was rede ich, das kennen Sie ja sicherlich, liebe Frau Kirchberger.«

»Leider nein. Ein Kind zu haben war mir nicht vergönnt.« Henriette sah wehmütig zu Amanda Wichern. So erschöpft sie auf dem Stuhl saß, ihr Gesicht strahlte dieses Etwas aus, das Frauen in guter Hoffnung zu eigen war. Wie sehr sie Amanda Wichern um ihren Zustand beneidete. So lange hatte sie sich gewünscht, ein Kind in sich heranwachsen zu spüren, es im Arm zu halten, zu liebkosen, es großzuziehen.

»Das tut mir wahrlich leid.« In Amanda Wicherns Augen erkannte Henriette aufrichtiges Mitgefühl. »Umso nobler von Ihnen, die Patenschaft für Jule zu übernehmen.«

Henriette spürte, wie Mariekes flinke Hände bei den Ösen innehielten, und ertappte sich wieder mal dabei, die Anwesenheit einer Bediensteten ausgeblendet zu haben. Genau wie Amanda Wichern. Oder war es Usus im Rauhen Haus, dass Dinge offen ausgesprochen und nicht verheimlicht wurden?

»Ich hatte mich gefragt, warum Sie ausgerechnet für dieses Mädchen das Kostgeld übernehmen. Darf ich mich erkundigen, ob es eine Verbindung gibt, oder überschreite ich gerade die Grenze der zumutbaren Offenheit?« Amanda Wicherns Lippen zuckten leicht. »Für uns ist jede Information hilfreich, die uns den Hintergrund eines Zöglings greifbarer macht.«

Das Leibchen mit den unnützen Puffärmeln war endlich gelöst. Henriette zog es von den Armen und reichte es Marieke, die es sorgfältig über das Bettende legte.

»Ich bin Jule zufällig begegnet, als ich mit Amalie Sieveking in den Gängen war.« Henriette spürte Mariekes Hände an den Ösen des Rocks.

»Jule muss Sie beeindruckt haben«, sagte Amanda Wichern.

»Hat sie.« Henriette lächelte bei der Erinnerung an Jule in Hedda Asmussens karger Bude. »Sie hat das wenige, das sie hatte, Kindern gegeben, die noch weniger hatten, um eine Ungerechtigkeit zu mildern, an der sie keine Schuld trug. Es ist ein Leichtes, Gutes zu tun, wenn man dabei selbst letztlich auf nichts verzichten muss. Aber es bedarf Größe, wenn der Verzicht einen schmerzt.«

Die letzte Öse des Rockes war gelöst. Henriette hob die Arme, während Marieke den Rock vorsichtig darüberstreifte.

»Und daraufhin haben Sie diese Patenschaft übernommen?«, fragte Amanda Wichern nach, als versuchte sie nach wie vor, Henriettes Beweggründe zu entschlüsseln.

»Die Idee hatte ich erst, als ich von der misslichen Lage ihres Bruders hörte. Er scheint vom Pech verfolgt zu sein.« Henriette seufzte. »Erst die Amputation und nun dieser schreckliche Unfall!«

»Verzeihen Sie, gnädige Frau«, sagte Marieke, »würden Sie bitte erneut die Arme heben?«

Henriette hob die Arme, Marieke stülpte den geliehenen Rock darüber, der einfache Webstoff verdunkelte ihre Sicht, glitt an ihren Armen hinab, stoppte plötzlich.

»Es tut mir leid, gnädige Frau«, hörte sie Mariekes Stimme, »Ihre Unterkleider sind zu zahlreich. Der Rock will nicht darübergehen.«

»Dann ziehen Sie so viele aus wie nötig«, rief Henriette durch den Stoff, der noch immer über ihren Armen und vor ihrem Gesicht hing.

Marieke löste einen Rock nach dem anderen, Henriette hörte sie fallen, spürte die Erleichterung, die mit dem Gewicht jedes Rocks von ihrer Hüfte fiel. Schließlich glitt der schwarze Rock über ihre Arme und blieb an der Hüfte liegen. Marieke hakte die Ösen ein und half ihr in das zugehörige Oberteil, welches sich eigentlich auch ohne ihre Hilfe vorne verschließen ließ.

Henriette fuhr mit den Fingern über den Stoff des schwarzen Kleides, erspürte die feinen Stickereien der Mädchen. Ob sie das Kleid gerne verziert hatten?

Gesang drang gedämpft in das nüchterne Zimmer. Ein feiner Sopran, ein kräftiger Bariton, ein mächtiger Choral. Henriette kannte das Kirchenlied, es erzählte von Hoffnung und Trauer, von Erbarmen und Güte.

»Der Festakt muss begonnen haben«, sagte Amanda Wichern. »Ich habe meinen Mann nach all der Aufregung dieses Morgens gebeten, den weiteren Tag nach Möglichkeit wie geplant abzuhalten. Ich hoffe, Sie verzeihen mir, dass Sie nun den Beginn der Andacht versäumen.« Sie wandte sich an

Marieke. »Lauf, Marieke, ich weiß, wie sehr du dich darauf freust. Wir schaffen den Rest auch ohne dich.«

»Danke sehr!« Marieke machte auf dem Absatz kehrt und lief aus dem Zimmer.

Amanda Wichern sah ihr nach. Seufzte. »Ich werde sie vermissen. Sie war ein wahrer Wildfang, als sie zu uns kam, nun ist sie eine der größten Stützen in der Mädchenfamilie«, sagte sie mit einem Anflug von Trauer. »Gleichzeitig ist es eine große Freude, wenn wir einen Zögling als gefestigten, guten Menschen an die Welt zurückgeben. Manchmal jedoch müssen wir uns schon früher von einem unserer Zöglinge trennen.«

»Weil sie weglaufen?«, fragte Henriette und dachte an den Ort, an dem sie Jule und ihren Bruder gefunden hatten. Es war offensichtlich, dass die beiden nicht dort hätten sein sollen. War für die beiden Kinder die Zeit im Rauhen Haus vorbei – trotz ihrer Patenschaft?

»Um Himmels willen, nein! So leicht geben wir unsere Kinder nicht auf! Wir sind schließlich ein Rettungsdorf, kein Mädchenpensionat. Dass unsere Knaben – und ganz selten mal ein Mädchen –, das Weite suchen, das kommt vor. Zumeist finden wir sie noch in der Umgebung und bringen sie zurück. Und in der Regel können wir mit gemeinsamem Willen die Gründe für das Davonlaufen beheben. Aber«, fuhr sie fort, und in ihrer Stimme schwang mit einem Mal eine unbeugsame Entschlossenheit mit, »es gibt seltene Momente, da auch ein Rettungshaus seine Tür verschließen muss. Etwa, wenn die Sicherheit aller in Gefahr ist. So wie letztes Jahr, als zwei Zöglinge unser Arbeitshaus abgebrannt haben.«

Henriette schluckte. Brandstiftung. Das war harter Tobak.

Manchmal vergaß sie, dass dieser Ort Kindern vorbehalten war, die den Regeln der Gesellschaft entglitten waren.

»Die Führung unseres Hauses«, erklärte Amanda Wichern, »ist ein ständiges Abwägen von Herz und Verstand im Kampf um jede Seele, die uns anvertraut wurde.« Sie legte liebevoll die Hand auf ihren Bauch, als wollte sie das ungeborene Kind bereits jetzt vor den Härten der Welt schützen. »Und leider, wie es scheint, gehört auch Frieder zu den Knaben, die unser Haus verlassen müssen – falls sich bestätigt, was derzeit noch als Gerücht im Umlauf ist.«

»Frieder? Jules Bruder?«, fragte Henriette erschrocken.

»Ebendieser«, bestätigte Amanda Wichern betrübt. »Wie es scheint, hat er – was nicht ungewöhnlich ist – Schwierigkeiten mit der Eingewöhnung. Allerdings ist er dabei zu weit gegangen, wenn denn stimmt, was behauptet wird. Er soll vor seinem Davonlaufen versucht haben, das neu errichtete Turmhaus abzubrennen. Glücklicherweise konnte das vereitelt werden, doch wäre es eine zu große Gefahr für unser Rettungsdorf, einen Brandstifter zu beherbergen. Erhärtet sich der Verdacht, wird das Vergehen zur Anzeige gebracht.«

Henriette brauchte nicht nachzufragen, was dies für Frieder bedeuten würde. Strafklasse, und wenn er sich erneut etwas zuschulden kommen ließ und sein Alter voranschritt, Zuchthaus. »Ist das wirklich vonnöten? Er ist doch nur ein vom Schicksal unerbittlich gebeuteltes Kind.«

»Das sind alle unsere Kinder. Spricht sich herum, dass wir Brandstiftung durchgehen lassen, könnte das unseren Ruf schädigen, aber nur dieser sichert die Rettung all unserer Zöglinge. Bleiben die Spenden und Subskriptionen aus, haben alle verloren.«

Henriette verschloss den letzten Knopf des Oberteils. Alles, was Amanda Wichern sagte, hatte Hand und Fuß, und dennoch schmerzte sie Frieders Leidensweg. Am liebsten hätte sie die Geschwister einfach mit nach Hause genommen – aber wie sollte das gehen? Vater würde die Kinder umgehend zurückschicken und Henriette für unzurechnungsfähig erklären.

»Ich erzähle Ihnen dies im Vertrauen«, sagte Amanda Wichern, ihren Blick fest auf Henriette gerichtet, »und auch nur aus einem Grunde: Sollten wir Frieder nach seiner Genesung tatsächlich wegschicken müssen, befürchte ich, dass auch Jule nicht bleiben wird. Selbst wenn Frieder in eine Strafklasse geschickt wird.«

Henriette nickte. Nach allem, was sie bisher über das Mädchen gehört hatte, schien diese Annahme gerechtfertigt.

»Und ich«, fuhr Amanda Wichern fort, »werde schon bald niederkommen, und je nach Ausgang der Geburt wird Frau Ehmke für eine oder auch mehrere Wochen einen großen Teil meiner Aufgaben übernehmen müssen und kann sich nicht in der besonderen Weise um Jule kümmern, wie das nötig wäre, da zu allem Übel auch noch ihre Hausmuttervertretung abgesagt hat.«

»Wer wird sich dann um die Mädchenfamilie kümmern?«

»Es wird sich ein Weg finden.« Amanda Wichern lächelte hintergründig. »Wenn ich etwas in den Jahren hier gelernt habe, dann, in Gott zu vertrauen. Manches Mal sind seine Wege verschlungen, aber am Ende hat sich noch immer alles zum Guten gefügt. Das Kleid steht Ihnen übrigens ganz vorzüglich. Schlichtheit ist oft die größte Eleganz.«

***

Amanda Wicherns Worte gingen Henriette bis zum Ende der Andacht nicht mehr aus dem Kopf. Musste man einfach nur unerschütterlich darauf vertrauen, dass am Ende alles gut wurde, damit sich alles fügte? Oder beflügelte dieses Vertrauen nur die Selbsttäuschung, mit der man sich das eigene Schicksal schönredete?

Nachdem der ergreifende Schlusschoral der Zöglinge verklungen war, verließ sie als eine der Ersten den bis auf den letzten Platz gefüllten Betsaal. Sie genoss die Wärme der herbstlichen Sonne, als Wilhoven neben ihr auftauchte.

»Frau Kirchberger! Ich hätte Sie fast nicht erkannt in dem schwarzen Kleid. Ich nehme an, Ihr schönes Kleid ist ruiniert? Was für ein betrüblicher Tag!«

»So freundlich es gemeint ist, grämen Sie sich nicht um meine Garderobe«, sagte Henriette abwinkend. »Sagen Sie mir lieber, haben Sie etwas über den Jungen erfahren?«

»Über... den... Jungen?«, fragte Wilhoven überrascht zurück. »Nein, ich habe Herrn Wichern alles, was vorgefallen ist, bis ins kleinste Detail berichtet. Von Ihrem wagemutigen Verlassen der Kutsche bis hin zu der stillen Weiterfahrt zum Rauhen Haus, begleitet nur vom pfeifenden Atem des bedauerlichen Knaben.«

»Ich dachte, vielleicht...« Sie winkte erneut ab. »Verzeihen Sie, natürlich können Sie nichts über den Jungen wissen. Ich mache mir nur Gedanken, wie es nun mit ihm weitergeht.«

»Sie meinen, ob er überlebt?«

»Überlebt?«, fragte Henriette erschrocken. In dem Gespräch mit Amanda Wichern war es keine Sekunde darum gegangen, dass Frieders Leben auf dem Spiel stand.

»Bei all dem Blut…« Wilhoven schüttelte den Kopf, als hätte Frieder den Kampf um sein Leben bereits verloren.

»Ich habe Menschen schon mehr Blut verlieren sehen«, gab Henriette hoffnungsvoll zurück.

»Von einer äußeren Wunde?«, fragte Wilhoven nach, »oder wurde es erbrochen, wie in diesem Fall? Aber lassen wir diese unerfreulichen Dinge hinter uns. Ich denke, der heutige Tag steht unter keinem guten Stern, wir sollten heimkehren, bevor noch Schlimmeres passiert. Ich habe Anweisung gegeben, die Kutsche vorfahren zu lassen.« Er hielt ihr den Arm hin. »Wenn Sie so freundlich wären. Herr Wichern hat sicher Verständnis, wenn wir uns schon jetzt verabschieden.«

Sie war im Begriff, seinen Arm zu nehmen, als ihr Blick Jule streifte. Kalkweiß lehnte sie unter einem Fenster des neuen Turmhauses, wirkte mehr wie ein Geist als ein Mensch.

Henriettes Brust wurde eng. Sie ahnte, dass etwas nicht stimmte, dass selbst das größte Vertrauen in Gottes Gnade für Jule kein gutes Ende bereithielt.

## 30

Jules Ohren rauschten. Schwindel erfasste sie, die Büsche vor ihr verschwammen, ihre Knie zitterten. Sie lehnte sich an die Wand, rutschte langsam daran zu Boden, versuchte die Übelkeit zu überwinden, das Rauschen zu stoppen. Schließlich beruhigte sich der Schwindel, das Rauschen verschwand, die Stimmen des Arztes und von Bruder Albert wurden wieder klar.

»... die Verletzungen waren zu schwerwiegend.« Das war der Arzt. »Im Krankenhaus hätten sie dem armen Teufel auch nicht mehr helfen können.«

»Er hieß Frieder«, korrigierte Albert den Arzt. »Was ist ihm nur passiert?«

»Ich denke, wir haben es mit einem klassischen Huftritt zu tun. Er muss sich dem Tier in den Weg gestellt haben. Vielleicht einer Kutsche, möglicherweise einem Reiter. Das Tier scheut, der Huf trifft die Brust des Jungen mit voller Wucht.« Der Arzt machte eine kurze Pause. »Hier, sehen Sie, wie der rechte Brustkorb eingedrückt ist? Er wurde regelrecht zerschmettert. Ich nehme an, dass die Rippen oder Splitter davon mindestens einen Lungenflügel und die Milz durchbohrt haben. Dazu noch die schwere Kopfverletzung ...«

Das Rauschen setzte wieder ein. Und die Übelkeit.

Nun auch Frieder.

Tot.

Nur sie war noch übrig.

Ihr Magen rebellierte, bittere Galle stieß hoch, sie übergab sich, wieder und wieder, obschon nichts mehr in ihr war, das sie noch hätte von sich geben können.

Da legte sich eine Hand auf ihre Schulter.

»Jule.« Die Stimme der Frau aus der Kutsche drang zu ihr. »Was ist mit dir?«

Anstelle einer Antwort brach Jule in Tränen aus. Laut und unkontrolliert, sie hörte sich schluchzen, fühlte, wie ihr ganzer Körper sich schüttelte, spürte die Arme der Frau, die sich neben sie gekniet hatte und sie nun fest an sich presste, als könnte sie den Schmerz von ihr nehmen.

Aber das konnte sie nicht. Niemand konnte das.

»Jule!« Bruder Albert beugte sich zum Fenster hinaus. »Herrje! Wie lange hast du dort gestanden?«

Jule schluchzte noch lauter.

»Wissen Sie, wie lange Jule schon hier ist?«, fragte Bruder Albert nun die Frau.

»Lange genug, um etwas zu hören, das sie bis ins Mark erschüttert hat«, antwortete die Frau und strich Jule dabei beruhigend über das Haar. »Ist er …?«

Die Frau sprach das Unaussprechliche nicht aus, auch Bruder Albert sprach es nicht aus, aber er musste ein Zeichen gemacht oder genickt haben, denn die Frau hielt sie noch inniger, streichelte stumm ihr Haar, ertrug die Nässe ihrer Tränen und des Rotzes an ihrer Brust.

Wie durch einen Schleier nahm Jule die Menschen wahr,

die sich um sie herum scharten, herbeigerufen durch ihren Schmerz, und nun neugierig auf sie und die Frau starrten. Sie vernahm das Getuschel, hörte Frieders Namen durch die wachsende Menge wandern, hörte Frau Ehmke, die sich energisch einen Weg durch die Menschen bahnte.

»Jule! Was machst du hier?«, rief Frau Ehmke. »Was ist nur passiert, das solch einen Tumult aus...« Sie verstummte, warum, konnte Jule nicht erkennen.

Jule drückte ihren Kopf an die fremde Frau, die ihr plötzlich weniger fremd als alle anderen um sie herum erschien. Wenn sie nur ebenfalls sterben könnte. Wie Frieder und Mutter und Vater und Dorrit und Willem. Wenn es nur endlich vorbei wäre. Der Schmerz und die Angst und die Einsamkeit. Wenn sie nur vom Erdboden verschwinden könnte, hinauffliegen in die Unendlichkeit des Himmels, zu Petrus und den Engeln, die über den Wolken über sie wachten. Aber das konnte sie nicht. Sie war dazu verdammt, hier auszuharren. Auf der kalten und harten Erde, jeder Tag voller Arbeit von früh bis spät, selbst hier, wo sie immerhin gut zu essen und jede Nacht eine sichere Bettstatt hatte.

»Bringt Jule ins Mutterhaus«, sagte da Wicherns ruhige Stimme, »und versammelt alle anderen im Betsaal.«

Jule spürte seine Hand auf ihrem Rücken. »Du trauerst nicht allein, mein Kind.«

Fast blind von Tränen ließ Jule sich von Herrn Wichern ins Mutterhaus führen, durch die Diele in den kleinen, gemütlichen Salon. Sie setzte sich auf das Sofa, nahm das Taschentuch, das Wichern ihr reichte, schnäuzte sich. In der Tür des Salons standen Wichern und Frau Ehmke und die Frau aus der Kutsche, die inzwischen ein schwarzes Kleid trug.

Sie musste zu Frieder. Sich selbst davon überzeugen, dass er nicht mehr lebte. Vielleicht hatte sie sich verhört? Die Worte des Arztes falsch interpretiert. Was hatte er noch gesagt? Sie versuchte sich zu erinnern, Bruchstücke der belauschten Unterhaltung purzelten durch ihren Kopf, ergaben mal Sinn, mal keinen, sie suchte nach dem fehlenden Wort: tot.

Niemand hatte es ausgesprochen.

*Vorbei … Verletzungen schwerwiegend … überlebt hätte … hieß Frieder …*

Niemand musste das Unsagbare aussprechen, wenn es doch reichte, von Frieder in der Vergangenheit zu reden.

*Er hieß Frieder.*

Mehr Worte waren nicht nötig gewesen, um ihr Leben zu zerschmettern, wie der Huf Frieders Brust zerschmettert hatte.

Sie musste ihn sehen.

Unvermittelt sprang sie vom Sofa hoch. »Ich …«, krächzte sie, räusperte sich, »… muss zu Frieder.«

Wichern und die Frau eilten zu ihr, Wichern legte seine Hand liebevoll auf ihren Kopf. »Es tut mir so leid, Jule, aber der Arzt ist noch bei ihm. Die Untersuchung für den Totenschein«, erklärte er ruhig. »Du musst dich noch einen Moment gedulden, dann darfst du dich von Frieder verabschieden, wie es sich gebührt.«

»Die Totenwache«, murmelte Jule, erinnerte sich an die Nacht nach dem Tod der Eltern und Geschwister. An die Menschen, die mit ihr die Totenwache gehalten hatten, bevor der Bestatter kam und sie auf den Armenfriedhof verbracht hatte. »Ich möchte bei der Totenwache dabei sein.«

»Das geht leider nicht«, sagte Wichern, die Stimme sanft, als spräche er zu einem Säugling. »Die Totenwache obliegt der Familie, in die Frieder integriert war. Das sind, da Frieder noch Novize war, Bruder Albert und Richard. Du kennst die Regeln in unserem Haus – Knaben und Mädchen werden strikt getrennt. Du kannst nicht mit Richard eine ganze Nacht bei deinem Bruder sitzen.«

Richard?

Richard sollte an ihrer Stelle die Totenwache halten?

»Nicht Richard!«, stieß sie harsch hervor.

»Bitte?«, fragte Wichern perplex.

»Wegen Richard ist Frieder fortgelaufen. Es war Richard, der Frieder zur Brandstiftung gezwungen hat. Er hat ihm gedroht, dass er mir sonst etwas antun würde, aber Frieder hat Alarm geschlagen, damit das Feuer rechtzeitig entdeckt wird, und dann ist er weggelaufen, damit Richard ihn nicht noch einmal dazu zwingen kann.«

»Das sind schwere Anschuldigungen, die du da gegen einen von uns aussprichst. Woher willst du all das wissen?«, fragte Wichern ernst.

»Jule!«, ermahnte Frau Ehmke sie streng. »Lügen ist eine Sünde, vergiss das nicht. Und einen anderen einer solch grässlichen Tat zu bezichtigen, wiegt besonders schwer.«

»Ich lüge nicht!«, rief Jule aufgebracht. Die Vorstellung von Richard an Frieders Totenbett machte sie rasend. Wie er dort sitzen würde, feixend, sobald ihn keiner sah, zufrieden, dass Frieder ihn nun nicht mehr verraten konnte, Trauer vortäuschend, sobald Bruder Albert mit im Raum wäre. Wahrscheinlich würde er Frieder noch nach Gegenständen absuchen, die ihm von Nutzen sein könnten, und wenn es nur ein schöner Knopf war, wie sie manchmal die Hosen der Knaben zierten.

»Jule Trabbert, wage es nicht noch einmal, die Stimme in unserer Gegenwart zu erheben.« Frau Ehmkes Mund war spitz, der Zeigefinger erhoben. »Ich erkenne die Außerordentlichkeit der Situation und deiner Trauer mildernd an, aber sie gibt dir nicht das Recht solcher Dreistigkeit.«

Jule senkte den Kopf. »Nicht Richard«, sagte sie leise. »Frieder hat ihn gehasst. Richard hat ihn vom ersten Tag an gepiesackt. Wegen Richard wollte Frieder nicht hierbleiben.«

»Nun lief er also doch nicht vor der Gefahr davon, erneut in eine Brandstiftung verwickelt zu werden?« Wichern sah ihr direkt in die Augen. »War es nicht das, was du eben noch als Grund für sein Davonlaufen anbrachtest?«

»So hat Frieder es mir erzählt.«

»Frieder?«, fragte Wichern streng nach. »Wann? Mir wurde gesagt, dass er das Bewusstsein vor seinem Dahinscheiden nicht mehr wiedererlangt hat.«

»In der Kutsche«, sagte Jule tonlos. »Als er gemerkt hat, wo wir sind. Da hat er …« Jule schluchzte auf. »Er hat … Er wollte, dass ich ihn von hier wegbringe. Er hat gesagt, fort … er muss fort … und dass Richard ihn gezwungen hat, bei dem Feuerlegen zu helfen.«

»Und das war das Einzige, was er gesagt hat?«, forschte Wichern nach. »Und auch das erst, als du mit ihm alleine in der Kutsche gewesen bist? Herr Wilhoven kann sich nämlich nicht daran erinnern, mehr als den pfeifenden Atem von Frieder gehört zu haben.« Er wandte sich an die Frau aus der Kutsche. »Und Sie, Frau Kirchberger?«

»Ich habe Frieder nicht reden gehört«, sagte die Frau, »aber ich habe sehr wohl bemerkt, dass der Junge unruhig geworden ist, als wir uns dem Rauhen Haus genähert haben. Und ich habe bemerkt, dass er wach war und mit seiner Schwester allein sein wollte. Vielleicht, weil er ihr etwas mitteilen wollte, das nicht für meine Ohren bestimmt war. Deshalb bin ich ebenfalls ausgestiegen, obschon ich eigentlich mit den Kindern auf Hilfe warten wollte.«

»Sie... haben es bemerkt?«, fragte Wichern interessiert nach. »Wie?«

»Man spürt doch, wenn man stört«, sagte die Frau und zog erstaunt die Brauen zusammen, als verstünde sie die Frage nicht. »In einer Gesellschaft entsteht dann oft verlegenes Schweigen. Oder besonders zwanghaftes Geschwätz. Aber spüren tut man es auch so – nur ziehen die meisten vor, es zu ignorieren.«

Wicherns Blick lag noch immer auf der Frau. »Sie glauben also, Frieder könnte wirklich mit Jule gesprochen haben?«

»Ich halte es für sehr wahrscheinlich«, sagte die Frau. »Es würde erklären, warum er sich anschließend erbrochen hat. Es muss für ihn eine große Anstrengung gewesen sein. Und die konnte er sicherlich nur deswegen leisten, weil ihn Angst oder Liebe oder beides angetrieben haben.«

»Das ist viel ›würde‹ und ›wäre‹ und wenig ›sein‹«, warf Frau Ehmke ein. »Immerhin geht es um die Ehre und das Schicksal eines zweiten Jungen. Und der sagt etwas ganz anderes, nämlich dass Frieder ihn zur Brandstiftung zwingen wollte und als er sich geweigert und gedroht hat, Frieders Tat bei der Heimleitung anzuzeigen, da hat Frieder es mit der Angst zu tun bekommen und ist davongelaufen.«

»Das ist gelogen«, brauste Jule auf, senkte aber sogleich ihre Stimme. »Richard ist doch der Erpresser! Und mit was soll Frieder Richard denn zu der Brandstiftung gezwungen haben?

Er hatte doch nichts gegen ihn in der Hand. Frieder war kleiner, jünger, schwächer und hatte nur ein Bein!«

»Nur weil jemand groß und unversehrt ist, macht es ihn nicht zum Täter. Und weil er klein ist, nicht zum Opfer. Napoleon war klein, und doch hat er Unglück über Millionen von Menschen gebracht.« Frau Ehmke seufzte. »Wie es scheint, haben wir Aussage gegen Aussage.«

»Dann …«, die Frau hob die Hand, als wollte sie Aufmerksamkeit auf sich ziehen, »… lassen Sie uns doch für den Moment die Richtigkeit der zwei Aussagen beiseiteschieben, denn jetzt gerade geht es nur darum, wer bei Frieder die Totenwache hält, nicht wer welchen Frevel begangen hat.«

»Das ist korrekt«, bestätigte Wichern.

»Aufgrund von Richards und Jules Aussagen können wir zumindest feststellen, dass Richard und Frieder keine Freunde gewesen sind, mehr noch, einer den anderen in eine äußerst bedrängte Lage gebracht hat.«

»Auch das ist richtig«, sagte Wichern bedächtig. »Allerdings möchte ich anmerken, dass wir in diesem Hause darauf achten, dass Taten gebüßt und auch vergeben werden.«

»Frieder kann weder das eine noch das andere. Er ist tot.«

Jule zuckte zusammen. Die Frau hatte das unaussprechliche Wort ausgesprochen.

»Es ist für mich eine Frage der Barmherzigkeit, das Recht der Totenwache der Schwester, seiner einzigen Verwandten, zuzusprechen.« Die Frau wandte sich direkt an Jule. »Wer sonst als dieses Mädchen sollte ein letztes Mal über ihn wachen dürfen? Wen sonst als seine Schwester würde Frieder an seiner Seite haben wollen? Den Jungen, mit dem er spinnefeind gewesen ist, oder die Schwester, die er innig geliebt hat?«

Jule sah die Frau mit großen Augen an. Wer war sie, dass sie sich so für sie einsetzte? In dem Moment fiel es ihr wie Schuppen von den Augen – es war die gleiche Frau, die ihr die Mark gegeben hatte! Jetzt, in dem schlichten dunklen Kleid und ohne den üppigen Hut, erkannte Jule sie wieder. Was machte sie hier?

»Liebe Frau Kirchberger, Sie würden einen guten Syndikus abgeben«, sagte Wichern und legte seine Hand auf Jules Schulter. »Gerne würde ich Ihrem Rat folgen, doch erlaubt die Situation des Hauses es derzeit nicht. Meiner Frau ist die Totenwache in ihrem Zustand nicht zumutbar, Frau Ehmke ist in ihrer Kinderfamilie nicht abkömmlich, und alleine kann ich Jule die Totenwache nicht erlauben.«

»Ich kann sie mit Jule abhalten«, sagte Frau Kirchberger fest.

Wichern seufzte. »Sie haben einen starken Willen, werte Frau Kirchberger, und ich denke, Ihrem Vorschlag spricht nichts entgegen – wenn Jule das auch wünscht.«

»Ja, bitte.« Jule wandte sich an Frau Kirchberger und machte einen ungelenken Knicks. »Ich danke Ihnen von ganzem Herzen, gnädige Frau.«

# 31

Mit dem ersten Licht des fahlen Herbstmorgens lösten sich Henriettes Gedanken langsam aus dem Dickicht der durchwachten Nacht. Die Morgensonne stahl sich durch die Stöße der dicken Vorhänge und ließ den Staub in ihren Strahlen tanzen. Eine Erinnerung an die Unendlichkeit des Lebens, über den Tod hinweg. Wo Frieder nun sein mochte? Bei seinen Eltern und Geschwistern, wiedervereint in einem besseren Leben, ohne die Bürde der schwächlichen Körper, die Krankheit und Hunger und Trieben ausgeliefert waren? Sie würde es nie wissen, zumindest nicht, solange sie selbst noch die Bürde des Lebens tragen musste. Im Schein der letzten beiden noch brennenden Kerzen betrachtete sie Jule, ihr Kopf war auf das Bett gesunken, der blonde Zopf lag neben dem malträtierten Oberkörper des toten Bruders. Du armes, einsames, unglückliches Kind, schoss es Henriette durch den Kopf. Niemals würde sie selbst den Schmerz über den Verlust der Mutter und des Bruders vergessen. Obgleich sie lange schon darüber hinweg war, der Gedanke daran höchstens einen kurzen Moment der Wehmut auslöste oder der frohen Erinnerung an die Zeiten, als die beiden noch lebten.

Die Zeit unmittelbar nach ihrem Tod jedoch war unerträglich gewesen. Im Gegensatz zu Jule hatte sie allerdings einen Vater gehabt, der für sie gesorgt hatte.

Wer würde sich um Jule kümmern? Würde sie weiterhin im Rauhen Haus geduldet sein, nun da der Bruder verstorben war?

Henriette gähnte. Die Stille der Nacht hing noch schwer im Raum, getragen von dem unsichtbaren Band, welches das gemeinsame Beten und Schweigen zwischen ihnen gesponnen hatte.

Ein Klopfen an der Tür der Krankenstation ließ sie den Kopf drehen.

Marieke trat ein. »Herr Wilhoven wäre jetzt für Sie da, gnädige Frau.«

Erstaunt schob Henriette die Decke zur Seite und erhob sich von ihrem Stuhl. Was wollte Wilhoven hier? Bruder Albert hatte sich gestern bereit erklärt, sie heute nach der Totenwache nach Hause zu bringen – und sie war sich sicher, dass Wilhoven bei dem Gespräch zugegen gewesen war.

Im nächsten Moment war Marieke bei ihr und reichte ihr einen wollenen Schal. »Es ist kühl«, sagte sie und legte ihn um Henriettes Schultern. »Ich soll Ihnen den Schal von Frau Wichern überreichen.«

»Richte Frau Wichern bitte meinen Dank für ihre Fürsorge aus. Ich werde das Kleid und den Schal bei Gelegenheit zurückbringen lassen.«

Nachdem sie sich in aller Kürze von Bruder Albert und Herrn Wichern verabschiedet hatte, ging sie auf Wilhovens Kutsche zu. Die Morgenluft war tatsächlich frostig frisch. Mit einem Schauder zog sie den Schal enger um ihre Schultern, ein weiches Bollwerk gegen den kühlen Hauch des Herbstes.

Wilhoven eilte auf sie zu, zog den Hut. »Guten Morgen, verehrte Frau Kirchberger! Ich hoffe, Sie sind mir nicht gram, dass ich ungefragt hier auftauche«, sagte er und zog servil den Hut. »Aber da ich gestern mit Ihnen gemeinsam hierhergefahren bin, ist es mir ein Anliegen, Sie auch persönlich wohlbehalten zu Ihrem Vater zurückzubringen.«

»Das ist sehr freundlich von Ihnen«, sagte Henriette, obgleich sie noch immer nicht verstand, warum er sich bemüßigt fühlte, ohne jede Notwendigkeit den Weg bis nach Horn zurückzulegen.

Sie reichte ihm die Hand, damit er ihr in die Kutsche half, spürte den prüfenden Blick seiner Augen.

Sie glitt in die Polsterung des Kutschensitzes, deutlich weicher als der Holzstuhl, der sie letzte Nacht beherbergt hatte.

Wilhoven schloss die Tür und setzte sich ihr gegenüber. »Sie müssen erschöpft sein«, stellte er fest und musterte sie, während die Kutsche sich mit einem Schnalzen der Peitsche in Gang setzte. »Verzeihen Sie, wenn ich Sie mit meiner Frage überfalle, aber mir ging die ganze Nacht nicht aus dem Kopf, warum ausgerechnet Sie diese Totenwache übernehmen wollten.«

Henriette ließ ihren Finger über das kühle Glas der Kutschenscheibe fahren, betrachtete die Knaben, die bereits fleißig an ihren Beeten mit Wintergemüse werkelten. Dann bog der Kutscher auf die Landstraße ab und ließ das Rauhe Haus hinter sich.

Henriette wandte sich zu Wilhoven. »Es gibt Dinge, die man nicht aus Pflicht tut, sondern weil es in dem Moment das Richtige ist.«

Die Kutsche holperte über die unebene Straße, Schweigen

legte sich über sie, dehnte sich zwischen ihnen aus wie der Morgennebel über den Feldern. Henriette sah an Wilhovens nachdenklichem Blick, dass er ihrer Antwort nachhing, sie zu deuten oder auch nur zu verstehen suchte.

Sie dachte an Jule. An die gemeinsamen Gebete, zuerst unterbrochen von Jules Schluchzen, dann von Jules Erinnerungen an ihren Bruder, die sie flüsternd mit Henriette geteilt hatte, als wären sie der größte Schatz auf Erden, untermalt von den Schattenwesen, welche die Kerzen an die Wand geworfen hatten.

Nach ein paar Minuten räusperte Wilhoven sich. »Nun gut, ich denke, ich bin in einer solchen Situation noch nicht gewesen, da mir die Pflicht zumeist auch das Richtige zu sein scheint. Was aber hat es mit dem Mädchen auf sich? Ich habe gesehen, wie Sie es getröstet haben. Wüsste ich es nicht besser, hätte ich geschworen, das Mädchen sei eine Verwandte, zumindest eine enge Bekannte.«

Henriette zog den Wollschal enger um ihren Oberkörper. Fehlende Nachtruhe machte sie kälteempfindlich. Das war schon immer so gewesen. Sie sehnte sich plötzlich in die Stille der letzten Nacht zurück, die Jule und sie und Frieder tröstlich umhüllt hatte, nachdem Jules Erinnerungen verstummt und ihre Tränen versiegt waren. Über Stunden hatte keine von ihnen gesprochen, und doch waren sie in der gemeinsamen Wacht innig verbunden gewesen.

»Ich weiß es nicht.« Henriette verschränkte die Arme über dem Schal. »Ich bin mit dem Mädchen nicht bekannt und nicht verwandt. Ich habe es ein Mal getroffen, mit Frau Sieveking in den Gängen, und es hat mich berührt. Und als wir es gestern auf der Straße aufgelesen haben, hat es das gleiche Gefühl in mir ausgelöst.«

»Gefühl?« Wilhoven runzelte die Stirn.

»Eine Art Verbundenheit.«

»Sie fühlen sich einem vollkommen fremden Kind verbunden?«, fragte Wilhoven mit unverhohlener Verblüffung.

»In gewisser Weise – ja. Ist das nicht eine herausstechende Eigenart der Menschen? Mit manchen fühlen wir uns schon nach wenigen Treffen verbunden, andere kennt man ein Leben lang und gewinnt doch nie auch nur einen Fußbreit Nähe.«

Wilhoven lehnte sich zurück. »Sie sind wahrlich außergewöhnlich. Ich vermag nicht zu sagen, dass ich Ihre Handlungsweise dieses Kind betreffend nachvollziehen kann, aber ich bin bereit, sie zu respektieren, so wie ich Sie respektiere.«

Diesmal war es Henriette, die erstaunt aufblickte. Sie hatte nicht erwartet, dass Wilhoven ihre Verbindung zu Jule verstand. Und noch weniger hatte sie erwartet, dass er etwas, das er nicht nachvollziehen konnte, respektierte. Eine ungewöhnliche Haltung für einen Mann, so ungewöhnlich, dass sie kaum glaubhaft schien. Und doch wusste sie, dass diese Haltung existierte. Hatte sie Franz nicht für genau diese Qualität geliebt?

## 32

Als Jule erwachte, war es so still, als wäre mit Frieders Tod die Welt stehen geblieben. Sie hob den Kopf. Sah zu Frieder.

Er sah so friedlich aus.

Als schliefe er.

Als müsste er jeden Moment erwachen, frisch und ausgeschlafen, sogleich auf der Suche nach etwas zu tun.

Nur dass er nie wieder erwachen würde.

Und sie nie wieder erwachen wollte.

Und doch war sie wach.

Und allein.

Sie fröstelte. Es war kalt, kälter als sonst.

Als hätte Frieders Tod einen kalten Schatten über das Haus gelegt.

Sie zog die Decke, die Frau Kirchberger gestern über sie gelegt hatte, über die Schultern. Lauschte auf die Geräusche des Hauses.

Es war so still.

Wie spät es wohl war?

Wann war Frau Kirchberger gegangen? Was hatte es mit ihr auf sich – eine Dame mit schönen Kleidern, die sich erst ins

Gängeviertel verirrte und dann das Rauhe Haus besuchte? Es konnte kein Zufall sein. Erst das Geld für Lauermann, dann die Rettung von der Straße, schließlich die Bereitschaft, mit ihr die Totenwache zu halten. Sie schien wie ein Engel, der immer dann auftauchte, wenn sie ihn am meisten brauchte.

Aber jetzt war sie allein.

Sie stand auf, vertrat sich die Beine, sie kribbelten vom langen Sitzen, der Rücken schmerzte wie nach einer Tagesschicht über dem Waschtrog. Sie lief von Wand zu Wand, hin und her und her und hin, presste die Stirn gegen die kalte Mauer.

Sie war allein.

Irgendwann in den nächsten Stunden würden sie kommen und Frieder mitnehmen. Ihn begraben, einen Gottesdienst für ihn halten und dann, wenn der Alltag wieder einkehrte, würden die Menschen um sie herum Abstand halten, weil sie nicht wussten, wie sie mit ihr, der bedauernswerten Hinterbliebenen, umgehen sollten. Dann wäre sie noch einsamer als nur allein.

Die Tür ging auf, Marieke huschte herein.

»Du bist wach!« Marieke umarmte sie. »Es tut mir so furchtbar leid.«

Jule nickte nur, überrascht über Mariekes spontane Umarmung. Sie fühlte sich gut an, ehrlich und warm und gleichzeitig gefährlich, denn wenn sie jetzt spräche, könnte sie nie wieder aufhören zu weinen.

»Ich soll dir von Betje Grüße ausrichten. Sie wollte zu dir, aber Frau Ehmke hat es ihr verboten. Wir sollen dich in Ruhe von Frieder Abschied nehmen lassen. Sie holen ihn schon bald.« Sie drückte Jule so fest an sich, dass Jule die Luft wegblieb. »Frieder ist jetzt an einem besseren Ort. Und du bleibst bei uns. Frau Ehmke hat uns versprochen, dass sie alles dafür tun wird, dass du im Rauhen Haus bleiben darfst. Weil wir jetzt deine Familie sind.«

»Da-danke«, schluchzte Jule. Nun liefen die Tränen doch.

»Wein ruhig, die Tränen müssen raus, egal ob jetzt oder später«, sagte Marieke. »Nach dem Mittagessen gibt es einen Gottesdienst für Frieder. Wir haben heute alle unsere Arbeiten liegen lassen, bis auf die Köchinnen und die Küchenhilfen. Alle anderen arbeiten an Blumenschmuck und einem Kranz für Frieder. Meinst du, du kannst davor in die alte Kate, dich frisch machen?«

Jule nickte stumm, ihre Kehle wie zugeschnürt. Wie sollte sie an einem Gottesdienst teilnehmen, noch dazu im Zentrum der Aufmerksamkeit, wenn auch Richard dabei anwesend sein würde? Wie sollte sie sein Grinsen ertragen oder, noch schlimmer, geheucheltes Beileid oder Trauer? Wie sollte sie ihm nicht seine Schuld an Frieders Tod ins Gesicht speien, selbst wenn dies den Ausschluss aus dem Rauhen Haus nach sich ziehen würde?

# 33

Jule.

Wie es ihr wohl erging?

Der erste Gedanke, als Henriette am nächsten Tag erwachte. Das Morgenlicht sickerte durch die dicken Vorhänge, gerade genug, um die Konturen der Möbel zu erfassen, ohne dass das Licht in den Augen schmerzte. Franz hätte schon längst die Vorhänge aufgerissen, sie mit den Sonnenstrahlen aus dem Bett gescheucht, auf ihr Jammern, dass ihre Augen sich langsam an den neuen Tag gewöhnen mussten, nur lachend auf ihr blaues Blut verwiesen, das seine Träger wohl besonders verweichlichte. Aber Franz war nicht mehr da, um sich über ihre adelige Herkunft lustig zu machen.

Und Wilhoven, so sie seinen Antrag denn annahm, würde sich kaum über den Adel lustig machen, zu dem er so gerne gehören wollte.

Sie setzte sich im Bett auf. Am liebsten wäre sie sogleich wieder ins Rauhe Haus gefahren, um mit Amanda Wichern über die Idee zu sprechen, die ihr heute Nacht gekommen war: Sie, Henriette, könnte für Frau Ehmke einspringen und die Mädchenfamilie übernehmen. Natürlich hatte sie keine Erfahrung als Betreuerin, auch Mutter war sie nie gewesen, aber sie hatte ein Gasthaus geführt. Eine Küche geleitet. Hatte Personal befehligt und Disziplin eingefordert. Sie konnte Sticken und Nähen und Kochen und Backen, sogar vom Pflanzen und Ernten verstand sie genug, um junge Mädchen darin anleiten zu können. Wobei dieser Bereich der Arbeit im Oktober ohnehin von untergeordneter Bedeutung war.

Ein Klopfen an der Tür schreckte sie aus ihren Gedanken.

»Ja«, sagte sie, überzeugt, dass nur Stine sie um diese Morgenzeit stören würde.

Die Tür wurde aufgerissen, im gleichen Moment rauschte Rosa ins halbdunkle Zimmer. »Wann gewöhnst du dir endlich an, deine Vorhänge zu öffnen, wenn der Tag beginnt?«, schimpfte sie anstelle eines Morgengrußes. »Ich breche mir noch die Beine in dieser dunklen Höhle!«

Sie hob den ersten Vorhang und befestigte ihn mit der Quaste an der Seite. So ging sie von Fenster zu Fenster und hörte erst auf, als auch der letzte Vorhang geöffnet war und das geballte Licht der Morgensonne das Zimmer erhellte.

»Auch dir einen guten Morgen«, sagte Henriette, halb amüsiert, halb verwundert. Niemand außer Rosa würde es wagen, einfach so in die Gemächer einer Freundin zu platzen und ihr erbarmungslos den Tag hereinzuholen. »Was verschafft mir die Ehre deines Besuchs, so früh am Morgen? Wie bist du an Stine vorbeigekommen?«

»Die Arme wurde zu deinem Vater zitiert.«

Henriette stand auf und schlüpfte in den Morgenrock, den Rosa ihr reichte. »Nun, schieß los, liebe Freundin, du platzt ja schier vor Neuigkeiten, die du mir offenbar noch vor meinem Frühstück erzählen möchtest.«

»Ich habe gehört, dass eine Verlobung ansteht.« Auf Rosas

Wangen erschienen rote Flecken – vor Aufregung? Oder Empörung, so wütend wie Rosa dreinblickte.

»Nun spann mich nicht auf die Folter – wessen Verlobung führt dich vor dem Frühstück in mein Schlafzimmer?« Henriette ging zu ihrem Frisiertisch, setzte sich auf den samtenen Hocker und hielt Rosa ihre Lieblingsbürste hin.

»Ja, deine natürlich!«, fauchte Rosa. »Du verlobst dich, und ich erfahre es von den Verhölst-Schwestern! Noch nie in meinem Leben habe ich mich so gedemütigt gefühlt.«

»M-Meine?«, stotterte Henriette. Die Hand mit der Bürste sank nach unten, »MEINE Verlobung? Mit wem?«

»Mit diesem Wilhoven natürlich! Diesem windigen Freier! Seine Forderung, auf der Feier deines Vaters neben dir zu sitzen, hat doch schon an diesem Abend die Gerüchteküche überkochen lassen!«

Mit offenem Mund starrte Henriette ihre beste Freundin an. Wie konnte irgendwer, und insbesondere die Verhölst-Schwestern, von ihr und Wilhoven wissen?

»Noch dieses Jahr soll die Hochzeit stattfinden«, fuhr Rosa beleidigt fort. »Es ist Oktober! Wie soll das denn gehen? Allein ein Kleid auszusuchen und anfertigen zu lassen und die Einladungen und die Sitzordnung und der Saal und das Menü … Nicht einmal du und ich gemeinsam schaffen das in der kurzen Zeit. Warum die Eile? Und warum erfahre ich erst jetzt davon?«

Noch immer stand Henriettes Mund offen. Ihre Verlobung mit Wilhoven war Stadtgespräch? Unbehagen kroch ihr den Rücken hinauf.

Sie hatte Wilhovens Antrag noch nicht angenommen. Mehr noch, sie hatte seinen Antrag für sich behalten, nicht einmal

Rosa hatte sie davon erzählt – aus gutem Grund. Nur Franz hatte sie es geschrieben, denn dieser war der gute Grund, der sie Wilhovens Antrag ablehnen lassen würde. Aber von Franz konnte die Information nicht an die Verhölst-Schwestern durchgesickert sein. Ansonsten hatte sie nur mit Vater darüber geredet. Und der würde kaum über eine Verlobung sprechen, die möglicherweise nie zustande kam, was das Gerede erst recht anheizen würde.

Oder etwa doch? Um die Ereignisse zu beschleunigen? Oder war Wilhoven selbst es gewesen, der verfrüht mit der Nachricht einer möglichen Verlobung an die falschen Leute herangetreten war? Oder hatte ein Dienstbote ein Gespräch mitangehört und die Verpflichtung zur Diskretion vergessen?

Es klopfte, dann steckte Stine den Kopf zur Tür herein. »Ist bei Ihnen alles rechtens, gnädige Frau?«, fragte sie mit respektvollem Seitenblick auf die energische Rosa. »Ich habe eine Nachricht von Herrn Wilhoven für Sie.«

»Die kannst du gleich mir geben«, sagte Rosa und winkte Stine ungnädig heran. »Wollen wir doch mal sehen, was der Mitgiftjäger so schreibt.«

»Rosa!«, ermahnte Henriette ihre Freundin und wandte sich lächelnd an Stine. »Sie erlaubt sich nur einen Spaß. Sei so gut, und serviere uns den Tee im Boudoir.«

»Aha!«, rief Rosa aus, kaum dass Stine die Tür hinter sich geschlossen hatte und wedelte Wilhovens Nachricht durch die Luft. »Habe ich es doch gewusst! Er möchte dich heute sehen und kann es kaum erwarten, dass du über seinen Antrag entscheidest, wo ihr euch doch nun etwas besser kennengelernt habt.« Rosa hob missbilligend die Brauen. »Wie gut habt ihr euch denn genau kennengelernt?«

»Rosa!«, rief Henriette und sah sie empört an. »Jetzt beruhige dich doch! Wir haben uns bei einer Kutschenfahrt unterhalten und gemeinsam versucht, ein Kind zu retten.«

»Und? Wirst du seinen Antrag annehmen?« Rosa nahm Henriette die Haarbürste aus der Hand und bürstete Henriettes Haar mit festem Strich.

»Au!«, rief Henriette. »Geht das auch ein wenig sanfter?«

»Wer in weniger als sieben Wochen eine Hochzeit auf die Beine stellen will, sollte lieber nicht so zimperlich sein. Das wird eine raue Fahrt, liebe Freundin.«

»Jetzt hör mir doch mal zu! Wir werden sicherlich nicht in den nächsten sieben Wochen heiraten! Ich bin doch noch nicht einmal rechtskräftig geschieden! Wer immer diesen Unsinn in die Welt gesetzt hat, wollte sich nur wichtigmachen.«

Der Bürstenstrich wurde etwas sanfter. »Ganz sicher?«

»Ich werde es doch wohl wissen!« Henriette benetzte einen Waschlappen mit dem frischen Wasser, das Stine gebracht haben musste, als sie in aller Frühe die Feuerstelle angeschürt hatte, und tupfte ihr Gesicht ab. Konnte sie sich vorstellen, im neuen Jahr als Frau Wilhoven angesprochen zu werden?

Frau Henriette Wilhoven.

Sollte sie Wilhoven aus seinem Elend des Wartens erlösen? Er war ein netter Mann. Besser als so mancher, dem sie in ihrem Leben als Wirtin über den Weg gelaufen war.

»Wirst du ihn heute sehen, und wenn ja, was wirst du ihm sagen?«, fragte Rosa streng.

»Nichts.« Henriette drehte die frisch gebürsteten Haare zu einem Dutt ein und steckte ihn mit zwei smaragdverzierten Nadeln fest. »Ich werde ihn nicht treffen und daher auch nichts zu ihm sagen.« Henriette erhob sich. »Ich lasse mich nicht drängen. Nicht von Wilhoven und auch nicht von dir, liebe Rosa. Wir trinken jetzt eine Tasse Tee zusammen, aber nur, wenn du das leidige Verlobungsthema mit keiner Silbe mehr erwähnst.«

»Über was willst du dann reden?«, fragte Rosa entsetzt.

»Über ein Mädchen namens Jule und ihren Bruder Frieder, möge er in Frieden ruhen. Und über einen Ort, an dem ich mich eine Zeit lang vor den Forderungen der Hamburger Gesellschaft verstecken kann.«

# 34

Jule polierte akribisch den Messingtopf, in dem vor einer Stunde noch die Suppe gekocht hatte. Der Lappen rieb über das Metall, bis es blitzte und glänzte. Ihre Hände, die den Lappen hielten, schienen dabei nicht zu ihrem Körper zu gehören. Sie spürte keine Erschöpfung durch die schnellen, gleichmäßigen Bewegungen, vielmehr sah sie ihren Händen zu, wie sie die Arbeit erledigten, während ihre Gedanken bei Frieder weilten. Schon über eine Woche war er nun tot. Die Suppe heute hätte ihm geschmeckt. Mit einer Extraportion Fleisch, wie am großen Besuchstag.

Sie stockte.

Frieders Todestag.

Sogleich wurde ihre Kehle eng. Das Kinn bebte, die Schultern zuckten. Lautlos weinte sie um ihren Bruder, Tränen fielen auf das Messing und wurden von ihren Händen wegpoliert.

»Mach eine Pause, mein Kind«, sagte Frau Ehmke hinter ihr. Sanft nahm sie ihr den Lappen aus der Hand. »Blanker wirst du den Topf nicht bekommen.«

Jule stand auf wie geheißen. Eine Pause. Von was sollte sie eine Pause machen? Von der Arbeit brauchte sie keine. Von ihren Gedanken bekam sie keine. Von ihrer Wut wollte sie keine. Sie musste nur an Richard denken, dann flammte die Wut auf, hell und lodernd wie das Licht der Leuchttürme.

Richard.

Diese Kanaille. Es war so ungerecht, dass Frieder, der Gegängelte, auf der Flucht vor dem Fiesling hatte sterben müssen und der Täter straffrei davongekommen war, weil der Ankläger unter einer tiefen Schicht Erde begraben lag.

Die Wut schlug um in Hass, so bitter und giftig, dass sie daran zu ersticken glaubte.

Wenn sie Richard nur das Handwerk legen könnte! Sie sah ihn vor sich, wie er lächelte, feixte, log und betrog, Schläge an die Kleineren verteilte und Geschäfte mit den Größeren machte.

Es durfte nicht sein, dass er einfach weitermachte, als wäre nichts geschehen.

»Geh ein wenig an die Luft, Kind«, forderte Frau Ehmke sie auf, »du bist käsebleich.«

Jule setzte sich in Bewegung, verließ die Küche, ging die Treppe hoch, als besuchte sie Frieder, in dem Zimmer, das die Novizen sich mit den Kranken geteilt hatten.

Das Frieder sich mit Richard geteilt hatte.

Das nun Richard alleine bewohnte, noch diese Woche, bis er einer Familie zugeteilt wurde, in der er sich dann als der Neue feiern lassen konnte.

Die Stimmen aus der Küche verhallten zu einem fernen Murmeln. Ihr Blick war starr geradeaus gerichtet. Auf die Tür, an der sie so oft gelauscht hatte, ob es sicher war, einzutreten, ob Frieder allein war. Am Treppenabsatz verharrte sie kurz. Was hatte sie vor? Was machte sie hier? Es war ihr strikt verboten, sich in diesem Teil des Hauses aufzuhalten.

Ihr Herz klopfte laut gegen ihre Brust. Ob Richard dort drin war?

Sie trat neben die Tür. Lauschte. Wartete. Ihre Hand umklammerte die kalte Klinke. Dann drückte sie diese hinunter. Langsam. Die Tür sprang auf. Sie öffnete sie weiter, glitt in das Zimmer.

Es war leer. Sie war gleichzeitig erleichtert und enttäuscht.

Sie sog den Duft des Raums ein. Ein Hauch von Frieder hing noch in der Luft. Da hörte sie federnde Schritte die Treppe hocheilen.

Richard! Er musste wieder etwas ergaunert haben, das er jetzt in Sicherheit brachte.

Hastig eilte sie zu dem Vorhang, der ihr schon bei den heimlichen Besuchen bei Frieder als Versteck gedient hatte. Doch diesmal versteckte sie sich nicht. Vor dem Vorhang blieb sie stehen, den Blick fest auf die Tür gerichtet. Sollte er nur kommen. Sie hatte keine Angst mehr vor ihm. Es gab nichts mehr, was er ihr nehmen konnte.

Da betrat er den Raum. Schloss die Tür leise hinter sich.

»Was willst du, Jule?« Seine Stimme ein drohendes Säuseln. »Ich habe gesehen, wie du dich nach oben geschlichen hast.«

»Du weißt, was ich will.« Entschlossen trat Jule auf ihn zu, die Hände zu Fäusten geballt. »Du hast Frieder dazu gezwungen, das Feuer zu legen. Wegen dir ist er weggelaufen. Wegen dir ist er tot!«

»Wegen dir ist er tot«, äffte Richard sie nach. »Was für einen Unsinn du redest… Er ist tot, weil er dumm war und sich einem Pferd in den Weg gestellt hat. Das hat nichts mit mir zu tun. Gar nichts.«

»Es hat alles mit dir zu tun, und das weißt du. Und das weiß Gott.«

»Willst du mir jetzt mit Gott drohen? Dabei ist der doch voller Erbarmen für die armen Sünder… Das lernen wir hier jeden Tag. Liebe und Erbarmen und Vergebung… Hast du nicht aufgepasst?« Richard kicherte, doch es lag keine Heiterkeit darin.

»Du bist erbärmlich.« Jule stemmte die Hände in die Hüften. »Ich werde nicht zulassen, dass deine Lügen Frieders Ansehen beschmutzen.«

Richard kam einen Schritt auf Jule zu. Er streckte sich, sah auf sie herab. »Glaubst du wirklich, du kannst mir etwas anhaben? Frieder war keinen Deut besser als ich. Auch wenn dir das nicht in den Kram passt.«

»Wage es nicht, so über Frieder zu reden«, fuhr sie ihn an.

»Oh, jetzt habe ich aber Angst«, höhnte er. »Was soll denn schon passieren? Läufst du wieder zum guten Vater Wichern und erzählst ihm, was ich für ein böser Junge bin?« Seine Stimme wurde scharf. »Glaubst du, ich weiß nicht, dass du mich bei ihm angeschwärzt hast? Es hat mich alle Mühe gekostet, den gutgläubigen Tölpel von meiner Unschuld zu überzeugen. Aber das Gute daran ist, dass er jetzt weiß, wer der Böse ist. Und nun könnte ich es sogar beweisen. Ich muss nur nach Bruder Albert rufen, dann kann er mit eigenen Augen sehen, wer mir in meinem Zimmer aufgelauert hat, um mich weiterhin zu nötigen.« Ein teuflisches Grinsen überzog sein Gesicht. Er kam ihr so nahe, dass sie seinen Atem spürte. »Du bist noch naiver als dein Bruder. Und du wirst weiterhin genau das tun, was ich dir sage.« Er trat einen Schritt zurück und stupste sie an die Schulter. »Und jetzt hau ab!«

Jule blieb stehen. »Ich habe keine Angst vor dir. Nicht mehr.«

»Du machst einen großen Fehler«, zischte Richard. »Du kannst gegen mich nicht gewinnen.«

»Aber auch nicht verlieren«, sagte sie leise, »denn das habe ich schon.« Mit erhobenem Haupt ging sie an ihm vorbei zur Tür, als er sie noch einmal zurückrief.

»Hast du's schon gehört?«, fragte er.

Den Knauf in der Hand, drehte sie sich zu ihm. »Was gehört?«

»Wichern ist in Schwierigkeiten. Wegen Frieder. Morgen muss er zum Verwaltungsrat. Rechenschaft ablegen. Wie das passieren konnte. Muss hier ziemlich schrecklich sein, wenn einer mit nur einem Bein erst versucht, die Bude abzubrennen, und dann abhaut und sogar die Schwester zurücklässt … Und das, nachdem letztes Jahr erst das Arbeitshaus abgefackelt wurde. Sieht nicht gut aus für Wichern. Ich habe genau das erreicht, was ich wollte.«

Erreicht, was er wollte? Verständnislos starrte Jule Richard an. Warum wollte er Wichern in Schwierigkeiten bringen?

Richard lachte höhnisch. »Wenn du dich selbst jetzt sehen könntest. Wie ein Geist, der sich selbst erschreckt hat. Tja, hast du wohl doch noch mal verloren. Ich weiß, wo ich hingehe, wenn sie die Bude hier dichtmachen. Aber du, du hast nicht mal ein Rattenloch, in das du dich verkriechen kannst.«

Jule riss die Tür auf und rannte die Treppen hinunter, durch die Diele, hinaus ins Freie. Die frische Herbstluft strömte in ihre Lungen, und doch hatte sie das Gefühl, nicht atmen zu können.

Was, wenn stimmte, was Richard gerade gesagt hatte? Wenn

das Rauhe Haus geschlossen wurde, weil die Erwachsenen allesamt an Richards Geschichte glaubten? Mit Frieder als törichtem Brandstifter und ihr als naiver Beschützerin ihres Bruders.

Meine liebe Henriette,
mit größter Bestürzung las ich Deine Zeilen – und bin fassungslos, nicht nur ob des Vorwurfs, wieder nichts von mir gehört zu haben, sondern ob der Tatsache, dass Du dessenthalben erwägst, einen Geschäftspartner Deines Vaters zu ehelichen!
Nein! Und wieder Nein!
Komm zurück zu mir! So schnell Du kannst!
Liebste Henni, die Finger habe ich mir wund geschrieben, um Dich zu überzeugen, zu mir zurückzukehren! Es hat mir das Herz zerrissen, nichts von Dir zu hören, und nun dieser Brief!
Was ist nur passiert, dass Du die meinen und ich die Deinen Briefe nicht bekomme? Das ist doch mehr als nur ein Zufall – und wahrscheinlich wird auch dieser Brief Dich nicht erreichen, wenn die Person dahintersteckt, die ich dahinter vermute.
Daher werde ich es diesmal nicht dem Zufall überlassen, ob dieser Brief bei Dir ankommt. In drei Tagen ist der Termin beim Scheidungsrichter, wo ich der Scheidung widersprechen werde, und dann komme ich persönlich nach Hamburg und hole dich nach Hause.
Endlich.
In freudiger Erwartung
Dein Franz

# 35

Die Kutsche setzte sich mit einem sanften Ruck in Bewegung. Henriette vernahm das Klappern der Hufe auf dem Pflasterstein, das Lärmen der Passanten und Händler. Sie lehnte sich an die weiche Polsterung und öffnete die elegant bemusterte Schachtel, die sie gerade erstanden hatte. Behutsam schlug sie das Seidenpapier zurück und nahm das Schultertuch heraus. Schwarz, wie es sich für eine Trauernde gehörte, aber von erlesener Qualität. Weiche, warme Kaschmirwolle, genau das Richtige für die kommenden kalten Wintertage. Ob Jule sich freuen würde? Ob sie das Geschenk in ihrer Trauer überhaupt wahrnahm? Ob sie es annehmen durfte, von ihr, einer Fremden? Was wusste Henriette schon, was die Regeln des Hauses erlaubten.

Was machte sie nur?! Sie war unter dem Vorwand losgefahren, Amanda Wichern den geliehenen Schal und das Kleid zurückbringen zu müssen. Nun saß sie mit einem neuen, exquisiten Schal in der Kutsche, der nicht für Amanda Wichern, sondern einen ihrer Zöglinge gedacht war.

Was versuchte sie damit zu beweisen? Dass sie besser war als die Verhölst-Schwestern und ihre Freundinnen, weil sie sich um ein Waisenkind bemühte? Oder dass sie selbst entschied, für was und wen sie ihre Apanage verwendete, wie sehr es ihren Vater auch erzürnen mochte? Oder erprobte sie Wilhovens Geduldsfaden mit ihren, wie er es nennen würde, ungewöhnlichen Eskapaden?

Sie schloss die Augen, lauschte der sich ändernden Geräuschkulisse, dem Verschwinden der Stadt, dem Ende der Pflastersteine, dem Beginn der Felder.

Wenigstens zu sich selbst sollte sie ehrlich sein: Amanda Wicherns Schal und Kleid waren nur ein Vorwand für ihren unangekündigten Besuch im Rauhen Haus.

Und was war der wahre Grund?

Henriette blickte über die vorbeiziehenden Herbstwiesen, abgemäht und bereit für den Winter, die löchrigen Kronen der herbstroten Bäume.

Was zog sie ins Rauhe Haus, wissend, dass ihr unangekündigter Besuch, Amanda Wicherns Schal hin oder her, für Gesprächsstoff sorgen würde. Wahrscheinlich würde er bei den Verhölst-Schwestern landen, wie neuerdings alles, was sie betraf. Dann würde man sich den Mund zerreißen darüber, dass sie Trost suchte bei Waisenkindern, weil ihr eigener Mann das Kind einer anderen großzog. Denn selbst dieses sorgfältig gehütete Geheimnis würde früher oder später bei den Verhölst-Schwestern über den Teetisch flattern.

Sie hätte umkehren können. Amanda Wichern Schal und Kleid von ihrem Kutscher bringen lassen. Jule ihr Geschenk anonym zuschicken. Oder erst nachfragen, und wenn Geschenke an einzelne Kinder nicht erlaubt waren, den Schal behalten, als Erinnerung an das tapfere Mädchen, für das er bestimmt gewesen war.

Ja, umkehren. Das war eine vernünftige Entscheidung. Kein

Ärger mit Vater, keine Gerüchte, keine Geschichten, keine Ausflüchte.

Dieses Kind war nicht ihre Verantwortung!

Sie beugte sich zum Fenster, wollte Helge, dem Kutscher, rufen, als ihr Blick ein Kreuz streifte. Das Holz noch hell und frisch, geschmückt mit weiß blühenden Hortensienbällen und rot belaubten Haselnusszweigen.

Ihr Ruf blieb ihr im Hals stecken.

Hier hatte sie Frieder und Jule in Wilhovens Kutsche aufgenommen.

Nun stand an der Stelle ein Kreuz. Einsam am Straßenrand, ein stilles Mahnmal an das kurze Leben eines Jungen, den niemand außer seiner Schwester zu betrauern schien.

Sie schüttelte den Kopf. Sie durfte nicht umkehren. Nicht solange auch nur die winzigste Möglichkeit bestand, Amanda Wichern von ihrem Plan zu überzeugen, für Frau Ehmke einspringen zu dürfen, solange diese nach Amanda Wicherns Niederkunft deren Aufgaben übernahm. Dann könnte sie Jule Hoffnung schenken, dass ihr Schmerz eines Tages besser würde und das Leben sich als erfreulich entpuppen konnte.

Kurz darauf erreichten sie die Einfahrt zum Rauhen Haus. Nervös sah sie zum Fenster hinaus. Der Weg von der Einfahrt über die alte Kate, über den kleinen Bach, vorbei am Badeteich, hin zum Mutterhaus fühlte sich so vertraut an wie ein Weg, den sie schon viele Male zurückgelegt hatte. Und doch war sie hier eine Fremde.

Am Mutterhaus hielt die Kutsche. Der Kutscher öffnete die Tür und half ihr hinaus, wie es sich gehörte. Um sie herum herrschte Betriebsamkeit, Knaben rechten Laub zusammen, pflanzten die Zwiebeln für die Frühjahrsblumen, schnitten

Stauden zurück. Henriette war sicher, dass sie gerade ein unverfälschtes Bild des Heimalltags vorfand, und doch spürte sie, dass Aufregung in der Luft lag.

Waren es die Nachwirkungen von Frieders Tod?

Sie raffte ihren Rock und ging zur Eingangstür des Mutterhauses, in dem auch die Familie Wichern ihr Domizil hatte. Sie hatte die Tür noch nicht erreicht, als diese bereits aufgerissen wurde und ein Mädchen sie fast umrannte.

»Verzeihen Sie«, rief es Henriette zu, »ein Notfall! Wir brauchen einen Arzt! Frau Wichern ...«

»Um Himmels willen, was ist mit ihr?«

»Das Kind kommt!«, rief das Mädchen. »Ein Wagen muss angespannt werden, der ...«

»Meine Kutsche steht vor der Tür«, sagte Henriette. »Ich schicke Helge, meinen Kutscher, gleich los, wenn ihm jemand sagt, wohin er fahren soll.«

»Zu Doktor Broderick an der ...«

»Langen Reihe«, vollendete Henriette den Satz und lief schon zurück zur Kutsche. Mit knappen Worten schickte sie Helge auf den Weg und wandte sich wieder an das Mädchen. »Kann ich sonst etwas helfen?«

Das Mädchen sah sie verwundert an, natürlich, sie wusste nicht, wie sie Henriette einordnen sollte.

»Ich bin eine Freundin des Hauses«, erklärte Henriette. »In Zeiten der Not ist Hilfe geboten, oder nicht?«

Noch immer sah das Mädchen sie ratlos an.

»Wo finde ich denn Frau Ehmke?«, fragte Henriette geduldig.

»Normalerweise ist sie um diese Zeit in der Küche, weil wir müssen doch die Suppe kochen, aber heute ist sie bei Frau

Wichern, weil die bekommt doch das Kind!«, sagte das Mädchen aufgeregt.

»Und wer ist jetzt in der Küche und beaufsichtigt die Mädchen?«

»Das macht jetzt Marieke, aber Marieke ist so nervös, weil sie das doch noch nie gemacht hat, und jetzt weiß sie nicht mehr, ob sie zuerst die Zwiebeln oder erst den Grünkohl in den Topf tun muss und wie das mit dem Fett war…«

»Das kann ich ihr sagen«, erwiderte Henriette. »Wenn du mir zeigst, wo die Küche ist und mir eine Schürze bringst.«

## 36

Jule betrachtete die Holzbalken des Stalls, folgte den Rissen und dunklen Verfärbungen des Holzes, welche die Geschichten der Jahre erzählten, die der alte Stall schon auf dem Buckel hatte. Das Holz sah glatt und weich aus, ganz anders als das helle, frische Holz, aus dem Frieders Sarg in aller Eile gezimmert worden war.

Der Gedanke daran trieb ihr die Tränen in die Augen. Wicherns Grabrede hallte in ihrem Kopf wider. War der Himmel wirklich so ein paradiesischer Ort, frei von Schmerz und Leid, wie er ihn beschrieb? Wenn ja, warum hielten die Menschen dann so sehr am Leben fest, so armselig und schrecklich es auch sein mochte?

Sie öffnete die Tür des Hasenstalls. Sogleich hoppelten die Hasen verschreckt in die hintere Ecke und drängten sich aneinander, während sie das verschmutzte Stroh auskehrte und frisches einstreute. Als sie fertig war, legte sie etwas Heu auf ihre Hand und streckte sie in den Stall. Still wartete sie auf die weichen Lippen der Hasen, die mit kleinen, schnellen Bewegungen das Heu von ihrer Hand in ihre Mäuler strichen. Ob die Hasen wussten, dass die gleiche Hand, die ihnen Futter brachte und ihre Kötel wegräumte, auch die Hand war, die sie aus dem Stall hob und ihnen den Garaus machte? Ob sie dann immer noch so sanft mit ihren weichen Mäulern darüberstreichen würden? Oder würden sie hineinbeißen und sie aus ihrem Stall verscheuchen?

Sie dachte an Richard, den Frau Ehmke so eifrig in Schutz genommen hatte. Dem selbst Wichern auf den Leim gegangen war, obgleich durch seine Taten das Haus vernichtet werden könnte, das Wichern mit Hingabe führte.

Richard, der wusste, dass er ihr dies alles so großspurig erzählen konnte, da sie bereits bewiesen hatte, dass sie als Anklägerin nicht taugte. Dass ihr Wort gegen Richards keinen Bestand hatte. Wie konnte Gott das zulassen? Wo war seine Gerechtigkeit, wenn die Falschen belohnt und die Unschuldigen bestraft wurden?

Sie ballte ihre Faust. Die Hasen sprangen erschrocken zur Seite. Sie zog ihre Hand aus dem Käfig, knallte die Tür so zu, dass sie wippend zurücksprang und die Hasen sich panisch in die hinterste Ecke drängten.

»Entschuldigt«, murmelte sie betroffen und schloss behutsam die Gittertür. Was war nur in sie gefahren? Die armen Hasen hatten keine Schuld an Frieders Tod und Richards Triumph. Übernahm sie nun, da Frieder tot war, seinen Groll auf die Welt? Sollte das sein Vermächtnis sein? Sie schüttelte stumm den Kopf. Nein, das wollte sie nicht. Frieder war mehr gewesen als sein Groll. Er war fleißig gewesen und einfallsreich, hatte immer eine Lösung gefunden, auch wenn diese nicht immer den guten Sitten entsprochen hatte. Er war schnell zornig geworden und in seinem Zorn oft ungerecht, aber er hatte danach immer versucht, es wiedergutzumachen. Und außer das eine Mal, nach dem Unfall auf der Schute, als er nicht mehr hatte kämpfen wollen, hatte er nie aufgegeben.

Ein Kämpfer. Das war er gewesen. Das war sein Vermächtnis.

Sie durfte Richard nicht gewinnen lassen. Um Frieders willen.

Ihr Gang zurück zum Haus war fest und zielstrebig. Nein, sie würde Richard nicht gewinnen lassen. Koste es, was es wolle.

Entschlossen atmete sie die frische Herbstluft ein, lauschte dem Gesang der noch verbliebenen Vögel. Bald würden auch die letzten Zugvögel gen Süden fliegen. Zurück blieben nur die wenigen, die der winterlichen Kälte trotzten. Weil auch sie Kämpfer waren, die sich nicht vertreiben lassen wollten. Aus der Küche erklang das Singen der Mädchen und vermischte sich mit dem Zwitschern der Vögel. Was auch immer nun mit ihr geschehen würde, ob sie bleiben durfte oder gehen musste, dies war das Zuhause ihrer Mädchenfamilie. Der einzigen Familie, die sie noch hatte.

In der Küche blieb Jule erstaunt im Türrahmen stehen. Am Herd stand Frau Kirchberger. Sie trug das dunkle Kleid mit den Perlmuttknöpfen, das sie angehabt hatte, als sie Jule das Geldstück gegeben hatte. Darüber eine Schürze, die schon einige Flecken aufwies, ihre Ärmel waren aufgeknöpft und hochgekrempelt. Mit beiden Händen rührte sie in dem großen Messingtopf, den Jule gestern poliert hatte.

Was machte Frau Kirchberger hier? War sie für Frau Ehmke eingesprungen, und nur sie, Jule, hatte das nicht mitbekommen?

Natürlich. Das ergab Sinn. Amanda Wichern hatte schon vor Wochen angekündigt, dass Frau Ehmke sie nach ihrer

Niederkunft vertreten würde und sie in der Zeit eine neue Hausmutter bekämen. Dann war Frau Kirchberger deshalb an Frieders Todestag hier gewesen. Nicht, weil Gott ihr einen schützenden Engel geschickt hatte.

»Moin, Jule«, grüßte Frau Kirchberger sie. »Deine Freundinnen bringen mir gerade ein Küchenlied bei. Möchtest du miteinstimmen?«

Jule nickte und schüttelte gleichzeitig den Kopf. Keinen Ton würde sie herausbringen, ohne in Tränen auszubrechen. Sie liebte es zu singen, es machte sie froh, aber wie könnte sie je wieder Frohsinn verspüren?

Frau Kirchberger ließ den Kochlöffel los und kam zu ihr. »Verzeih, das war unachtsam von mir. Natürlich möchtest du kein lustiges Lied singen. Aber vielleicht möchtest du uns von Frieder erzählen? Denn, weißt du, solange wir an die Menschen denken, die wir verloren haben, sind sie nicht verloren.«

»Weil sie in unseren Herzen weiterleben«, sagte Betje und nahm Jule bei der Hand. »Komm, setz dich zu mir. Ich brauche jemand, der mir mit den Kartoffeln hilft.«

Jule setzte sich. Von Frieder erzählen? Was sollte sie sagen?

Frau Kirchberger ging zu ihrem Topf zurück. Sie rührte wieder, mit der Kraft des Oberkörpers, wie Frau Ehmke immer betonte. Wie konnte eine feine Dame die Tricks einer Köchin kennen?

»Er mochte gerne Würste«, rief Anna, die Jüngste der Mädchenfamilie.

Jule runzelte die Stirn. »Wie kommst du darauf?«

»Du hast deine nicht gegessen«, plapperte Anna munter weiter, »du hast sie unter der Schürze verschwinden lassen. Das war doch sicher für Frieder?«

»Er mochte Kuchen«, sagte Jule, ohne Annas Frage zu beantworten. »Am liebsten aß er Butterkuchen mit Zuckerstreuseln.« Sie lächelte. Dachte an Frieder, das Leuchten in seinen Augen, wenn sie genug Geld übrig gehabt hatten, um sich diese Köstlichkeit zu gönnen. An das gierige Schlingen, gar nicht schnell genug hatte die Köstlichkeit in seinem Mund verschwinden können. Und dann der bettelnde Blick, wenn sein Stück verschlungen und von ihrem noch die Hälfte übrig gewesen war. »Ich kenne keinen, der Butterkuchen so schnell hinunterschlingen kann.«

»Kuchen also«, sagte Frau Kirchberger. »Ich denke, wenn Frieder am liebsten Butterkuchen gegessen hat, sollten wir ihm zu Ehren einen backen. Wer ist dafür?«

Die Mädchen riefen wild durcheinander. Natürlich wollten alle einen Kuchen backen, am liebsten sofort, am liebsten gleich.

»Nicht so eilig, Mädchen«, rief Frau Kirchberger lachend. »Erst wird die Arbeit erledigt. Ich lasse meinen Kutscher Butter, Zucker und Mehl beim Krämer in Horn besorgen, und dann, wenn ihr flink seid, zeige ich euch, wie man den besten Butterkuchen macht, den ihr je gegessen habt.«

Ungläubig sah Jule zu Frau Kirchberger. Sie war eine vornehme Dame, das sah man auf den ersten Blick. Und die konnten nichts Nützliches – nur vornehm sein, denn das verbrauchte die meiste Zeit des Tages, hatte Mutter immer geschimpft, nicht einmal anziehen konnten sie sich allein, geschweige denn kämmen oder frisieren. Und diese Dame konnte sogar kochen und backen?

Sie musste doch ein Engel sein.

# 37

Henriette sah sich verstohlen in Frau Ehmkes Zimmer um. Ein runder Tisch mit drei Stühlen, der Bauweise nach wahrscheinlich aus der hauseigenen Schreinerei, ein kleiner, außerordentlich schön gearbeiteter Sekretär aus edlem Nussbaumholz mit filigranen Füßen und kunstvollem Aufsatz, ein großer, mit Blumen bemalter Schrank. Ein wildes Durcheinander der Stilrichtungen, und doch hatte das kleine Zimmer einen nicht zu verleugnenden Charme.

Frau Ehmke stellte das Tablett mit dem Teegeschirr auf dem Tisch ab und verteilte klirrend drei Tassen auf Untertellern, bevor sie den heißen Tee eingoss.

Kaum hatte sie die letzte Tasse gefüllt, klopfte es an der Tür, und Bruder Albert trat ein.

»Sie haben mich rufen lassen?«, fragte er Frau Ehmke, als er Henriette erblickte. »Oh! Frau Kirchberger. Sie sind noch da? Ich habe schon von Ihrem überraschenden Einsatz in der Küche gehört. Die Suppe war übrigens vorzüglich – als hätte unsere gute Frau Ehmke sie gekocht«, fügte er mit einem Seitenblick auf Frau Ehmke hinzu.

»Reden Sie keinen Unsinn, Albert, setzen Sie sich«, befahl Frau Ehmke und deutete auf den Stuhl gegenüber von Henriette. »Das ist eine ernste Sache, die wir hier besprechen wollen.«

Henriette drückte unwillkürlich ihren Rücken durch, die Hände gefaltet wie ein artiges Kind. Sie war sich bewusst, dass sie keinesfalls dem Paradebild einer Hausmutter entsprach, obgleich sie heute extra eine schnörkellose Haube und ihr schlichtes dunkelblaues Tageskleid mit der Perlmuttknopfreihe gewählt hatte, um sich besser in das Bild des Rettungsdorfs einzupassen.

Frau Ehmke musterte sie kritisch. »Es ist nicht nur das Kochen, Frau Kirchberger; dass Sie das beherrschen, haben Sie heute bereits unter Beweis gestellt«, sagte sie und klang dabei, als hätte Henriette auf ganzer Linie versagt. »Als Hausmutter einzuspringen bedeutet, die Verantwortung für zwölf junge Mädchen zu übernehmen, die Führung und Disziplin brauchen.«

Henriette nickte zustimmend. »Ich bin mir der Verantwortung bewusst, und selbst wenn Ihnen dies als ein unpassender Vergleich erscheinen mag – den Gastbetrieb meines Mannes zu leiten erforderte durchaus eine gehörige Portion an Führung, Sensibilität und Disziplin.«

»Sie wollen doch nicht einen Gastbetrieb mit diesem Heim vergleichen!«, entrüstete sich Frau Ehmke. »Hier ziehen die Gäste nicht am Ende des Tages weiter. Unsere Mädchen bleiben, mit all ihren Nöten.«

»Es geht nicht um die Gäste«, sagte Henriette ruhig. »Es geht um die Menschen, die mit uns gearbeitet haben. Von denen einige bei uns gewohnt und mit uns in aller Frühe aufgestanden sind und bis spät den Betrieb aufrechterhalten haben. Manche so jung wie Ihre Marieke, die ohne Kenntnisse zu uns gekommen sind und nach Jahren als bestens ausgebildete Köche und Kellner und Zimmermädchen weiterziehen konnten. Ich rede von den Menschen, die unter meinem Dach zu einer eingeschworenen Gastgeberfamilie zusammengewachsen sind, in der alle Geborgenheit gefunden haben.«

Bruder Albert blickte neugierig von seinem Tee auf.

»Gut, aber heute führen Sie dieses Gasthaus nicht mehr. Ich möchte ausdrücklich betonen, dass die Stellung einer Hausmutter kein charmanter Zeitvertreib ist«, sagte Frau Ehmke streng. »Bleiben Sie, bekennen Sie sich zu unermüdlicher Arbeit und großer Verantwortung. Jedes unserer Kinder bringt sein eigenes Bündel mit, und Kontinuität ist von erheblicher Bedeutung.«

»Liebe Frau Ehmke!«, rief Bruder Albert. »Sie vergessen, dass es sich lediglich um eine Vertretung handelt, bis Frau Wichern wieder Ihren Platz einnehmen kann und Sie als Hausmutter zu Ihren Mädchen zurückkehren. Von wie viel Zeit reden wir? Ein, zwei, drei, vier Wochen?«

»Können Sie denn überhaupt mehrere Wochen ins Rauhe Haus übersiedeln?«

Henriette zögerte. Konnte sie das? Oder brauchte sie selbst dazu Vaters Genehmigung? Solange sie kein Geld für ihre Tätigkeit nahm, war es auch kein Geschäft, lediglich ein Akt der Wohltätigkeit, den ihr kaum jemand verwehren konnte. »Natürlich«, sagte sie fest. »Ich werde Helge eine Liste mit Dingen zusammenstellen, die ich von zu Hause benötige, dann kann ich noch heute hier anfangen.«

»Sie wissen, dass Sie oben, neben dem Schlafsaal der Mädchen, schlafen werden? In einem einfachen Bett und ohne

Bedienstete, die Ihnen morgens das Feuer schüren und den Tee im Boudoir servieren.«

»Ich bin mir dessen bewusst«, sagte Henriette und unterdrückte einen leichten Schauder. Vielleicht würde sie den Kaschmirschal die nächsten Tage selbst benutzen – solange sie die Mädchen als Hausmutter betreute, wäre es ohnehin nicht recht, nur einem Mädchen ein Geschenk zu machen.

»Die Arbeit beginnt mit dem Morgengrauen und endet mit dem Zubettgehen«, fuhr Frau Ehmke fort.

»Liebe Frau Ehmke, hat Frau Kirchberger heute nicht bereits bewiesen, dass sie zupacken kann?«, warf Bruder Albert mit leicht amüsiertem Gesichtsausdruck ein. »Und hat sie uns nicht von ihrem Arbeitstag im Gasthaus ihres Mannes erzählt – von frühmorgens bis spätabends …«

»In dem sie nicht mehr mitarbeitet«, warf Frau Ehmke ein und sah Henriette direkt an.

»Es war mir nicht zu viel. Die Gründe für meinen Weggang liegen woanders.« Henriette lächelte angestrengt. Es war rechtens von Frau Ehmke, ihr auf den Zahn zu fühlen, zeigte es doch ihr Verantwortungsgefühl für die Mädchen, und doch enervierte es sie. Noch nie hatte sie einem Menschen derart Rede und Antwort stehen müssen – Vater ausgenommen. Und noch nie hatte sie eine Beschäftigung so unbedingt haben wollen. Die wenigen Stunden heute mit den Mädchen in der Küche hatten sie erfüllt. Das erste Mal, seit sie Franz verlassen hatte, war sie glücklich gewesen.

»Lassen Sie es mich auf den Punkt bringen, liebe Frau Ehmke«, sagte Bruder Albert. »Heute Vormittag hat Frau Kirchberger in einer Notlage, ohne zu zögern, die Küche übernommen, und ich habe noch niemanden gesehen, der so schnell das Vertrauen der Kinder erlangt hat. Wir brauchen eine Vertretung, und zwar jetzt. Sie kennen die Geschichte unseres Hauses und die unerklärlichen Fügungen, ohne die wir weder diesen Ort noch die Unterstützung hätten, die uns unsere Arbeit ermöglichen. Dieses Mal hat uns die Fügung Frau Kirchberger geschickt, und ich halte es wie auch sonst und vertraue in die Wege, die der Herr uns aufzeigt.«

»Nun gut«, erwiderte Frau Ehmke mit einem Seufzer, »dann zeige ich Ihnen mal, was Sie am dringendsten wissen müssen.«

***

Eine gute Stunde später rauchte Henriettes Kopf, vollgestopft mit Informationen, wo sie was fand, wie und wann sie die Arbeitsberichte auszufüllen hatte, wann sie wen zu welchen Diensten einteilen musste, wann die Mädchen aufstehen und wann sie zu Bett gehen mussten, wann Katzenwäsche gefordert und wann großer Waschtag war. Eine Schublade nach der anderen wurde aus dem schönen Sekretär gezogen, um Pläne und Büchlein hervorzuholen, auch der große Schrank war gefüllt mit Kisten voller Akten und Mappen voller Dokumente.

»Sie schreiben jeden Tag für jedes Kind seinen Arbeitsfortschritt auf?«, fragte sie nach.

»Mit der entsprechenden Bewertung, damit wir sehen können, ob es sich verbessert oder verschlechtert. Loben, wenn Lob angebracht ist, und mahnen, wenn Trägheit sich einschleicht.«

Henriette unterdrückte einen Seufzer. All dieser Schreibkram würde ihr genau die Zeit rauben, in der sie etwas Schönes mit den Mädchen machen wollte. Aber gut, es waren nicht ihre Regeln, und gleich vor dem ersten Tag eigene Vorstellungen einbringen zu wollen, war bei Frau Ehmke sicherlich nicht wohlgelitten.

»Sie werden mit der Zeit Routine darin bekommen, dann geht das recht schnell.« Frau Ehmke zog eine hellbraune Mappe aus dem mittleren Schrankfach. »Hier sind die Vordrucke der Arbeitsberichte. Seitdem wir diese haben, erledigt sich diese Aufgabe im Handumdrehen.«

Henriette nahm einen der Vordrucke. »Dort sind gar keine Namen eingetragen?«, fragte sie verwundert.

»Jedem Mädchen ist eine Nummer zugeordnet und nur diese wird hier vermerkt.« Frau Ehmke zeigte auf die Zeilen *unter meiner Aufsicht arbeiteten.* »Hier notieren Sie für jeden Wochentag die Nummern der Mädchen. In den zugehörigen Spalten *gute Arbeiter/schlechte Arbeiter* jeweils die Nummern der Mädchen, die gut oder schlecht gearbeitet haben. Und hier oben tragen Sie die Nummern bei den entsprechenden Tätigkeiten ein: Waschdienst, Kochdienst, Putzdienst, Stalldienst …«

Henriette fuhr mit dem Finger die Zeilen und Spalten entlang. Das war erstaunlich gut vorbereitet und organisiert. Diesen Bericht auszufüllen würde jeden Tag nur wenige Minuten in Anspruch nehmen.

»Ist der Vordruck ausgefüllt, wird er der Monatsmappe zugeführt«, erklärte Frau Ehmke weiter. »Sollten Sie eine große Abweichung bemerken, muss diese mit Herrn Wichern besprochen werden.«

Schon zog Frau Ehmke den nächsten Vordruck aus einer dunkelbraunen Mappe. »Hier finden Sie die Monatseinteilung der Hausgeschäfte.«

Henriette nahm den Vordruck und studierte ihn aufmerksam. In der ersten Spalte waren die Geschäfte aufgelistet: Stubenausfeger, Tischwärter, Schuhputzer, Wasserträger, Leuchterputzer, Handtuchträger … In den Spalten daneben waren für jeden Monat wieder die Nummern der Mädchen den einzelnen Geschäften zugeordnet. Henriette erkannte, dass die Geschäfte rotierten, jedes Mädchen mal dies, mal jenes erledigen musste. Auch das war hervorragend gelöst. Klare, nachvollziehbare Dienstpläne, wie sie es von ihrer eigenen Arbeit als Dienstherrin gewohnt war.

»Und zum Schluss noch der Tagesplan.« Frau Ehmke entfaltete einen Plan, der sich über die Größe von drei großen Seiten erstreckte. Darauf akribisch für jeden Wochentag und jede Stunde vermerkt, was die Knaben, die Mädchen und die auch Gehilfen genannten Brüder zu tun hatten. Henriette fuhr die Spalte der Mädchen für Montag entlang:

*5:30–6:30 Aufstehen, Waschen etc.*
*6:30–7:30 Arbeiten*

Sie runzelte die Stirn. Ihr Finger fuhr über die Spalte der Knaben: *Schreiben* stand dort. Dunkel erinnerte sie sich an Bruder Alberts Worte bei der Führung durch das Rettungsdorf: *Die Mädchen lernen nach der Hausarbeit.* Wie viel Zeit danach wohl dafür bleiben würde?

*7:30–8:00 Großes Frühstück*
*8:00–9:00 Hausandacht (für alle)*
*9:00–1:00 Hausarbeiten*

Wieder verglich sie mit der Spalte der Knaben.

*9:00–10:00 Rechnen*

*10:00–1:00 zweites Frühstück und Arbeiten in den Werkstätten und im Freien. 2 x die Woche Rechnen.*

Sie verfolgte die Spalte weiter.

*1:00–2:00 Mittag*
*2:00–3:00 Arbeit*
*3:00–4:00 Schreiben*

Gut, dachte Henriette, immerhin.

*4:00–5:00 Aufräumen und Vesper*
*5:00–6:00 Neutestamentarische Geschichte*
*6:00–8:00 Im Mutterhaus lesen*
*8:00–8:30 Abendgebet, Abendbrot*

Henriette überflog die anderen Tage. Die Vormittage der Mädchen waren immer gleich: Hausarbeiten, während die Knaben Lesen und Schreiben und Rechnen lernten und danach im Freien oder den Werkstätten arbeiteten. Nachmittags lernten auch die Mädchen nach vollbrachter Arbeit ab fünf Uhr, am Mittwoch erst ab sechs das Lesen und Rechnen und Schreiben. Freizeit gab es von sieben bis acht Uhr abends, wobei die vorgeschlagenen Beschäftigungen für Mädchen im Rahmen der Freizeit sich auf Strümpfestopfen, Stricken und Sticken beschränkte.

Henriette schüttelte den Kopf. »Warum haben die Knaben mehr Freizeit als die Mädchen?«

»Die Mädchen kommen schon so kaum mit ihrer Arbeit hinterher. Bis Mittag sind wir am Machen und Tun, dass wir Frühstück und Mittagessen gekocht bekommen und die Wäsche und Putzarbeiten erledigen können. Allein die

Wäsche!« Frau Ehmke schlug die Hände über dem Kopf zusammen. »Bevor ich hierherkam, war es mir ganz und gar unvorstellbar, dass solche Wäscheberge produziert werden können.«

Henriette vertiefte sich erneut in den Plan. Es musste doch möglich sein, wenigstens einmal die Woche eine Stunde Spiel und Spaß für die Mädchen herauszuschinden.

# 38

»Guten Morgen! Aufgestanden, meine Damen!« Henriette Kirchbergers fröhliche Stimme schallte durch den Schlafsaal. Mit einem Schwefelholz entzündete sie die zwei Petroleumlampen und drehte das Licht hoch. Jule richtete sich im Bett auf, streckte sich. Was die neue Hausmutter wohl heute an verrückten Ideen in ihr Leben bringen würde? Seit sie in der alten Kate das Regiment übernommen hatte, gab es keinen Tag ohne Überraschungen.

Jule gähnte erneut. Mit Frieders Tod hatte sie auch ihre Nachtruhe eingebüßt, war es doch der einzige Moment, an dem sie ihrer Trauer nachgeben und ihre Tränen fließen lassen konnte. Sie legte die Hand an ihr Haar. Hatte Frau Kirchberger gestern Nacht an ihrem Bett gesessen und ihr tröstend über das Haar gestrichen, oder hatte sie sich das nur eingebildet?

Sie wünschte sich, dass es wahr wäre, aber warum sollte Frau Kirchberger das tun?

»Komm schon, du Trödeltante!«, neckte Betje sie und zog in einem Rutsch die Bettdecke von Jules Bett. Kichernd lief sie voraus zu den Waschtischen.

»Iiiehh!«, rief Jule und spurtete Betje hinterher.

Sie stellte sich zu ihr an den Waschtisch und benetzte ihr

Gesicht. Das winterkalte Wasser weckte die Lebensgeister bei der ersten Berührung. Dabei füllten sie die Krüge seit ein paar Tagen schon abends, damit das Wasser nicht ganz so kalt war.

»Du bist mit Melken dran heute«, sagte Betje. »Zieh dir lieber eine alte Schürze an, du weißt selber, wie du danach aussiehst.«

Jule verzog das Gesicht. »Ich werde das nie lernen.«

»Papperlapapp«, sagte da Frau Kirchberger neben ihr und inspizierte im Vorbeigehen Betjes Ohren. »Warum solltest du das nicht lernen können? Wurde es dir denn je richtig beigebracht?«

»Na ja …« Jule zuckte die Schultern. »Betje hat es mir gezeigt, aber, verzeih, Betje, so richtig habe ich es nicht verstanden.«

»Warum hast du das nicht gesagt, Dummerjan?«, fragte Betje und rollte mit den Augen.

»Ich habe mich nicht getraut. Ich wollte nicht, dass Frau Ehmke denkt, dass entweder ich zu dumm bin oder du dir keine Mühe gegeben hast.«

»Ach«, rief Betje und knuffte Jule in den Arm, »und was soll jetzt Frau Kirchberger von mir denken?«

»Dass ihr zwei fleißige Mädchen und beste Freundinnen seid, von denen eine heute eine Lektion im Kühemelken bekommt und die andere die Verantwortung für die Speisekammer.« Frau Kirchberger zeigte auf Jule. »Wenn du dich hurtig anziehst, dann haben wir noch genug Zeit, bevor wir mit dem Arbeitstag beginnen.«

Im Nu war Jule angezogen und stand mit dem Melkeimer vor der Kate. Frau Kirchberger trat zu ihr und nickte zufrieden.

Nicht einmal die Morgendämmerung hatte eingesetzt, als

sie den Weg zum Stall antraten. Frau Kirchberger hielt ihre Lampe hoch und leuchtete den Weg aus.

»Gefällt es dir hier?«, fragte sie beiläufig. »Ich weiß, die Frage ist nach Frieders Tod nicht einfach zu beantworten, aber vielleicht möchtest du dir einmal Gedanken darüber machen.«

»Ich …« Jule stutzte. »Wie kommen Sie darauf, dass es mir nicht gefallen könnte?«

»Ich habe dich auf der Straße aufgelesen, und wie es scheint, wollte Frieder nicht bleiben, und du warst offenbar bereit, mit ihm von hier wegzugehen.«

»Ich wäre mit Frieder überall hingegangen«, murmelte Jule.

»Natürlich wärst du das«, sagte Frau Kirchberger ernst. »Er war dein kleiner Bruder.«

Schweigend gingen sie weiter. Im Stall hängte Frau Kirchberger die Lampe in die Halterung, dann nahm sie den Melkschemel von der Wand.

»Fangen wir mit Klara an«, sagte Frau Kirchberger und steuerte auf die ältere der Milchkühe zu. »Guten Morgen, alte Dame«, sagte sie zu der Kuh und schlug ihr freundschaftlich auf die Flanke. »Dann werden wir dir mal ein wenig von deiner Last nehmen.«

Sie drückte das Tier ein wenig zur Seite, bis genug Platz war, dass Jule sich an das Euter setzen konnte.

»Zunächst«, sagte Frau Kirchberger, »begrüße die Kuh, tätschle sie, damit sie weiß, dass du da bist und sie melken willst.« Sie ging neben Jule in die Knie. »Jetzt stell den Eimer unter das Euter und nimm die ersten zwei Zitzen. Wärme sie ein wenig mit deiner Hand an, und dann drückst du immer abwechselnd eine Zitze nach der anderen nach unten, wobei du die Faust beim Nach-unten-Ziehen schließt und dann beim

Loslassen leicht öffnest. Schließen – ziehen – öffnen. Links – rechts – links. Die ersten Spritzer ins Stroh, das ist die Vormilch, und dann in den Eimer.« Sie nahm Jules Hände und legte sie an das Euter. »Spür, wie voll es ist. Du erleichterst die Kuh. Sie ist froh, wenn du sie melkst, hab also keine Angst vor ihr.«

Jule spürte das erste Mal, wie schwer und prall das Euter der Kuh war. Dann tat sie der Kuh also einen Gefallen, wenn sie ihr die Milch wegnahm? Mit einem Mal fühlte sie sich viel wohler auf ihrem Schemel. Sie umschloss zwei Zitzen, hielt sie einen Moment.

»Warum soll ich sie anwärmen?«, fragte Jule.

»Dann läuft die Milch besser ein. Manchmal erleichtert ein wenig mehr Sorgfalt zu Beginn den ganzen großen Rest. Jetzt probier mal, ob es schon geht, vergiss nicht, die ersten zwei Spritzer ins Stroh.«

Jule schloss – zog – öffnete. Die üblich kärglichen Rinnsale kamen.

»Noch mal. Etwas mehr Druck. Und mit Rhythmus. Lass uns ein Lied singen, das gibt dir den Takt.« Frau Kirchberger stimmte ein Wanderlied an, die Melodie eingängig und leicht. Jule öffnete und schloss und zog und ließ los. Die Milch schoss heraus, Jule fand ihren Takt, die Milch floss in den Eimer.

»Sehr gut, Jule.« Frau Kirchberger sah sich um. Holte sich einen eigenen Schemel und Eimer. »Wenn ich schon hier bin, mach ich mich mal an die zweite Kuh. Und immer schön singen!«

Erstaunt beobachtete Jule, welch Menge an Milch sich mit jedem Strahl aus dem Euter in den Eimer ergoss, wie schnell er sich füllte. Konzentriert molk sie weiter, die Hände schmerzten schon bald von der ungewohnten Bewegung, aber das Ergebnis im Eimer ließ sie durchhalten. Stolz präsentierte sie Frau Kirchberger ihre Milch.

»Sieh nur«, rief Frau Kirchberger aus, »wie schnell du das nun gelernt hast! Aber das Wichtigste, das du dir heute merken sollst, ist etwas ganz anderes: Wenn du etwas nicht verstehst oder dir nicht sicher bist, ob du etwas richtig machst, dann frage nach. Und wenn du dir immer noch nicht sicher bist, dann frage noch einmal. Frage so lange, bis du es wirklich verstanden hast. Lass dich nicht abschrecken, wenn jemand dich deshalb als dumm bezeichnet. Dumm ist nur der, der sich für zu schlau hält, um nachzufragen, und nie lernt, wie man etwas besser machen kann.«

Gemeinsam schütteten sie die Milch in die Milchkanne um und brachten sie ins Mutterhaus. Als Jule die Küche betrat, hatten die anderen Mädchen unter Betjes Aufsicht die Zutaten für die Grütze bereits aus der Kammer geholt und warteten auf Frau Kirchbergers Anweisungen. Jule hörte Frau Kirchbergers Stimme, ohne darauf zu achten, was sie sagte. Der sonore Ton umhüllte sie, vermittelte ihr eine Geborgenheit, die sie seit dem Tod ihrer Eltern nicht mehr verspürt hatte. Früher als sonst brachten sie heute die Portion für die Mädchen zurück zur alten Kate.

»Guten Appetit«, sagte Frau Kirchberger, kaum dass alle saßen und Grütze im Teller hatten. »Ich möchte, dass ihr beim Essen darüber nachdenkt, wie man die Grütze verbessern könnte. Mit dem, was wir hier haben.«

Sofort entstand reges Geschwätz am Tisch. Frau Kirchberger lächelte zufrieden, als wäre ihr ein erhöhter Lärmpegel beim Frühstück ein besonderes Anliegen.

Jule sah um den Tisch herum. Wie fröhlich die Mädchen sich unterhielten. Sie dachte an Frau Kirchbergers Frage heute früh: Gefiel es ihr hier?

Ja, und seit Frau Kirchberger ihre Hausmutter war, sogar noch besser als zuvor. Trotz Frieder. Der inzwischen altbekannte Schmerz durchzog ihren Brustkorb, belegte ihre Kehle, aber die Tränen blieben aus. Diese Mädchen waren nun ihre Familie, sie lernte wieder lesen und schreiben und rechnen, sie wurde jeden Tag satt und kroch abends in ein sauberes Bett mit einer warmen Decke. Und wenn sie so weit war, würde Wichern sie an einen guten Haushalt vermitteln, in dem sie in den Dienst treten konnte. Vielleicht sogar in einen Haushalt mit einer so netten Dame wie Frau Kirchberger oder … Sie hob den Kopf und beobachtete, wie Frau Kirchberger mit Marieke redete. Vielleicht sogar bei Frau Kirchberger.

Aber dazu müsste sie erst Richard davon abhalten, weiter das Rettungsdorf zu sabotieren.

Wie sollte ihr das gelingen?

Allein.

Oder konnte sie Betje einweihen?

Aber dann würde Richards Zorn auch sie treffen, und wenn Betje dann ebenfalls etwas passieren würde, wie sollte sie sich das je verzeihen?

Sie musste Richard das Handwerk legen! Herr Wichern und Frau Ehmke mussten ihr einfach glauben!

»Jule, willst du auch mitmachen?«, holte Frau Kirchbergers Stimme sie aus ihren Gedanken. »Wir probieren aus, wie man Servietten falten kann. Nimm dir auch eine der Servietten, die ich herumgereicht habe, und mach mir einfach jeden Schritt nach. Und wenn es nicht klappt – fragen!«

Ertappt nahm Jule die Serviette hoch, folgte Frau Kirchbergers Anweisungen Schritt für Schritt. Was bezweckte sie nur mit dieser seltsamen Übung?

»Und jetzt, Achtung, Trommelwirbel, der letzte Schritt!« Sie zog an den nicht eingerollten Enden der Serviette und hielt ihnen eine Blüte entgegen.

»Ah!« und »Oh!« tönte es durch den Raum, während die Mädchen ebenfalls versuchten, aus dem gefalteten Stoff im letzten Schritt die Blüte hervorzuzaubern. Manchen gelang es, manche starrten enttäuscht auf die verwurstelte Serviette vor sich. Nur Jule machte den letzten Schritt noch nicht. Schaffte sie die Blüte, dann würde sie ein Lob bekommen, aber Frau Kirchberger würde nicht bei ihr verweilen und es ihr noch einmal zeigen. Was wollte sie?

Frau Kirchberger ging von Mädchen zu Mädchen, betrachtete das Ergebnis, lobte oder korrigierte, als sich die Tür öffnete und, unbemerkt von den meisten, Frau Ehmke eintrat. Verwirrt besah sie sich die Szene, schüttelte dann den Kopf.

»Guten Morgen«, sagte sie laut.

»Guten Morgen, Frau Ehmke«, riefen die Mädchen im Chor, setzten sich gerade.

»Was machen die Mädchen da?«, fragte Frau Ehmke, die Brauen gefährlich zusammengezogen.

»Guten Morgen, Frau Ehmke«, sagte nun auch Frau Kirchberger und eilte lächelnd auf sie zu. »Sehen Sie nur, wie geschickt die Mädchen sich anstellen!« Sie hob Betjes perfekte Blüte in die Luft und zeigte sie stolz herum.

»Wozu soll das dienen?«, fragte Frau Ehmke harsch.

»Nun, liebe Frau Ehmke, soweit ich dem Wochenplan entnehmen kann, ist die einzige Vorbereitung auf ein späteres

Berufsleben der Mädchen der Dienst«, sagte Frau Kirchberger unverändert freundlich. »Und meine Erfahrung aus der gehobenen Gesellschaft zeigt mir deutlich, dass von einem guten Dienstmädchen mehr als nur ein ordentlich stramm gezogenes Laken oder ein blitzblank geputzter Leuchter erwartet wird. Die Herrschaft von heute möchte ihren Mann und insbesondere ihre Gäste beeindrucken. Zum Beispiel mit einem extravagant gedeckten Tisch. Oder die Dienstmagd verwöhnt ihre Herrin mit einer schön gefalteten Serviette auf dem Frühstückstablett.«

»Nun gut.« Frau Ehmke winkte Frau Kirchberger näher zu sich. »Könnten wir einen Moment in meinem Zimmer unter vier Augen reden?«

»Natürlich.« Frau Kirchberger verließ mit Frau Ehmke den Raum.

Angstvoll sah Jule ihr nach. Was gab es so Wichtiges zu besprechen, das die Ohren der Mädchen nicht hören durften? Hatte Richard bereits zugeschlagen? Etwas getan und ihr in die Schuhe geschoben? Oder musste Frau Kirchberger wieder gehen, weil sie mit ihr im Stall und nicht in der Küche bei den Mädchen gewesen war, wie es sich gehörte?

Mit geschlossenen Augen zog sie an den freien Enden der kunstvoll eingerollten Serviette. Eine Blüte erschien. Sie fixierte die Stoffblüte mit dem unteren losen Ende wie von Frau Kirchberger vorgeführt.

Frau Kirchberger würde es ihr kein weiteres Mal zeigen müssen.

War dies nun ein gutes Omen oder ein schlechtes?

# 39

Besorgt folgte Henriette Frau Ehmke in ihr Zimmer. Der ernste Gesichtsausdruck gefiel ihr ganz und gar nicht. Was konnte vorgefallen sein? Soweit sie es überblicken konnte, hatten ihre Mädchen nichts Unrechtes angestellt und ihre Arbeiten pünktlich und zufriedenstellend erledigt.

»Bitte«, sagte Frau Ehmke und zeigte auf einen der Stühle um den runden Tisch. Henriette nahm Platz.

»Am Mutterhaus wartet Ihr Kutscher auf Sie«, sagte sie spitz. »Ich habe ihm gesagt, dass Sie jetzt nicht abkömmlich sind, aber er scheint der Ansicht zu sein, dass Sie nach Lektüre dieses Briefes unverzüglich mit ihm abfahren werden, denn er besteht darauf, zu warten, bis Sie den Brief gelesen haben.«

»Wie bitte?«, rief Henriette ungläubig aus.

Frau Ehmke zog einen Brief hervor und hielt ihn hoch. »Von Ihrem Vater«, sagte sie und legte ihn vor Henriette auf den Tisch.

Henriette nahm den Brief, brach das Siegel und vertiefte sich in ihn. Sie spürte Frau Ehmkes Blick auf sich, während sie hastig die Zeilen ihres Vaters las.

*Henriette,*
*allerlei Albernheiten habe ich Dir seit Deiner Rückkehr nach Hamburg durchgehen lassen, dies jedoch sprengt jedes Maß. Wie kannst Du es wagen, des Morgens das Haus zu verlassen, und des Abends lediglich einen Kutscher mit einer Nachricht zurückzusenden, dass man vorziehe, an dem besuchten Ort zu verweilen, und das für eine unbestimmte Zeit. Eine Woche habe ich aus Respekt vor Herrn Wichern stillgehalten, aber nun ist Schluss.*
*Herr Wilhoven, der gestern vorsprach, um von Dir endlich eine Antwort auf seinen Antrag zu erhalten, konnte nur schwer seine Missbilligung verbergen, die Dein unüberlegtes Verhalten bei ihm hervorgerufen hat. Ich hoffe sehr, dass er seinen Antrag nicht zurückzieht.*
*Ich verlange von Dir, dass Du unverzüglich zurückkehrst, Dich bei Herrn Wilhoven entschuldigst, seinen Antrag annimmst und Dich im Weiteren so benimmst, wie es sich für eine von Steudnitz gebührt.*
*Vater*

Henriette ließ den Brief sinken. In gewisser Weise hatte sie damit gerechnet, dass Vater sich ihren eigenwilligen Verbleib im Rauhen Haus nicht bieten lassen würde. Sie hatte ihn damit herausgefordert, und nun musste sie abwägen, wie sie mit seiner Reaktion umgehen wollte.

Hierbleiben, seinen absehbaren Zorn heraufbeschwören oder ihn besänftigen und die Mädchen im Stich lassen?

Kontinuität hatte Frau Ehmke eingefordert, als einzige Bedingung, damit sie die Verantwortung für die Kinder übernehmen durfte.

Kontinuität hatte sie ihr zugesichert. Und dazu würde sie stehen, bis Vater sie unter Zwang wegschaffen ließ. Wozu es nicht kommen würde, der Skandal einer handgreiflichen Szene, in der sie in eine Kutsche verfrachtet würde, um nicht weiterhin einer wohltätigen Organisation in einer schwierigen Situation auszuhelfen, würde Vater davon abhalten. Nein, für eine gewaltsame Abholung war sie als bereits verheiratete Frau zu alt und das Rauhe Haus zu wohlgelitten in seinem öffentlichen Ansehen. Vater würde sich vor Persönlichkeiten wie Syndikus Sieveking und Polizeiherrn Hudtwalcker, öffentlichen Fürsprechern und Unterstützern des Rauhen Hauses, nicht diese Blöße geben.

Aber er könnte sie enterben. Er könnte sie zwingen, in die Heirat mit Wilhoven einzuwilligen. Er könnte sie in seinem Haus einsperren, sobald sie dorthin zurückkehrte. Er könnte sie für hysterisch erklären lassen und sie unbemerkt vom Rest der Welt in eine Anstalt einweisen lassen. Er hatte viele Möglichkeiten, sie zu strafen, und sie nur eine, seiner Macht über sie zu entkommen.

Sie blickte zu Frau Ehmke, sah zu dem Brief.

»Könnten Sie eine halbe Stunde für mich einspringen?«, fragte Henriette. »Ich möchte meinem Vater gerne antworten.«

Überrascht sah Frau Ehmke sie an. »Na-natürlich kann ich Ihnen eine halbe Stunde Aufsicht abnehmen.« Sie stand auf, ging zur Tür, drehte sich noch einmal um. »Schreibzeug finden Sie im Sekretär.«

*Lieber Vater,*
*es tut mir aufrichtig leid, dass ich Sie mit meinem Verhalten erbost habe. Natürlich war dies nicht meine*

*Absicht. Tatsächlich hat sich, wie in meiner letzten Nachricht erwähnt, vor meinen Augen eine Notlage ergeben, bei der ich als gute Christin nicht einfach wegsehen konnte. Es war meine Pflicht als Hamburgerin, als von Steudnitz und als Christin, Frau Wichern beizustehen, die durch ihre Niederkunft, die sich als sehr schwer erwiesen hat, ihren mannigfaltigen Verpflichtungen nicht nachkommen kann. Die Frau, die seit Monaten für genau diesen Fall engagiert worden war, ist von der eingegangenen Verpflichtung zurückgetreten.*
*Es ist weder mein Anliegen, Sie zu verärgern noch Herrn Wilhoven. Meine Anwesenheit im Rauhen Haus als Hausmutter der Mädchen, unbezahlt und ausschließlich als Wohltäterin, hat keinesfalls eine unschickliche Note, sondern wird sich positiv auf das Ansehen unserer Familie in der Hamburger Gesellschaft auswirken. Gerade als bald geschiedene Frau ist es wichtig, mit dieser Tat den Makel der Scheidung vergessen zu lassen.*
*Mir ist bewusst, dass Sie sich bezüglich Herrn Wilhoven Sorgen machen. Ich wäre bereit, Herrn Wilhoven unverzüglich meine Einwilligung zu einer Heirat zu geben, die Verlobung könnte stattfinden, sobald die Scheidung von Franz offiziell und mein Aufenthalt im Rauhen Haus beendet ist, voraussichtlich in spätestens fünf bis sechs Wochen. In jedem Falle jedoch werde ich gut zwei Wochen vor Weihnachten zurück sein.*
*Ich hoffe, dieser Vorschlag trifft auf Ihr Einverständnis. Ihnen ist sicherlich ebenso bewusst wie mir, dass ein plötzlicher Abbruch meines Aufenthalts im Rauhen Haus unweigerlich zu Geschwätz und einem Skandal führen*

*würde, der nicht nur auf mich, sondern auch auf Sie zurückfallen würde.*
*In Erwartung einer geneigten Antwort verbleibe ich*
*Ihre Tochter Henriette*

Henriette legte die Feder nieder und las sich den Brief erneut durch. So schnell hatte sie noch nie einen Brief verfasst. Am besten brachte sie ihn sofort zum Kutscher, bevor sie der Mut verließ, sich ohne weitere Prüfung und knapp eine Woche vor Ablauf ihrer an Franz gerichteten Frist ihre Zeit im Rauhen Haus mit dem Versprechen einer Ehe zu erkaufen, die für sie nur ein Fluchtweg aus dem Haus ihres Vaters war.

***

Bis zur Freizeit am Abend hatte Henriette keinen Moment der Ruhe, in dem sie über Vaters mögliche Entgegnung auf ihren Brief nachdenken konnte. Die Mädchen mussten ihre Anspannung bemerken, sie bemühten sich ganz besonders, alles recht und richtig zu machen, verkniffen sich sogar die kleinen Zänkereien, die sonst hier und da ausbrachen.

Henriette ließ ihr Stickzeug sinken und sah in die Runde der Mädchen. Wie fleißig und arbeitsam sie doch waren! Ihr Blick blieb an Jule hängen. Schon den ganzen Tag war das Mädchen unruhig gewesen, als machte es sich Sorgen. Oder war es die Trauer um ihren Bruder?

Wenn sie dem Mädchen nur Trost spenden könnte. Jede Nacht weinte Jule im Schlaf, dann hörte Henriette ihr leises Schluchzen und setzte sich ganz still an ihr Bett. In der ersten Nacht hatte sie nur dagesessen und nachgespürt, ob die Verbundenheit noch präsent war, die sie während der Totenwache gespürt hatte. Gestern Nacht hatte sie über Jules Haar gestrichen, ganz zart, um sie nicht zu wecken, aber in der Hoffnung, dass Jule spürte, dass sie nicht alleine war mit ihrem Schmerz. Wie gern würde sie Jule einfach in den Arm nehmen, sie an sich drücken und ihr sagen, dass die Welt für sie auch Gutes bereithielt, sie durfte nur niemals die Hoffnung verlieren.

Aber als Hausmutter musste sie alle gleich behandeln, auch wenn Jule ihre Aufmerksamkeit gerade besonders brauchte.

Henriettes Blick streifte weiter über die Runde. Die einen waren konzentriert über eine Näharbeit gebeugt, die anderen strickten oder stickten, alle Hände waren in Bewegung, erschufen etwas, das entweder im Rauhen Haus Verwendung finden oder bei einem Basar verkauft werden würde, um Gelder für das Rauhe Haus zu erwirtschaften.

Sie müsste die Mädchen einmal dazu bringen, aus sich herauszugehen, wie es bei den Jungen der Fall war, wenn sie auf den Spielplätzen vor ihren Häusern tobten und sich gegenseitig jagten. Sie wollte die Mädchen vor Freude laut lachen hören, kichern, quieken, kreischen vor Spaß und Tollerei. Und sie wusste schon genau, wie sie das bewerkstelligen würde.

Plötzlich konnte sie es kaum noch abwarten, dass die Freizeit, in der die Mädchen ihre Handarbeiten anfertigten, zu Ende war.

***

Als sie schließlich zurück in der alten Kate waren und gemeinsam ihr Abendbrot gegessen hatten, bat Henriette die Mädchen, vor dem Abendgebet noch einmal mit ihr vor die Tür zu gehen. Es war bereits dunkel, nur der Mond erhellte die Nacht, sodass man die alte Kastanie, die Bank und den Brunnen als dunkle Konturen erkennen konnte.

»Warum sollen wir hinausgehen?«, fragte Marieke verwundert.

»Vertraut mir«, sagte Henriette, »kommt einfach mit.«

Sie führte die Mädchen zur Kastanie und stellte sie dort in einer Reihe auf. Dann entfernte sie sich zwanzig große Schritte und stellte sich den Mädchen genau gegenüber.

»Ihr seid die Gänse«, rief sie. »Und ich bin der hungrige Fuchs. Wenn ich rufe: ›Wer hat Angst vor dem hungrigen Fuchs?‹, dann antwortet ihr: ›Ich!‹ Und dann rennt ihr los, und zwar dorthin, wo ich jetzt stehe, und ich muss euch entgegenlaufen, mitten durch euch durch, und versuchen, so viele zu fangen wie möglich. Und diejenigen, die ich fange, werden zum hungrigen Fuchs … Habt ihr das verstanden?«

Eine Mischung aus Ja und Nein tönte durch den Garten.

»Macht nichts. Ich rufe, ihr antwortet, dann laufen wir los, immer nur geradeaus! Ihr werdet es ganz schnell verstehen.« Sie holte tief Luft, rief: »Wer hat Angst vorm hungrigen Fuchs?«

»Ich«, »Ich«, »Ich«, kam es von der anderen Seite, und schon rannten die Mädchen los. Henriette lief ihnen entgegen, schnappte sich zwei, sie kreischten und quiekten, die anderen rannten schreiend auf die andere Seite. Henriette fasste die beiden Mädchen an der Hand. »Ihr seid jetzt auch Füchse. Bereit?«

»Ja«, sagten sie aufgeregt.

»Wer hat Angst vorm hungrigen Fuchs?«, riefen sie zu dritt.

»Ich«, »Ich«, »Ich«, antwortete es von der anderen Seite. Henriette und ihre neuen Füchse liefen los. Es kreischte und quiekte und lachte, und jeder einzelne Ton freute Henriette wie ein Geschenk. Wie wenig es bedurfte, den Mädchen ein wenig Spaß zu bereiten!

Sie spielten das Spiel, bis alle Füchse waren, und wie erwartet, baten die Mädchen sie darum, es zu wiederholen. Henriette zögerte kurz. Es war spät, sie mussten noch das Abendgebet sprechen, sie mussten zu Bett. Andererseits, hatten die Mädchen es sich nicht verdient?

Es wurde später als sonst, bis die Mädchen ihre Abendroutine beendet hatten und zu Bett gegangen und die Lichter gelöscht waren. Erschöpft, aber zufrieden setzte Henriette sich an den großen Tisch im Gemeinschaftsraum. Sie öffnete die Kiste mit den Stoffresten, die der gute alte Helge ihr heute von Schneidermeister Pielke besorgt hatte, und begutachtete den Inhalt. Damit würde sie schöne Puppen machen können, eine für jedes Mädchen zu Weihnachten.

Es klopfte an der Tür, Frau Ehmke trat ein. »Hätten Sie eine Minute für mich?«, fragte sie.

Henriette zeigte auf die leeren Stühle um sich herum. »Bitte, setzen Sie sich doch zu mir.«

Frau Ehmke setzte sich. »Es geht um Jule«, sagte sie. »Um die Patenschaft, die Sie für das Mädchen übernommen haben.«

»Gibt es ein Problem damit?«, fragte Henriette.

»Nein, nicht mit der Patenschaft, aber ich muss Sie bitten, Stillschweigen darüber zu wahren.«

»Natürlich.« Henriette legte den goldfarbenen Stoffrest auf den Tisch. »Ich hatte nicht vor, mit irgendjemandem darüber zu reden.«

»Ich muss Sie auch bitten, Jule nicht den anderen Kindern vorzuziehen.«

»Selbstredend«, pflichtete Henriette bei. »Ich gebe mir redlich Mühe, alle gleich zu behandeln.«

»Heute früh haben Sie Jule Extraunterricht im Melken gegeben«, sagte Frau Ehmke vorwurfsvoll.

»Und am Vormittag habe ich Marieke gezeigt, wie man Betten schneller und besser richtet, und am Nachmittag habe ich Anna und Luise das Säumen beigebracht. Und wenn ich morgen an einem Kind vorbeilaufe«, sagte Henriette bestimmt, »und sehe, dass ich mit einer kurzen Unterweisung seine Arbeit verbessern kann, werde ich das wieder tun.«

»Ich denke«, sagte Frau Ehmke versöhnlich, »dagegen ist nichts einzuwenden.«

»Ich bin froh, dass wir uns hierin einig sind.« Henriette lächelte einladend. »Aber sagen Sie, Frau Ehmke, hätten Sie nicht Lust, mir ein wenig von Ihrer Arbeit und den Mädchen zu erzählen? Es ist doch vieles, was ich nicht weiß. Und es ist schwer, in Ihre Fußstapfen zu treten.«

Ein kleines Leuchten ging über Frau Ehmkes Gesicht. Dann nickte sie und begann zu erzählen. Henriette lauschte, und mit jedem Wort aus Frau Ehmkes Mund wurde ihr klarer, dass sie in dem Brief an ihren Vater einen nicht wiedergutzumachenden Fehler begangen hatte.

Ihr Platz war nicht an der Seite von Karl-August Wilhoven. Ihr Platz sollte in einem Rettungshaus sein.

## 40

Jule schreckte hoch. Schon das dritte Mal diese Nacht. Wieder hatte sie das Gefühl, etwas stimme nicht. Sie konnte nicht sagen, was sie beunruhigte. Vielleicht die Angst, dass Richard sein gefährliches Spiel weitertreiben würde, bis das Rauhe Haus geschlossen würde. Schnell holte sie sich Mariekes Worte in Erinnerung: Dass die Anhörung gut verlaufen sei, hatte sie aus dem Mutterhaus berichtet. Dass der Verwaltungsrat weiterhin am Rauhen Haus und seinem Vorsteher festhielt.

Ein Geräusch ließ sie aufhorchen. Sie setzte sich auf, ganz leise, damit das Knarzen des Bettes die anderen nicht aufweckte. Dann wandte sie den Kopf zum Fenster. Starrte hinaus in die mondbeschienene Nacht und lauschte.

War da etwas?

Sie konzentrierte sich auf die Geräusche um sich herum, das Knacken des Holzes, das Atmen der Mädchen, die kleinen Pfeifgeräusche beim Ausatmen, das leise Schaben des Stoffes, wenn ein Mädchen sich im Bett bewegte.

Sie versuchte, all diese Geräusche auszublenden und sich auf die außerhalb des Hauses zu konzentrieren. Sie hörte ein Käuzchen, das Rascheln der Blätter im Wind, das Gluckern des Baches hinter dem Haus. Sie hörte ein Knacken von Ästen, als würde ein Tier durchs Gebüsch schleichen. Wieder das Knacken, lauter, als wäre der Ast größer oder das Tier schwerer. Sie hörte ein Schleifen, erneutes Knacken, mal leiser, mal lauter – das war kein Tier, aber was war es dann?

Der Wind, der durch die Äste fuhr und sie aneinanderschlug? So stark schien der Wind jedoch nicht zu sein, kein Pfeifen durch die Ritzen der Fenster, kein Rauschen der Wipfel.

Angespannt lauschte sie weiter. Sie hörte ein neues Geräusch. Ein Reiben. Ein Ratschen.

Stille.

Dann wieder das Reiben. Zischen.

Das war kein Tier.

Sie hielt den Atem an. Lauschte.

Was konnte das sein?

Vor ihrem Auge erschien ein Bild.

Richard.

In der Hand ein Schwefelholz. In der anderen die Reibefläche. Er rieb das Schwefelholz an der Reibe, die Flamme zischte auf …

Ein Brandstifter legte nie nur einen Brand. Ein Brandstifter hatte Spaß an der Verwüstung, die er anrichtete, am Lodern der unkontrollierbaren Flammen, an der Hitze, die alles zerstörte, hatte Witwe Strauss ihr erklärt. Damals, als Frieder um ein Haar der Brandstiftung bezichtigt worden wäre. Ein anderer war es schließlich gewesen, aber Frau Strauss hatte sie gewarnt: Falls Frieder das Feuer gelegt hatte, musste er bestraft werden. Nur dann konnte man vielleicht den zerstörerischen Trieb noch abwenden.

Wieder hörte sie das Schleifgeräusch.

Was saß sie hier noch herum? Sie musste nachsehen, ob sie sich die Geräusche einbildete oder ob sie alle in Gefahr waren. Sollte sie die anderen wecken? Und was sollte sie sagen? Wenn gar niemand dort unten war, sondern der Wind ihr nur einen Streich spielte, würden die anderen sie für verrückt halten.

Aber was, wenn Richard gerade ein Feuer legte, das Haus anzündete, in dem das Mädchen war, das als Einzige im Rauhen Haus um seine Schandtaten wusste?

Leise stieg sie aus dem Bett, schlich auf Zehenspitzen über den kalten Boden, durch den Schlafsaal, vorbei an den Betten der anderen, vorbei an dem kleinen Nebenraum, in dem Frau Kirchberger schlief, die Treppe hinab durch die große Diele, in der noch die Wärme des Ofens hing. Erst vor der Tür blieb sie stehen. Sie drehte langsam den Schlüssel, stoppte bei jedem Knacken und lauschte, ob sich jemand rührte.

Dann drückte sie vorsichtig die Klinke hinab und öffnete die Tür, Stückchen für Stückchen, gerade so weit, dass sie hindurchschlüpfen konnte.

Die Nacht war mondklar und kalt. Leichter Wind bewegte die Blätter, ein säuselndes Rauschen fuhr in unregelmäßigen Abständen durch die Wipfel.

Jule stand vor der Tür, die Arme vor Kälte um sich geschlungen. Ihr Herz klopfte ihr angstvoll in den Ohren.

Was sollte sie tun, wenn Richard wirklich hier war, wenn sie ihn ertappte, auf frischer Tat?

Was würde er mit ihr anstellen, um sein Tun zu vertuschen? Wieder vernahm sie das Schleifgeräusch. Es fuhr überlaut durch ihre Ohren. Auf Zehenspitzen schlich sie durchs nasse, kalte Gras. Am Ende der Hauswand blieb sie stehen und linste um die Ecke.

Richard!

Im Mondlicht war er klar zu erkennen. Er hantierte mit Reisig an dem Holzstapel mit trockenem Ofenholz.

Sie erschrak. Wenn er diesen anzündete, würde das Feuer in kürzester Zeit auf das tiefgezogene Reetdach übergreifen und das ganze Haus abbrennen!

Wieder ertönte das Schleifgeräusch.

Jule sah Richard ein Schwefelholz anzünden, es an den Reisighaufen halten. Doch dann flackerte die Flamme des Schwefelhölzchens, bevor es seinen Zweck erfüllen konnte. Richard zog das nächste Schwefelholz aus der Schachtel.

»Richard!«, rief Jule und trat aus ihrer Deckung. »Hör auf!«

Hektisch ratschte Richard das Hölzchen über die Reibefläche, die Flamme züngelte hoch.

»Hör auf!«, rief Jule erneut. »Warum tust du das?«

»Warum?«, höhnte Richard leise. »Das verstehst du in deiner Dummheit doch sowieso nicht. Ich gehöre nicht hierher, zu euch Abschaum aus der Gosse.«

»Vielleicht sind wir dumm und arm«, sagte Jule, »aber wir haben dir nichts getan. Lass uns in Ruhe!«

»Da irrst du dich«, zischte Richard, »ihr seid Wicherns Bande, ihr macht ihn stark. Ohne Wichern hätte mein Vater mich nie hierhergeschickt. Er hat ihn eingelullt mit seinen Thesen und Versprechungen, und jetzt soll ich hierbleiben, bis der alte Wichern mich gehen lässt.« Richard lachte grob auf. »Das tut der nie bei dem Kostgeld, das meine Eltern bezahlen. Aber er hat die Rechnung ohne mich gemacht. Lässt er mich nicht gehen, sorge ich eben dafür, dass er gehen muss und das Rauhe Haus dichtmacht. Also hau ab!«, befahl er. »Du kannst mich nicht aufhalten!«

»Doch«, rief Jule und hechtete zu ihm.

Überrascht ließ Richard das Hölzchen fallen, es landete im feuchten Gras und erlosch.

Er sah kurz auf das Hölzchen, dann stürzte er sich auf Jule. »Du verdammte Dreckswaise! Glaubst wohl, du bist was Besseres, nur weil diese dreckige Kirchberger für dich das Kostgeld bezahlt!«

»Unsinn«, rief Jule und versuchte, Richard abzuwehren.

»Dann frag doch Marieke, wenn du mir nicht glaubst.« Er packte Jule, nahm sie in den Schwitzkasten, zerrte sie vom Haus weg hin zum Bach. »Ich warne dich, ein Wort zu den anderen über das, was du hier gerade gesehen hast, und ich sorge dafür, dass alle Welt erfährt, was deine Kirchberger für eine ist.«

»Mmmpf«, machte Jule, die Luft wurde ihr in seinem Klammergriff knapp.

»Jeder, der bis zwei zählen kann, weiß, warum so eine das Kostgeld für so ein nutzloses Mädchen wie dich bezahlt. Ein Balg bist du! Ein Fehltritt von der Kirchberger, weggegeben hat sie dich, um ihre Ehre zu wahren, und jetzt will sie sich mit ihrem dreckigen Geld von ihren Sünden reinwaschen. Kann sie machen, aber ich will Schweigegeld.«

»Mmmmmmpf«, keuchte Jule und wehrte sich verzweifelt gegen Richards Griff.

»Ist da wer?«, erklang plötzlich Frau Kirchbergers Stimme durch die Nacht.

»Kein Wort«, zischte Richard, »weder jetzt noch später, und falls du mal wieder petzen willst – der neue Novize wird bestätigen, dass ich die ganze Nacht in meinem Bett gewesen bin.«

Richard lockerte seinen Griff und stieß sie im gleichen

Moment so heftig von sich, dass sie mit einem lauten Platschen in den Bach fiel. Panisch schlug sie um sich, versuchte, Halt zu finden, sie musste hoch! Aufstehen! Der Bach war nicht tief, und doch konnte man darin ertrinken, wenn einen die Kälte lähmte.

»Wer ist da?«, rief Frau Kirchberger und kam um die Ecke, in der Hand eine flackernde Lampe.

»Hier!«, rief Jule. »Hilfe!« Sie rappelte sich hoch, rannte zum Ufer, kletterte die glitschige Böschung hinauf.

Frau Kirchberger hastete zu ihr. »Jule! Du bist ja patschnass! Was machst du hier draußen? Du holst dir noch den Tod!« Sie legte den Arm um Jule und zog sie eilig zum Haus. Schob sie durch die Tür, verschloss diese hinter ihr und drehte den Schlüssel zweimal im Schloss, als wüsste sie um die Gefahr, die draußen lauerte. »Bleib hier stehen«, befahl sie Jule und lief die Treppe hoch.

Bibbernd stellte Jule sich an den Ofen, legte die Hände an das Rohr, spürte die schwindende Restwärme des abendlichen Feuers.

Frau Kirchberger kam eilig die Treppe hinunter, jetzt sah Jule, dass sie einen Morgenrock über ihrem Nachtkleid trug. In der Hand hielt sie zwei Handtücher, zwei Decken und zwei Schultertücher.

»Schnell, zieh dich aus!«, befahl sie Jule und zog ihr schon im gleichen Moment das Nachthemd über den Kopf. Sie warf es achtlos auf den Boden und legte das Handtuch um Jule, rubbelte sie von oben bis unten ab und wickelte sie dann in eine Decke ein.

»Nun setz dich.« Frau Kirchberger drückte Jule sanft auf die Bank neben dem Ofen, schlang die zweite Decke um ihre

Beine und Füße, legte das noch trockene Handtuch um ihre Haare und das Schultertuch um ihre Schultern. Jule spürte die Wolle, so weich und warm, wie sie es noch nie erlebt hatte. Sie spürte, wie Frau Kirchberger ihr Haar rubbelte, doch so recht wollte es nicht trocknen in der kalten Luft und mit dem klammen Handtuch.

»Dann heizen wir mal ein«, murmelte Frau Kirchberger und öffnete die Ofentür. Im Nu hatte sie den noch handwarmen Ofen angeschürt, legte sich das zweite Schultertuch um und setzte sich zu Jule auf die Bank. Sie nahm Jule in den Arm und rieb ihr schnell und fest über Rücken und Arme, dann über Beine und Füße.

»Wird dir wieder warm?«, fragte sie, ohne das Reiben zu unterbrechen.

Jule nickte. Langsam fühlte sie ihre Arme und Beine wieder, spürte, wie die Kälte ihrem Körper entwich.

Frau Kirchbergers Reiben wurde langsamer, hörte auf. Dann lag nur noch ihr Arm um Jules Schulter.

»Ich höre«, sagte sie streng.

Jule senkte den Kopf.

»Warum nimmst du mitten in der Nacht ein Bad im Bach?«

Jule zog ihre Schultern hoch. Richards Worte hallten noch in ihren Ohren. Er würde alles leugnen und der neue Novize seine Geschichte bestätigen. Er würde behaupten, dass sie das Haus hatte abbrennen wollen. Wie er es schon bei Frieder getan hatte.

»War sonst noch jemand dort?«, fragte Frau Kirchberger weiter.

Jule presste die Lippen zusammen.

»Du hast Angst«, stellte Frau Kirchberger fest. »Manchmal

hat man Angst, und man hat gute Gründe, Angst zu haben, aber manchmal gibt es noch bessere Gründe, diese Angst mit anderen zu teilen.«

Jule hob die Schultern, als wollte sie den Kopf dazwischen verstecken. Wenn sie Frau Kirchberger einweihte und sie ihr glaubte und gegen ihn vorging, würde er ihr Leben auch zur Hölle machen.

»Bedroht dich jemand?«, fragte Frau Kirchberger.

Jule schwieg. Richard wusste über Frau Kirchberger Bescheid. Mit einem Mal kam ihr die Bedeutung seiner Worte in den Sinn: Frau Kirchberger bezahlte ihr Kostgeld!

Sie solle Marieke fragen, hatte er gesagt. Warum würde Marieke das wissen? Und wenn es stimmte, warum tat Frau Kirchberger das?

Richards Geschichte war erlogen. Jule wusste genau, wer ihre Mutter war. Aber genauso wusste sie, was eine Lüge anrichten konnte, wenn man sie nur überzeugend genug erzählte.

»Ist es dieser Richard?«, fragte Frau Kirchberger.

Jule erstarrte.

Woher wusste Frau Kirchberger das?

Hatte sie gehört, was Richard gesagt hatte?

Oder hatte er sie auch bereits bedroht?

# 41

Der nächtliche Vorfall hing Henriette noch über den nächsten Tag hinaus nach. Kein Auge hatte sie zumachen können, nachdem sie Jule wieder zu Bett geschickt hatte. Und auch in der darauffolgenden Nacht hatte sie wach gelegen, ein Ohr immer nach draußen gerichtet, ob ein weiterer Angriff erfolgen könnte. Sie war sich sicher, dass Richard Jule in den Bach gestoßen hatte. Und sie war sich sicher, dass Jule eine Brandstiftung verhindert hatte – auch wenn am nächsten Tag nicht mehr als ein erloschenes Schwefelholz und eine Handvoll Reisig vor dem Holzstapel davon erzählte.

Müde kontrollierte Henriette, ob die Lebensmittel nach dem Frühstück wieder ordentlich in der Speisekammer verstaut waren, dann sperrte sie hinter sich ab, wie Frau Ehmke es ihr aufgetragen hatte. Sie blieb an der Tür stehen und sah prüfend über die frisch geputzte Küche.

Wenn sie Jule nur dazu bewegen könnte, sich ihr anzuvertrauen. Sie dachte an Frieders Todestag, als Jule sich Wichern gegenüber geöffnet, von Richards Missetaten erzählt hatte und von Frau Ehmke der Lüge bezichtigt worden war. Henriette verstand, warum Jule sich hütete, Richard erneut und ohne Beweise einer Tat anzuzeigen. Es könnte ihr als rachsüchtig ausgelegt werden – was hatte sie schon gegen Richard in der Hand?

Ein Schwefelholz.

Eine Handvoll abgebrochenes Reisig.

Das jeder dort hätte fallen lassen können. Auch Jule.

Das kein Indiz auf eine versuchte Brandstiftung war, denn wie wollte man mit einem Hölzchen ein Haus abfackeln? Ein Haufen Reisig an einem Ort, an den er nicht gehörte, am besten durchtränkt mit Petroleum, das wäre ein guter Beweis gewesen. Allerdings nur dafür, dass eine Brandstiftung geplant gewesen war.

Nicht von wem.

Und sie hatte nur Jule gesehen.

Wenn sie ihren Verdacht also an Frau Ehmke und Herrn Wichern weitertrug, würde sie letzten Endes nur den Verdacht auf Jule lenken.

Seufzend verließ Henriette die Küche und ging in den Hof zu den Wäscherinnen.

Drei der Mädchen mühten sich mit der nassen, kalten Wäsche ab, die bei den Novembertemperaturen noch schwerer zu wringen war als sonst. Henriette schüttelte den Kopf. Welch eine Zumutung für die Mädchen, zwei von ihnen hatte sie schon wegen ihrer Frostbeulen vom Wäschedienst befreien müssen. Dabei hätte man ihnen diese schwere Arbeit zu einem großen Teil abnehmen können, mit einem Wäschewringer, wie sie in ihrem Gasthaus benutzt wurden.

Sie winkte Betje, die gerade mit Jule die Tröge für die neue Wäsche mit Wasser füllte. Betje zeigte fragend auf sich, kam dann eilig zu ihr gelaufen.

»Betje, sei so gut, übernimm für eine halbe Stunde die Aufsicht. Achte vor allem darauf, dass Anna der Feuerstelle fernbleibt.«

»Natürlich, Frau Kirchberger«, sagte Betje, in der Stimme ein klein wenig Stolz, dass ausgerechnet sie für die Aufsicht ausgewählt worden war.

Henriette warf noch einen prüfenden Blick über die Mädchen, dann drehte sie sich um und ging direkt zum Arbeitshaus.

Schon von ferne hörte sie das Hämmern und Schleifen und Schlagen und Bohren der Knaben, die dort ihren Gewerken nachgingen. Sie öffnete die Tür und hielt nach Bruder Albert Ausschau, lief an der Tischlerei vorbei, der Schneiderei, entdeckte ihn in der Pantoffelmacherei.

»Bruder Albert«, rief sie über den Lärm hinweg, »kann ich Sie bitte sprechen?«

Bruder Albert drehte sich erstaunt um, als wäre es ganz und gar ungewöhnlich, dass eine Hausmutter sich in das Arbeitshaus der Knaben verirrte. »Ja?«

Henriette zeigte zur Tür. »Vielleicht an einem etwas leiseren Ort?«

Bruder Albert nickte, drehte sich zu den Knaben, gab ihnen eine knappe Anweisung und führte Henriette in einen Nebenraum, in dem allerlei Arbeitsgerät lagerte.

»Was kann ich für Sie tun?«, fragte er freundlich.

»Ich frage mich, ob Ihre Knaben einen Wäschewringer bauen können? Wir betreiben einen solchen für die Wäsche des Gasthauses und erwirtschaften damit einen beträchtlichen Zeitgewinn.«

Bruder Albert hob fragend die Brauen. Henriette sah sich um, entdeckte an einem Arbeitstisch Papier und einen Kohlestift. Sie griff sich ein Blatt und den Stift und begann zu zeichnen.

Ein Holzgestell, darauf zwei Walzen, eingespannt in einen Eisenrahmen, die sich gegeneinander drehten, angetrieben von einem Zahnradgetriebe mit zwei Zahnrädern, die mittels einer großen Kurbel bewegt wurden.

Die Zeichnung war schief und krumm, doch Bruder Albert betrachtete sie neugierig.

»Hm …« Er rieb sich nachdenklich über das Kinn. »Ich verstehe. Sie lassen die Walzen gegeneinander rotieren und ziehen damit die Wäsche durch. Aber wie fädeln Sie die Wäsche in die Walzen ein und wie regulieren Sie den Druck?«

»Oh! Das habe ich übersehen.« Sie zeichnete in die Mitte des Rahmens oberhalb der Walzen eine große Flügelschraube. »Hier können Sie die obere Walze in der Höhe verstellen. Sie heben die Walze an, um die Wäsche einzuspannen, und sobald sie drin ist, lassen Sie mit der Schraube die Walze herunter und stellen den Druck ein, den Sie auf die Wäsche ausüben wollen.«

»Interessant.« Bruder Albert nahm die Zeichnung hoch und faltete sie. »Ich werde das mit dem Gehilfen Jonathan besprechen, er ist ein talentierter Schreiner und versteht auch etwas von Mechanik.«

»Mehr verlange ich nicht«, sagte Henriette. »Es wäre für die Arbeit der Mädchen ein großer Gewinn. Und für die Knaben ein spannendes Lehrstück.«

Beschwingt kehrte sie zum Mutterhaus zurück. Wenn sie Bruder Albert und diesen Bruder Jonathan von ihrer Idee überzeugen konnte, würde sie über ihre Abreise hinaus den Mädchen ein Dienst erwiesen haben.

Am Mutterhaus erwartete Frau Ehmke sie bereits. »Wo waren Sie nur?«, fragte sie vorwurfsvoll.

»Ich musste etwas mit Bruder Albert besprechen«, sagte Henriette, noch immer beflügelt von dem Interesse, das Bruder Albert gezeigt hatte. »Betje hat kurz die Aufsicht übernommen…« Sie hielt erschrocken inne. »Ist etwas passiert? Hat sich ein Mädchen verletzt?«

»Nein, ein Herr wartet im Besucherzimmer auf Sie, und er scheint mir in weitaus weniger erquicklicher Laune zu sein als Sie«, sagte Frau Ehmke in einem Ton, als sei Henriettes gute Laune ein Ärgernis.

Ein Herr? Henriettes Schultern senkten sich, ihr Lächeln erstarb. Vater?

Hatte er doch vor, sie gegen ihren Willen von hier wegzuholen?

## 42

Die Wäsche wurde heute einfach nicht weniger. Jule zog mit Louise die Laken glatt, reichte sie dann weiter an Marieke und Betje, die sie falteten.

»Wo Frau Kirchberger nur bleibt?«, fragte Louise und schielte zum mindestens zehnten Mal zur Tür. »Frau Ehmke hätte schon längst nach dem Rechten gesehen.«

»Muss sie nicht. Sie hat mir die Aufsicht gegeben«, sagte Betje stolz.

»Ja, obwohl Marieke die Ältere ist«, ätzte Louise. »Weil du und Jule ihre Lieblinge seid.«

»Ich war noch bei Frau Wichern, als Frau Kirchberger Betje die Aufsicht gegeben hat«, erinnerte Marieke Louise sanft. »Ich durfte ihr heute den kleinen Jungen bringen.« Ihre Augen leuchteten. »Ich habe noch nie einen so wonnigen Säugling gesehen. Nächste Woche wird eine Andacht zu seiner Geburt abgehalten, und danach gibt es ein besonderes Festmahl, das Frau Kirchberger mit uns zubereiten wird.«

Louise zog so fest an dem Laken, dass es Jule aus den klammen Fingern glitt und zu Boden fiel. Rasch hob sie es wieder auf.

»Pass doch auf!«, schimpfte Louise. »Jetzt müssen wir es noch mal waschen.«

»Unsinn«, sagte Marieke und begutachtete das Laken. Energisch klopfte sie den Schmutz ab, den es vom Boden aufgenommen hatte, und drückte es Jule wieder in die Hand. Sie verharrte einen Moment und legte ihre Hand um Jules. »Kein Wunder, dass du es nicht mehr halten kannst. Deine Hände sind eisig. Lass uns wechseln, beim Falten kann dir das Laken nicht so leicht aus den Fingern rutschen.«

»Und wer wechselt mit mir?«, fragte Louise beleidigt. »Immer wird Jule vorgezogen.«

»Ich wechsle mit dir«, sagte Betje genervt. »Aber hör endlich mit dem Gemecker auf.«

»Ich mecker nicht«, sagte Louise. »Ich sage nur, was alle hier denken.«

Alle? Jule senkte beschämt den Kopf. Dachten wirklich alle hier, dass sie eine Sonderbehandlung bekam? Aber warum? Es wusste niemand außer Richard und angeblich Marieke von ihrem Kostgeld. Und das weiche Wolltuch, das Frau Kirchberger ihr nach dem unfreiwilligen Bad im Bach geschenkt hatte, lag ganz unten in ihrer Truhe.

»Ich denke das nicht«, sagte Betje.

»Und was war an dem großen Besuchstag, als sie weggelaufen ist? Niemand hat sie zur Rede gestellt. Und eine Strafe hat es auch nicht gegeben.«

»Jule hat ihren Bruder gesucht«, sagte Betje scharf. »Meinst du nicht, dass sein Tod Strafe genug war?«

Jule krallte ihre Hand um das Tuch. Wie konnte Louise nur so gemein sein?

»Lass uns wechseln.« Marieke nahm Jule das Leintuch ab. »Hör nicht hin«, flüsterte sie ihr zu, als Louise schon wieder ihre Stimme erhob.

»Und überhaupt… Seit wann hilft eine Hausmutter dem Stalldienstmädchen beim Melken? Das hat es noch nie gegeben! Aber pass nur auf, wenn die Ehmke zurückkommt. Die beobachtet genau, wer sich der Kirchberger anbiedert und alles toll findet, was sie hier anstellt.«

»Was ist dein Problem, Louise?«, fragte Marieke ungehalten.

»Sie will alles verändern!«, rief Louise aus. »Warum kann es nicht bleiben, wie es war?«

»Was verändert sie denn?«, fragte Jule leise.

»Na, alles!«, rief Louise und boxte gegen den Stapel gefalteter Leintücher. »Jetzt sollen wir plötzlich Servietten falten und im Freien spielen, und ich soll die Röcke mit einem ganz anderen Stich säumen und… hach! Sie benimmt sich, als hätte Frau Ehmke alles falsch gemacht. Aber das hat sie nicht. Frau Ehmke ist unsere Hausmutter. Sie ist gerecht und verlässlich, und ich will, dass sie endlich zurückkommt.«

»Das wird sie«, sagte Jule und richtete die Leintücher, die Louise in Unordnung gebracht hatte, »sobald Frau Wichern wieder ihre Aufgaben übernehmen kann. Und bis dahin sollten wir Frau Ehmke Ehre machen und uns nicht streiten.«

Schweigend arbeiteten sie weiter. Jule richtete ihren Blick starr auf die Wäsche. Sahen die Mädchen sie wirklich als eine, die besser behandelt wurde? Und… wurde sie das? Sie hatte den gleichen Regeln zu folgen wie alle anderen Mädchen auch. Sie bekam keine Extraportionen an Essen und keine Extrazeit zum Lesen. Sie hatte ebenso viele Hausdienste zu absolvieren wie alle anderen, nur dass es bei ihr manchmal etwas länger dauerte, weil sie noch wenig Übung hatte, wie zum Beispiel beim Stalldienst oder dem Schuheputzen.

Trotzdem hatte Frau Kirchberger sie besonders behandelt. Mit dem Kostgeld, bei der Totenwache, und als sie sie abgetrocknet und gewärmt und ihr das Wolltuch geschenkt hatte. Aber hätte sie das nicht für jedes andere Mädchen auch getan? Jule hatte Richard schließlich nicht gebeten, sie in den Bach zu schubsen! Und sie hatte Frieder nicht darum gebeten, wegzulaufen oder zu sterben! Das konnte man ihr doch jetzt nicht vorhalten!

»Jule, hilfst du mir bitte beim Wäscheverräumen?«, holte Marieke sie aus ihren Gedanken.

»Natürlich«, murmelte Jule und packte die andere Seite des Korbs, in den Marieke die Leintücher für die alte Kate hineingestapelt hatte. Sie machten sich auf den Weg zum Mädchenhaus, vorbei am Badeteich, den Weg hinunter zur Einfahrt.

»Gräm dich nicht«, sagte Marieke, als sie außer Hörweite waren. »Louise kann mit Veränderung nicht gut umgehen. Immer wenn ein neues Mädchen kommt, braucht sie besonders lange, um es zu akzeptieren. Und diesmal ist auch noch eine neue Hausmutter da …«

»Danke, Marieke, aber sie hat ja recht. Frau Kirchberger behandelt mich anders als euch.«

Marieke warf ihr einen unsicheren Blick zu. »Wovon redest du?«

»Von dem, was du Richard gesagt hast.«

»Verdammt!« Marieke setzte den Korb ab. »Was hat er dir erzählt?«

»Dass Frau Kirchberger mein Kostgeld bezahlt. Und dass sie dafür einen Grund haben muss. Und dass er glaubt, dass sie meine Mutter sei und er genau das herausfinden wird und sich dann an ihr gütlich halten will.« Jule rieb ihre eisigen Hände.

»Warum hast du es ihm erzählt? Nun wird er auch noch Frau Kirchberger vertreiben!«

»Es tut mir leid...« Bestürzt legte Marieke die Hand auf den Mund. »Ich konnte nicht anders, er hat mir gedroht, meine Stellung bei Polizeiherrn Hudtwalcker zu verhindern, wenn ich ihm nicht alles über Frau Kirchberger sage, was ich weiß. Was hätte ich tun sollen?«

Jule sagte nichts. Sie wusste genau, in welcher Lage Marieke sich befunden hatte. Tun, was Richard ihr befahl, oder verlieren, was ihr am wichtigsten war.

Jule hatte nicht anders gehandelt, um Frieder zu schützen.

»Und woher weißt du es?«, fragte Jule.

»Ich war dabei, als sie mit Frau Wichern darüber geredet hat.« Marieke schüttelte den Kopf. »Sie ist nicht deine Mutter, Jule, das hat Richard erfunden. Sie hat eine Patenschaft für dich übernommen, weil du sie bei einer zufälligen Begegnung durch deine Güte beeindruckt hast. Du musst jemanden etwas geschenkt haben, obgleich du es lieber behalten wolltest oder so ähnlich«, sagte Marieke. »Und das heißt, du hast dir dein Kostgeld verdient. Im Gegensatz zu Richard, dessen Eltern ein viel höheres Kostgeld für ihn bezahlen müssen.«

»Warum denn?«, fragte Jule verwundert.

»Richards Familie ist reich. Aber Richard ist von drei Schulen geworfen worden, weil er lieber in den Gängen mit einer Bande umhergezogen ist, und sein Vater hat ihn deshalb schon mindestens ein halbes Dutzend Mal vor der Strafklasse bewahren müssen. Und dann hat er sich an Hudtwalcker gewandt, weil der ein alter Bekannter ist, und der hat ihn hierher vermittelt.«

Daher also kam Richards Selbstsicherheit. Aufgewachsen in

einer feinen Familie, erfahren in der Täuschung – er musste sich um so viel besser und schlauer halten als alle anderen hier!

Dabei war er einfach nur ein gemeiner Erpresser und Betrüger! Wut stieß sauer in Jule hoch. Wenn sie doch …

»Du solltest aufpassen, Jule«, sagte Marieke. Sie packte Jules Arm und sah sie ernst an. »Richard ist gefährlich, und er hat es auf dich abgesehen. Und auf Frau Kirchberger. Er wird sich auf alles stürzen, was er gegen euch verwenden kann. Halte Abstand von Frau Kirchberger. Es gibt schon genug Gerede, dass sie dich bevorzugt. Du musst alles tun, damit das nie wieder so wirkt. Und wenn es bedeutet, dass du regelrecht unfreundlich und abweisend zu ihr bist.«

Jule schüttelte den Kopf. Nein, das konnte Marieke nicht von ihr verlangen! In Frau Kirchberger hatte sie nach Frieders Tod Trost gefunden. Sie war der Engel, der ihr geschickt worden war! Und nun sollte Richard die Macht haben, ihr auch das zu nehmen? Wo war sie, die Gerechtigkeit? Warum gewannen immer die, die am gemeinsten waren?

Nein, sie würde sich von Richard nicht die wenigen Tage mit Frau Kirchberger nehmen lassen, die ihr noch blieben.

# 43

Bevor sie ins Besucherzimmer trat, verharrte Henriette einen Moment in der großen Diele. In ihrem Magen rumorte es wütend. Sie hatte kein Verlangen nach dem Streitgespräch, das sie gleich führen würde. Sie sollte es nicht führen müssen!

»Wir sind mit der Wäsche fertig für heute Vormittag, Frau Kirchberger.« Betje kam vom Hof in die große Diele, hinter ihr Anna und Louise. »Jetzt beginnen wir mit den Leuchtern im Mutterhaus, außer Sie möchten, dass wir erst die Fenster putzen.«

»Die Leuchter, Betje.« Prüfend sah sie über die Köpfe der Kinder Richtung Hof. »Wo sind Jule und Marieke?«

»Sie bringen die Wäsche in die alte Kate. Sie kommen sicher gleich zurück.«

»Gut«, sagte Henriette, »Frau Ehmke kümmert sich heute um die Küche, geht bitte zuvor bei ihr vorbei und fragt, ob sie noch Hilfe benötigt. Heute ist das Gemüse besonders aufwendig zu putzen und zu schneiden.«

»Das machen wir, Frau Kirchberger«, sagte Betje. »Louise hilft Frau Ehmke sicher gerne in der Küche, nicht wahr, Louise?«

Louise lief rot an, warum, wusste Henriette nicht, aber sie war klug genug, nicht nachzufragen.

»Nun denn, hurtig, meine Damen!« Sie sah den Mädchen hinterher, wie sie gemeinsam die Diele entlang zur Küche liefen, und ein warmes Gefühl durchfloss sie. Wie sehr sie diese Mädchen bereits in ihr Herz geschlossen hatte …

Sie gab sich einen Ruck, klopfte und trat ein.

»Va…« Mitten im Wort hielt sie inne. Nicht Vater sprang vom Besuchersofa hoch, nein, es war Karl-August Wilhoven! Und er sah keineswegs schlecht gelaunt aus! Eher angespannt. Aber warum, und was machte er hier?

»Frau Kirchberger!« Er eilte zu ihr, nahm ihre Hand, küsste sie. »Verzeihen Sie, dass ich Sie hier einfach überfalle. Aber ich musste Sie sehen!«

»Ach …« Henriette wusste nicht, was sie darauf sagen sollte. Passend wäre gewesen: Warum? Freundlicher: Wie schön. Oder war es am besten, einfach zu schweigen und abzuwarten?

Doch Wilhoven sprach nicht weiter, sah sie nur erwartungsvoll an.

Henriette zeigte auf Sofa und Sessel. »Wollen wir uns nicht setzen?«

»Aber natürlich, verzeihen Sie, ich vergesse meine Manieren.«

Henriette nahm auf dem Sofa Platz, überließ Wilhoven den Sessel. »Was führt Sie ins Rauhe Haus?«, fragte sie endlich.

»Meine Freude.« Pathetisch griff Wilhoven sich an seine Brust. »Sie mögen sich nicht vorstellen, wie sehr die Nachricht Ihres Vaters mich überwältigt hat.«

Verwirrt zog Henriette die Brauen hoch. Welche Nachricht? Da fiel es ihr wie Schuppen von den Augen. Typisch Vater.

Hatte er sich also, anstatt ihr zu antworten, direkt an Wilhoven gewandt.

»Frau Kirchberger, Henriette, ich darf Sie doch Henriette nennen, nun, da Sie mir über Ihren Vater Ihre Einwilligung zu unserer Verbindung haben ausrichten lassen?«

»Selbstverständlich.« Henriette verzog ihre Lippen zu einem Lächeln.

»Sie sehen den glücklichsten Mann Hamburgs vor sich«, plapperte Wilhoven weiter, »ich kann es kaum erwarten, unsere Verlobung in der Illustrierten Zeitung anzukündigen.«

»Sollten wir damit nicht noch warten, bis die Scheidung von meinem noch mir angetrauten Gatten offiziell vollzogen ist?«, fragte Henriette zweifelnd.

»Papperlapapp«, winkte Wilhoven mit großer Geste ab. »Ihr Vater versicherte mir, dies sei nur noch eine Formalität, eine Sache von wenigen Tagen.«

Ein Stich durchfuhr Henriette. Eine Formalität. Welch banales Wort für den traurigsten Tag der Ehe mit dem Mann, den sie von Herzen geliebt hatte.

Hätte er ihr nur geantwortet.

Wehmütig dachte sie an Franz, an Gundel und Anton, an das Gasthaus am Rhein, das sie von Anbeginn mit aufgebaut hatte, in dem sie all das gelernt hatte, was ihr hier so praktisch zugutekam, wo sie zu dem Menschen geworden war, der heute hier vor Wilhoven saß.

Wilhoven streckte ihr seine Hände hin. Sie ergriff sie, unschlüssig, wie sie reagieren sollte, wenn er sich ihr weiter aufdrängte.

»Nun, ich bin gekommen, liebe Henriette, um Sie abzuholen.«

»Abholen?«, fragte Henriette verblüfft. »Hat Vater ...«

»Es gibt eine Menge zu planen und zu erledigen, wollen wir die Hochzeit noch dieses Jahr feiern«, fuhr Wilhoven fort.

»Aber ...«, begann Henriette erneut.

»Sobald die Scheidungsurkunde vorliegt, muss das Aufgebot bestellt werden und ein Ort gefunden, ein Kleid genäht und Einladungen gedruckt ... Sie werden alle Hände voll zu tun haben, liebe Henriette.«

Henriette zog ihre Hände zurück. »Hat Vater Ihnen nicht mitgeteilt, dass ich bis auf Weiteres noch hier gebraucht werde?«

»Sie ...« Wilhoven schüttelte mit einem verdatterten Lachen den Kopf. »Was meinen Sie mit ›gebraucht‹?«

»Ich beaufsichtige die Mädchenfamilie, solange Frau Wichern im Kindbett liegt. Das muss Vater Ihnen doch mitgeteilt haben. Das war Teil meiner Nachricht.«

»Sie ... Aber ...« Erneut schüttelte Wilhoven verwirrt den Kopf. »Das kann doch nicht Ihre Aufgabe und Verantwortung sein!«

»Es ist meine Verantwortung, weil ich mein Wort gegeben habe.«

»Nun, ein Wort kann man zurücknehmen. Das passiert alle Tage im Geschäftsleben. Umstände ändern sich und damit auch die Verantwortungen, die man eingehen kann.«

»Die Umstände haben sich aber nicht geändert«, sagte Henriette bestimmt. »Frau Wichern liegt noch immer im Kindbett, und wie es aussieht, wird sich die Rekonvaleszenz noch etwas hinziehen. Der schweren Geburt folgte ein Fieber, eine schwere Entzündung, die vollends ausgeheilt werden muss. Die Mädchen benötigen eine Hausmutter, und die Vertretung hat es vorgezogen, ihr Wort zurückzunehmen.«

»Sehen Sie«, rief Wilhoven aus, »wenn die Vertretung dies kann, warum nicht auch Sie?«

»Weil ich keinen Grund dafür sehe!«

»Ist unsere Hochzeit etwa kein Grund?«, fragte Wilhoven beleidigt. »Halten Sie wirklich ein Dutzend verwahrloster Mädchen höher als unsere Verbindung?«

»Herr Wilhoven, beruhigen Sie sich bitte«, mahnte Henriette, besorgt, dass ihr Gespräch durch die Türe zu hören war. »Ich habe mich verpflichtet, mich um diese fleißigen Mädchen zu kümmern. Und ich tue dies von Herzen gern. Danach werde ich mich mit gebührender Freude an die Vorbereitung unserer Verlobung und Hochzeit machen und den Rest meines Lebens Ihnen als Ihre Frau zur Seite stehen.«

»Aber dann ist es zu spät!«, rief er aus.

»Was ist zu spät?«, fragte Henriette verdutzt. »Warum die Eile? Ob wir nun im Dezember oder Januar heiraten, was macht es für einen Unterschied?«

»Jeden!« Er sprang auf. »Dann ...« Er suchte nach Worten.

»Dann was? Was passiert, wenn wir bis zum Januar warten?«

»Dann kann mein Sohn nicht dabei sein«, würgte er hervor.

»Was außerordentlich bedauerlich wäre«, sagte Henriette verständnisvoll. »Ich nehme an, es geht um den Sohn, der in Amerika die Dependance eröffnet? Wann wäre er wieder im Lande? Oder sollen wir für ihn ein separates Souper geben, vor seiner Abreise?«

»Nein, was würde das bringen?« Wilhoven tigerte im Raum auf und ab. »Wir müssen noch dieses Jahr heiraten.«

»Gut, lassen Sie uns in Ruhe über eine Lösung nachdenken, die für beide verträglich ist. Und setzen Sie sich um Himmels willen wieder hin!«

Wilhoven blieb stehen. »Es gibt nur eine Lösung. Eine Heirat vor Ende des Jahres.«

»Das habe ich verstanden«, sagte Henriette versöhnlich. »Sie möchten im Dezember heiraten, und ich habe zugesagt, bis mindestens Anfang, spätestens Mitte Dezember hierzubleiben.«

»Das ist doch keine Lösung!«

»Nein, das ist das Problem. Die Lösung heißt Rosa Habermanns und wird alles für eine gebührende Feier Ende Dezember arrangieren. Und… wenn ich mir etwas wünschen dürfte?«

Wilhoven sah sie fragend an.

»Lassen Sie es uns klein halten. Nur die nötigsten Gäste, kein Firlefanz. Lassen Sie uns ehrlich miteinander sein. Sie heiraten mich wegen der Situierung meines Vaters, und ich heirate Sie, um wieder die Stellung einer verheirateten Frau zu erhalten.«

»Aber! Henriette!«, rief Wilhoven entsetzt. »Wie können Sie das sagen?«

»Es ist ein Geschäft«, fuhr Henriette ungerührt fort. »Ich verlange, dass ich in dieser Ehe ein gewisses Maß an Freiheiten erhalte und eine großzügige Apanage zu meiner alleinigen Verwendung. Und Sie bekommen im Gegenzug bereits im Dezember den so dringlich benötigten Zugang zum Geschäft meines Vaters.«

»Sie sind wirklich eine ungewöhnliche Frau.« Wilhoven erhob sich und verbeugte sich leicht vor Henriette. »Ich werde die weiteren Formalitäten mit Ihrem Vater besprechen.«

Erschöpft sank Henriette in sich zusammen, kaum dass er die Tür hinter sich geschlossen hatte.

Auf was hatte sie sich da nur eingelassen?

Liebste Henriette,
wundere Dich nicht, dass dies nicht meine Handschrift ist. Anton hat mir einen Schreiber aufgetan, der diese Zeilen für mich verfasst.
Etwas Schreckliches ist passiert seit meinen letzten Zeilen an Dich.
Du erinnerst Dich, dass ich nach dem Antritt bei dem Scheidungsrichter zu Dir reisen wollte.
Nun, Fräulein Hauser, diese vollkommen verrückte Person, wusste dies zu verhindern! Hinterrücks griff sie mich am Tag der Abreise mit einer Gusseisernen an. Direkt auf den Hinterkopf hat sie mir eine gebraten und mich dann für tot liegen lassen. Hätte der gute Anton mich nicht so bald gefunden, wer weiß, ob ich Dir heute diese Zeilen schicken könnte …
Nun hoffe ich sehr, dass Du meinen letzten Brief bekommen hast, denn wenn nicht, wirst Du weiterhin denken, ich hätte mich von Dir abgewandt, und schon in wenigen Tagen läuft die von Dir gesetzte Frist ab, an der Du diesem Wilhoven Deine Antwort geben willst.
Sage Nein! Ich bitte Dich von ganzem Herzen, sage Nein!
Dieses Mal gehe ich kein Risiko ein, ich schicke Anton noch heute los mit dem Brief, dass er ihn Dir persönlich und pünktlich vor Ablauf Deiner Frist überreicht. Ich selbst bin noch eine Weile nicht reisefähig, meinen Kopf hat es arg erwischt, zunächst hatte ich kein Bewusstsein, und nun muss ich ganz ruhig hier liegen. Du weißt ja, wie schwer mir dies fällt,

daher kannst Du Dir die Schmerzen in meinem Kopf vorstellen, dass ich das brav mitmache.
Leider habe ich auch die Vorsprache bei dem Scheidungsrichter versäumt. Nun weiß ich nicht, was dies bedeutet. Ich habe die Gundel bei unseren Gästen ein wenig nachhorchen lassen, natürlich, ohne zu verraten, dass es dabei um uns geht, und die einen sagen, dass die Ehe nicht geschieden wird, wenn der, der noch zustimmen muss, nicht auftaucht, die anderen sagen, dass Nichterscheinen als Zustimmung gedeutet wird.
Es macht mich schier wahnsinnig, nicht zu wissen, ob Du noch meine Frau bist oder nicht, denn bist Du es nicht mehr, könnte es passieren, dass Du aus den falschen Gründen heraus einem anderen Dein Wort gibst!
Ich habe Anton beauftragt, Dich um eine sofortige Rückantwort zu bitten.
In ängstlicher Hoffnung
Dein Dich liebender Franz

# 44

Jule schreckte hoch. War da etwas?

Sie hörte wie der Wind durch das strohgedeckte Dach pfiff, die Fensterscheiben mit leisem, hellem Klirren zum Zittern brachte, durch die Baumwipfel rauschte und sie unter seinen Böen ächzen ließ. Der Schlafsaal lag noch im Dunkeln, die anderen Mädchen schliefen tief und fest. Jule legte sich wieder zurück. Das Wetter passte zum heutigen Tag. Es konnte gar nicht stürmisch genug sein, um zu betrauern, dass heute Frau Kirchbergers letzter Tag war.

Jules Herz wurde schwer. Die letzten Wochen waren magisch gewesen. Sie konnte sich die alte Kate ohne Frau Kirchberger gar nicht mehr vorstellen. Ohne ihr fröhliches Guten Morgen oder ihr freundliches Lächeln, ihre strenge Ermahnung, wenn man die geforderte Arbeit nicht erledigte, und das überschwängliche Lob, wenn man diese besonders gut erledigt hatte. Die Spielzeiten, die sie als feste Routine vor dem Schlafengehen etabliert hatte, und die Geschichten, die sie erzählte oder aus dem großen Geschichtenbuch vorlas, wenn sie in ihrer Freizeit Handarbeiten erledigten. Frau Kirchberger hatte ihr jeden Moment das Gefühl gegeben, zu einer Familie zu gehören, mehr noch als Frau Ehmke zuvor.

Natürlich wäre sie auch weiter Teil der Mädchenfamilie, auch ohne Frau Kirchberger, aber es wäre nicht dasselbe.

Sie vermisste sie jetzt schon.

Und dabei lag sie im Nebenraum und schlief so tief und fest wie die anderen Mädchen.

Plötzlich hörte Jule ein Geräusch von unten. Ein Scharren, dann ein Rascheln. Sie setzte sich wieder auf. Ihr Herz schlug heftig, während sie angestrengt lauschte, doch der Wind pfiff einfach zu laut.

Da! Rascheln! Es kam aus dem Haus, nicht von draußen! War es Richard? Er hatte die letzten Wochen Ruhe gegeben, weil er unter Beobachtung stand, von Bruder Albert und Wichern selbst, und das wusste er, hatte Marieke ihr erklärt. Er würde sich bestens benehmen, und sobald die Aufmerksamkeit wieder nachließ, erneut zuschlagen.

War heute der Tag?

Ängstlich horchte sie auf das Geräusch unten im Haus. Es kam aus dem großen Zimmer. Falls Richard sich dort hineingeschlichen hatte – was hatte er vor? Es gab nichts zu stehlen. Die Einrichtung war karg, ein Tisch, dreizehn Stühle, ihre Näh- und Strick- und Häkelsachen. Ihre Tafeln und Kreiden. Die Anrichte mit dem Geschirr und dem Besteck und den Tischdecken und Servietten. Nichts, was Richard von Nutzen wäre.

Oder wollte er ihre Sachen nur zerstören?

Oder erneut versuchen, das Haus abzubrennen, diesmal von innen, damit der Wind sein Schwefelhölzchen nicht löschte, bevor es seinen Dienst getan hatte?

Hastig schälte sie sich aus dem Bett. Fröstelte. Es war eisig im Schlafraum.

Wieder raschelte es.

Auf Zehenspitzen lief sie zur Treppe, hinunter, in die Diele. Aus dem großen Zimmer drang Licht. Welch eine Dreistigkeit er hatte!

Lautlos schlich sie zur Zimmertür. Sie würde sich ansehen, was er dort anstellte, und dann laut Alarm schlagen.

Mit angehaltenem Atem spähte sie ins Zimmer.

»Frau Kirchberger!«, rief sie leise aus. »Was machen Sie hier mitten in der Nacht?«

»Jule … Kannst du schon wieder nicht schlafen? Komm, setz dich zu mir.« Frau Kirchberger klopfte mit der Hand auf den Stuhl neben sich. »Und bring dir eine Decke mit, du verkühlst dich mit deinem dünnen Hemdchen.«

Jule gehorchte und setzte sich in eine Decke gewickelt neben Frau Kirchberger. »Was machen Sie da?«

»Eine Weihnachtsüberraschung für euch«, sagte Frau Kirchberger. »Nur leider bin ich nicht fertig geworden, und nun weiß ich nicht, ob ich es bis Weihnachten schaffe.«

»Eine Überraschung?«

Frau Kirchberger hielt die Näharbeit hoch, die sie in der Hand hielt. »Eine Puppe.«

Jule besah sich die Puppe mit den dunklen Haaren und dem exquisiten Gewand. Sie war wunderschön.

»Ich muss noch ihre Augenbrauen annähen«, erklärte Frau Kirchberger, »dann ist sie fertig.« Flink stach ihre Nadel in den Puppenkopf, dann vernähte sie und schnitt den Rest des Fadens ab. Sie hielt Jule die Puppe hin. »Für dich«, sagte sie. »Als Erinnerung.«

»Für mich?«, flüsterte Jule und griff ehrfürchtig nach der Puppe. »Wirklich für mich?«

»Jetzt, wo ich das Rauhe Haus verlasse, kann niemand etwas dagegen haben, wenn ich dir ein Abschiedsgeschenk mache.«

»Aber ich habe doch schon den wunderschönen Wollschal«, sagte Jule schüchtern.

»Den du dich nie anzuziehen traust«, sagte Frau Kirchberger.

Ertappt sah Jule zu Boden.

»Gräm dich nicht. Ich verstehe, dass du Angst hast, was die anderen sagen. Aber wie gesagt, wenn ich weg bin, kann keiner mehr etwas dagegen haben. Er wird dir im Winter ein guter Begleiter sein.«

»Ich weiß«, flüsterte Jule, »er ist traumhaft weich und warm, aber wenn ich die Wahl hätte zwischen dem Schal und dass Sie noch bleiben, würde ich mir das Letztere wünschen.«

»Ich mir auch, Jule«, sagte Frau Kirchberger traurig. »Es gibt nichts, was ich lieber täte, als bei euch zu bleiben. Aber es geht nicht. Dies ist Frau Ehmkes Platz.«

Jule drückte die Puppe an sich. Spürte, wie eine Träne über ihre Wange und in die Haare der Puppe lief. Spürte, wie Frau Kirchbergers Hand über ihr Haar strich.

»Du hast hier ein gutes Zuhause gefunden«, sagte Frau Kirchberger sanft. »Frau Ehmke ist eine gute Frau, und das ist eine gute Familie. Und sollte es dir eines Tages kein guter Ort mehr sein, dann versprich mir, dass du mich aufsuchen wirst.«

Jule nickte, blind vor Tränen. Am liebsten würde sie sofort mitgehen. Aber das ging nicht. Sie musste älter sein, alle ihr aufgetragenen Aufgaben gut erledigen können, erst dann konnte sie bei Frau Kirchberger läuten und sie bitten, in ihren Dienst eintreten zu dürfen.

»Und nun, liebes Kind, husch schnell zurück in dein Bett.

Wir wollen morgen doch einen schönen letzten Tag miteinander verbringen.«

Jule nickte artig und verschwand wieder nach oben, an Schlaf jedoch war nicht mehr zu denken.

***

Der nächste Tag verging für Jule wie in einem Traum. Sie versuchte, so viel Zeit wie möglich in Frau Kirchbergers Nähe zu verbringen, lauschte ihrer Stimme, prägte sich jede Tonlage ein, bis sie sicher war, sie nie zu vergessen, hoffte auf ein Lächeln, das sie ebenfalls in ihrem Kopf abspeicherte. Dann war es so weit. Frau Kirchberger versammelte alle Mädchen im Hof des Mutterhauses bei den Wäschetrögen. Sie stand vor einem mit einem Leintuch verhängten Gebilde, in ihrem Gesicht ein Strahlen, das selbst Jules Gesichtszüge ein wenig aufhellte.

»Meine lieben Damen«, sagte sie laut, »ich bin sehr dankbar für die wunderbaren Wochen, die ich mit euch verbringen durfte. Nun ist es Zeit, Abschied zu nehmen. Aber … ich lasse euch etwas da.« Sie trat einen Schritt zur Seite und zog das Leintuch von dem Gebilde. Stolz präsentierte sie ein seltsames Gerät aus Holz und Metall, oben eine Flügelschraube, in der Mitte zwei Walzen.

Was sollte dies sein?

Bruder Albert trat hinzu. »Meine Damen«, wiederholte er die Anrede, die sonst nur Frau Kirchberger für sie verwendete, »auf Frau Kirchbergers Anregung haben wir einen Wäschewringer gebaut. Ich hätte gern zwei Freiwillige.«

Niemand trat vor. Jule sah zu Frau Kirchberger, sah, wie sie ihr aufmunternd zunickte, packte Betjes Hand. »Wir melden uns.«

»Bist du verrückt?«, raunte Betje. »Du weißt doch gar nicht, was das Ding macht!«

»Ich vertraue Frau Kirchberger. Du nicht?«

»Na gut«, murmelte Betje und ließ sich von Jule zu dem Wäschewringer schleppen.

Bruder Albert drehte an der großen Flügelschraube am oberen Rahmen und zeigte auf die Holzwalzen. »Hiermit hebt ihr die obere Walze an, um eure Wäsche einzufädeln.«

Frau Kirchberger trat mit einem patschnassen, in der Mitte einmal längs gefalteten Leintuch hinzu und reichte es Jule. »Rein damit!«

Jule legte die schmale Kante vorsichtig zwischen die Walzen.

»Und jetzt, Betje, mit der Flügelschraube die obere Walze hinunterlassen und fest zudrehen, damit die Walzen fest aufeinanderdrücken.«

Betje drehte mit ängstlicher Konzentration die große Flügelschraube, den Körper so angespannt, als befürchtete sie, jederzeit von dem Gerät fortspringen zu müssen.

»Und jetzt hältst du, Jule, das Tuch so, dass es gerade durch die Walze läuft, achte darauf, dass du nicht daran ziehst. Stell dir vor, du würdest die Walzen mit dem Tuch füttern. Und du, Betje, drehst die Kurbel.«

Jule hielt das Tuch gerade, achtete darauf, dass es locker und gerade durch die Walze lief. Es sah wirklich aus, als würde die Walze das Tuch fressen. Betje kurbelte, bis das Tuch ganz durchgedreht war und hinter dem Gerät in einer Wanne lag.

»Geh, Betje, heb das Tuch aus der Wanne«, forderte Frau Kirchberger sie auf.

Betje hob es heraus. Riss die Augen auf. Strahlte. »Es ist fast trocken! Louise! Anna! Es ist nur noch feucht!«

Ein Raunen ging durch die Mädchen. Plötzlich wollten alle das Tuch anfassen, die Maschine begutachten.

Jule sah, wie Frau Kirchberger ihr zuzwinkerte, als teilten sie ein kleines Geheimnis.

Jule lächelte zurück. Traurig, aber auch froh, dass Gott ihr in der dunkelsten Stunde Frau Kirchberger geschickt hatte.

Ein bisschen wie damals Witwe Strauss, als sie Frieder und Jule für kleines Geld in ihrem Saal aufgenommen hatte.

Oder Herr Wichern, als er sie vor Lauermann bewahrt und Frieder und ihr hier eine Zuflucht geboten hatte.

»Ist das nicht unfassbar unglaublich?!« Betje war neben sie getreten und drückte begeistert ihre Hand.

Jule drückte sie dankbar zurück.

Hier war jetzt ihr Zuhause.

Auch ohne Frieder und ohne Frau Kirchberger.

# 45

»Auch ich danke Ihnen für Ihren trefflichen Einsatz.« Frau Ehmke schüttelte Henriette als Letzte die Hand. Nach dem überschwänglichen Dank von Herrn und Frau Wichern klangen Frau Ehmkes Worte nüchtern, und doch freuten sie Henriette besonders.

»Sie scheinen unsere gute Frau Ehmke beeindruckt zu haben«, sagte Bruder Albert, während er dem Kutscher Henriettes Koffer reichte. »Mich übrigens auch, nicht nur wegen des Wäschewringers. Sie sind den Mädchen eine gute Hausmutter gewesen. Ich glaube, Sie haben hier Ihren Weg gefunden.«

Er half ihr in die Kutsche und schloss die Tür. Henriette sank in die weichen Lederpolster und lehnte sich erschöpft an die Rückenlehne. Was für ein anstrengender letzter Tag nach einer ruhelosen, durchwachten Nacht.

»Gebe Gott Ihnen die Kraft, sich nicht von Ihrem Weg abbringen zu lassen«, rief Bruder Albert, als die Kutsche losruckelte, und hob den Arm zum Gruß. »Halten Sie Ihre Zeit hier in Ehren, so wie wir die Erinnerung an Sie ehren werden!«

Henriette lächelte. Sie würde ihre Zeit hier in Ehren halten. Die Kinder vermisste sie schon jetzt, nicht aber die Kälte des Schlafraums oder die Eintönigkeit des Speiseplans.

Ein letztes Mal fuhr sie den Weg entlang. Plötzlich hörte sie Gesang, dann erblickte sie die alte Kate und … ihre Mädchen! Aufgereiht standen sie am Weg und sangen, jede eine anders gefaltete Serviette in der Hand, mit der sie ihr zuwinkten.

»Halten Sie an!«, rief Henriette Kutscher Helge zu.

»Befiehl du deine Wege«, tönten die Mädchenstimmen zu ihr herüber, »und was dein Herze kränkt der allertreusten Pflege des, der den Himmel lenkt.«

Die Kutsche hielt, Henriette sprang heraus.

»Der Wolken, Luft und Winden«, sangen die Mädchen, während ihnen Tränen über die Wangen liefen, »gibt Wege, Lauf und Bahn, der wird auch Wege finden, da dein Fuß gehen kann.«

»Meine Mädchen!«, rief Henriette und lief zu ihnen. »Meine Mädchen!« Sie breitete die Arme aus, umarmte sie, drei, vier auf einmal, bis sie sich von allen verabschiedet hatte. »Ich werde euch vermissen, jede Einzelne von euch!«

Sie löste sich, warf ihnen eine Kusshand zu. »Ich danke euch!« Damit wandte sie sich schnell ab, kaum noch fähig, ihre eigenen Tränen zurückzuhalten, und eilte zur Kutsche zurück.

Sie stieg ein, setzte sich. »Fahren Sie!«, rief sie Kutscher Helge zu.

Der Gesang hatte wieder eingesetzt. Henriette drehte sich um, winkte aus dem Fenster, die Mädchen schwenkten ihre Kreationen aus Stoff.

Kaum waren sie außer Sichtweite, lehnte Henriette sich wieder in die Polster, doch diesmal lächelte sie nicht. Tränen liefen über ihr Gesicht, ein erster Schluchzer löste sich tief aus ihrer Kehle, so heftig, dass es sie bis ins Mark schüttelte.

Sie hatten Hamburg schon fast erreicht, bis Henriette sich

wieder im Griff hatte. Ihr Taschentuch war durchnässt und vollkommen nutzlos für die laufende Nase geworden.

Eine Leere erfüllte sie. So ähnlich hatte sie sich nur gefühlt, als sie Franz verlassen und mit Sack und Pack zurück nach Hamburg gefahren war. Als verlöre sie ihren Lebensinhalt.

Sie hielt bei dem Gedanken inne. Lebensinhalt? War es das?

War das der Weg, von dem sie sich nicht abbringen lassen sollte? Anstatt die Gattin des ehrenwerten Karl-August Wilhoven zu werden, sich als Hausmutter in einem Rettungsdorf verdingen? Oder einem Waisenhaus?

Sie schüttelte sich.

Aber wie denn?

Sie hatte ihr Wort gegeben. Nicht nur gegenüber Wilhoven, sie hatte es auch Vater versprochen. Sie konnte nicht mehr zurück.

»Aaahhhh!«, stieß sie hervor, die Brust so eng, dass sie glaubte, ersticken zu müssen an der Unerträglichkeit eines Lebens an der Seite von Wilhoven als Dame der Gesellschaft.

Die Kutsche wurde langsamer, hielt an. Im nächsten Moment öffnete Helge die Tür. »Ist alles in Ordnung, gnädige Frau?«

»Ja, Verzeihung«, sagte Henriette, spürte, wie sie beschämt errötete. »Fahren Sie bitte weiter.«

Helge schloss die Tür.

»Halt, nein!«, rief Henriette. »Fahren Sie mich zu Rosa Habermanns.«

Sie konnte jetzt nicht nach Hause. Die Vorstellung des erhabenen Gebäudes, groß und übermächtig, des kalten Marmors und glänzenden Goldes ließ sie schaudern. Hätte sie wählen können zwischen ihrem großen, weichen Bett mit Baldachin und Bettvorhängen, Lammfell und Daunendecke und dem harten, schmalen Bett mit der kratzigen Wolldecke, aber neben dem Schlafsaal ihrer Mädchen – sie hätte keine Sekunde gezögert.

In der alten Kate war jedoch kein Platz für sie. Frau Ehmke war die Hausmutter und Henriettes Rolle von Anfang an nur eine temporäre gewesen.

Sie schlug die Hände vor ihr Gesicht. Was sollte sie nur tun?

Da stoppte die Kutsche abermals. Helge stieg ab, hielt ihr die Tür auf. »Das Anwesen der Familie Habermanns, gnädige Frau.« Er half ihr beim Aussteigen.

»Danke«, sagte Henriette. »Es wird einen Moment dauern, wärmen Sie sich in der Küche bei einem Tee auf.«

»Sehr wohl, gnädige Frau, besten Dank, gnädige Frau«, sagte Helge beflissen.

Henriette raffte ihre Röcke und stieg die Eingangsstufen hoch, betätigte die Klingel.

»Bitte?« Der Hausdiener öffnete die große Eingangstür. »Frau Kirchberger«, sagte er und ließ sie eintreten, »ich werde Sie unverzüglich anmelden.«

»Ich denke, das wird nicht nötig sein«, sagte Henriette und rauschte an ihm vorbei. »Ist Frau Habermanns im Salon?«

»Ja«, der Hausdiener nickte eifrig, während er neben ihr herlief, »aber die Herrschaft hat Besuch.«

»Oh – es ist also unpassend?« Henriette verlangsamte ihren Schritt.

»Wenn ich darf, würde ich die Herrschaft kurz …«

In dem Moment öffnete sich die Tür zum Salon, und Rosa trat in die Eingangshalle.

»Henriette! Ich dachte mir doch, dass ich deine Stimme gehört habe!« Sie nickte dem Hausdiener zu. »Es ist in Ordnung, Janusch, geben Sie Bescheid, dass wir ein weiteres Gedeck benötigen.«

»Jawohl, gnädige Frau.« Janusch neigte den Kopf und zog sich zurück.

»Henriette!«, rief Rosa erneut und breitete ihre Arme aus. »Liebste Freundin! Welch Freude!« Sie umarmte Henriette herzlich, fasste sie dann bei der Hand und zog sie mit sich in den hinteren Teil des Salons, wo bereits ein Besucher vor dem Kamin saß. Henriette sah den schwarzen Rock und Arme beim Sessel hervorlugen.

»Ich wollte nicht stören«, sagte Henriette und wünschte, sie hätte sich, wie von Janusch vorgeschlagen, anmelden lassen. Oder wäre gleich umgekehrt, als Janusch sie über Rosas Besuch informiert hatte. Da stand der Besuch auf und trat um den Sessel herum.

Amalie Sieveking!

»Frau Kirchberger, welch eine unerwartete Freude«, sagte sie und reichte Henriette die Hand. »Ich gratuliere zu Ihrem großen Erfolg als Hausmutter im Rauhen Haus. Herr Wichern wusste nur Bestes über Sie zu berichten, als wir uns letztens trafen.«

Rosa setzte sich als Erste wieder und klopfte neben sich auf das Sofa. »Setz dich zu mir, liebste Freundin!«

Henriette nahm Platz, froh, bei Rosa zu sein, auch wenn es das Gefühl der Leere und Trauer in ihr kaum linderte.

»Ist das nicht erstaunlich, gerade sprachen wir von dir!«, plapperte Rosa drauflos.

»Von mir?«, fragte Henriette perplex.

»Nun ja, ich bereite deine Hochzeit vor, da bleibt es nicht aus, dass ich von dir spreche, nicht wahr?«

Henriette zuckte die Schultern. »Da hast du wohl recht.«

»Ich informierte die liebe Amalie also über die eine und andere Betrüblichkeit, die sich in den letzten Wochen bei der Planung ergeben hat, du weißt schon, ich habe es dir geschrieben, die ausgebuchte Lokalität, das unabkömmliche Kammerorchester, der unerfreuliche Schneider …« Rosa verdrehte ihre Augen. »Und da sagt die liebe Amalie doch tatsächlich, dass …«

»Liebe Rosa, ich denke, dass Frau Kirchberger das lieber nicht hören möchte.«

»Im Gegenteil, sie muss es hören!« Rosa nahm Henriettes Hand. »Henni, da sagte die liebe Amalie, wie außerordentlich schade es doch sei, wenn eine Frau mit deinen Kompetenzen und deiner Stärke ihr Talent an eine solche Ehe vergeudet.«

Henriette starrte Rosa mit offenem Mund an.

»Ich hoffe …«, Amalie Sieveking räusperte sich, »… ich trete Ihnen mit dieser Äußerung nicht zu nahe. Sie war nicht für Ihre Ohren bestimmt«, fügte sie mit strengem Blick auf Rosa hinzu.

»Ach, liebe Amalie, du kennst mich doch, und wie soll ich Henni etwas vorenthalten, das ich doch nicht anders sehe!«

Henriette verschluckte sich vor Schreck an ihrer eigenen Spucke. »Rosa!«, hustete sie. »Du … organisierst die Hochzeit! Und jetzt sagst du, sie … ist keine gute Idee?«

Das Dienstmädchen brachte eine Tasse und eine Kanne frischen Tee für Henriette. Rosa biss sich auf die Lippen, während sie einschenkte, und sprach erst weiter, als sich die Tür hinter dem Mädchen geschlossen hatte. »Nein, das habe ich nie gesagt. Ich weiß, warum du Wilhoven heiratest, und das verstehe ich. Aber es ist eine Flucht vor der Strenge deines

Vaters. Die Idee der Heirat unter diesem Vorzeichen kann ich gutheißen, allerdings immer weniger, wenn es sich dabei um deinen Wilhoven handelt. Niemand kennt ihn so recht, und dieses Beharren auf einer übereilten Hochzeit mag mir so gar nicht gefallen! Da steckt doch etwas dahinter, mit dem er partout nicht herausrücken will. Und nein«, unterbrach sie den Einwurf, den Henriette machen wollte, »er kann mir hundertmal beteuern, dass es dabei um seinen Sohn gehe, das glaube ich ihm nie und nimmer! So langsam befürchte ich, dass es um finanziellen Druck geht, dass er die Heirat als Sicherheit für eine Verpflichtung benötigt.«

»Es liegt doch auf der Hand, dass er mich aufgrund der Geschäftsbeziehung mit Vater ausgewählt hat«, sagte Henriette, »genau deshalb hat mein Vater ihn ja auch für mich erwählt. Ich bin mir sicher, dass Vater sich zuvor intensiv nach ihm erkundigt hat. Es ist ein Handel, für alle von uns.«

»Mag sein«, gab Rosa zu, »trotzdem traue ich ihm nicht. Aber das ist nicht, was Amalie sagen wollte.«

»Wenn Sie mir erlauben, liebe Frau Kirchberger, dass ich meine Übergriffigkeit erläutern darf?« Amalie Sieveking stellte ihre Teetasse ab und legte ihre Hände in den Schoß. »Nach dem, was mir über Ihre Wochen im Rauhen Haus zugetragen wurde, sind Sie eine durchsetzungsstarke und kompetente Frau mit großem Herzen und klarem Verstand. Sie haben das Vertrauen der Mädchen und den Respekt von Frau Ehmke und auch von Bruder Albert gewonnen. Sie haben gerade bewiesen, dass Sie ohne große Vorbildung in der Materie etwas bewegen können.«

»Na ja«, sagte Henriette verlegen, »bewegen …«

»Sie haben diese Kinder berührt, weil Sie ihnen Respekt

entgegengebracht haben. Allein dadurch haben Sie in ihnen etwas bewegt. Wissen Sie, wie schrecklich es in vielen Waisenhäusern zugeht, weil dort niemand ist, der sich von Herzen der Kinder annimmt?« Amalie Sieveking rieb ihre Hände, hob sie dann abwehrend hoch. »Es geht mich nichts an«, sagte sie, »aber es bedrückt mich, zu sehen, dass Sie, obgleich Sie für die Vulnerabelsten unter uns die Welt verändern können und wollen, sich in diese Ehe einfinden, die sichtbar nicht aus Liebe geboren, sondern ein Handel ist, bei dem Sie auf der Strecke bleiben werden.«

Henriette legte überrascht die Hand auf ihr Herz. »Auf der Strecke? Ich?«

»Ja, Sie. Ihr Vater und Herr Wilhoven haben mit der Heirat erreicht, was sie wollten. Haben Sie das? Sie heiraten Herrn Wilhoven, um aus der Abhängigkeit von Ihrem Vater zu fliehen, und begeben sich in die Abhängigkeit eines Mannes, der Sie Ihres Standes wegen heiratet. Glauben Sie, er wird Sie tun lassen, was Ihnen wichtig ist, wenn er es als nicht standesgemäß und unangemessen empfindet?«

»Sie ist verwöhnt von ihrer ersten Ehe«, erklärte Rosa. »Ihr Mann hat ihr alles durchgehen lassen. Sie hat Kühe gemolken und gekocht und gebacken. Ihre Hände waren rau wie die einer Küchenmagd, als sie nach Hamburg zurückgekommen ist.«

»Ich verstehe gern die Arbeiten, die ich beaufsichtige«, verteidigte Henriette sich. »Und, tut mir leid, liebe Rosa, aber eine Kuh zu melken ist in jeder Hinsicht ergiebiger, als mit Thekla Verhölst eine Unterhaltung zu führen.«

»Sehen Sie«, klagte Rosa an Amalie Sieveking gewandt, »das wird nicht gut gehen.«

»Was möchten Sie, Frau Kirchberger?« Amalie Sieveking sah sie durchdringend an. »Was sagt Ihr Herz?« Sie winkte ab. »Nein, antworten Sie nicht jetzt. Nehmen Sie meine Frage mit nach Hause, schlafen Sie darüber, überlegen Sie, welche Möglichkeiten Sie haben, und betrachten Sie sich dabei, als wären Sie ein Mädchen, für das Sie Verantwortung übernommen haben und für das Sie nun das Beste wünschen.« Wieder nahm sie die Hände hoch. »Mehr sage ich nicht, nach meinem Geschmack war dies ohnehin bereits zu viel.« Sie lächelte. »Aber nun, Frau Kirchberger, wollen Sie uns nicht von Ihrer Zeit im Rauhen Haus erzählen?«

Henriette nickte, obschon ihr ganz wirr im Kopf war.

Was sollte sie nur tun?

# 46

Der erste Dezember war grau und kalt, der Regen, der irgendwann in der Nacht eingesetzt hatte, plätscherte unaufhörlich in großen Tropfen vor sich hin. Jule kannte diese Tage, grau und nass und ungemütlich, nur dass sie diesmal in einem trocknen, von einem Ofen gewärmten Haus saß und sich nicht tags bei der Arbeit überlegen musste, wo sie die Nacht mit Frieder zusammen unterkommen könnte.

Sie war gespannt, was Wichern ihnen bei der Andacht heute präsentieren würde. Er hatte ihnen eine große Überraschung versprochen, etwas ganz Besonderes, das es nirgendwo anders zu sehen gebe.

Was es wohl sein konnte?

Sie räumte den letzten Teller in die Anrichte und sah zu Marieke, die in der Ecke saß und ihre Bibelstelle auswendig lernte. Heute war ihr großer Tag, der letzte im Rauhen Haus, bevor sie ihren Dienst bei Polizeiherrn Hudtwalcker antrat. Sie war schrecklich aufgeregt, ihr Gesicht glühte bereits jetzt, und dabei saß sie noch in der alten Kate … Wie würde ihr erst, wenn sie vor allen Zöglingen und Gehilfen im Betsaal stand! Betje hatte eine Wette laufen, ob Marieke vor lauter Angst und

Schrecken in Ohnmacht fallen würde, sobald sie sich auf das Podest stellen und zu allen sprechen musste.

Möglich wäre es, dachte Jule, sie selbst würde ganz sicher in Ohnmacht fallen, wenn sie vor so vielen Leuten einen Text aufsagen müsste. Dabei könnte Marieke ihn auch ablesen, aber das traute sie sich nicht. Denn sobald sie aufgeregt war, vertüdelte sie sich beim Lesen.

Jule beobachtete Marieke, ihr Gesicht war so ernst, so angestrengt. Sie wollte es richtig machen, damit Herr Wichern das Beste von ihr in Erinnerung behielt, hatte sie erklärt, und Betje hatte später zu Jule gesagt, dass dies Mariekes Art sei, Wichern für ihre Rettung zu danken.

Ohne Marieke würde es in der alten Kate nicht mehr das Gleiche sein. Sie würde fehlen, nicht nur ihr, auch Betje, die zu Marieke ein ganz besonderes Verhältnis hatte. Daher war dieser Freudentag für Marieke auch gleichzeitig ein trauriger Tag für alle, die zurückblieben.

Wieder ein Abschied. Wie sehr sie Abschiede hasste!

Frau Ehmke betrat den Raum und klatschte in die Hände. »Kommt, Kinder. Hurtig! Die Andacht beginnt gleich. Wir wollen doch an Mariekes großem Tag nicht zu spät kommen!«

Nun sah die arme Marieke wirklich so aus, als würde sie gleich vom Stuhl fallen. Betje ging zu ihr und klopfte ihr aufmunternd auf die Schulter. Marieke lächelte sie an, und gemeinsam machten sie sich auf den Weg.

Im Betsaal nahmen sie ihre Plätze ein. Mädchen und Jungen strikt getrennt wie immer. Plötzlich ging ein Raunen durch den Saal. »Oben, guckt nach oben …«, rief es von überall.

Jule sah hoch. Über ihr hing ein wagenradgroßer Holzring, darauf mindestens ein, eher sogar zwei Dutzend Kerzen, geschmückt mit roten und grünen Bändern.

Da betrat Wichern den Betsaal. Er ging nach vorn, setzte sich an sein Pult und lächelte breit. »Heute präsentiere ich euch eine Novität. Ich habe sie mir ausgedacht, um eure Ungeduld zu zähmen. Wie viele von euch haben mich in den letzten Tagen gefragt, wann denn nun Weihnachten sei? Hebt die Hand!«

Mindestens drei Dutzend Hände schossen in die Höhe.

Wichern lachte. »Seht ihr? Nun, mit diesem Holzkranz über unseren Köpfen hat es Folgendes auf sich: Darauf sind vierundzwanzig Kerzen für vierundzwanzig Tage. Wer von euch kann mir sagen, wenn heute der 1. Dezember ist und der Heilige Abend am 24. Dezember, wie viele Tage wir dann noch zu warten haben?«

Wieder schossen die Hände in die Höhe. Wichern rief einen Jungen auf.

»Vierundzwanzig«, rief er gewichtig.

»Ganz genau.« Wichern zeigte auf den hölzernen Kranz. »Jeden Morgen bei der Andacht werden wir eine Kerze mehr anzünden. Heute die erste, morgen die erste und die zweite, bis am Heiligen Abend alle vierundzwanzig Kerzen brennen. Der Kranz begleitet uns durch den Advent, also nenne ich ihn Adventskranz.« Er hielt einen Moment inne, dann hob er scherzhaft mahnend den Finger in die Höhe. »Ich will ab heute niemanden mehr fragen hören, wie viele Tage es noch bis Weihnachten sind, denn das könnt ihr nun jeden Morgen an unserem Adventskranz abzählen.«

Er winkte nach rechts, und Bruder Albert ließ den Adventskranz an einer Kette herab. Dann trat Richard vor, in einer

Hand einen Schemel, in der anderen einen brennenden Kienspan. Er platzierte den Schemel unter den Adventskranz, stellte sich darauf und zündete die erste Kerze an. Tosender Applaus brach los, als Bruder Albert den Kranz wieder nach oben zog.

»Ruhe, Ruhe!«, mahnte Wichern. »Heute hat Richard die erste Kerze angezündet, als Anerkennung dafür, dass er sich im letzten Monat vorbildlich verhalten hat. Als Zeichen dafür, dass wir alle uns, wenn wir es nur wollen und in Gott vertrauen, ändern können.«

Jules Mund klappte auf. Fassungslos sah sie von Wichern zu Richard.

Das durfte nicht sein.

Richard.

Nach allem, was er getan hatte, wurde er nun auch noch belohnt?

Wut wallte in ihr auf. Sie vermochte kaum, auf ihrem Platz sitzen zu bleiben, so kochte und schäumte es in ihr.

Irgendwann war der Gottesdienst vorbei. Jule konnte sich an kein Wort erinnern, das Wichern weiter gesagt hatte. Sie konnte sich nicht an die Bibelstelle erinnern, aus der Marieke vorgelesen hatte. Sie konnte sich nicht erinnern, wie sie den Küchendienst hinter sich gebracht hatte, und auch die Rechenstunde zog an ihr vorbei, als wäre nicht sie die Schülerin, sondern eine fremde Person, die nur zufälligerweise ihren Körper bewohnte.

Die Ungerechtigkeit, mit der Richard sie am laufenden Band konfrontierte, zermürbte sie. Wie passend es doch war, ausgerechnet einen Brandstifter eine Kerze entzünden zu lassen.

»Was ist heute nur los mit dir?«, schimpfte Betje neben ihr.

»Du läufst herum, als würdest du schlafwandeln! Ich hoffe nur, dass du morgen wieder normal arbeitest, heute die Wäsche mit dir zu machen war eine echte Herausforderung.«

»Entschuldigung«, murmelte Jule. »Ich bin nur müde.«

»Na gut«, sagte Betje, bereits wieder versöhnt, »aber reiß dich zusammen, wenn wir die Wäsche in der Kate verräumen, ich habe keine Lust, alles gleich wieder vom Fußboden aufzusammeln.«

Als sie losgehen wollten, kam Frau Ehmke auf sie zu. Sie winkte Betje aufgeregt zu sich. »Betje, komm mit ins Besuchszimmer.«

Betje zeigte auf sich, die Augen groß vor Erstaunen. »Besuch? Ich?«

»Nun komm schon, Kind!«

Betje trappte davon. Jule packte den Korb und machte sich auf zur alten Kate. Dann kümmerte sie sich eben allein um die Wäsche, so konnte sie wenigstens ihre Versäumnisse über den Tag wiedergutmachen.

Die Kate lag verlassen im Schatten der alten Kastanie, ihr gutes altes Haus, das treu auf seine Bewohnerinnen wartete, die tagsüber die meiste Zeit in Mutterhaus und Stall und Waschküche und Turmhaus ihre Arbeitsdienste leisteten.

Im Inneren spendete der Ofen noch einen Rest an Wärme. Jule öffnete die Ofentür und legte einen Scheit nach. Sogleich fraß die Glut sich knisternd in das trockne Holz. Jule verschloss die Ofentür und brachte die Wäsche nach oben. Sorgfältig sortierte sie die Laken und Handtücher in die Wäschetruhe, als ein Geräusch sie aufschreckte. Ängstlich hielt sie inne. Das Geräusch drang aus dem Schlafsaal. Was war da? Wie erstarrt fixierte sie die Tür. Sie müsste doch alleine hier sein!

Da! Wieder!

Leise legte sie die Wäsche nieder, schlich zum Schlafsaal, dann riss sie die Tür auf.

»Du?«

Vor ihr, ihr Kaschmirtuch in der Hand, stand Richard.

»Leg das sofort zurück! Oder ich hole jetzt und hier Herrn Wichern dazu! Mal sehen, was er sagt, wenn sein Musterschüler vormittags die erste Adventskerze anzündet und nachmittags zum Dieb wird.«

»Führ dich nicht so auf, du blöde Kröte …« Richard warf den feinen Wollschal zu Boden und trampelte darauf herum.

»Hör auf!«, schrie Jule und stürzte sich auf Richard.

Doch der war stärker, schleuderte sie zu Boden. Noch bevor sie sich aufrappeln konnte, presste er schon sein Knie auf ihren Brustkorb, drückte mit der Hand ihre Kehle zu.

»Jetzt hör mir gut zu, kleines Hurenkind, ab jetzt wirst du genau das tun, was ich dir sage. Und deine erste Aufgabe ist, mir morgen vor der Andacht Frau Ehmkes Schlüssel für die Speisekammer zu bringen, hast du mich verstanden?«

»Rmpfff«, keuchte sie.

»Wenn du das nicht tust, dann werde ich dich bestrafen. Dass ich das kann, hast du ja schon einmal erlebt.« Er lockerte seinen Griff um ihre Kehle.

»D-Du … kannst …«, röchelte sie, »… mir nichts mehr … nehmen!«

»Ich kann dir mehr nehmen, als du denkst.« Er hob das malträtierte Tuch hoch. »Ich weiß, wer dir das geschenkt hat. Ich hatte ja gehofft, dass die Kirchberger dir etwas mehr dagelassen hat als nur ein Wolltuch … Du willst sicher nicht an ihrem Unglück schuld sein. Hör gut zu: Wenn ich morgen früh den

Schlüssel nicht bekomme, dann bekommt der Herr, der deine Frau Kirchberger heiraten soll, von mir einen kleinen Hinweis, dass es da ein dunkles Geheimnis gibt im Leben seiner Verlobten. Und dann wird sie schon bald auf der Straße stehen, und weißt du, wer dann dein Kostgeld nicht mehr bezahlen kann? Nächsten Sonntag besuche ich meine Eltern, da treffe ich meine Freunde, die das für mich erledigen.« Er feixte hämisch, nahm sein Knie von ihrem Brustkorb und richtete sich auf. »Morgen früh«, sagte er und klopfte sich die Hose ab, als hätte er im Dreck gekniet.

Ohne ein weiteres Wort stolzierte er davon.

Jule setzte sich auf, hielt sich die Kehle, rieb sich über die schmerzende Brust, räusperte sich, bis das beengte Gefühl in ihrem Hals nachließ. Blindlings tastete sie über den Boden nach dem Kaschmirtuch, hob es hoch und versenkte ihr Gesicht darin. Sie würde nicht zulassen, dass Richard Frau Kirchberger schadete.

»Jule!«, rief Betje von unten. »Jule, bist du noch hier?«

Jule rappelte sich hoch, strich den Rock glatt und räusperte sich. »Oben!«

Hastig versteckte sie das Wolltuch in ihrer Truhe und ging zurück zum Wäschekorb, als Betje die Treppe heraufgerannt kam.

»Jule!«, rief sie. »Stell dir vor, ich habe eine Tante!«

»Eine …« Noch bevor Jule weiterfragen konnte, packte Betje sie bereits an beiden Händen und tanzte mit ihr durch den Schlafsaal.

»Die Schwester meiner Mutter, sie wohnt in Lübeck und hat Nachforschungen angestellt, nachdem sie von Mutters Tod gehört hat. Und jetzt will sie mich zu sich holen und möchte, dass wir uns kennenlernen! Ich fahre mit ihr nach Lübeck!« Betje strahlte, lachte von einem Ohr zum anderen. Dann sah sie Jule genauer an. »Freust du dich denn nicht für mich?«, fragte sie und stoppte den Tanz.

»Doch! Doch, doch, doch!«, rief Jule und umarmte ihre Freundin. Sie freute sich für Betje, von Herzen, und gleichzeitig freute sie sich nicht, sondern fürchtete sich vor dem, was Betjes Freude für sie bedeutete: den nächsten Abschied.

# 47

»Vater! Ich bitte Sie nur, mir zu Ende zuzuhören!« Henriette stand vor dem Schreibtisch aus Mahagoniholz, dem gleichen Holz, in dem auch die Wände des Studierzimmers getäfelt waren, poliert wie der Marmor der Eingangshalle.

»Es ist alles gesagt«, polterte Vater. Er hatte sich von seinem Lederstuhl erhoben, beide Hände waren auf der grünen Lederunterlage aufgestützt, damit er sich besser nach vorne beugen konnte. »Du wirst Karl-August Wilhoven heiraten, wie vereinbart.«

Henriette ließ sich auf den Stuhl vor seinem Schreibtisch plumpsen. Sie presste die Lippen zusammen, richtete ihren Blick auf die hohen Bücherwände, verzweifelt bemüht, die Tränen zurückzudrängen.

»Sobald ich diese vermaledeite Scheidungsurkunde in den Händen halte, wird das Aufgebot bestellt und die Verlobung offiziell bekannt gegeben«, fuhr Vater fort.

»Sie… Sie haben…«, rief Henriette überrascht. »Ich bin noch nicht geschieden? Haben Sie Herrn Wilhoven nicht vor über drei Wochen versichert, dass es sich nur noch um eine Formalität handle?«

»Es handelt sich nur um eine Formalität. Eine Unterschrift, zu leisten bei dem Notar. Aber Franz hatte einen Unfall, wie ich letzthin erfahren habe, was zu dieser unglücklichen Verzögerung…«

»Einen Unfall?« Henriette sprang entsetzt auf. »Um Himmels willen! Vater! Warum erfahre ich das erst jetzt? Wie geht es ihm? Wo ist er? Ich muss zu ihm…«

»Setz dich«, befahl Vater. »Es geht ihm gut, und du erfährst das erst jetzt, weil ich genau so eine unziemliche Reaktion befürchtet habe. Du kannst nicht zu Franz reisen, während du die Hochzeit mit Wilhoven vorbereitest. Das ist ganz und gar unschicklich! Franz ist die Vergangenheit, Wilhoven die Zukunft.«

»Aber, Vater…«, protestierte Henriette. »Ich kann nicht die Hochzeit mit Wilhoven vorbereiten, solange ich von Franz nicht rechtskräftig geschieden bin! Das ist ungesetzlich!«

»Wer behauptet denn, dass du noch nicht geschieden bist? Soweit ich weiß, ist die Urkunde auf dem Weg zu uns. Nur eine Sache von Stunden, bis das Dokument auf meinem Schreibtisch liegt.« Der Blick, mit dem er Henriette bedachte, vernichtete ihre kurz aufgeflammte Hoffnung, dass es doch nicht zur Scheidung gekommen wäre. Nein, natürlich hatte Franz die Urkunde unterschrieben. Den Weg frei gemacht für Fräulein Hauser. Sonst hätte er ihr längst geantwortet.

Im Kamin zischte ein Scheit, rutschte von seinem Stapel, Glut spritzte bis auf den Teppich. Henriette sprang hoch, schob mit der Zange das glimmende Scheit zurück in die Feuerstelle und trat vehement die Glutfunken aus, die auf dem Teppich weiterglommen.

»Hör endlich auf, die Arbeit des Personals zu erledigen«, schimpfte Vater.

»Bis das Personal auf die Klingel reagiert, ist ein Loch in den Teppich gebrannt«, konterte Henriette. Sie stellte die Zange zurück und setzte sich wieder ihrem Vater gegenüber auf den Stuhl. »Warum hat Wilhoven es so eilig mit der Heirat? Er hat einer Verschiebung ins neue Jahr mit einer Heftigkeit widersprochen, die äußerst befremdlich war.«

»Er wünscht, dass sein Sohn der Heirat beiwohnt. Ist das so schwer zu verstehen?«

»Würden Sie eine Heirat davon abhängig machen, ob ich ihr beiwohnen kann?«, fragte Henriette.

»Ich habe nicht vor zu heiraten.«

»Das war nicht meine Frage.« Henriette suchte den Blick ihres Vaters. »Würden Sie, obwohl ich so weit weg wohne, dass Sie mich über Jahre nicht sehen werden, eine Heirat davon abhängig machen, ob ich dabei sein kann oder nicht?«

»Das ist vollkommen irrelevant.«

»Dann stelle ich Ihnen eine andere Frage – welche Vereinbarung haben Sie mit Wilhoven über die Verfügung meiner Mitgift getroffen?« Henriette sah ihren Vater direkt an.

»Wie es sich gehört, natürlich«, sagte Vater knapp.

»Die volle Verfügung sofort nach der Heirat?«, bohrte Henriette nach.

»Wie ich gesagt habe …«

»Und Sie haben Wilhoven überprüfen lassen?«, fragte Henriette. »Seine Finanzen und Geschäfte sind solide?«

Vater schüttelte ungeduldig den Kopf. »Ich wüsste nicht, was seine Geschäfte dich angehen. Geschäfte dieser Größenordnung übersteigen ohnehin das Auffassungsvermögen einer Frau.«

»Oh, als Frau verstehe ich sehr wohl, was passiert, wenn er

in finanzieller Notlage ist und meine Mitgift am Tag nach der Hochzeit durchbringt.« Henriette beugte sich vor. »Ich bitte Sie, Vater, lassen Sie ihn überprüfen. Sie haben mir einen Ehemann gewählt, der in Ihr Geschäft einsteigen und es fortführen kann. Ich hoffe, Sie haben nicht einen gewählt, der Ihr Vermächtnis in den Abgrund reißt.«

»Genug«, sagte Vater und schlug demonstrativ eine Dokumentenmappe auf. Seine Stimme jedoch klang eine Nuance weniger harsch. Hatte sich ein Zweifel eingeschlichen?

Henriette stand auf. »Danke für Ihre Zeit. Ich werde Rosa aufsuchen und sie nach dem Stand der Vorbereitungen fragen.«

Sie wandte sich zum Gehen, hoffte, dass er sie zurückrief, mehr über ihren Verdacht wissen wollte. Doch sie hörte nur das Kratzen seiner Feder über Papier. Enttäuscht verließ sie den Raum. Sie hatte nichts erreicht. Außer dass Vater nun noch verärgerter mit ihr war.

Wie konnte sie herausfinden, ob Wilhoven Schulden hatte, die er unbedingt vor Jahresende begleichen musste? Sein Geschäft könnte belastet sein. Vor der Pfändung stehen.

Sie ging in den Salon und klingelte nach Stine. »Bitte lass Helge die Kutsche anspannen.«

Eine halbe Stunde später stand sie in Rosas Salon.

»Welch erfreuliche Frequenz deiner Besuche«, neckte Rosa sie, zog sie sogleich mit sich vor den Kamin. Sie senkte ihre Stimme zu einem Flüstern. »Ich habe gestern noch mit meinem Mann über Wilhoven gesprochen. Er hat mir versprochen, sich umzuhören, diskret natürlich.«

»Oh, Rosa, das würde er für mich tun?«, rief Henriette aus.

»Er hat ein schlechtes Gewissen wegen der Brosche, die ich

deinem Vater zurückgeben musste. Ich habe ihm schrecklich krumm genommen, dass du seinetwegen Ärger bekommen hast.«

Henriette drückte Rosas Arm so fest, dass diese leise aufschrie.

»Aber nun sag«, flüsterte Rosa, »was hast du entschieden? Was machst du, wenn Wilhoven wirklich nur seinen Sohn dabeihaben will? Du kannst ihn ja nicht bestrafen, weil er ein guter Vater sein möchte.«

»Ach, Rosa! Wenn ich das nur wüsste!« Henriette presste die Hände gegen ihre Stirn. »Ich hoffe immer mehr, dass er sich als Betrüger entpuppt und Vater ein Einsehen hat. Und mich endlich tun lässt, was ich tun möchte.«

»Und was willst du tun?«, fragte Rosa.

»Etwas Gutes.«

»Amalie Sieveking…«, seufzte Rosa. »Sie hat dir einen Floh ins Ohr gesetzt.«

»Sie hat ausgesprochen, was ich mir wünsche.« Henriette nahm Rosas Hände in die ihren. »Stell dir vor, du hättest weder deinen Mann, den du von Herzen liebst, noch deine Kinder, die dein Leben mit Aufregung und Anekdoten füllen. Was würde dir bleiben an Lebensglück?«

»Du?«, scherzte Rosa, ihr Blick jedoch ernst. »Es tut mir leid, Henni, manchmal vergesse ich, wie einsam du dich seit… du weißt schon… fühlen musst.«

»Ich wäre es nicht, wenn ich eine Aufgabe hätte, die mich erfüllt. Wie Amalie Sieveking. Seit ich zurück in Hamburg bin, fühle ich mich, als wäre ich nur ein lästiges Ding, das Vater bei den Verhölst-Schwestern abzuladen versucht.«

»Du bist lästig«, sagte Rosa und zwinkerte.

»Wenn ich nur wüsste, was ich tun soll.« Henriette ließ Rosa los, legte ihre Hände in den Schoß. »Meine Gedanken drehen sich wie ein Kreisel. Widersetze ich mich Vater, wird er mich mittellos vor die Türe setzen.«

»Ohne Zweifel.« Rosa schauderte. »Und hier liegt der große Unterschied zwischen dir und Amalie Sieveking. Amalie hat weder Gatte noch Vater, noch Vormund, der ihr etwas befehlen könnte, und gleichzeitig hat sie durch eine Erbschaft ein bescheidenes, aber für ihre Ansprüche ausreichendes Auskommen.«

»Ich könnte mir eine Arbeit suchen«, sagte Henriette.

»Könntest du«, sagte Rosa gedehnt. »Aber willst du das? Es ist ein Unterschied, ob du als gut situierte Wohltäterin unbezahlt als Hausmutter einspringst oder ob du auf Gedeih und Verderb auf jeden Pfennig angewiesen bist. Was passiert denn, wenn du keine Stellung als Hausmutter bekommst? Willst du als Wäscherin oder Dienstmagd arbeiten? Als Köchin? Du weißt genau, dass nur die Männer für ihre Arbeit ordentlich bezahlt werden, und selbst die können oft kaum ihre Familien davon ernähren.«

»Warum?«, fragte Henriette, mit einem Mal unendlich müde.

»Warum was?«, fragte Rosa verwirrt.

»Warum haben die Männer alle Rechte und wir nicht? Warum ist ihre Arbeit mehr wert als die der Frauen? Selbst im Rauhen Haus. Die Mädchen arbeiten unermüdlich, halten den riesigen Haushalt am Laufen, sind einfacher zu führen und machen viel weniger Ärger. Und was ist der Dank? Weniger Unterricht und keine Spielzeit.«

»So ist unsere Welt – die Männer befehlen, die Frauen parieren«, sagte Rosa. »Zumindest nach außen hin. Du weißt sehr gut, wer in Wahrheit in deiner Ehe mit Franz das Zepter in der Hand hatte.«

»Oder wer in diesem Haus entscheidet ...«

»Ich natürlich«, sagte Rosa und zwinkerte. »Mein Mann weiß nur nicht, dass ich ihm die meisten seiner Entscheidungen einflüstere.«

»Warum also?«, fragte Henriette erneut.

Rosa zuckte die Achseln. »Ich weiß es nicht. Aber sollten wir nicht zuerst dein Problem lösen, bevor wir uns an das aller Frauen machen?«

»Aber wie?«, fragte Henriette verzweifelt. »Am Ende lande ich noch in den Gängen, und wem würde das helfen?«

»Niemandem«, stellte Rosa fest. »Du solltest gut abwägen, ob du das Privileg deiner Geburt diesmal endgültig wegwerfen willst.«

»So wie ich es schon einmal getan habe, als ich Franz geheiratet habe?«

»Eine von Steudnitz und ein Gastwirt. Es war der Skandal des Jahres. Du hast goldene Löffel gegen einen Melkeimer getauscht«, sagte Rosa knapp. »Aber damals hattest du niemandem gegenüber Verbindlichkeiten.«

»Verbindlichkeiten? Ich wüsste nicht ...«

»Was ist mit dem Mädchen?«, fragte Rosa. »Wer zahlt sein Kostgeld, wenn du mittellos bist? Oder ist sie dir inzwischen nicht mehr wichtig?«

Henriette sank in sich zusammen, schloss die Augen.

Jule.

Nein, sie durfte sie nicht im Stich lassen.

# 48

Vor Frau Ehmkes Zimmer verließ Jule der Mut. Eben noch hatte sie genau gewusst, was sie sagen wollte. Jedes Wort hatte sie sich zurechtgelegt, und nun war in ihrem Kopf kein einziges davon übrig. Von der Aufregung hinfortgespült wie Treibholz von der Elbströmung. So machte es keinen Sinn. Wollte sie Richard bei Frau Ehmke anklagen, musste sie es glaubhaft vorbringen. Sie verlagerte ihr Gewicht von einer Seite zur anderen, legte den Kopf schief, kräuselte die Nase. Aus Frau Ehmkes Zimmer hörte sie das Kratzen der Feder über Papier. Jule stellte sich Frau Ehmke an dem kleinen Sekretär vor, wie sie mit der Feder schwungvoll den Arbeitsbericht ausfüllte. Oder eine Anweisung schrieb oder einen Vermerk für eine von ihren Mappen.

»Auf was wartest du denn, Jule?«, fragte Louise, die an ihr vorbei zur Tür lief. »Die Andacht beginnt gleich, hast du das Läuten nicht gehört?«

Jule stieß hart die Luft aus. Die Andacht. Vor der Richard auf sie wartete. Ihre allerletzte Chance, hatte er gestern gedroht, wenn sie heute nicht liefere, dann würde er dafür sorgen, dass Frau Kirchbergers Verlobter schon bald nicht mehr ihr Verlobter wäre.

Aber wie sollte sie Frau Ehmke von ihrer Geschichte überzeugen?

Die Tür öffnete sich. Frau Ehmke stand in der Türschwelle. »Jule? Was ist denn los?«

»Ich … also …«, druckste Jule herum.

»Was, mein Kind? Wenn du weiter so stotterst, anstatt mir von deinem Anliegen zu berichten, kommen wir beide zu spät zur Andacht!«

»Ich … Richard will, dass ich Ihren Schlüssel zur Speisekammer stehle und ihm vor der Andacht übergebe«, platzte es aus ihr heraus.

Frau Ehmke starrte sie mit offenem Mund an.

»Ich sollte ihm den Schlüssel schon vor zwei Tagen bringen. Ich soll nachts Ihren Schlüssel von Ihrem Nachttisch stehlen und dann in Ihren Sekretär einbrechen. Aber ich will das nicht tun.«

Frau Ehmke klappte den Mund zu. Zog Jule in ihr Zimmer und schloss die Tür. Dicht dahinter blieb sie stehen. »Was für eine abenteuerliche Geschichte.«

Jule senkte den Blick.

»Warum sollte Richard dich zu einer solchen Tat anstiften wollen?«, fragte Frau Ehmke skeptisch. »Er weiß, dass du nicht gut auf ihn zu sprechen bist.«

»Er weiß, dass ich Frau Kirchberger mag, und er droht, ihr zu schaden.«

Frau Ehmkes Brauen wanderten in die Höhe. »Richard? Frau Kirchberger schaden? Wie sollte er das tun? Jule, das ist eine hanebüchene Geschichte!« Sie seufzte. »Ich weiß, dass es nicht leicht für dich ist, seit Frieder verstorben ist, aber du darfst keine Lügen über andere Menschen verbreiten.«

»Es ist keine Lü…«

Jules Satz wurde vom zweiten Läuten der Glocke unterbrochen.

»Die Andacht«, sagte Frau Ehmke und öffnete die Tür. »Wir führen dieses Gespräch danach weiter. Mit Herrn Wichern. Und Richard. Bis dahin überlegst du dir gut, warum es eine Sünde ist, schlechtes Zeugnis über einen Menschen zu reden.«

Die Andacht verging wie im Flug. Jule hörte nicht, was gesagt wurde, interessierte sich nicht für das Anzünden der vierten Kerze, verpatzte ihren Einsatz bei dem Kanon am Ende der Andacht. Ein Gespräch mit Frau Ehmke und Herrn Wichern und… Richard. Ihre Kehle war trocken. Sie würde kein Wort herausbringen, wenn Richard und Herr Wichern dabei waren. Es war schon so schwer gewesen, sich Frau Ehmke anzuvertrauen.

Dann war die Andacht vorbei.

»Warte hier«, befahl Frau Ehmke. Jule sah, wie sie zu Wichern und Bruder Albert ans Pult trat, wie beide ihre Köpfe Frau Ehmke zuwandten.

Sie redeten kurz miteinander, dann nickte Bruder Albert und ging weg, während Wichern und Frau Ehmke sie zu sich winkten. Mit zitternden Knien ging sie hinüber.

»Ich höre, du hast erneut schwere Anschuldigungen gegen Richard vorgebracht«, sagte Wichern und musterte sie streng. »Wann soll der Vorfall stattgefunden haben?«

»Am ersten Advent«, sagte Jule leise.

»Rede lauter, mein Kind.« Wichern winkte jemandem hinter Jule zu. »Richard, komm hinzu, Bruder Albert hat dich über die Vorwürfe unterrichtet? Was hast du dazu zu sagen?«

Richard stellte sich neben Jule, sein Gesicht rot vor Empörung. »Ich weiß nicht, was sie schon wieder über mich erfindet!«, schimpfte er los. »Warum sollte ich denn so etwas tun? Und wann soll das denn überhaupt gewesen sein?«

»Am ersten Advent«, sagte Jule zaghaft, »Richard durfte in der Früh die Kerze anzünden, deshalb weiß ich das gewiss.«

»Ach, daher also weht der Wind«, trumpfte Richard auf. »Du bist neidisch, weil ich die erste Kerze anzünden durfte. Und dann fällt dir nichts Besseres ein, als mich zu verleumden?«

»Du warst in der alten Kate. Und du hast meine Truhe durchsucht. Und du hast mich zu Boden gestoßen und gewürgt.« Jule griff sich an den Hals. »Du …«

»Jule«, unterbrach Wichern sie sanft, »das sind viele Vergehen, die du Richard vorwirfst. Woher soll ich wissen, dass sie auch stimmen? Richard bestreitet es.«

»Wie soll ich es beweisen?«, fragte Jule. »Nur Richard und ich waren in der Kate. Er hat gesagt, wenn ich Frau Ehmke nicht den Schlüssel klaue, wird er Frau Kirchberger schaden.«

Richard lachte auf. »Wie sollte ich das denn tun? Und überhaupt, warum sollte ich dir mit dieser Frau drohen können, was ist sie dir schon?«

»Das weißt du genau«, blitzte Jule ihn an. »Du hast mir gedroht, dass du dafür sorgst, dass sie verstoßen wird von ihrem Verlobten und sie dann mein Kostgeld nicht mehr bezahlen kann.«

Richard lachte erneut auf. »Herr Wichern, Frau Ehmke! Sie werden das doch nicht glauben! Woher sollte ich denn wissen, wer ihr Kostgeld bezahlt? Meines bezahlen meine Eltern …«

»Ja«, Frau Ehmke runzelte die Stirn, »woher sollte Richard das wissen?«

»Er hat es aus Marieke herausgepresst, und die wusste es,

weil sie dabei war, als Frau Wichern und Frau Kirchberger darüber gesprochen haben.«

»Das scheint mir dennoch weit hergeholt«, sagte Wichern nachdenklich. »Und Marieke ist leider nicht mehr im Hause, um deine Geschichte zu bestätigen.«

»Aber Betje kann bestätigen, dass Richard mich schon früher dazu gezwungen hat, ihm Essen zu stehlen.«

»Du hast Essen gestohlen?«, fragte Frau Ehmke empört.

»Ich habe es mir vom Munde abgespart, und weil das nicht genug war, hat Betje mir auch von ihrem Essen etwas abgegeben.«

»Betje. Sie ist derzeit bei ihrer Tante in Lübeck, nicht wahr, Frau Ehmke?« Wichern tippte nachdenklich mit dem Finger auf sein Pult. »Gibt es jemand anderen, der hier ist, den du vorbringen möchtest als Zeugen?«

»Nur Betje und Marieke.«

»Wie praktisch«, höhnte Richard und wandte sich dann empört an Wichern. »Warum darf sie immer wieder solche Lügen über mich verbreiten?«

»Darf sie nicht, wenn es denn Lügen sind…« Wicherns Blick lag wie eine Eisenkralle auf Richard. »Ich werde kein Urteil sprechen, bis Betje und Marieke gehört werden können. Aber bis dahin möchte ich nicht, dass du weiterverbreitest, was du heute über Richard gesagt hast.« Sein Blick wanderte zu Jule. »Willst du mir das versprechen?«

Jule nickte, stumm vor Enttäuschung und Wut und Angst. Warum konnten Wichern und Frau Ehmke in Richards Augen nicht sehen, was sie sah? Seinen Triumph, dass er wieder gewonnen hatte. Dass er nicht aufzuhalten war, weil er alle und jeden täuschen konnte und sie parieren musste.

Aber das würde sie nicht. Wenn Wichern Frau Kirchberger nicht vor Richard schützen wollte, dann würde sie es tun.

***

Es war tiefe Nacht, als Jule leise die Decke zurückschob, und aus dem Bett kroch. Sie drückte Kleid, Strümpfe, Puppe und das Wolltuch, welches sie am Abend vorsorglich unter ihrer Decke versteckt hatte, an sich, während sie lautlos durch den Schlafsaal zur Treppe schlich. Sie hörte Frau Ehmkes Schnarchen und wagte sich die Treppe hinunter. Bei jedem Knarzen verharrte sie, lauschte mit klopfendem Herzen, ob jemand erwacht war. Dann endlich war sie unten. Hastig zog sie das Kleid über ihr Nachtgewand, schlüpfte in Strümpfe und Schuhe und legte das Wolltuch um ihre Schulter.

Behutsam öffnete sie die Tür und trat in die Nacht hinaus. Der Himmel war wolkenverhangen, und es war eisig kalt. Leise schloss sie die Tür hinter sich, dann lief sie los, vorbei an der Kastanie, vor zur Straße, ohne einen Blick zurückzuwerfen.

Den Wollschal so fest um sich geschlungen, als könnte er ihr Mut geben, lief sie durch die beängstigende Nacht. Sie lauschte den Geräuschen, dem Ruf der Käuzchen und dem Rascheln im Unterholz, dem Wind in den Kronen und dem Klappern ihrer Schuhe auf dem steinigen Weg.

Nach Hamburg würde sie den Weg schon finden, aber wo sollte sie unterkommen, ohne Geld und ohne Arbeit und ohne Frieder? Würde Witwe Strauss sie hineinlassen, wo sie doch auch im Rauhen Haus hätte bleiben können?

Hätte sie?

Sollte sie?

Umkehren, wie schon so viele, die davongelaufen waren, nur um wenige Tage später – wenn nicht zuvor schon einer der Brüder sie gefunden hatte – freiwillig in die Sicherheit der Kinderfamilie zurückzukehren.

Jules Schritte wurden langsamer.

Sie blieb stehen.

Sah zurück.

Dachte an das Bett, das dort auf sie wartete.

Die Buchweizengrütze, warm und dick und süß, die morgens ihren Magen füllte.

Die Mädchen, denen sie nicht Lebwohl sagen konnte.

Frau Ehmke und Herrn Wichern, die in ihrer Enttäuschung sie für die Lügnerin halten würden und Richard von jedem Verdacht freisprechen.

Dachte an Richard – der nun keinen Grund mehr hatte, Frau Kirchberger zu schaden.

Langsam ging sie weiter. »Leb wohl, Rauhes Haus!«, sagte sie der Nacht. »Leb wohl, Frau Ehmke! Lebt wohl, Louise und Anna und Frauke und Maria und Lene und Grete und Clara und Caroline und Ella! Leb wohl, warmes Bett! Leb wohl, gutes Essen! Leb wohl, Morgenandacht und Lesestunde! Leb wohl, Tafel und Griffel und Lesebuch! Leb wohl, alte Kate! Ich werde euch nie vergessen.«

Immer zügiger schritt sie aus. Dachte an Frieder, sah ihn vor sich, so echt, als liefe er neben ihr.

Sie stimmte ein Lied an, erst zaghaft, dann immer kräftiger, bis es laut und klar durch die kalte Nacht schallte.

# 49

Nichts.

Henriette legte den von Rosas Kutscher überbrachten, sechsseitigen Bericht enttäuscht auf ihrem Sekretär ab. Wilhovens finanzielle Verhältnisse waren solide. Die Rücklagen deckten zwar nicht alle Verbindlichkeiten ab, jedoch stand das Weihnachtsgeschäft bevor, und wenn es halbwegs lief wie in den Jahren zuvor, würde es die Verbindlichkeiten mehr als decken und Wilhoven ein überschaubares, aber solides Jahresergebnis bescheren.

Anhand der Zahlen erkannte Henriette, dass Wilhoven seinen Weinhandel in den letzten Jahren kontinuierlich hatte steigern können. Dennoch war er noch weit von jenen Zahlen entfernt, die ihm offenbar vorschwebten. Henriette dachte an Wilhovens Bemerkung bezüglich Vaters Festsaal, dass man ihn als Schreinermeister nur zum Arbeiten betreten würde. Sie kannte Wilhovens Ambitionen. Er wollte sein Geschäft groß machen. So groß, dass auch er eines Tages einen Festsaal dieser Größe sein Eigen nennen konnte.

Die Heirat mit ihr würde seinen Ambitionen Vorschub leisten, das war gewiss. Aber seine Vehemenz, diese Heirat noch dieses Jahr zu vollziehen, ließ sich damit nicht erklären. Henriette dachte an Wilhovens Drängen, seinen Ausruf, dass es zu spät sei, wenn sie nicht im Dezember heirateten.

Zu spät wofür?

Die Anwesenheit seines Sohnes?

Henriette schüttelte nachdenklich den Kopf.

Nein, es ging nicht um seinen Sohn. Zumindest nicht um seine Anwesenheit.

Aber vielleicht hatte es etwas mit seinem Sohn zu tun.

Henriette starrte auf die säuberlichen Zahlenreihen.

Wilhoven besaß neben den drei Ladengeschäften in Rotherbaum, Harvestehude und St. Georg ein weiteres in Bremen. Dazu einen Speicher in Hamburg, von dem aus er diverse Gasthäuser und Hotelbetriebe in und um Hamburg herum belieferte.

Vater wiederum belieferte Wilhoven mit den Flaschen, in die Wilhoven die Fassware abfüllte, und den Kisten, in denen er die Flaschen zur Auslieferung verpackte. Für Vater vom Volumen her ein normaler, keineswegs außergewöhnlicher Geschäftskontakt. Vater hatte weitaus größere Kunden, die Waren nachfragten, deren Margen um einiges interessanter waren. Und doch war ihm Wilhoven ein besonders wichtiger Kontakt, den er durch ihre Heirat unbedingt festigen wollte. Warum?

Was hatte Wilhoven, das andere nicht hatten?

Henriette lehnte sich zurück.

Amerika.

Das Land der Träume.

Immer mehr Deutsche wanderten dorthin aus, erfüllt von der Hoffnung auf ein besseres Leben in dem riesigen Land, in dem alles möglich schien. Selbst der Sohn des ehemaligen

Besitzers ihrer Gastwirtschaft in Königswinter. Anstatt nach dem Tod des Vaters die Gastwirtschaft weiter zu betreiben, hatte er sie Franz verkauft und war selbst nach Übersee gegangen.

Was wohl aus ihm geworden war?

Ein Luftikus war er gewesen, Franz hatte damals prophezeit, dass er in spätestens einem Jahr Bettelbriefe schicken würde, doch sie hatten nie wieder von ihm gehört.

Sehr wohl jedoch hatten sie zahlreiche Geschichten gehört, von den vielen Gästen, die in Königswinter auf der Durchreise waren. Immer mehr hatten von Verwandten und Bekannten zu erzählen, die in Übersee das Glück gesucht und gefunden hatten, die von endlosem Grasland und riesenhaften Bäumen schrieben, oder von dem deutschen Städtchen Germantown, gegründet von mennonitischen Auswanderern, das bekannt geworden war als der erste Ort in Amerika, in dem Proteste gegen die Sklaverei laut geworden waren.

Mit jedem Jahr wuchs das Traumbild von Amerika als Sehnsuchtsort und damit der potenzielle deutschstämmige Kundenkreis, der sich auf importierte Waren aus der alten Heimat stürzen würde.

Ein wachsendes Geschäft, das Wilhoven als offenbar weitsichtiger Geschäftsmann erkannt hatte und das selbst Vater interessiert beäugte, auch wenn er selbst noch nicht dazu bereit war, sein Geld in Überseegeschäfte zu investieren.

Mit einem Mal fiel es ihr wie Schuppen von den Augen.

Investieren!

Aufgeregt studierte sie den Bericht erneut, diesmal konzentrierte sie sich nur auf Wilhovens Finanzbedarf.

Zur Vorfinanzierung großer Chargen der Weine lieh Wilhoven sich Geld von der Bank. Diese Gelder bezahlte er aus seinen Verkäufen zuzüglich des anfallenden Zinses, pünktlich zur Fälligkeit. In den letzten Jahren hatte er seine Gewinne in die Dependance in Bremen und den Speicher gesteckt; um diesen zu kaufen, hatte er seine Geschäfte in Rotherbaum und Harvestehude beliehen. Die Rückzahlraten und Zinsen für den Speicher und Bremen fraßen seine Gewinne zum größten Teil auf. Es blieb zwar genug, um seinen großzügigen Lebensstandard zu sichern, aber niemals genug, um den Neuanfang seines Sohnes in Übersee zu finanzieren.

Ein hochriskantes Unterfangen.

Ohne Sicherheiten würde niemand sein Geld dafür bereitstellen.

Wilhoven hatte aber keine Sicherheiten mehr. Zwei Ladengeschäfte waren bereits beliehen, der Speicher und das Geschäft in Bremen waren noch nicht abbezahlt, das herrschaftliche Haus in Harvestehude, das Wilhoven bewohnte, war gepachtet. Nur das älteste Ladengeschäft in St. Georg, das dem Bericht nach auch eine vermietete Wohnung oberhalb des Ladens beherbergte, war nicht belastet.

Wilhoven brauchte Geld für den Neuanfang seines Sohnes in Amerika.

Geld, das er ohne ihre Mitgift niemals bekommen würde. Denn das hatte er bereits versucht. Erst von einer Bank und dann von dem Geschäftsmann, dessen Bericht über Wilhovens Finanzen ihr dank Rosas Gatten nun vorlag. Der Bericht, den dieser Geschäftsmann hatte anfertigen lassen, um das Risiko einer Investition in Wilhovens Amerikageschäft zu überprüfen. Er hatte abgelehnt. Wie zuvor die Bank. Da Wilhoven über keine Sicherheiten mehr verfügte. Sollte etwas schieflaufen und Wilhoven seine Verbindlichkeiten nicht bedienen können, lief er Gefahr, dass alles, was er sich aufgebaut hatte, wie ein Kartenhaus zusammenfiel. Der Dominoeffekt, wie sie gelernt hatte, der entstand, wenn das eine mit dem anderen abgesichert war.

Ein Klopfen riss sie aus ihren Gedanken. Hastig schlug sie den Bericht zu.

»Gnädige Frau?« Stine steckte den Kopf zur Tür hinein. »Herr Wilhoven wünscht, Ihnen seine Aufwartung zu machen.«

Henriette runzelte die Stirn. »Jetzt?«

»Er wartet im Salon.« Stine sah sie fragend an. »Was soll ich ihm sagen?«

»Er soll sich bitte einen Moment gedulden.« Kaum hatte Stine die Tür hinter sich geschlossen, nahm Henriette den Bericht und sperrte ihn in die mittlere Schublade ihres Sekretärs. Unschlüssig stand sie auf. Sie wusste nun, warum Wilhoven sie so dringlich noch dieses Jahr heiraten musste. Was aber sollte sie mit dieser Information anfangen?

Dass Wilhoven sie nicht aus Liebe heiratete, war ihr spätestens seit seinem Auftritt im Rauhen Hause nur zu klar. Bestenfalls hegte er Sympathie für sie, was für ein Zweckbündnis ausreichend wäre – wenn er ihr innerhalb dieses Bündnisses weitreichende Freiheiten zugestand.

Sie nickte sich selbst zu.

Das war die Verhandlungsbasis. Ihre Mitgift als Starthilfe für seinen Sohn gegen ihre Freiheit, sich nach ihren Vorstellungen wohltätig einzubringen.

Resolut verließ sie ihr Zimmer, ging hinunter in den Salon.

»Henriette…« Wilhoven eilte ihr entgegen, in seinen Gesichtszügen spiegelte sich eine Mischung aus Ärger und

Verunsicherung. »Sie mögen mein unangekündigtes Erscheinen verzeihen, aber mir ist Ungeheuerliches zu Ohren gekommen, das keinen Aufschub duldet.«

»Ach?«, fragte Henriette überrascht und deutete auf die Stühle um den zierlichen Teetisch. Sie setzte sich, wartete, dass Wilhoven ihr gegenüber Platz nahm.

»Mir wurde zugetragen, dass Erkundigungen über mich eingeholt wurden.«

»Ach…«, wiederholte Henriette gedehnt. Es war tatsächlich unmöglich, in Hamburg ein Geheimnis länger als ein paar Stunden zu wahren.

»Über meine Finanzen. Und meine Bonität. Meine Geschäftsfähigkeit. Es ist wirklich eine Ungeheuerlichkeit, die ich mit Worten kaum zu beschreiben vermag«, ereiferte er sich.

»Ist es nicht üblich, sich über einen neuen Geschäftspartner zu erkundigen, bevor man sein Geld investiert?«, fragte Henriette unschuldig.

»Ja, na-natürlich«, stotterte Wilhoven, »aber doch nicht in diesem Fall! Es geht hier doch nicht um ein Geschäft!«

Henriette vermied seinen Blick. Wenn Wilhoven wüsste, wie ausführlich die Informationen waren, die Rosa über ihren Mann bekommen hatte…

»Um was geht es dann?«, fragte Henriette.

»Man munkelt, *Sie* würden Erkundigungen über mich einholen!«, platzte Wilhoven heraus, kaum fähig, seinen Ärger zu verbergen.

»Das habe ich auch.«

Wilhoven starrte sie mit offenem Mund an. Offenbar fassungslos, dass sie eine solche Unverschämtheit auch noch offen zugab.

»Wie kommen Sie dazu?«, blaffte er nach einer Schrecksekunde.

»Sie waren nicht ehrlich zu mir«, sagte Henriette ruhig.

»Was … Wie? Das ist doch …«, schnaufte Wilhoven.

»Hören Sie auf«, sagte Henriette eine Nuance schärfer, »mich wie ein Dummerchen zu behandeln. Sie waren nicht ehrlich zu mir, und Sie wissen genau, wovon ich rede.«

»Ich … Sie …« Wilhoven erblasste.

»Dass die Hochzeit vor Abreise Ihres Sohnes stattfinden soll, hat nur etwas mit meiner Mitgift zu tun«, fuhr Henriette fort.

»Das … Ich …«, stammelte Wilhoven.

»Wie sonst wollen Sie Ihr Amerikageschäft finanzieren?«, fragte Henriette.

»Das ist unerhört!«, empörte Wilhoven sich. »Als bräuchte ich Ihre Mitgift, um meine Geschäfte zu führen!«

»Wenn dem so ist«, sagte Henriette kühl, »entschuldige ich mich bei Ihnen für mein Misstrauen und schlage vor, dass ich meinen Vater veranlasse, die Mitgift für ein Jahr zurückzustellen.«

»Ich … Das …«

»Für Sie wäre dies in dem Fall kein Schaden, und Vater würde es begrüßen. Sie wissen, dass er sein Geld, auch wenn es sich um meine Mitgift handelt, nicht in einem solchen Wagnis investiert sehen möchte. Er zeigte sich sehr besorgt, als ich ihn darauf ansprach«, fügte sie als kleinen Bluff hinzu.

Wilhoven sank in sich zusammen.

Henriette erhob sich. »Dann würde ich Vater sogleich bitten, bei seinem Advokaten ein entsprechendes Schriftstück aufsetzen zu lassen. Herr Wilhoven, wäre das alles? Ich möchte nicht unhöflich sein, aber die Hochzeitsvorbereitungen erfordern meine Zeit. Wir möchten Ihrem Jungen vor seiner Abreise doch ein Fest bieten, das er lange in Erinnerung behält.«

Wilhoven stand ebenfalls auf, die Haltung gebeugt, als läge mit einem Mal eine große Last auf seinen Schultern.

»Geht es Ihnen nicht gut?«, fragte Henriette.

»Ich … Nein, es geht mir nicht gut«, brach es aus ihm heraus. »In drei Wochen bricht mein Sohn nach Amerika auf, und wenn ich bis dahin nicht die fünfzigtausend Mark Courant für die Ladung und die Überfahrt aufbringe, verliere ich auch die vierzigtausend Mark Courant, die ich bereits für das Ladengeschäft und die Lizenz und die Anwaltskosten und so weiter und so fort an den Vermittler in Amerika berappt habe.«

»Dann … brauchen Sie also doch meine Mitgift, um Ihr Geschäft zu finanzieren?«, fragte Henriette sachlich.

»Ja«, sagte er zähneknirschend.

»Gut«, sagte Henriette. »Dann kommen wir jetzt endlich zum Geschäft. Und diesmal mit offenen Karten.«

Wilhoven sah sie verständnislos an.

»Sie möchten meine Mitgift, ich möchte eine jährliche Apanage in mindestens der Höhe, die mir auch jetzt zuteilwird, und die Freiheit, mich wohltätig einbringen zu können.«

»Sie möchten diesem Mädchen weiter das Kostgeld bezahlen?«, fragte Wilhoven, sichtlich erleichtert.

»Das würde ich aus meiner Apanage begleichen«, sagte Henriette. »Ich möchte die Freiheit haben, Frau Sievekings Verein beizutreten oder mich in einem Rettungshaus als Hausmutter einzubringen. Oder in einem Waisenhaus auszuhelfen.

Es gibt viel Armut und Elend, bei denen meine Fähigkeiten besser aufgehoben sind als bei Besuchen anderer Damen der gehobenen Gesellschaft.«

»Sie ... Hausmutter? Aber das ist ganz und gar unmöglich!«, rief Wilhoven entsetzt. »Wir wären das Gespött der ganzen Stadt!«

»Nun«, sagte Henriette und hielt ihm zum Abschied die Hand hin, »es liegt bei Ihnen. Das sind meine Bedingungen. Geben Sie mir Bescheid, wenn Sie es sich überlegt haben.«

# 50

»Ach, Jule«, jammerte Witwe Strauss, »was muss das für ein grässlicher Ort gewesen sein!«

Jule senkte den Kopf. »Nein, das Rauhe Haus ist kein grässlicher Ort, nur …«

»… ist es eben wie all diese Häuser, die sogenannte Kirchenmänner betreiben. Nach außen zeigen sie sich fromm, aber kaum ist die Tür geschlossen, da ist es vorbei mit der Barmherzigkeit. Als hättest du es nicht schon selbst erlebt.« Sie schenkte Jule einen Becher Wasser ein. »Trink, Kind, ganz bleich kommst du daher, was haben die dort nur mit dir gemacht?«

»Aber …«, begann Jule erneut, als Witwe Strauss die Hand hob und sie zum Schweigen brachte.

»Mir musst du doch nichts vormachen, das kennen wir doch, erst passiert etwas Grässliches, dann werden Geschichten verbreitet, damit die feinen Herren Theologen und Prediger fein raus sind. Aber nicht mit mir! Ich habe das schon lange durchschaut mit der angeblichen Gnade Gottes. Das ist nur ein Trick, damit die Menschen in die Kirchen gehen und ihr hart verdientes Geld dort lassen. Sag, Kind, hast du schon mal einen Pfaffen Hunger leiden sehen? O nein, sicher nicht!

Schwatzen den Leuten das Geld ab für einen guten Zweck, und dann halten sie erst einmal sich selbst schadlos. Denk nur an das Armenhaus. Schimmeliges Brot und gammeliges Wasser. Verhungert wärt ihr, wenn ihr dort nicht das Weite gesucht hättet.«

»Das Rauhe Haus ist anders«, sagte Jule schüchtern. »Wir haben jeden Tag das Brot frisch gebacken. Und durften davon essen, so viel wir wollten. Und zweimal die Woche gab es Fleisch und jeden Tag eine Suppe mit Reis oder Graupen und dazu Gemüse, das wir selbst im Garten gezogen haben. Und wir haben in richtigen Betten geschlafen, mit sauberen Laken und Decken.«

Witwe Strauss musterte sie misstrauisch. »Wenn es so paradiesisch dort war, warum bist du dann hier?«

»Wegen einem der Zöglinge, ein gemeiner Kerl, wie der Lauermann. Er ist schuld daran, dass Frieder ...«

»Frieder«, sagte Witwe Strauss, und ihre Stimme wurde sanft. »Ist es wahr, dass er ...?«

Jule nickte. Spürte die Tränen, die sich ihren Weg nach oben bahnten.

»Das tut mir von Herzen leid«, sagte Witwe Strauss. Sie hob erneut zu sprechen an, verkniff sich dann jedoch ihre Bemerkung.

»Ich suche ein Lager für die Nacht«, sagte Jule, »aber ich kann es erst bezahlen, wenn ich wieder Arbeit habe. Bitte, Witwe Strauss, Sie wissen, dass ich zu meinem Wort stehe und fleißig bin.«

»Ach, Kind«, seufzte Witwe Strauss, »ich würde dir gerne helfen, aber meine Schlafstatt ist überfüllt, die nächsten zwei Wochen noch, im Voraus bezahlt, du weißt doch, wie es ist im

Winter, jeder braucht ein Dach über dem Kopf. Komm drei Tage vor Weihnachten wieder, da habe ich Platz. Ich halte ihn frei für dich.«

Jule nickte enttäuscht. Nun konnte sie die Tränen nicht mehr zurückhalten. Was hatte sie sich nur gedacht, vom Rauhen Haus wegzulaufen?

»Ach, Kind«, seufzte Witwe Strauss erneut. »Ich würde dir gerne helfen, aber …« Sie erhob sich und nahm das Holzkästchen mit den Blumenschnitzereien vom Regal. Sie öffnete es und holte zwei Münzen heraus. »Hier. Eine Leihgabe, bis du dein erstes Geld verdienst. Geh zur hinteren Mühlwinkelgasse, dritter Hof, frag nach Familie Brenner. Sag ihnen einen schönen Gruß von mir, sie sollen dich aufnehmen. Wenn sie mehr wollen, sag ihnen, dass ich dir das Geld für eine Woche gegeben habe, falls ihnen das nicht reicht, müssen sie sich den Rest von mir holen.«

»Da-Danke«, stotterte Jule und sah ehrfürchtig auf die Münzen in ihrer Hand. Witwe Strauss war nicht für ihre Freigiebigkeit bekannt. »Ich zahle es so schnell es geht zurück.«

»Das weiß ich«, sagte Witwe Strauss, »sonst hättest du das Geld jetzt nicht in deiner Hand. Und nun lauf, sonst ist dieses Lager für heute Nacht auch vergeben.«

Auf dem Weg zur Mühlwinkelgasse war Jule flau im Magen. Gehört hatte sie von dem Ort, doch dort gewesen war sie noch nie. Fernhalten sollten sie sich von dort, hatte Vater ihnen eingebläut, wenn er sie in die Gassen geschickt hatte, um Hölzer zu verkaufen. Einen unseligen Ort für die Verdammten und Verlorenen, hatte Vater ihn genannt. Jule erinnerte sich daran, denn sie und Dorrit und Willem hatten darüber gestritten, wie ein Ort für die Verdammten und Verlorenen wohl aussehen mochte. Und nun schickte Witwe Strauss sie dorthin. Mit einem Sechsling und einem Dreiling für ein Nachtlager in der Faust. Weil Witwe Strauss erkannt hatte, dass auch sie zu den Verdammten und Verlorenen gehörte.

Sie betrat einen engen Durchgang mit Häusern zu beiden Seiten, eines an das andere geklebt, turmhoch in den Himmel gebaut, Wohnung über Wohnung, so eng ineinandergeschachtelt, dass man kaum wusste, wo eine anfing und die andere aufhörte, und man gleichzeitig der Wohnung gegenüber fast durch das Fenster spucken konnte, so nah war man der anderen Seite.

Jule hielt sich ihr Tuch über die Nase, der Geruch der mit Unrat gesäumten Straße war getränkt von vergammeltem Fisch und Fäkalien. Sie suchte nach dem Eingang in den nächsten Gang, wie von Witwe Strauss beschrieben, unter einem Haus mit schiefen Fenstern und einem Rußfleck fast die ganze Fassade hoch. Sie musste den Kopf einziehen, um das Innere des zweiten Hofs zu erreichen. Er war noch enger bebaut als der letzte, die Luft war noch stickiger, stinkender. Sie sehnte sich nach den Gärten des Rauhen Hauses zurück. Nach den Bäumen und Büschen, dem Badeweiher und der Kastanie vor der alten Kate. Der frischen Luft und den sauberen Wegen. Nirgendwo im Rettungsdorf wäre es denkbar gewesen, einfach den Unrat auf dem Weg liegen zu lassen, wie es in allen Gassen, die sie durchquert hatte, der Fall gewesen war.

Sie richtete sich auf und zählte die Häuser ab. Im siebten wohnten die Brenners, hatte Witwe Strauss ihr eingebläut. Dort und nur dort sollte sie klopfen.

Jule versteifte, als sie vor der elenden Baracke stehen blieb. Angst kroch ihr über den Rücken.

Sie klopfte, eine Frau öffnete, die Augen stumpf, das Haar strähnig und schütter, bekleidet trotz der Kälte nur mit einem Hemd und einem dünnen Unterrock.

»Witwe Strauss schickt mich«, sagte Jule ängstlich. »Ich soll hier Quartier nehmen.«

»Die Witwe…« Die Frau musterte sie, der Blick blieb begehrlich an Jules Wolltuch haften. Sie öffnete die Tür weiter und ließ Jule eintreten. »Wenn die Witwe das sagt…«

Innen war es finster, keine Kerze beleuchtete das Elend der Behausung, doch das wenige Sonnenlicht, das von der Straße seinen Weg hineinfand, reichte, um das Ausmaß des Elends zu erkennen, das sich Jule darbot.

Die Frau führte sie an einem zankenden Paar vorbei eine Hühnertreppe nach oben, wo zwei oder auch drei Parteien ihr Obdach hatten.

Jule hielt die Luft an. Es stank erbärmlich, die Wände, Fenster und Fußböden strotzten von Schmutz.

»Hier«, sagte die Frau und zeigte auf einen Strohsack, direkt neben zwei weiteren. »Der ist noch frei.« Sie streckte die Hand aus und öffnete sie fordernd. »Bezahlung im Voraus.«

Jule legte ihren Sechsling in die verdreckte Hand der Frau. »Das muss reichen für die nächsten Nächte, sagt Witwe Strauss.«

Die Frau sah enttäuscht auf das Geldstück. »Hat die Witwe das gesagt. Hm, hm.«

»Hat sie«, bestätigte Jule.

»Na dann«, murmelte die Frau und schlurfte davon. Jule sah zu dem Strohsack, zu den anderen Bewohnern der Unterkunft, die sich langsam als Konturen aus der Finsternis schälten. Zwei Männer, das Alter konnte sie nicht erkennen, drei Frauen, mindestens vier Kinder.

Sie spürte neugierige Blicke auf sich.

Mit einem Mal hielt sie es nicht mehr aus. Sie machte auf dem Absatz kehrt, rannte die Hühnerleiter hinab, hinaus aus der Baracke, hinaus aus dem Hof, durch den nächsten und den nächsten, die immer weiter und breiter wurden, ließ die Gänge hinter sich und lief hinunter zur Alster.

Erst bei den Auen hielt sie an. Schwer schnaufend sog sie die kalte Winterluft ein.

Nein, sie konnte nicht im dritten Hof der hinteren Mühlwinkelgasse schlafen.

Nicht nach ihrer Zeit im Rauhen Haus.

Sie würde Frau Kirchberger um Hilfe bitten. Ihr von Richard erzählen, sie warnen und fragen, was sie nun machen sollte.

Ja, das würde sie tun.

Die Adresse hatte sie im Kopf. Nur einmal hatte Frau Kirchberger sie sagen müssen, damit Jule sie sich eingeprägt hatte. Was nicht schwer war, sie kannte die Gegend, hatte sofort die herrschaftlichen Häuser vor sich gesehen, die feinen Damen und Herren, die über die Straße schlenderten, das Gesinde mit gestärkter Kleidung und ordentlich frisierten Haaren. Mit Else Lauermann hatte sie dort öfter Wäsche ausgeliefert und sich immer gefragt, wie es sein mochte, in solch einem Haus zu leben. Else hatte ihr versichert, dass es noch besser sei als das Beste, das sie sich vorstellen konnte, mit Betten groß wie Witwe Strauss' Stube, in denen nur eine Person schlief, in seidigen Laken und unter daunenbefüllten Decken.

Jule lief weiter, die Kälte biss ihr ins Gesicht, in die Ohren, die Hände. Der Wind war eisig, durchdrang selbst das warme Wolltuch, das sie fest um ihre Schultern gewickelt hatte.

Schließlich erreichte sie die Straße, nun musste sie nur noch das richtige Haus finden.

Und den Mut, dort zu klingeln.

Sie drückte ihre Puppe an sich. Frau Kirchberger würde sie nicht fortschicken. Jedenfalls nicht sofort. Sie würde ihr zumindest eine Suppe anbieten oder ein Stück Brot, und sie würde ihr helfen, ein Nachtlager zu finden, oder sie diese Nacht bei ihrem Gesinde schlafen lassen.

Viel zu schnell stand sie vor Frau Kirchbergers Haus.

Übermächtig ragte es in den Himmel, alles an ihm war groß und prachtvoll, angefangen bei dem Löwenkopf an der Tür, durch dessen Maul sich der Türklopfer wand. Selbst die Treppe aus Granit hinauf zur Eingangstür war pompös, obgleich nur wenige Stufen, war sie als Halbkreis angelegt, mit genug Platz auf dem Podest, um ihre gesamte Mädchenfamilie dort aufzustellen.

Ihr Magen rumorte. Nein, sie konnte dort nicht läuten! Der Hausdiener würde sie nicht einmal ausreden lassen! Er würde die Tür einen Spalt öffnen, sie sehen und sie sofort wegschicken. Und wenn sie zum Gesindeeingang ging? Aber dort würde man höchstens lachen, wenn sie die Dame des Hauses zu sehen wünschte.

Sie hörte das Klappern von Hufen und Rattern von Rädern hinter sich und trat von der Straße auf das Trottoir. Das Klappern und Rattern stoppte ausgerechnet vor Frau Kirchbergers Haus.

Jule drehte sich um. Sie kannte die Kutsche! In dieser hatte Frau Kirchberger Frieder und sie zum Rauhen Haus gefahren. Aufgeregt machte sie einen Schritt darauf zu.

Gott meinte es gut mit ihr.

Er hatte ihr Frau Kirchberger geschickt. Gleich würde sie aussteigen. Ihr die Hand reichen und sie mit hineinnehmen.

Lächelnd trat sie auf die Kutsche zu, als deren Tür aufgestoßen wurde. Ein Mann trat die Stufen hinab, das Gesicht grimmig, dennoch erkannte Jule ihn. Er hatte damals mit Frau Kirchberger in der Kutsche gesessen.

Sie lächelte, wartete, ob Frau Kirchberger ebenfalls aus der Kutsche stieg, doch niemand folgte. Der Mann hielt mit forschem Schritt auf die Treppe zu, an ihr vorbei, als existierte sie nicht.

»Verzeihen Sie«, rief Jule und lief ihm nach. »Herr! Bitte! Nur einen …«

Da packte er sie am Arm. »Hau ab, Drecksgöre, und beschmutze nie wieder diese schöne Gegend mit deiner widerlichen Bettelei.«

Er stieß sie von sich, so hart, dass sie auf das Trottoir stürzte. Unbeirrt lief er weiter, die Granitstufen hinauf und ließ den eisernen Ring im Löwenmaul gegen die Tür donnern.

Jule rappelte sich auf. *Drecksgöre!*, hallte es in ihrem Kopf nach. *Widerliche Bettelei!*

Was hatte sie sich nur gedacht? Dass man ihr hier die Türen öffnete, ihr, einem Nichts aus den Gängen?

Sie schluchzte auf. Rannte davon. Wie hatte sie nur so dumm sein können!

# 51

»Jule!«, rief Henriette durch das geschlossene Fenster. Sie öffnete die Riegel, riss es auf. »Jule!«, brüllte sie, doch das Mädchen rannte, ohne zurückzusehen, die Straße hinab.

Henriette rannte aus ihrem Zimmer. Sie konnte nicht fassen, was sie gerade gesehen hatte. Was sie nie gesehen hätte, wäre sie nicht von dem Verstummen des Klapperns und Ratterns der Kutsche an ihr Fenster gelockt worden. Neugierig, wer sie wohl besuchen mochte. Die Freude, als sie Jule entdeckt hatte, das Entsetzen, als Wilhoven sie zu Boden gestoßen hatte.

Wie konnte er!

Mit gerafften Röcken lief sie die Treppe hinab, in die Halle, hörte Wilhovens Stimme, wie er nach ihr fragte, ungeduldig und fordernd, als wäre er bereits der Herr in diesem Haus.

»Ah!«, rief er, als er sie sah, und trat ihr in den Weg. »Henriette, Sie mögen mein unangekündigtes Erscheinen verzeihen, aber mein Anliegen hat keinen Aufschub. Wie es scheint, spielt Ihr Vater nicht mit offenen Karten. Soeben habe ich erfahren, dass …«

»Gehen Sie mir aus dem Weg!«, fauchte Henriette. »Wie konnten Sie nur!«

Verdutzt sah er sie an. »W…«

»Wie können Sie es wagen, das Kind in den Dreck zu stoßen!«, herrschte Henriette ihn an. »Ich werde sie zurückholen, und Sie werden sich bei ihr entschuldigen!«

Sie wollte an ihm vorbei, als er sich ihr in den Weg stellte. »O nein, liebe Henriette, jetzt ist ein für alle Mal Schluss mit diesen Sperenzchen. Sie können nicht ernsthaft glauben, dass ich mich bei einem Bettelkind dafür entschuldige, es zurück zu seinesgleichen zu schicken. Ihr Vater hat vollkommen recht, wenn er sagt, Sie bedürfen einer starken Hand.«

»Sind Sie von Sinnen?«, rief Henriette und versuchte, um ihn herumzugehen. »Lassen Sie mich vorbei! Sie haben mir nichts zu sagen!«

»Natürlich habe ich das! Sie haben mir Ihr Wort gegeben. In wenigen Wochen sind Sie meine Frau, und ich werde sicherlich nicht zusehen, wie Sie sich lächerlich machen, indem Sie einem Bettelkind hinterherlaufen. Abgesehen davon, haben Sie und ich eine Angelegenheit mit Ihrem Vater zu klären, die keinen Aufschub erduldet.«

»Sie und ich haben nichts mehr zu klären«, zischte Henriette. »Ich ziehe mein Wort zurück. Und jetzt lassen Sie mich gehen!«

Sein Gesicht wurde bleich. »Sie können von Ihrem Wort nicht zurücktreten. Ein Eheversprechen ist ein Eheversprechen.«

»O doch! Und ob ich kann! Die Situation hat sich eben gerade geändert«, sagte Henriette kühl, »und dann gilt auch das gegebene Wort nicht mehr. Ihre eigenen Worte, erinnern Sie sich?«

»Aber«, rief Wilhoven, »das ist doch nicht vergleichbar!

Henriette! Das können Sie nicht tun! Ihr Vater wird dem niemals …«

»Gnädige Frau, ist bei Ihnen alles in Ordnung?« Wie aus dem Nichts stand Matje neben Wilhoven. Stine musste ihn geholt haben, oder der laute Wortwechsel hatte ihn herbeigerufen.

Tatsächlich trat Wilhoven einen Schritt von ihr weg. Henriette atmete erleichtert auf.

»Ich möchte Sie bitten, das Haus zu verlassen«, sagte Matje zu Wilhoven mit der kühlen Ruhe, die ihn in keiner Situation je zu verlassen schien.

»Ich lasse mich doch nicht von einem Dienstboten herumkommandieren!«, ereiferte Wilhoven sich. »Ihre Tage in diesem Haus sind gezählt, da können Sie Gift darauf nehmen, solch eine Unverfrorenheit wird Herr von Steudnitz niemals dulden!«

»O doch, das wird er«, sagte Henriette. »Sie dagegen haben dieses Haus heute das letzte Mal betreten. Stine! Mein Cape!« Sie rauschte an Wilhoven vorbei, der unschlüssig neben Matje verharrte.

»Ich möchte zu Herrn von Steudnitz«, forderte Wilhoven laut.

Henriette drehte sich zu Matje. »Sie können ihn anmelden. Vater wird den Tumult inzwischen ohnehin vernommen haben.«

»Ihr Cape, gnädige Frau.« Beflissen legte Stine ihr den warmen Pelz um die Schultern. »Soll ich die Kutsche …«

»Danke, Stine, ich brauche keine Kutsche.« Sie lief zur Tür, die Stine schnell für sie aufhielt, und eilte die Stufen hinab und weiter in die Richtung, in die Jule davongelaufen war.

Wie sollte sie das arme Kind nur je wiederfinden? Was machte es überhaupt hier, vor ihrem Haus? Sie musste aus dem Rauhen Haus davongelaufen sein, aber warum? Hatte dieser schreckliche Richard sie wieder auf dem Kieker? Er hatte Ruhe gegeben, nachdem sie Bruder Albert und Herrn Wichern nahegelegt hatte, Richard unter besondere Beobachtung zu stellen. Sie hatte es Jule angemerkt, an Kleinigkeiten, weniger schreckhaft war sie geworden, weniger ängstliche Blicke über die Schulter, wenn sie zur Andacht liefen, weniger Zögern, wenn sie allein etwas in der alten Kate erledigen sollte.

Sie erreichte das Ende der Straße. Wo könnte Jule hingelaufen sein? Links ging es Richtung Außenalster, rechts Richtung Rotherbaum. Sie überlegte kurz, wandte sich dann nach links. Jule würde an der Außenalster entlang zur Neustadt laufen. Oder zur Altstadt. Und dort würde sie das Mädchen in dem unendlichen Gewirr der Gänge und Höfe niemals wiederfinden.

Sie hob ihre Röcke an, schritt weiter aus. Sie musste Jule vorher einholen!

Was war nur passiert, dass sie die Geborgenheit der alten Kate verlassen hatte, um bei ihr Zuflucht zu suchen?

Und wo würde sie nun hingehen, nachdem Wilhoven ihr diese so gnadenlos verweigert hatte?

## 52

Jule lief immer weiter, blind vor Tränen, die Puppe fest an sich gedrückt. Sie nahm kaum wahr, wie die Häuser kleiner, die Straßen enger wurden, sie das eine Stadtviertel verließ, das nächste betrat, die prächtigen Stadtvillen von bunten Stadthäusern verdrängt wurden, mit Ladengeschäften und Speichern und Wohnungen mit farbenfrohen Vorhängen.

Sie musste verrückt gewesen sein! Ihr warmes Bett, die festen Mahlzeiten! Alles hatte sie aufgegeben, gehörte nun zu den Verdammten und Verlorenen – und dabei hatte sie nicht einmal die Gewissheit, dass ihr Plan aufging und Richard sich von Frau Kirchberger abwandte.

So wütend wie der Mann heute gewesen war – es musste einen Grund haben! Erschrocken verlangsamte sie ihren Schritt. Hatte Richard seine Drohung wahr gemacht, weil sie einfach weggelaufen war und seine Pläne durchkreuzt hatte? War der Mann deshalb so garstig gewesen, weil er auf Frau Kirchberger böse war? Letztes Mal war er doch freundlich und hilfsbereit gewesen! Natürlich! Er hatte sie beschimpft und fortgeschickt, weil er dachte, sie habe etwas damit zu tun.

Sie musste zurück! Ihm erklären, dass Frau Kirchberger sich nichts zuschulden hatte kommen lassen.

Sie stoppte mitten im Lauf, wechselte die Richtung und prallte gegen einen Mann, der gerade aus einem Geschäft heraustrat.

»Pass auf!«, rief er erschrocken, doch Jule flog schon über sein vorgestrecktes Bein und landete längs auf der Straße. Brennender Schmerz durchzuckte sie.

»Herrje! Mädchen! Hast du keine Augen im Kopf?« Der Mann, mit dem sie zusammengerumpelt war, hatte sich neben sie auf die Straße gekniet. »Kannst du aufstehen? Bist du verletzt? Das war ein ordentlicher Sturz, ei, ei, ei, wenn das mal keine dicken Schrammen gibt.«

Benommen ließ Jule sich von dem Mann aufhelfen.

»Zeig mal«, forderte er sie auf und nahm ihre Unterarme, drehte sie mit den Handflächen nach oben. »Hui, wie ich befürchtet habe.«

Jule besah ihre aufgeschürften Handflächen und Unterarme, die Bluse hatte es zerrissen, der linke Arm war bis zum Ellenbogen aufgeschürft, Dreck und Steinchen klebten in der Wunde.

»Das muss gereinigt werden. Komm, ich bringe dich nach Hause.«

Jule spürte, wie ihr Kinn zu zittern begann.

»Wo wohnst du, Mädchen?«, fragte der Mann.

Jule schüttelte den Kopf.

»Das scheint mir eine seltsame Adresse zu sein«, sagte der Mann. »Wo finde ich deine Eltern?«

Wieder schüttelte Jule den Kopf.

»Ich werde ihnen sagen, dass es meine Schuld war«, sagte der Mann und sah sie aus freundlichen grünblauen Augen an. Er musste sicher schon vierzig Jahre alt sein, sein dunkles Haar war von grauen Strähnen durchzogen. »Falls du Angst hast, dass du wegen der kaputten Bluse und dem schmutzigen Rock geschimpft wirst.«

Wieder schüttelte sie nur den Kopf. Sie würde dem Mann bestimmt nicht offenbaren, dass sie eine Waise war, egal wie freundlich er schien – sie konnte nicht riskieren, dass er sie in ein Armenhaus brachte.

»Danke«, sagte sie und trat einen Schritt zurück. Sie musste weiter, die Angelegenheit zwischen Frau Kirchberger und dem wütenden Mann aufklären. Etwas zu hastig zog sie ihr Tuch zurecht, unterdrückte ein Aufstöhnen, als die Wolle über ihren aufgeschürften Arm strich. »Ich komme schon zurecht.« Sie sah sich um. Wo war ihre Puppe?

»Suchst du etwas?«, fragte der Mann.

»Meine Puppe!«, rief Jule. »Sie ist mir bei dem Sturz aus der Hand gefallen.«

»Ich helfe dir«, sagte der Mann. »Wie sieht sie denn aus?«

»Dunkle Wollhaare und ein blaues Samtkleid und blaue Augen.« Jule hörte die Verzweiflung in ihrer Stimme. Was, wenn jemand die Puppe aufgehoben und mitgenommen hatte? Wenn ihr nicht einmal die blieb?

»Ich glaube, ich habe …« Der Mann fischte Jules Puppe unter dem Besenstand des Korbmachers hervor. Sein Gesichtsausdruck veränderte sich von einer Sekunde zur anderen. Verwundert starrte er auf die Puppe, dann sah er Jule eindringlich an. »Wo hast du die her?«

»Von unserer Hausmutter.« Jule streckte die Hand nach der Puppe aus.

»Hausmutter?«, fragte der Mann erstaunt. »Hat sie einen Namen?«

»Frau Kirchberger«, sagte Jule scheu und streckte die Hand weiter nach der Puppe aus. »Sie hat sie extra für mich gemacht.«

»Wo ist Frau Kirchberger denn deine Hausmutter?«, fragte der Mann, die Puppe immer noch fest in seiner Hand.

»Sie ist nicht mehr unsere Hausmutter. Sie ist weggegangen, weil sie doch heiraten soll, aber jetzt ist sie in Schwierigkeiten, und ich muss zu ihr.« Sie streckte ihre Hand noch weiter vor. »Bitte, Herr, meine Puppe!«

»Natürlich, hier …« Der Mann reichte ihr die Puppe. »Weißt du was, ich begleite dich. Deine Frau Kirchberger und ich sind gute alte Freunde, sie würde mir nie verzeihen, wenn ich dich nicht zu ihr brächte.«

Jule sah den Mann misstrauisch an. Er kannte Frau Kirchberger?

»Tatsächlich war ich gerade auf dem Weg zu ihr. Sieh …« Er zog ein kleines Päckchen aus seiner Jackentasche. »… diese Schokolade habe ich für sie gekauft. Sie liebt Schokolade mit Nusssplittern. Du auch?«

Jule nickte, obgleich sie keine Ahnung hatte, wie Schokolade mit Nusssplittern schmecken könnte. Der Mann öffnete das hübsch verschnürte Päckchen, brach ein Stück Schokolade herunter und bot es ihr an.

Jule schüttelte den Kopf. »Danke, aber, nein, das ist doch für Frau Kirchberger.«

»Glaub mir, Mädchen – wie heißt du eigentlich?«, unterbrach er sich selbst.

»Jule«, flüsterte Jule.

»Glaub mir, Jule«, sagte der Mann, »meine Henriette würde mir ordentlich was erzählen, wenn ich dir nach dem Schreck kein Stück von ihrer Schokolade anböte. Sie hat nämlich ein großes Herz.«

Jule nickte eifrig. Das klang nach Frau Kirchberger. Und ihren Vornamen wusste er auch, der Mann schien sie wirklich zu kennen. Schüchtern steckte sie das Stück Schokolade in den Mund. Schmeckte die zaghafte Süße, die weich in ihrem Mund schmolz. Noch nie hatte sie etwas so Leckeres gegessen.

Sie marschierten los, doch schon nach wenigen Schritten begann Jules Knie zu pochen. Sie biss die Zähne zusammen, presste die Puppe fest an sich, belastete vor allem das rechte Bein.

»Du humpelst ja!«, rief der Mann aus. »Was tut dir weh?«

»Mein Knie.« Jule biss die Zähne zusammen, humpelte weiter, als sie den Arm des Mannes um ihre Hüfte spürte. Instinktiv zuckte sie zurück.

»Keine Angst«, sagte er beruhigend. »Ich will dir nur helfen, schließlich war es mein Bein, über das du geflogen bist. Wenn es geht, leg deinen Arm um meine Hüfte, so kann ich dich besser stützen.«

An seinem Arm humpelte sie die Straße entlang. Das Knie schmerzte, der Arm schmerzte, die Hände schmerzten, und doch spürte sie neue Hoffnung in sich aufkeimen. Der Mann war ein guter alter Freund von Frau Kirchberger. Er würde sich nicht so leicht abweisen lassen.

Mit ihm zusammen würde sie es bis zu Frau Kirchberger schaffen.

## 53

Henriette blieb stehen.

Es hatte keinen Sinn. So würde sie Jule nicht finden, das Mädchen konnte schon zigmal links oder rechts abgebogen sein, wo sie selbst einen anderen Weg eingeschlagen hatte, oder geradeaus gelaufen, wo sie selbst abgebogen war. Und würde sie erst einmal die Gänge erreichen, würde sie sich ohnehin heillos verlaufen.

Enttäuscht sah Henriette sich um. Ladengeschäfte reihten sich aneinander, die Straßen waren jedoch weniger betriebsam als im Sommer, in der Kälte zog es die Leute seltener nach draußen, schon gar nicht in der Dämmerung, die sich mit flotten Schritten über die Stadt legte.

Sie presste die Hand auf ihren Mund. Wo war sie nur hingelaufen? Bald war es dunkel.

Jule!

Wo wollte sie bleiben, in der Nacht, sie hatte doch kein Zuhause! Sie holte sich das Bild vor ihr inneres Auge zurück. Als Jule auf Wilhoven zuging, im Arm die Puppe … Henriette gab einen erschrockenen Laut von sich. Im Arm die Puppe! Jule würde nicht mit der Puppe herumlaufen, wenn sie diese an einem sicheren Ort hätte zurücklassen können. Was hieß:

Sie hatte keinen sicheren Ort und war deshalb zu ihr gekommen. Weil sie in der Not um Hilfe bitten wollte, wie Henriette es ihr aufgetragen hatte.

Und dann hatte Wilhoven Jule weggescheucht.

Vor ihrem Haus!

Als hätte er ein Recht, zu bestimmen, wer über die Schwelle ihres Hauses treten durfte!

Sie stampfte auf. Nie wieder würde sie auch nur ein Wort mit Wilhoven wechseln. Wie konnte er Jule einfach wegstoßen. Sie wollte sich lieber nicht ausmalen, was er zu ihr gesagt hatte. Was war er nur für ein Mensch! Und sie hätte ihn um ein Haar geehelicht… Nach seinem Auftritt heute konnte sie sich gut vorstellen, wie ihre Ehe geendet hätte.

Nach der Hochzeit hätte er sich an keine Abmachung mehr erinnert und sie gezwungen, nur das zu tun, was er für richtig hielt.

Sie schüttelte sich.

Eher würde sie ein freies Leben in Armut führen, als Wilhoven Macht über sie zu geben.

Aber zuerst würde sie Jule suchen. Und wenn sie Amalie Sieveking und ihre Damen um Hilfe bitten musste. Sie kannten viele Familien in den Gängen, Frau Asmussen kannte Jule, jemand würde etwas wissen.

Und nun? Sollte sie nach Hause zurückkehren? Sich die nächste Predigt ihres Vaters anhören, wie ungebührlich sie sich Wilhoven gegenüber verhalten hatte, wie unschicklich es war, einfach ohne Begleitung durch die Straßen zu laufen?

Genug! Wenn Vater Wilhoven ihre Mitgift in den Rachen schieben wollte, konnte er das tun, aber ohne sie als Dreingabe. Noch heute würde sie das Haus ihres Vaters verlassen und Rosa um ein paar Tage Gastrecht bitten, bis sie Jule gefunden hatte. Sie würde ihre Habe mitnehmen, ihren Schmuck, ihre Kleider, alles, was sie in der Not zu Geld machen konnte. Und dann würde sie das tun, was sie nie tun wollte: Franz um die Apanage bitten, die ihr als Geschiedene zustand. Es wäre nicht viel, aber es würde reichen für ein bescheidenes Dach über dem Kopf und genug auf dem Teller, um nicht hungern zu müssen, selbst wenn sie Jule aufnahm und eine zweite Esserin durchfüttern musste.

Sie nickte, als müsste sie sich ihre Gedanken bestätigen. So würde sie es machen.

»Henriette!«

Der Ruf ihres Namens traf sie wie ein Eimer Eiswasser. Aufgeregt drehte sie sich auf dem Absatz um. Sie kannte diese Stimme aus Tausenden heraus!

Franz!

»Henni!«

Hektisch kniff Henriette die Augen zusammen. Versuchte in der Dämmerung zu erkennen, woher Franz' Stimme kam. Hier, mitten in Hamburg, an einem Ort, an dem Franz sie niemals vermuten konnte. Wurde sie verrückt?

Da sah sie ihn. Der gemächliche Gang, die stattliche Silhouette, unverkennbar ihr Franz.

Doch wen stützte er?

Sie lief dem ungleichen Paar entgegen, erkannte Jule, sie humpelte!

»Jule!«, rief sie aus, kaum dass sie die beiden erreicht hatte. »Jule! Es tut mir so leid! Er hätte dich niemals fortschicken dürfen!« Sie legte Jule eine Hand auf die Wange, sah zu Franz, unschlüssig, wie sie ihn begrüßen sollte. »Was um alles in der Welt machst du hier?«, platzte sie heraus.

»Das Gleiche wollte ich dich fragen«, sagte Franz.

»Ich habe nach Jule gesucht.«

»Sie haben nach mir gesucht?« Jules Augen wurden groß, ein Leuchten ging über ihr Gesicht. »Nach mir?«

»Natürlich! Du hast mich nicht rufen hören, nachdem dieser Rüpel dich fortgejagt hat.« Henriette schüttelte erbost den Kopf. »Welch ein Glück, dass ich gesehen habe, wie er dich behandelt hat … Ich hätte es sonst nie erfahren!« Sie schüttelte sich bei dem Gedanken, dass Jule um ein Haar ohne ihr Wissen von ihrem Haus vertrieben worden wäre, fortgeschickt, allein, in die Kälte der Dezembernacht. Spontan legte sie den Arm um sie und drückte sie fest an sich. Nie wieder würde sie zulassen, dass Jule alleine für sich sorgen musste. »Aber nun habe ich dich gefunden …« Sie spürte wie auch Jule ihre Arme um sie schlang und den Kopf an ihre Schulter legte.

»Und ich habe dich gefunden«, sagte Franz und legte seinen Arm um Henriettes Schultern. »Eigentlich habe ich sogar euch beide gefunden, nur wusste ich vor ein paar Minuten noch nicht, dass ihr zusammengehört.«

»Aber was machst du hier?«, fragte Henriette und sah zu Franz, ohne Jule loszulassen.

»Ich bin nach Hamburg gereist, weil du mir auf keinen meiner Briefe geantwortet hast. Und ich …«

»Deine Briefe?«, rief Henriette aus. Sie spürte, wie Jule erstarrte, und mäßigte ihre Stimme. »Ich habe lediglich eine Verlobungsanzeige von dir bekommen«, raunte sie.

»Das habe ich mir gedacht, als ich deinen Brief bezüglich deiner geplanten Verlobung mit diesem Wilhoven las.« Franz' Brauen zogen sich zornig zusammen. »Da hat uns jemand einen wahrlich bösen Streich gespielt, und ich traue mich kaum zu sagen, wen ich hier in einem dringenden Verdacht habe.«

»Vater«, murmelte Henriette wütend. »Wie viele Briefe?«

»Sieben. Den achten Brief habe ich nicht mit der Postkutsche geschickt, sondern Anton hat ihn persönlich nach Hamburg gebracht. Aber dein Vater sagte, du seist für mehrere Wochen verreist, und hat ihn Anton abgenommen.«

»Und dann bist du selbst hergefahren.« Henriette musterte ihn besorgt. »Vater meinte, du hast einen Unfall gehabt.«

»Es war eher ein Überfall, aber ja, deshalb komme ich erst jetzt.« Franz strich ihr über das Gesicht. »Komm nach Hause, Henni.«

Wieder spürte Henriette, wie Jule sich versteifte, und strich ihr sanft über den Kopf. »Aber was ist mit Fräulein Hauser?«, fragte Henriette.

»Lange Geschichte, aber sie ist nicht mehr da, und es gibt auch kein Kind und hat nie eines gegeben.« Franz schnaufte. »Ich habe meine Lektion gelernt, das darfst du mir glauben. Komm mit mir nach Hause …«

»Ja«, sagte Henriette, »ja, ich komme mit dir mit, aber nicht allein. Hoffe ich.« Sie schob Jule ein Stück von sich weg, sah sie ernst an. »Jule, möchtest du zu mir und meinem Mann ziehen?«

»Ja«, flüsterte Jule und nickte, »ja!«

»Na, ich weiß zwar nicht, was es damit auf sich hat, aber ich vertraue mal darauf, dass du niemandem gerade sein Kind klaust.« Er legte seinen zweiten Arm um Jule. »Willkommen in unserer Familie, Fräulein Jule!«

Henriette spürte Franz' Lippen auf ihrer Stirn und Jules Kopf an ihrer Schulter. Glück konnte nicht schöner sein.

## 54

Es war besser als der beste Traum, den sie je geträumt hatte. Jule schloss ihre Augen und genoss das warme Wasser. Ein Dienstmädchen hatte die Wanne gefüllt, mit warmem Wasser und Badeschaum. Und dann hatte sie ihr die Haare gewaschen und sie gefragt, ob sie noch einmal warmes Wasser nachschütten solle. Dabei hatte sie gnädiges Fräulein zu ihr gesagt, Jule hatte erst gar nicht begriffen, dass sie damit gemeint war, und dann war es ihr schrecklich peinlich gewesen. Sie war doch kein gnädiges Fräulein!

Anfangs hatten ihre Schürfwunden noch geschmerzt, doch dann hatte das warme Wasser wohlgetan, der Schmutz hatte sich aus den Wunden gelöst, und die Hände und der Arm hatten gleich viel weniger schlimm ausgesehen.

Es klopfte, die Tür öffnete sich, und das Dienstmädchen kam wieder herein.

»Wären Sie dann so weit, gnädiges Fräulein?«

»Natürlich«, sagte Jule brav, ohne zu wissen, was sie nun tun sollte.

»Ich halte Ihnen das Handtuch«, sagte das Dienstmädchen und hielt Jule ein großes Handtuch hin. Jule stieg aus der Wanne, wollte das Handtuch nehmen, doch das Dienstmädchen wickelte sie bereits darin ein. Dann griff es nach einem zweiten Handtuch und wickelte es ihr um die nassen Haare.

»Ich lege die Kleidung zurecht.« Das Dienstmädchen verschwand und kam kurz darauf mit frischer Wäsche, einer Bluse und ihrem Kleid zurück, das jemand sorgfältig ausgebürstet haben musste, denn die Schmutzflecken von ihrem Sturz waren fast vollständig verschwunden.

Kurz darauf führte das Dienstmädchen sie in einen Raum, der gemütlich und seltsam zugleich war. In der Mitte des Raums befand sich ein kleines Sofa mit Sessel und Teetisch, im Kamin prasselte ein Feuer.

An den Wänden Teppiche, zwei Kleiderschränke, deren Türen offen standen, das Innere fast leer, in dem einen hing lediglich noch ein Reifrock, in dem anderen das beige-orange Kleid, das Frau Kirchberger an Frieders Todestag getragen hatte. Auch die Schubladen des zierlichen Schminktisches waren geöffnet, doch Jule traute sich nicht, einen Blick hineinzuwerfen. Darauf stand einzig ein großer, reich verzierter Spiegel, keine Tiegel und Töpfe, wie man sie bei einer vornehmen Dame vermuten würde. Es wirkte, als hätte jemand in aller Eile die Schränke und Schubladen leer geräumt.

Auf dem Tisch hatte jemand Speisen aufgetischt, Kekse und Gebäck und kleine belegte Brote und aufgeschnittenen Speck und Wurst, Pastete und kalten Braten und geviertelte Apfelscheiben, es war wie im Paradies.

Das Dienstmädchen schenkte eine Tasse dampfenden Tee ein und stellte Tasse und Untertasse auf den Teetisch. Dann zeigte sie auf das Sofa, als sollte Jule darauf Platz nehmen. »Die gnädige Frau lässt ausrichten, dass Sie etwas essen sollen.«

»Und Frau Kirchberger?«, fragte Jule scheu.

»Die gnädige Frau hat nur gesagt, dass ich dafür sorgen soll, dass Sie etwas essen.«

Dann war Jule allein in dem seltsamen wunderbaren Zimmer. Sie nahm ein Stück Gebäck und biss hinein, es war köstlich.

Sie sah sich um, studierte die Gemälde auf den Teppichen. Alles hier war unglaublich schön, es musste ein Vermögen gekostet haben, das Geschirr zart, die Möbel aus glattem Holz und glänzend poliert. Es war beeindruckend. Und gleichzeitig einschüchternd, was Frau Kirchberger alles hatte. Jule brauchte nichts davon.

Sie wollte nur bei Frau Kirchberger bleiben. Egal wo.

Sie wollte von ihr lernen, wie man Butterkuchen machte und Kleider nähte und Servietten zu Blumen faltete. Ihr zuhören, wenn sie Geschichten erzählte. Morgens aufwachen und wissen, dass Frau Kirchberger sie nicht verlassen würde.

# 55

»Es ist vorbei«, sagte Henriette kühl und blieb neben dem Stuhl stehen, auf dem sie normalerweise bei ihren Gesprächen in Vaters Studierzimmer zu sitzen hatte.

»Vorbei ist einzig deine Ehe mit Franz.« Vater schob ein gewichtig aussehendes Dokument über den Schreibtisch. »Du bist rechtskräftig geschieden und hast Wilhoven dein Wort gegeben.«

Ein Stich durchfuhr Henriette. Geschieden. Rechtskräftig. Was bedeutete dies für ihre Situation?

»Ich habe einen Brief von dir, in dem du der Ehe mit Wilhoven zustimmst«, fuhr Vater fort. »Du wirst Wilhoven heiraten. Und das ist mein letztes Wort.«

»Warum ist Ihnen das so wichtig?«, presste Henriette hervor.

»Das zu verstehen, übersteigt den Horizont einer Frau. Wilhoven ist ehrgeizig. Er ist bereit, neue Wege zu gehen, und er ist mein Tor nach Übersee.« Vater schüttelte erbost den Kopf. »Mit deinem hysterischen Verhalten hättest du um ein Haar alles zerstört.«

»Darum geht es also?« Henriette zog fragend die Brauen hoch. »Mit meiner Heirat bringen Sie sich in eine gute Position, sollte der Handel mit Übersee tatsächlich aufblühen, und falls die Skeptiker recht behalten, stehen nicht Sie als der Tölpel da, der sein Geld im Ozean versenkt hat, sondern nur Ihr Schwiegersohn.«

»Zügle deine Zunge, Tochter.« Vaters Faust krachte so heftig auf die Holzplatte seines Schreibtischs, dass die Porzellanhunde gegeneinander klirrten. »Deine Impertinenz ist ungeheuerlich, du kannst dem Himmel danken, dass Wilhoven ein geduldiger Mann ist und dich trotz allem noch zu ehelichen wünscht.«

»Nein, Vater, ich danke dem Himmel, dass die Liebe meines Mannes größer ist als Ihre Durchtriebenheit. Es ist vorbei, Vater«, sagte Henriette. »Ihre Scharade mit den Briefen, die Sie mir vorenthalten haben, war umsonst. Sie haben mich ebenso getäuscht und für Ihre Zwecke benutzt wie Herr Wilhoven.« Sie bemerkte, wie Vaters eben noch jähzornrotes Gesicht erbleichte. »Ich danke Ihnen für die Aufnahme in Ihr Haus, welches ich nun verlassen werde. Ich bin hier, um mich von Ihnen zu verabschieden, wie es sich gehört.«

»Du … du … was?« Sämtliche Farbe war aus Vaters Gesicht gewichen.

»Die Kutsche ist bereits vorgefahren, meine Koffer sind geladen, und mein Mann erwartet mich.«

»Franz Kirchberger ist nicht mehr dein …«

»Vater!« Henriette runzelte verärgert die Stirn. »Sie haben seine Briefe geöffnet und gelesen und mir vorenthalten. Einzig die Verlobungsanzeige, von der Sie durch Franz' Brief wussten, dass sie falsch war, haben Sie zu mir durchgelassen. Sie haben eine Scheidung eingefädelt, die weder von mir noch von Franz gewollt war und der wir widersprechen werden.«

»Das … das kannst du nicht!«, rief Vater aus.

»Ich kann, und ich werde, und zur Not heiraten wir erneut.« Henriette nickte ihrem Vater zu. »Ich hatte gehofft, das Haus mit einem versöhnlichen Wort von Ihnen zu verlassen.«

»Welch Vermessenheit ist nur in dich gefahren!«, fuhr Vater auf. »Ein versöhnliches Wort? Soll ich dich noch loben für deine Undankbarkeit? Wie einen Idioten lässt du mich vor Wilhoven dastehen. Ich schwöre dir, wenn du es wagst, gegen meinen Willen dieses Haus zu verlassen, wird es dir auf immer verschlossen bleiben. Dann bist du nicht mehr meine Tochter.«

Henriette schluckte. Nun hatte er sie ausgesprochen. Die Worte, die sie befürchtet hatte. Die sie vermeiden wollte. Wegen derer sie Franz gebeten hatte, nicht mit zu Vater zu gehen, ja, nicht einmal das Haus zu betreten. Um die Eskalation zu vermeiden, die sie nun ganz allein heraufbeschworen hatte.

»Das tut mir sehr leid«, sagte Henriette, »denn Sie werden trotz allem immer mein Vater bleiben.«

Vaters Gesichtszüge gefroren zu Eis.

»Sie wissen, wo Sie mich finden können.« Henriette seufzte. Sah ihn ein letztes Mal an. Wie alt sein Gesicht mit einem Mal wirkte. »Leben Sie wohl.«

Sie drehte sich um und marschierte zügig zur Tür, in den Flur, weiter zur Haustür, wo Stine mit ihrem Pelzcape auf sie wartete. Einen Moment hoffte sie, Vaters Stimme zu hören, um sie zurückzurufen, sich mit ihr zu versöhnen, mit ihr, der einzigen Tochter, der einzigen Familie, die er noch hatte.

»Das gnädige Fräulein ist bereits mit Herrn Kirchberger in der Kutsche«, sagte Stine betrübt.

»Danke, Stine!« Henriette reichte ihr die Hand, sah sie eindringlich an. »Achten Sie bitte gut auf meinen Vater.«

Damit drehte sie sich auf dem Absatz um und eilte zur Kutsche, zu Franz und Jule, zu ihrem alten und gleichzeitig neuen Leben.

# EPILOG

Henriette trat vom Weihnachtsbaum in der Gaststube zurück und betrachtete zufrieden ihr Werk. Sie strich über die neuen Strohsterne, die Jule mit Begeisterung und in stundenlanger Arbeit für den Baum gefertigt hatte. Mit der ihr eigenen Ernsthaftigkeit, stets bemüht, sich nützlich zu machen. Henriette lächelte. Dachte an die Freude in Witwe Strauss' Gesicht, als sie mit Jule bei ihr vorgesprochen hatte, um die Schulden zu bezahlen und Jules wenige Habseligkeiten abzuholen. Dachte an Wicherns Worte, als sie Jule zu ihm gebracht hatte, nur um sie gleich wieder mitzunehmen und für immer mit zu sich und Franz zu holen.

Dass er froh sei, Jule in so guten Händen zu wissen, hatte er gesagt, bevor er sich herzlich von Jule verabschiedet und ihr das Davonlaufen liebevoll verziehen hatte. Und dass sie Geduld haben solle. Weil es eine Weile dauern konnte, bis sie Henriettes Liebe vertrauen und sich in ihrem neuen Zuhause einleben würde.

Henriettes Lächeln wurde breiter. Darin hatte Wichern sich geirrt. Jule hatte sich bestens eingelebt, und dabei waren kaum zwei Wochen vergangen, seit Franz Jule und sie nach Hause an den Rhein geholt hatte. Zurück in ihr altes und doch so neues Leben, in das Jule ein bisher unbekanntes Funkeln brachte.

Welches auch Franz nicht entgangen war, der Jule behandelte, als wäre sie seine Tochter, und sich unermüdlich um die Formalitäten kümmerte, damit sie Jule offiziell an Kindes statt annehmen konnten.

In der Schule war sie bereits angemeldet, ab Januar würde sie dort hingehen und hoffentlich ebenso schnell die Herzen ihrer Mitschülerinnen gewinnen, wie sie es bei Gundel und Anton und den anderen Angestellten im Gasthof vermocht hatte.

Henriette hörte leise Schritte hinter sich, dann spürte sie Jules Hand in der ihren.

»Der Baum ist wunderschön«, sagte Jule ehrfürchtig. »Ich wünschte, Frieder könnte das sehen.«

»Ich auch«, sagte Henriette. »Ich hätte ihn gern kennengelernt.«

»Es hätte ihm hier gefallen«, sagte Jule, »er hätte hier nie wieder weggewollt.«

»Das trifft hoffentlich auch auf dich zu, junge Dame«, sagte da Franz und trat mit beschwingten Schritten zu ihnen. Er wedelte mit einem Dokument vor ihrer Nase herum. »Denn ich habe gerade den Antrag gestellt, dass wir dich an Kindes statt aufnehmen dürfen. Damit du bald ganz offiziell unsere Tochter bist.«

»Tochter ...«, flüsterte Jule.

»Tochter«, wiederholte Henriette und betonte jeden Buchstaben, als wäre er ein besonderer Genuss, den man sich langsam auf der Zunge zergehen lassen musste. Sie spürte Franz' Arm um ihre Schultern, Jules Hand in der ihren, und ihre Kehle war mit einem Mal eng vor Glück.

Sie würde sich größte Mühe geben, Jule eine gute Mutter zu sein. Und vielleicht würde Jule nicht das einzige Kind bleiben, das sie in ihre Familie aufnahmen. Sie hatten Platz. In ihrem Haus und ihrem Herzen. So gut wie Gundel inzwischen das Geschäft verstand, könnte sie ihre ganz eigene kleine Rettungsfamilie gründen.

Wer wusste schon, wohin das Leben sie noch führen würde.

# DANK

Zuallererst danke ich Ihnen, liebe Leserin und lieber Leser, für die Lektüre dieses Buches. Ich hoffe, ich konnte Ihnen damit vergnügliche Stunden bereiten und einen Einblick in eine Zeit geben, die – obwohl so nah – uns doch sehr weit entfernt und fremd vorkommen mag. Manchmal hilft der Blick zurück, den Blick für die Gegenwart zu schärfen und das Gute, das sich entwickeln konnte, als eine erhaltenswerte Errungenschaft zu feiern. So etwa Kinder- und Frauenrechte, soziale Absicherung, fließendes Trink- und Brauchwasser u. v. m.

Ich danke meinem Agenten Thomas Montasser von der Montasser Medienagentur für die immerwährend großartige Begleitung, auch bei diesem Projekt.

Dem Piper Verlag und insbesondere Frau Andrea Müller danke ich herzlich für die äußerst freundliche Betreuung.

Ebenso bedanke ich mich bei Herrn Fischer, Archivar des Rauhen Hauses in Hamburg, für die zuvorkommende Aufnahme und spannende Einsicht in die Originalberichte der frühen Jahre des Rauhen Hauses.

Max Clark danke ich für die Hilfe bei der intensiven Recherche zum Rauhen Haus und seinem Gründungsmitglied Johann Hinrich Wichern.

Meiner Lektorin Carla Felgentreff danke ich für ihre unverzichtbaren, adleraugengleichen und klugen Anmerkungen beim Lektorat.

Besonderer Dank gilt Carlos Collado Seidel für seine erneute Bereitschaft, mein Manuskript als Nr.-1-Testleser mit strengen Anmerkungen zu versehen – inklusive nachrecherchierter Details und lustiger Anekdoten am Seitenrand. Des Weiteren danke ich meinen treuen Testleserinnen Gerda Leisch und Astrid Purkert für ihre Zeit und ihre hilfreichen Kommentare.

Last, but not least, danke ich meinem geliebten Mann Michael für seinen unerschütterlichen Glauben an mich und die vielen noch nächtens hinterhergetragenen Tassen Tee und Kirschkernkissen.